ちくま文庫

ぽんこつ

阿川弘之

筑摩書房

目次

ぽんこつ

スピード・テスト

杉並の静かな住宅街の路地の中で、兄と妹が、門のわきに駐《と》めた中古自動車をせっせと洗っていた。

兄がたわしをバケツにつけて、粉石鹼《せっけん》をまぶし、ごしごしタイヤの泥をこすり落すと、緑色のホースの先を握った妹が、いきおいよく、その上に水をそそぎかける。

タイヤの白い部分は、化粧をしてもらったように、見る見るまっ白になって来る。

四つのタイヤ洗いがすむと、タイヤから屋根へ、屋根から窓へ、緑色のホースが筒先を廻して行く。

きれいな水が、埃《ほこり》を洗いながして、車は全体で、次第になめらかな色に光り始める。

犬を風呂へ入れてやるように、二人は、このボロ自動車が可愛くてたまらないという様子で、いそいそと、その仕事をやっていた。二人とも、まったく世の中にこんな嬉《うれ》しいことはないような顔をしている。

兄の順一は、二十六歳で、時計工場の研究所の若い技師。

妹の和子は、二十二歳の女子大生。

きのう手続きをすませて、正式に彼らのものになったばかりの車であった。

近所の自動車修理工場のおやじにすすめられて、金二十万円で買った中古車だが、自分のものとなると、まるでロールス・ロイスのように立派に見える。あたらしいフライパンみたいに、いや、サラブレッドの駿馬のように、つやつやに磨きたててやりたい。

戦後十四、五年たって、日本人の暮しも大分楽になり、若いサラリーマン兄妹でも、少し貯金をすれば、中古車の一台ぐらい、買えるようになった。これはそのころの物語である。

この、可愛い、忠実で非情な生きものを手に入れるためには、兄と妹とは、ここ一年半ほどの間、ろくに映画も見ずに、ボーナスやアルバイトのかせぎを、せっせと積み立てて来た。

水洗いがすむと、和子が、水気をよくぬぐってから、青い車体に、うすくワックスを塗っていく。

兄の順一は、乾いた布で、手早くその上を磨きながら、「明治モータースのおやじは、百キロは、ゆうゆう出ますと言ってたよ。きっと、掘出し物だな、これは」と言った。

「そう？　……和子も、今度は張り切るわよ」

妹は言った。彼女は、目下教習所へかよって、運転練習中である。もう少しで手に入りそうになっている免許証のことを、和子は言っているのだ。

「どうだい、和子。今夜また、ちょっと乗って出てみようか？」

「いいわね」

「どこか、交通量の少い、長い、いい道へ行って、スピード・テストをやってみよう」

「………」

「ほんとうに百キロ出るかどうか、一度ためしておきたいんだ」

「うん。……だけど、自動車の百キロって、どの程度の早さか、見当がつかないな」

と、さすがに妹は、少し不安な表情をした。

「見当も何も、ただ、何秒間か、それで走ってみるだけなんだから」

兄は、たのしそうに笑った。

残念ながら、いくらきれいに洗ってみても、二十万円の中古車は、二十万円の中古車で、彼らのロールス・ロイスは、やっぱり大分、ガタが来ている。

ボディは、かすり傷だらけだし、フェンダーやフォグ・ライトには、あちこち赤い錆《さび》が出ていた。

それでも、丹念に磨かれたおかげで、ボロ自動車は、そのまるっこい小さなからだに、住宅地の夕映えの色を映していた。

順一は、紙ヤスリで赤錆を丁寧に落し、ボディの傷には、同色のペイントで化粧をしてやりながら、

「すこし足ならしをしたら、そのうち、おやじとおふくろさんを乗せて、箱根か軽井沢あたりへ、日帰り旅行に行こうじゃないか」

と言った。

「五万円の株主だからね」

和子は答えた。

二人の父親は、眼科の開業医である。

子供たちが車を買うことには、

「あぶない、あぶない」と言って、ずっと反対していたが、彼らの貯金が十五万円に達した時、ついに二人の熱心にほだされ、夜の往診などには、いつでも役に立てさせるという約束で、五万円の補助をしてくれた。

もっとも、眼科の医者には、夜半急患の往診などは、めったにない。

父親の本心は、夜中に、友達の家で麻雀《マージャン》がおわった時、迎えに来させる便宜がありそうだということであったかも知れない。

「大体、こんな調子なら、箱根の山も、らくに登りそうだ。謝恩配当の意味と同時に、自動車旅行のたのしさを教えたら、おやじも少しは洗脳されて、麻雀ばかりやってるのが、馬鹿々々しくならないかな？」

順一は言った。

「さあ。それはどうだか、怪しいものだ」

和子は笑った。

間もなく和子は母親から呼ばれた。

夕食の支度の手つだいである。

いつまでも自動車にかまけている兄貴をおいて、赤いトレアドル・パンツ（注・足首より短めの細身のパンツ）のよく似合う、生きのいい妹は、バケツをさげ、家の中へ帰って行きかけたが、台所口のところから、ふと振り向くと、

「ところで順」

と呼びかけた。

四つ上の兄を、彼女はいつも、順、順と呼びすてにしている。

「ねえ……、スピード・テストはいいけど、その、百キロなんていうのは、やっぱりよさない？」

順一が、いやに張り切っているのが、やはり不安な感じで、彼女の心にひっかかっていたらしかった。

「こわいのかい？　こわけりゃ、和子は来なくていいよ」

兄はペイントを塗りながら意地悪く答えた。

「ふん」

と、ちょっとふくれて、妹は台所へ姿を消した。

順一のつもりでは、しかし、ちっとも浮っ調子に考えているのではないのだ。時計会社の技師らしく、彼はきのうから、この中古車について、すでに綿密なテストをし、きちょうめんにノートをつけていた。

路地の入口に、

「眼科　三津田医院　そこ」

と看板が出ている。

それは、生垣の家々にひっそりとかこまれた住宅地の中で、その看板でもなければ、そんな所に眼医者があるとは、ちょっと気がつかないような場所であった。

午後の診察は、六時でおわる。

通いの看護婦の野村さんが、

「お大事になさいませ」

と、最後の結膜炎患者を送り出し、順一が、やっと車のそばをはなれ、手を洗って上って来ると、奥の食堂で家族の夕食が始まった。

順一は、きのうからやったテストの結果を、夕食の卓で、得意になってみんなに話して聞かせた。

「まず、会社までの所要時間だけどね」

彼は言った。

今まで、バスで阿佐ケ谷駅へ出て、そこから国電を利用し、平均通勤所要時間は、一時間と五分かかっている。

きのう、自動車による最初の試験では、朝八時台に、四十三分三十秒でたどりつけた。

「つまり、自動車を買ったおかげで、これからは、標準として、二十一分三十秒、朝寝が出来るんです」

「やれやれ。朝寝をするのに秒で勘定するとは、時計屋はちがうよ」

父親はそう言って笑った。

順一の報告の第二は、ガソリンの消費量についてである。

ガソリン・タンクをいっぱいにして走りまわって来て、もう一度タンクをみたし、使ったガソリンの量で、走行キロ数を割ると、一リッターあたり、平均何キロ走れるかの答が出る。

それは、タクシーのことを考えると、びっくりするほど安あがりで、五十円分ほどのガソリンで、東京の西の郊外から、隅田川の向うまで走ることが出来る計算であった。

自動車に夢中になっている息子の、第三の報告は、衣服費、洗濯費の節約に関する問題で、彼は、

「それは、まったくその点、得なんですよ。みんな、ここの所へ気がつかないのは、不思議だな」

と、自動車のセイルス・マンみたいな口をきいた。

研究所では、彼は、医者のような白い上っぱりを着て仕事をしているが、通勤には、やはり一応身ぎれいな恰好を要求される。

しかし、盛夏になると、糊《のり》のきいたワイシャツも、アイロンのあたったズボンも、蒸

し風呂のような通勤電車の中で、たった一日でくしゃくしゃになる。それは、考えてみると、たいへん無駄なことだ。

これからは、ポロシャツと、悪いズボンで乗りつけて、すぐ研究所の更衣室へ飛びこめばよろしい。

少くとも夏場は、ガソリンの三十リッターぐらいは、衣服費、洗濯費から浮かせることが出来る。

もっとも、妹が免許証を取って来ると、週に二回彼女に車を提供する義務が発生する。

「まあ、和子は、夏の間はゆっくり勉強して、警視庁の試験には出来るだけ何回でも、落っこちてくれよ」

順一はそう言って、妹ににらまれた。

一本のビールを、半分息子に分けて、唇のはしに泡をつけ、ゆっくり楽しんでいた父親の三津田博士は、順一のおしゃべりが一段落つくと、

「ところで、どうかね、めしが済んだら、自動車のお祝いに、御家庭麻雀をつきあってやろうか？」

と、子供たちに向って言った。

「つき合ってやろうか、なんて、恩きせがましいこと言って、また斎藤先生にふられたんでしょう？」

と和子は父親をからかった。

斎藤先生というのは、近所の、麻雀好きの産婦人科の医者のことだ。

「だめよ。お兄さんは、今夜もドライヴに出かけるんですとさ」

和子は言った。

「あのね、お父さま。いやなこと言ったげましょうか。賭《か》け事に熱中するなんて、あれは、人生に希望を失った人間のやることだってさ。——順の説よ」

「生意気言ってやがる」

父親は、ビールのコップを、ぐっと乾しながら、ほんとに少々いやな顔をした。

「そんな、おい。僕は、それぞれ趣味だもの、おやじさんのこと、そんな失礼な言い方、しやしなかったぜ」

と、順一は、あわてて五万円の株主に対する批判について弁解し、

「ただ、今夜、未だ、やり残したテストがあるんでね」

と言った。

医者の博士は、馬に食わせるほどいることはいるが、とにかくこの、眼科の博士は、勝負事が好きで、麻雀の最中に急患が来ると、ひどく迷惑そうな顔をし、上の空で診療をするという噂がある。

根が少し怠け者らしく、満五十五歳、医者としては重みの出たいい年輩なのだが、三津田眼科は、いつまでたっても、一向盛大にならないようであった。多少、人生に希望を失っているようなところが、無いこともない。

「だけど、機械っていう奴は、いいなあ」

と、順一は、半分ひとりごとのように、また言い始めた。「まったく、犬や馬より忠実で、動物のように厄介な感情を持たない生き物だから、好きさ。ガソリンさえ食わせておけば、走れ！ すぐ走り出す。もっと早く！ と、僕が命じる。あいつは命令されたスピードまで、確実にスピードを増す。とまれ！ ただちに、あいつはとまる。眼をかがやかせ！ あいつは、こうこうと、二つの眼玉をかがやかしはじめる」

「百キロ出せ！ あいつは、ただちに百キロ出して、人をひき殺し、兄貴は刑務所へ行く」

と、和子がまぜっ返した。

「いやよ。そんな無茶な、おそろしいことはしないでちょうだいよ」

と母親が言った。

「だけど、お父さまは麻雀、あんたたちは自動車。お互いに、それだけ夢中になれることがあるのは、羨しいことねえ」

「そのうち、八ミリのカメラを持って、箱根かどこか、ドライヴに連れて行きますよ」

と順一は言った。

四人の家族、神ならぬ身で、それから一時間半後に、どんなことがおこるか、誰も想像してはいない。

順一の時計会社では、写真機のシャッターも作っているので、カメラは安く手に入る。

彼は、今夜のスピード・テストの模様を、割引で買った八ミリの撮影機で、妹に記録させておきたかったのだが、暗くてとても駄目だろうと、思いなおして、やめにした。

もっとも、兄も妹も、両親の前では、百キロの話などはしない。

順一は、さりげなく、

「ところで、和子はどうする？　家にいるかい？」

そう妹に訊《き》いた。

「仕方がない。行ったげるわよ。わたしのお友達の美沙子ね、へなへなの小さな車を持っているんだけど、時々違反でお巡りさんにつかまると、そりゃもう、頰《ほ》っぺたの筋肉が痛くなるくらい、にこにこにこにこ笑って見せて、『あらア、たいへん。ごめんなさい、あらア、どうしましょう、あたし』なんて言って、たいてい許してもらうんだってさ。まさかの時、女の子がいた方が、都合がいいらしいから、行ってあげるわ」

やがて、夕食のあとのお茶がすんで、順一は、「可愛い生き物」が待っている外へ出た。

父親は、麻雀がお流れになって、少し機嫌を悪くしたらしく、

「眠くなった」

と言って、書斎へ引きとった。

エンジン・オイルや、水や、タイヤの空気圧を、順一は一つ一つチェックした。

ライトもつけてみる。

どこにも、不備なところは無い。

手さげ籠《かご》を持って出て来た妹を、助手席に坐らせ、

「さあ、行こう」

と、彼は車のスイッチを入れた。

磨きあげられた中古自動車は、軽いうなりを残して、

「眼科　三津田医院　そこ」の看板のある路地を、ぐるりと廻って表通りへ出ていく。

セカンドからトップへ、ギヤを切りかえてアクセルを踏む。

「四十キロまであげるのに、十四秒しかかからない」

順一は、満足そうに言った。

中野の昭和通りへ出る。

バスやタクシーや、オート三輪が、たくさん走っている。蛙《かえる》の夫婦みたいに、尻に若い女を抱きつかせた雷オートバイが、えらい勢いで、ななめにタクシーを抜いて行く。

順一たちの車も、その間を縫って、新宿の方向へ、調子は上々で走って行った。

しかし、スピード・メーターの針が、六十キロちかくを、ピクピク振れ出すと、

「順！」

と、和子が口をとがらせた。

「出すぎてるでしょ？　ここの制限は四十キロですよ。交通法規を勉強したの？」

兄は、黙って、わざと、もっとスピードを上げはじめた。

「順、無茶なことはやめなさい！」

「………」

「やめなさいったら、順。順、やめて！」

と、妹はしまいに金切声を出した。

妹が、あまりやかましく言うので、順一は少しスピードを落したが、彼女をつれて来たことを、少々後悔した様子で、

「まったく、うるさいなあ。だから、文句を言うんなら、来るなって言ったじゃないか。きょうは、スピード・テストだって、はじめからことわってあるんだ。大体タクシーを見てみろよ。みんな、このペースで走っているんだから」

と言った。

「なにも、神風タクシーのまねをすることはないでしょ。やめなさいよ、ほんとに。順ひとりで買った車じゃないのよ。事故でも起したら、どうするの？」

妹は怒っていた。

順一も、これからいつでも、この車をこんな速度で、東京都内を走らせようと思っているのではない。ただ彼は、七十キロ、八十キロ、百キロと、ちゃんと試験をして、一応ノートに記録してしまわないと、気が済まないのだ。

それで二人は、そういう風に、絶えず口げんかをしながら、スピードを出したり落したり、ほかの車を抜いたり、抜かれたりしながら、東中野の駅の横を通って、青梅街道

の地下鉄の工事場を横切り、南へ向って行った。

道は、京王線の踏切を越すと、たいへんいい道になるが、まだ宵の口で、車の往き来がはげしい。

順一が思うような、高速のテストが出来そうなところは、なかなか無かった。

しかし、半分夢中で、山手線の外がわを、ぐるぐる、一時間ばかり走り廻っているうちに、二人はいつか、東京急行池上線の、長原駅の近くへ出て来ていた。

駅の横の踏切をわたると、そこから、広い道が、大森の方へ通じている。

「ふん。ここは、よさそうだぞ」

順一は、オート・レースに出場する選手のような顔をした。

「和子がいくら文句を言っても、僕は、テストだけはやって来ますからね。こわいんなら、おりてなさい」

「あら、そう。それなら無論、わたしおりるわ。さっき八十キロでしょう。百キロなんて、およそ気ちがい沙汰だわ。ひとりで、いくらでも無茶をやりなさい」

売り言葉に買い言葉、和子はプンプンしてドアを開けた。

順一は、ドアをしめ、一度坐りなおして、しっかりハンドルを握った。

その、運転台の窓から、和子はもう一度、

「あのね、勝手に、百キロでも、百五十キロでも出して、死んでいらっしゃいね」

と、にくまれ口をきいた。

「君は、それで、家へ帰るかい？　駅はそこだ。電車は、あれは安全な乗り物だぜ」

「何言ってるのよ。あすこの赤電話のところで、いつでも一一九番が呼べるように、待ってててあげるのよ」

「そうか。そいつはありがたい。救急車の手配まで考えていてくれるのなら、安心だ」

順一も、負けずに答えた。

車は走り出した。

しばらく、洗濯板のようなゴトゴトした道がつづいていたが、それからすぐ、なめらかに鋪装された、広い、すばらしい道が、一直線に見えて来た。

五十五キロ、六十キロ。

順一は、ボロ車のアクセルを、いっぱいに踏みこんだ。

右手に、R光学の建物があらわれる。

R光学前の、ゴーストップは、緑色に光っている。

順一は、スピードをゆるめずに、その交叉点を、矢のように過ぎた。

七十キロ、七十五キロ、と車は加速して来る。

いい気持だ。

前にも、うしろにも、自動車の影はほとんど無い、何の危《あぶ》な気も感じられなかった。

自分の車を持つのははじめてだが、彼は、学生時代には大学の自動車部に籍をおいていたし、会社へ勤めるようになってからも、ドライヴ・クラブの車を、相当乗り廻していたので、腕には自信があった。

正面に、第二京浜《けいひん》国道の陸橋が見えて来る。

八十キロ。

道は、立体交叉で、第二京浜の陸橋の下をくぐり、ゆるやかな下り坂になる。

まるで、写真で見る、アメリカの高速道路のようだなと、彼は思った。

下りにかかると、一層楽々と、スピードが上って来る。

八十五キロ、九十キロ。

車が、ちょっとふるえて、ツルッ、ツルッと、わずかに横すべりする感じがある。

しかし、大丈夫だ。

九十五キロ、九十七キロ、あと、ほんの一息。

「百キロ……よし。これで確実に百キロのテストに成功した」

順一がそう思って、ちらと、腕時計を見ようとした時、アメリカの高速道路のように、なめらかで広かった道が、くらがりの中で、急にほそくなりはじめたのに、順一は気づいた。

「おや？」

道は左へカーヴし、車はぴょこんぴょこんと、はね上った。

不意に、狭い、黒い、鉄道のガードが、映画の大写しの場面のように、大きく眼のまえにおおいかぶさって来た。

「あッ！」

彼は一瞬青ざめ、身体中に汗が湧くような感じがし、無意識にブレーキを、強く踏んだ。その時、狭いガードの下から、無灯火の自転車が一台、ふらふらと出て来た。

順一は、ハンドルで避けようとした。

それは、全体で、三秒たらずの間の出来事であった。

急ブレーキのかかった車は、キキキキキと叫び声をあげながら、「一時停止」と、大きな黄色い字で書いた品鶴《ひんかく》貨物線のガードの、コンクリートの、がっしりした橋げたに、まっ正面から、猛烈ないきおいでぶつかって行った。


和子は、長原駅の近くの、煙草屋の赤電話のそばで、いつまでも待っていた。

れいの水野美沙子という、前から自動車を持っている友達に電話をかけて、とうとう自分たちも車を手に入れた報告かたがた、麻雀ばかりやっているおやじや、交通法規を無視するスピード狂の兄貴や、男性の馬鹿さかげんについて、長いおしゃべりをすませたが、それでも順一の車は帰って来ない。

「なにをしているのかしら……？」

遠くから消防自動車か、救急車か、サイレンの音が、長い尾をひいて、不気味な悲鳴のように聞えてくる。

このごろは、サイレンを鳴らして走る車は、救急車や消防ポンプにかぎったことではなく、パトロール・カーも、ガス会社の修理用の車も、血液銀行の自動車も、みんなそうだから、あの音は、東京中どこにいてもよく聞く音だが、和子は何だか不安な気がした。

「勝手に、百キロでも百五十キロでも出して、死んでいらっしゃい」

などと、縁起でもないことを言わなければよかったと、彼女は後悔した。

「だけど、まったく、どこまで走っていってしまったのかしら……？」

赤電話のそばを離れると、はぐれてしまいそうで、動くわけにも行かないのだ。

また、新しく、別のサイレンの音が聞えて来る。

「もしかして……」

和子は、不吉な感じがし、段々落ちつかなくなって来た。

しばらくたった。

赤電話の前に、空車のタクシーがとまって、運転手が煙草を買いに下りて来る。

「小母さん、ピース一つ」

運転者は、釣り銭をあつかう馴れた手つきで、ポケットから、小銭をザラザラ出しながら、

「あすこの、品鶴《ひんかく》線のガードのところで、自家用の小型が、ひどい事故をやってやがら」

と言った。

「あら、そうですか？」

店仕舞いをしかけていた煙草屋のかみさんは、ねむそうな声で答えた。

「馬鹿なスピードで、コンクリの橋げたにもろにぶっつけちゃって、あれじゃ、何だってたまらないや」

和子は、息を嚥《の》んだ。

言葉が出ず、彼女は、黙って栗鼠《りす》のように、そこにとまっているタクシーの、客席へとびこんだ。

ピースを一本抜いて火をつけ、うまそうに吸いこみながら戻って来た運転手は、

「どちらへ？」

と、メーターを倒した。

「その、事故のあったところへ、早く、つれてって」

和子は辛うじて、早口で言った。

「へ？」

運転手は、不思議そうな顔をした。

「事故を見に行くんですか？　物好きだなあ。ちょっと珍しい、ひどい事故ですぜ。気持悪くなりませんかね？」

「急いで。急いで」

と、和子は、あえぐように言うだけであった。

タクシーの運転手は、やっと、この若い女とあの事故と、何か関係があるようだと、悟ったらしい。

彼は黙って車を廻し、もと来た道へ走り出した。

しかし、身内の者は、同じ身内の者の不幸については、最後まで、希望的観測を捨て切れないものらしい。

「事故というのは、きっと順の車だ」

和子はそう思いながら、一方では、

「いや、絶対ちがう。それは、よその人のよその車だ。順は、今にもそのへんからクラクションを鳴らして、『おいおい、和子、血相変えて、どこへ行くんだ?』と言って、あらわれて来るんだ」

そう思って、キョロキョロ外を眺めていた。

タクシーは、ガードの少し手前でとまった。野次馬が集って来ていた。

現場からは、ちょうど白い救急車とパトロール・カーとが、両方とも去って行こうとしているところであった。

——事故があると、まず、近くの交番の巡査がかけつけて来る。一一〇番に入った知らせは、無線電話の指令になり、それを受けたもよりの位置のパトロール・カーも、間もなく、サイレンを鳴らしてかけつけて来る。

消防署からは救急車が、やはりサイレンを鳴らして出動して来る。

赤電話のところで和子が聞いたのは、その二台の緊急自動車のサイレンの音だった。しかし、はっきり即死と分った場合は、救急車は死骸は引きとらない。一旦かけつけて来ても、そのまま帰って行くのだ。

すでに息が絶え、骨のくしゃくしゃになった順一のからだは、別の、池上署の警察輸送車に積みこまれて、その場を去って行ったあとであった。

和子は野次馬をかきわけて、そこにひっくり返っている車の、番号を、おそるおそるのぞいた。

「5む180×」——。

もう疑うことは出来ない。

夕方、そのまるいボディを、きれいに洗ってやった「忠実で非情な、可愛い生き物」は、ドアがへし折れて内側へめりこみ、屋根は半分かたちを失い、いたるところ、岩山のようにとげとげと三角型にゆがんで、まるで嚙み捨てたチューインガムみたいに、そこで横死を遂げていた。

「順は？　順は？　ああ、ああ、あああ」

和子は、口を大きくあけて、けだもののような声を出し、そこにいる制服の警官にすがりついた。

野次馬の整理と、現場の保存に残っていた巡査は、いきなり若い女に抱きつかれて、すっかり面くらい、

「何ですか？　どうしたんですか？　あんたは、何ですか？」

　と言った。

「兄が、わたしの兄が……。順は、どこへ運ばれて行ったんでしょう？」

　和子は、膝がガクガクふるえて、立っていられなかった。それで地面に膝をつき、警官の脚にすがりつき、ラヴシーンのごとき恰好で、上目づかいに、上ずった声で質問した。

　道の上に、厚い血糊が、こってりと、一尺四方、ペンキを塗ったように流れている。気持の動転した和子は、しかし、血には気づかなかった。ただ、兄の姿がそこに無いことだけが分った。

「病院へ連れてってて。順の行った病院を教えて」

　哀願するように、彼女は言った。

「ああ、この車を運転していたのは、あんたの兄さんなんだね？　しかし、あんた、病院って言ったって……」

　さすがに、即死だったとは言いかねて、警官は口ごもった。

　和子は、とにかくたいへんなことが起ったとは思っている。が、兄が即死したとは、考えていなかった。さきほどの救急車が、怪我をした兄を、病院へ連れて行ったのだとばかり思っていた。

　だから、気持のすみには、

「言わないことじゃない。たいせつな車を、自分勝手なことをして、二日目にめちゃくちゃにしてしまって」

という、順一に対する憤慨の思いも、すこしはまじっていた。

ちょうどその頃、三津田順一の死体をのせた輸送車は、多摩川大橋にちかい第二京浜国道沿いの、池上《いけがみ》警察署に到着していた。

臨時に、警察の車庫が霊安室にされることになり、担架にのせられた遺体は、むしろをかぶせられて、うすぐらいその車庫の中へ運びこまれた。

誰かが、ありあわせの花と、線香を持って来て、遺体に供えた。

署では、このあと、都の監察医務院から正式の検屍が来るのを待つのだ。

交通課の古参警官が、職業的な手つきで、むしろをめくって見、

「ふうむ。こいつはひどい。こんなひどいのは、俺もちょっと見たことがないな」

と、腕組みをして、うなった。

順一の身体中の骨は、内部でコナゴナになっていた。ちょうど、魚をまな板の上にのせて、出刃庖丁でめった打ちにしたように、或いは、氷を袋に入れて、金槌でトントン叩き砕いたような具合に――。

指をひっぱってみると、指はズルズル抜けて来そうになる。頭を指でおさえると、頭蓋骨が砕けているので、おさえた指は、じかに脳味噌の中へ、ぬるりとめりこみそうになった。

顔も胸も、まっ黒にオイルをかぶっていて、へんな匂いがする。

「こりゃ、絶対九十キロ以上出していたね。これじゃ、苦しむひまもなしに、仏さんになっただろうよ」

と古参警官が言った。

「はあ。ここの頭のところが、股の間へ、こう、奇術師のように、ぐんにゃり曲りこんでおりました」

と、現場を見に来た警官が答えた。

「あすこは、しかし、広い道が急にせまくなって、くの字型にガードへかかりますから、危いところです。四年ほどまえにも、本署で一件、ひどいのを扱いました」

「遺族には、連絡がとれたかね？」

「家へも電話をしましたが、現場にちょうど、本人の妹が来ておって、今こっちへ来るそうです」

と、もう一人の警官が答えた。

……二十分ばかりおくれて、池上署へ、和子がかけつけて来た。兄が担架の上でむしろをかぶっているのを見ると、彼女はそのまま気を失った。

まけとし

東京の、墨田区竪川《たてかわ》――。

といっても、さて、ぴんと来ない人が多いかも知れない。

長年東京に住んでいる人でも、山の手の住人だと、そんな町の名前は聞いたこともないという人が少くないだろう。

日本橋あたりから、隅田川をひとまたぎ、タクシーで十分ほどのところだが、山の手人種や銀座人種には、たしかに、あまり縁のない土地である。

いったいに、同じ東京でも、山の手と下町とでは、町の様子、人々の気風、言葉、いずれも、大分ちがっている。

そして、同じ下町でも、隅田川の西、つまり日本橋京橋側と、川の東、つまり、本所深川向島側とでは、また大分おもむきにちがいがある。

山の手の奥さま連中は、日本橋のデパートまでは買物に来るが、それから橋をわたって、川の東がわへは、めったに足をのばさない。

一方、川の東の住人たちの中には、世田谷区だの杉並区だのというところは、生れてから一度も行ったことがないという人が、たくさんいる。

彼らにとっては、銀座さえも馴染《なじ》みのうすい町だ。あちらは、どうも妙にハイカラで、気どっていて、取りつきにくいような感じがするのであろう。

「西銀座デパート開店」

という記事が、新聞に出ていたのを見て、江東のオバサンたちが、外電だと思っていたという話がある。

その墨田区の、竪川。

そこは、ぽんこつ屋の町だ。

竪川の町名と同様、ぽんこつ屋という商売もまた、一般の人には、あまり耳馴れないものであろうが、それは、使い古したボロ自動車や、事故をおこして、修理も不可能になったような自動車を買いとって、バラバラに解体し、鉄板はスクラップに、生かして使える部分は、セコハンの部品にして売買する、一種の古物商である。

竪川一丁目、二丁目の一帯には、東京中の、自動車解体部品業者の七割がたが集っていて、町は、ほとんど軒なみ、七八十軒、ぽんこつ屋ばかりだ。

ぽん、こつん。

ぽん、こつん。

ぽんこつ屋は、タガネとハンマーで、日がな一日古自動車を叩きこわしている。

もっとも、解体業者たちも、このごろでは少しばかり機械化されて、ボロ車を焼き切るのに、アセチレンと酸素を使うことが多くなった。

　竪川二丁目一番地のぽんこつ屋、犬塚商店の住み込み店員、熊田勝利《かつとし》は、油だらけの手で、店先の電話にかかっている。

「へえ、そうですか？　ああ、なるほど、そうですか」

と、彼は、しきりに相槌を打っていた。

　受話器の中から聞えて来るのは、本所警察署の、遺失物係の警官の声である。

　熊田勝利は、もうすぐ満二十六歳になるいい若い衆だが、時々、とんでもないことを言ったり、とんでもないしくじりをしたりして、犬塚商店の旦那の犬塚君二郎に、よく叱られる。

　つっけんどんという言葉があるが、彼は、それを、つゝつけどんといって、みんなの笑い話のたねにされたことがあった。

　轟《とどろき》夕起子《ゆきこ》という女優の名前を、トドロキタキコといって、やっぱり、みんなに大笑いをされた。

　平素がそんな風だから、ここのところ、大手柄をたてたような感じで、彼はいい気分なのだ。

「へえ、へえ」

　と電話の前で、彼は何度もうなずいていた。

「群馬の県警を通じて、上州バスに問い合せてみたんだがね」

と、受話器の中の、本所署遺失物係の声は言っている。

「先方では、全く心あたりがないそうだ」

「なるほど」

「払い下げたバスは、いわばまあ、中のゴミまで、いっしょに売ったのだからして、何が出て来ようと、それは、そちらで適当に処分してくれて結構だと、そう言っておるそうだからね」

「そら、ごもっともですわ」

勝利は言った。

「………」

警察の遺失物係は、ちょっと沈黙した。

この場合、「ごもっとも」という挨拶は、あまり適切ではあるまい。警官は、少しからかわれたような気がしたらしい。

しかし、本所署の遺失物係は、決してつっ、つっ、けっ、けどんではなかった。ちょっと黙っていてから、また親切に、

「きのうあんた、交番から預り証を受け取らずに帰ったそうだが、預り証を発行しますからね、あんたが本人で、署まで取りに来なさい」

と言った。

「へえ、すぐ行きます」

熊田勝利は、嬉しそうな顔をして、額の汗を、手の甲でぬぐった。

ひるめしに柳川鍋を食って、一汗かいた旦那の犬塚君二郎が、ステテコ姿で首にタオルをひっかけ、爪楊枝《つまようじ》をつかいながら、店へふとったからだをあらわして、

「おい、勝利!」

と呼んだ。

勝利は首をすくめた。

旦那が、カツトシと本名で呼ぶ時は、あんまり機嫌がよくないのだ。

うまい商いがあって、ビールでも一杯ひっかけて、御機嫌のいい時は、必ず「マケトシ!」と呼んで来る。

「さっきのダットサン、あれ、きょう中に片づけてしまえよ。——何だい、その、へえ、へえ、と言ってるのは」

勝利は、電話の応対をつづけながら、

「わかってます」

という風に、旦那の方を見てうなずいた。

「ところで」

と、勝利は、旦那の方に多少気をかねながら、つづけた。

旦那の機嫌が少しぐらい悪いからといって、この電話を途中で切るわけには行かない。

「ひとつ、つかんことうかがいますが、あのお金、一体、いつごろになったら、僕のも

んになりますかいな？」

「ほう。あんた、なかなか慾《よく》が深いね。慾が深くて、せっかちだね」

遺失物係は笑った。

「そんなこと言うけど、お金は重宝なもんやさかい、いずれ貰えるもんなら、一日でも早う戻してもろた方が、誰かてありがたいのとちがいますか？　あんたかて、もし、現金で三万円拾うてみなはれ。お互い、薄給の身やさかい、いつになったらあの金、自分のもんになりよるねんやろな、やっぱりそう思いなはるやろが」

勝利は、電話口で、まじめな顔をしてそんなことを言った。

警察の遺失物係は、また少し気分を害したらしい。

「そんな余計なことを言ってないで、とにかく、預り証を取りに来たらどうかね？　訊きたいことがあれば、署で、何でもくわしく説明してあげるから」

「そら、行きます。もちろん行きます。すぐ行きます」

勝利はそう言って、やっと電話を切った。

「まったく、馬鹿なことを言ってやがら。宝くじでもあてたみたいに、有頂天になりやがって」

犬塚旦那は言って、下駄をつっかけ、ぶらりと表へ出て行ってしまった。床屋で髭《ひげ》でも剃って来るつもりらしい。店はひまだ。

――ぽんこつ屋の、仕入れの大きな商いと言えば、官庁の、もう使えなくなったボロ自動車、国鉄やバス会社のボロバスなどが、一括払い下げになることになって、その入札が行われる時である。

先《せん》だって、群馬県のバス会社で、古バスの大量払い下げの入札があり、犬塚商店の旦那は、おなじ竪川すじの同業者四人と、共同で伊勢崎まで出向いて、それを落し、全部買い取って来た。

その中の一台の、古いバスを、きのう勝利がばらしていると、後部のシートの裏から、ほこりまみれの、赤ちゃけた、薄い新聞紙包みが出て来た。何気なく彼がひらいてみると、中に五千円札が六枚入っていたのである。

「ひゃあ」

と、勝利は、びっくり箱を開けたような声を出した。

解体した自動車の中に、十円玉の三四枚も落ちていて、ありがたくちょうだいすることにし、みんなで焼芋かアイスキャンデーを食うぐらいのことは時たまあるが、こんな大金が出て来たのはぽんこつ屋街はじまって以来の珍しい出来事であった。

犬塚旦那と熊田勝利との関係は、ふつうの主人と使用人という間柄とは、少々ちがっている。

くわしい事情は、おいおい説明しなくてはならないが、勝利の父親の熊田源三は、むかし、犬塚の旦那と仲のいい、同じ町の同業者であった。

つまり旦那の方からいうと、勝利は、昔の友達の残して行った、一人息子なのであった。

勝利の両親は、前の戦争中に亡くなったらしいといわれている。——いや、今では、熊田源三夫婦が生きていると信じている者は、一人もいない。

そういう境遇の勝利を、店に引きとっている犬塚旦那は、古新聞に包まれた六枚の五千円札を見せられた時、ふと、これは妙に何だか縁起のいいはなしだ、という気がした。根が世話好きの旦那は、いずれは勝利にいい嫁を持たせて、むかし熊田商会のあったところの地所へ、ぽんこつ屋の店を一軒ひらかせてやらねばなるまいと、思っている。勝利は、死んだ父親とちがって、日常のことに目はしがきかず、あだ名に相応のとぼけ方をしていて、あんまり頼りにならないが、じゃがいもだって芽を吹く時が来ようというものだ。

犬塚旦那は、競馬が好きだから、勝利がこんな金を拾ったということは、賭事でいうつきが廻って来る前兆ではないか。持主があらわれるにせよ、あらわれないにせよ、勝利の将来に、何かの転機をもたらすきっかけを、この金が作り出しはしないか、とにかく、奴《やつ》に一ともうけさせてやろう、そんな気になったらしい。

それで、

「ふむ。バスを買ったのは俺だが、この金は、まあ、まけとしのめっけ物だろうな。お前、自分で適当に始末しな」

と、あっさり拾得品を、勝利にまかせてしまったのである。

しかし、適当に始末するといっても、十円玉とはちがうから、ありがたくちょうだいして置くというわけには行かない。勝利は、きのう早速に、息せき切って、それを交番に届けて来たのであった。

犬塚の、熊田のまけとしが、バスの中から三万円拾ったそうだという噂は、たちまち、町中にひろまった。

「宣伝カーが、遠出をするのに、予備タンクをつけてくれという注文なんだが、あんたとこに、二尺五寸ぐらいの、四角いガソリン・タンクの出物ないかね？」

などといって、ものさしを持ってぶらりと入って来る近所の店の若旦那などが、

「時に、マケ公、お前、すごい拾い物をしたそうじゃないか？」

と、からかって行く。

勝利は、平素が平素だから、それで、きのうから非常にいい気分になっているのであった。

犬塚家の末娘の、花江などは、

「花江ちゃん、おごったるなあ。待っててや」

というのを、もう、二十回ぐらい聞かされていた。

「たかが、三万円やそこらの拾いもので、すっかりのぼせてしまいやがって、そんな料簡じゃ、大成しねえぞ。大体、そんな金、返って来るにしても、半年だか一年だか、先のことだぜ」

と、犬塚の旦那は、縁起がいいと喜んでやったのも忘れてそう言うのだが、勝利は上の空でろくに耳へ入らない。

きのう以来、仕事の方まで、半分上の空である。

そうなると、旦那は少々機嫌が悪くならざるを得ない。

「あれ、にせ札じゃないか？　落ちてるはずのないところへ、あんな金が落ちてたのは奇妙だよ。きっと、にせ札使いが、つかまりそうになってねじこんで行ったにせ札だろう」

と、旦那はしまいに、いやがらせを言ったりした。

勝利の方はしかし、

「はあ、にせ札やったら、にせ札集めのマニヤのところへ持って行ったら、三倍にも五倍にも買うてくれるて、前に新聞に出てましたわ。よけい有難いですわ」

と、けろりとしているのだから、始末が悪い。

それに近ごろ、五千円のにせ札があらわれたという話も、聞かないようだ。

縁起がいいだの、すごいだのと言われて、勝利は、旦那の機嫌どころではなかった。

そこへ、本所警察署の遺失物係から、電話がかかって来たという次第なのである。

電話の途中で、旦那が、ぶらりと表へ出て行ったのを幸いに、彼は、

「そんなら、ちょっと警察まで、預り証もらいに、行って来ます。おもての車、使わしてもらいまっさ」

と、おかみさんに声をかけた。

ぽんこつ屋の店ではどこでも、商売物だから、自家用の自動車の一台や二台は持っている。

店の前の、ねずみ色の小型トラックも、犬塚商店の足の一つで、勝利がそれのエンジンをかけていると、末娘の花江が聞きつけて出て来た。

「マケ公、本所署から呼び出し？　いよいよすごいわね。しっかり」

花江は言った。

何が、いよいよすごいのか分らないが、勝利は、油だらけの顔をほころばせて、

「うん。すごいすごい。アイスクリーム、たんとおごったげるな」

と言った。

花江は高等学校の二年生だが、未だ色の黒い、かたいからだをしていて、髪は長い二本のお下げで、むかし「フクちゃん」の漫画にあったナミ子さんそっくり。至極子供っぽい。いつも、アイスクリームばかりなめて、よろこんでいる。

だけど、彼女は、

「なにさ。けちん坊、三万円ひろって、アイスクリームじゃすまないわよ」

と、走り出す勝利の方に、赤んべえをして見せた。

通りには、あちこちの店先に、事故でくしゃくしゃになった乗用車や、ナンバー・プレートの無い、タイヤも丸坊主のボロ車などが、ほうり出してある。

「東京都墨田区竪川二丁目一番地　犬塚商店」

と、白ペンキで書いたからの小型トラックを、勝利が運転して走り出すと、電車通りの手前の床屋の中で、鏡の前に、旦那の犬塚君二郎が白い布をかぶって、髭を剃ってもらっているのが、ちらりと見えた。

勝利はまた、ハンドルの上で首をすくめた。

「床屋がすむまでに、早いとこ帰って来て、あのダット、ばらしにかからなんだらおこられるぞ」

と彼は思った。

「旦那は親切やけど、気が短いんでかなわんわ。まけとし！　かつとし！　ぐらいならええけど、グズグズするな、このぽんこつ野郎！　と来よるさかいな。ふとった人は、おっとりしとるもんや言うけど、うちの旦那は、どうしてああ、気が短いんやろ？　僕もこんな車一台持って、店かまえて、早う一人前にならんと、あかんなあ」

おやじの残した土地だけはあるけれども、勝利には、まだ独立するための資金の見とおしは、皆目ついていなかった。

車を一台持って、一軒の解体業者として独立するということになると、どうしても、まとまった資金が要るのだ。

「あの金、もどって来たら、あれ元手にして、なんぞうまいマネー・ビルの方法でもないやろかなあ……」

千歳町の電車通りに出る。

酒屋の店に、

「しやしビールあります」

と書いた紙が貼ってある。

高層建築のない、ゴミゴミした町並を、真夏の太陽がぎらぎら照らしていて、まったくしやしビールの飲みたいような、ひどい暑さだ。

「いっぺん、旦那にたのんで、競馬へ連れてってもろて、大穴あてるというのは、どうやろ？　たちまち、資金ぐらい、出来よるやろがなあ」

勝利は片手で汗をぬぐいながら、思いつづけた。

「いや、しかし、いかん。いやいや、あれはいかん。旦那はあてた時の話しか、せえへんけど、あの、すって帰って来た時の、かっとし！　かっとし！　かっとし！　て、大安売りみたいに、人の名、呼ぶ時の、あの機嫌の悪さは、どうや。する時の方が多いのや。元も子も無うなるわ。あれはあかん」

一人で、勝手な空想をして、勝利は口の中でぶつぶつ言っていた。

「そやけど、この三万円、ぽんこつバスの中から見つけたいうのは、旦那も言うてくれたけど、何やしらん、えらいめでたい感じ、するわ。これから僕にも、ちょっと、人生の運ちゅう奴が、向いて来よるのんと、ちがうかいな。僕かて、そういつまでも、みなし児の、まけとしで、ぽんこつ野郎やったら、可哀そうやないか」

東両国緑町の交叉点を左へ折れると、本所警察署は、すぐそこだ。

マネー・ビルのことなど、あれこれ考えているうちに、着いてしまった。

勝利は、トラックを横町にとめて、鍵をかけ、警察の表玄関の、高い階段を上って行った。

「戸じまり第一わが家の幸福」

などと、標語が出ている。

制服の警官が大勢、事務をとっている。隅っこで、出前のざるそばを、すすり上げている警官もいる。

しかし、警察の中というものは、何となく陰気くさい。誰にでも、多少は、悪い事、手錠、留置場、取調べ、差入れ弁当、という風なものを連想させる「いやアな感じ」があるようだ。

手錠をはめられたチンピラ風の若者が、巡査といっしょに表から入って来たのを見ながら、勝利は、

「僕は、しかし、立派な目的でここへ来とるんやぞ。油くさいなりしてても、僕は、ちょっとちがうんやぞ」

という風に、わざと胸を張って、

「遺失物の係は、どこですか？」

と尋ねた。

教えられて、中へ入ってみると、係の人は勝利を待っていた。

「ああ。あんたかね？　あんたが、熊田勝利さん、本人ですね？」

「そうです」

「さっき、あんたが電話できいておった件だがね、……それについて説明しますが、この金は、遺失物法によると、準遺失物の扱いになるが」

「へえ？」

「いずれにしても、向う二週間本署に保管してから、落し主があらわれなければ、警視庁へ廻されることになる。正確にいうと、警視庁総務部会計課遺失物係へ廻されるね」

「なるほど、へえ」

「そこで、さらに六カ月間保管されて、その間にも、やっぱり落した人があらわれ出ないということになると、そこで初めて、拾得者の所有になる」

「へえ？　……六カ月も待たんならんのですか？」

「そりゃ、そうだよ」

と遺失物係は言った。

「あのね、君、見つけた金を、正直に届けてくれたのは、たいへん結構だけど、何もこの金、あんたのものというわけじゃないんだよ。落して、困っている人がいるにちがいないんだから、出来れば、正当な持主に返してやりたいというのが、たてまえだ」

「そら、まあ、そうかも知れません」

「そうかも知れませんって、そうだよ、君。以前は、一年間保管することになっていた。今は、届け出の日から、半年と十四日で、拾得者の所有になるというように、早くなったんですからね」

「なるほど、へえ。しかしあの金、もしかして、にせ札やというようなこと、ないですか？」

「何だって？」

「いや、にせ札でなかったら、それでよろしいです」

勝利は言った。

「まあ、ちょっとそこへ、かけなさいよ」

と、警官は勝利に、かたわらの、ぽんこつになりそうなボロ椅子をすすめた。

抜けたようなことを言っているかと思うと、妙に強引なところもあるこの若者に、遺失物係の警官は、少し興味をひかれたらしい様子であった。

「あんた、言葉の調子から見ると、この土地の人じゃなさそうだが、関西かね？」

と、警官は質問した。

「いいえ、生れは、竪川で、本籍も竪川ですけど」

勝利は答えた。

「そうかね？」

遺失物係は、首をかしげた。

「ただね、僕が子供のじぶんに、あの三月の下町の大空襲で、父親と母親見失うてしもて、大阪へ逃げて、僕は大阪の田舎で育ちましたさかい……」

「ああ、なるほど」

警官はうなずいた。そして、

「ところで、あんたの拾った金のことだが」

と、話をもとへかえした。

「はじめに言ったように、この金は、準遺失物といって、ふつう町で、忘れ物とか金とか拾って、届け出たというのとは、少しちがう取扱いになるんだよ。『あやまって占有したもの』ということになるんでね。保管期間中に、正当な持主が出て来ると、あんたは報労金がもらえない。つまり、ふつう金をひろって、届けて、落し主が分った時みたいに、お礼がもらえない。その点だけは、承知しておいて下さいよ」

「なんでやろ」

「なんででも、遺失物法によると、そういうことになる」

警官は言った。

「しかし、六カ月と十四日たって、遂に落した人が名乗り出ないということになれば、その場合は、ふつうの遺失物と同じに、拾得者の所有になる。ただし、その時、こちらからは、何も通知を出さないことになっておるから、あんたは、今から書く預り証と、認め印を持って、本人で取りに来なくちゃいけない。期限が来て、二カ月間、受け取りに来ないと、あんたは、この金をもらう権利を失うことになる。忘れないように、それから、預り証を無くさないようにするんだね」

「そら、決して忘れしまへんが、現金のことやし、正当な持主いうたかて、そんな人間、どうですやろ、あらわれますやろか？」

勝利は言った。

「どうして？」

「どうしてて、いうことないけど、あれ、ちょっと縁起のええ感じのする金やて、もっぱらの評判です。きっと僕の手へ戻って来よるにちがいないちゅう気がしてますねん」

遺失物係は、書類を作りながら、

「そりゃ、そういうことになるかも知れんが、……君、まったく、少し虫のいい男だなあ」

と、あきれたような声を出した。

やがて、預り証を大事にポケットへしまって、勝利は、本所署を出た。

鋪道の照り返しが、ギラギラとあつい。

「八、九、十、十一、十二、一」

「八、九、十、十一、十二、一」

何べん勘定してみても、金が返って来るのは、来年の正月の中ごろである。それも、落し主があらわれなかった場合のはなしだ。

彼は、ちょっとがっかりしたが、

「まあ、ええわ」

と思った。

「花江ちゃんに、ちょうど、お年玉買うてやれるわ。それより、早う帰って仕事しよう。床屋がすんでたら、旦那がまた機嫌悪いぞ」

小型トラックを、横丁からバックで出して、Uターンをして走り出す。

煮〆めたようなけい古まわしに、浴衣のはしを、ひょいとひっかけた相撲取りが、二三人づれで町を歩いてる。

このへんは、相撲の町だ。もとの両国の国技館は、すぐ近くである。

読者がもし、東両国や竪川のあたりを散歩して見るなら、あちこちで、ひょっこり、伊勢海部屋をみつけたり、時津風部屋を見つけたり、テレビで顔馴染みの、有力な力士が、映画館からのこのこ出て来るところにぶつかったりするだろう。

このへんの映画館では、心得たもので、相撲取りが入って来ると、黙って特製の大きな腰かけを持ち出して来る。

たとえば、柏戸が浴衣がけで銀座を歩いていたら、それはさぞ人だかりがして、たいへんだろうが、このあたりでは、柏戸が何をしていようと、大鵬が何をしていようと、子供たちも、別に振り向きもしない。

勝利も、店のテレビで相撲を見るのは好きだが、関取衆の散歩などには、興味がない。

「ただいまア」

と帰って来て、旦那の下駄がぬいであるのを見つけると、

「置場へ行って来まアす」

と、彼はすぐまた、店を飛び出してしまった。店から百メートルほど離れた、解体部品の置場で、旦那から命じられているぼろダットサンのばらしにかかるのである。

「ちょっと、どうだったのよ？　マケ公」

と花江が追いかけて来た。

「あとであとで。とにかく来年の正月のことや。お年玉のお楽しみや。あとで説明したあげるわ」

勝利はそう言って、さっさと行ってしまった。

明治モータース

杉並の三津田眼科では、順一の初七日の法事がすんで、遠方から来ていた親戚の人たちも、もう、みんな帰って行った。

残された三人の家族は、しかし、ぼんやり夢を見ているような気持から、まだなかなか抜け出すことが出来なかった。

身内の者を一人、冥土《めいど》へおくりこんでしまうためには、葬儀屋との交渉とか、黒枠のハガキの印刷とか、酒肴の用意、寺との連絡、弔問客との挨拶と、世俗的な用事が、次から次へ重なって来る。

三津田眼医者も、和子も、母親も、毎日々々、いそがしく、世間のしきたりに追いまくられていただけで、一日が暮れると、まるで魂が抜けたように、ぐったりしてしまい、お互いにろくに口もきき合わないで、寝てしまうような日がつづいた。

「それ、人間の不定《ふじょう》なる一生を、つらつら観ずれば……」

坊さんの節をつけて読み上げる、蓮如上人の御文章に、よそでなら、プッと吹き出しかねない和子が、喪服を着て、神妙にうつむいて、さめざめと泣いていた。

医師会の人たち、順一の友達や同僚、母親の昔の同級生など、色んな人が、入れかわり立ちかわり、くやみに来た。

和子の友達の女子大生たちも、親友の水野美沙子を先頭に立てて、大勢やって来た。悲しみの場所にも、若い娘たちが揃うと、何か花やいだ空気が生れる。

彼女たちは、そっと香奠《こうでん》を出して、膝小僧の上でスカートをひっぱりながら、一人ずつかしこまって焼香をした。

そして、連れ立って表へ出ると、ほっと息をついて、

「ああ、いやだいやだ。交通事故で死ぬなんて、ほんとにいやねえ」

「和子、眼をまっ赤に泣きはらして、可哀そうに、よっぽどショックだったんだねえ」

「そりゃ、そうよ。第一、乗ってりゃ、いっしょに死ぬとこだったっていうんだもの。あの生きのいい子が、全然おとめチックになっちゃってるじゃない」

そんなことを言い合った。

みんな、扶桑《ふそう》女子大の社会科を来春卒業する娘たちである。

卒業論文の提出期限は、十二月の十五日で、和子も本来ならこの夏休みには、そろそろ論文のテーマを考えなくてはならぬところなのだが、彼女の頭は、まだとてもそこまでは廻らなかった。

事故を起した自動車は、買ったばかりで、保険にも入っていなかったから、保険会社も引き取ってはくれず、三津田医院の裏庭へ曳《ひ》いて来て、雨ざらしになっている。

母親は、それを見るのが、つらいらしい。初七日がすむころから、

「和ちゃん、あの車、誰かに頼んで、早く何とかしてしまいなさいよ。置いといたって、仕方がないじゃありませんか」

　と、何度も催促をしはじめた。

　和子も困っているのだ。

「だって、どうすりゃいい？　まさか、芝浦へ持って行って、海へほうり込んで来るわけにも、行かないでしょ？」

　そんなことを言っていた。

「次第にお淋しゅうございましょう」という古い、田舎の言葉には、ほんとうのひびきがある。すべてのことが一段落ついて、人々の足も遠のいてしまうと、肉親を失った者は、一層またうつろな思いがして来るのだ。

　しかし、さすがに若いだけあって、多少でも気持が立ちなおり出したのは、家族の中で和子が一等早かった。

　一時は、人が変ったみたいに、しょんぼりと、なよなよと、弱々しげに――つまり、おとめチックになっていた彼女が、ある日、思い出したように、

「でも、あの車、考えてみりゃ、捨ててしまうのももったいないわ。もう一度何とか、使えるようにならないかなあ。相当お金がかかると思うけど」

　と、ふと言い出した。

　まっさきに怒り始めたのは、父親の三津田博士である。

「馬鹿！　馬鹿むすめ！」

と三津田眼医者は、大声を出した。

「やすみやすみ馬鹿を言いなさい。金の問題じゃない。もう一度、こんな思いがしてみたいのか？」

父親は、禿《は》げ上った長い額までまっ赤にして、本気で怒っていた。

「和子は、その後、教習所へは行っていないだろうな？　今後、和子が、自動車の運転を習うことは、絶対に禁止するぞ」

「…………」

「お母さん、よく監督するんだ。いいか。ほかに、どんなことをして遊んでもいいが、自動車の運転を趣味と心得るのだけは、絶対にやめさせなくてはいかん」

「大丈夫ですよ――。ねえ、和ちゃん？　和子だって、なにも、それほど馬鹿じゃありませんよ」

母親は、半分とりなし顔に、半分懇願的に言った。

「だけど、ほんとですよ。こんな思いをさせてくれたのは、お兄さん一人で、もうもうたくさんですからね」

母親は、自分の言った言葉で、またしても涙声になりながら、つづけた。

「自動車は町の兇器だっていうけど、まったく、爆弾が日本刀をふりかざして走っているようなものだと思うわ。せめて順一がひとさまを轢《ひ》かなかっただけが、なぐさめよ。

わたしは、このごろはタクシーに乗るのもいやで、乗らないようにしているのよ」

実は和子も、親に言われるまでもなく、教習所がよいの勇気は、まだ出ないのだ。あれ以来、運転練習は、ふっつりやめている。

順一の事故死は、たしかにみんなにとって、大きすぎるショックだった。

しかしあの中古車は、何といっても、兄と二人、二年ごしの夢を託した代物《しろもの》であった。飛行機で死んだ人があるから、飛行機に乗ってはいけない、水に溺れた人がいるから、水泳をしてはいけない——考えてみると、それは、いささか弱気な理窟ではないだろうか?

「弱いのは、何でもいや」

和子はそう思うので、多少力むような気持で、あの車、もう一度使えるようにならないかしら、などと言ってみたのだったが——。

だから、目下は中止中でも、和子は、いつかまた、自分はやっぱり、自動車の運転をやってみたくなるだろうという気がしている。

それを、今後二度とふたたび、自動車を持つことなど考えてはならぬという風に言われると、親たちの考え方が、いくら息子がそれで死んだにしても、あまりに退嬰《たいえい》的で、うしろ向きのように思えるのだ。

彼女は、少し反抗的な気持になって、

「それじゃ、順の菩提《ぼだい》をとむらうために、お父さまも、麻雀をやめたらどう?」

と、やり返した。

少々いたいところを突かれて、

「何を言うか」

と、父親はもう一度怒った。

三津田眼医者は、

「これをやっている間は、忘れてられるんでな。一種の麻薬みたいなもんだよ」

と、自嘲的なことを言って、二日ほど前から、仲間の集る近所の斎藤産婦人科へ、またちょくちょく、好きな勝負事をやりにかよいはじめているのだ。

「麻雀と自動車とは、ちがうじゃないか。麻雀の牌《パイ》にぶっつかって死んだ人間が、世の中にあるか」

と、父親は言った。

「ありますよ」

と、和子は言いかえした。

「麻雀をやりすぎて、からだをこわして死んだ人が、たくさんいるわよ」

父親は、ちょっとつまった。

「順が死んだって、くよくよしているくせに、一方、あんな非生産的な道楽に、また溺れはじめて、和子、きらい！」

和子は言いつづけた。

「おんなじいのちがけなら、自動車の方がまだ、どれだけいいか、知れやしないわ」

「まあまあ」

と、母親がとりなしにかかった。

「お父さまは、なにも、博打《ばくち》うちじゃありませんよ。いのちがけで麻雀にこってらっしゃるわけじゃないんだから……。お互いに、そんな言いあらそいが出来るようになったのは、家の中に、少しでも活気が出て来た証拠だけど、親子げんかは、やめてちょうだい。たった三人きりの家族に、なってしまったんじゃありませんか」

「麻雀は、麻雀だ。あのつぶれたブリキ缶《かん》みたいな自動車は、見るのもいやだ。和子は、とにかくあれを早く始末して来てくれ」

父親は、理窟にならぬそんなことを言った。

「いいわよ、いいわよ」

と、和子は半分べそをかきはじめた。

「お父さまは、封建的で、勝手で、すこしオステリーなんだ。そんなら、和子も、ヒステリーを発揮するから。あんな車、明治モータースのおやじさんに頼んで、隅田川へでもどこへでも持ってって沈めて来ちゃう。順が残念がって、化けて出て来ても、知らないから」

「順は、もうかえっては来ない。わたしには、きょうだいが無くなった」

時々そう思うと、和子は、きゅうッと胸がいたくなる。

和子ぐらいの年ごろの娘にとって、四つちがいの兄貴は、先輩であり、仲のいいボーイ・フレンドであり、半分恋人ですらあった。

しかし、彼女は、もう、つとめて考えないことにした。

そして、父親と言いあらそいをした日から二三日たつうちには、からだの中の若々しい、新芽のようなエネルギーが、彼女の心の傷を、薄紙をはぐように、また一段といやしはじめた。

和子は、少しずつ、もとの、ちゃっかりした、生きのいい、ぴちぴちの和子にもどりはじめた。

「お父さまもお母さまも、あんなに言うんだし、もういいや、あのケチのついたくしゃくしゃの自動車、やっぱり始末してしまおう」

彼女は、そう心に決めて、車を買った荻窪の明治モータースへ、ひとりで出かけて行った。

名前は立派だが、明治モータースは、薄暗い、トタン屋根の、倉庫みたいな町工場である。おやじは、故障車のボンネットを開けて、油だらけの手で、プラグをはずして掃除をしていた。

「こんちわ、小父さん。うちのあの車ね、事故やって、兄貴死んじゃったわよ」

彼女は、わざと快活そうに、そう呼びかけた。

「とてももう、動きそうもないから、一度うちへ来て、どうしたらいいか相談に乗ってよ」

　明治モータースのおやじは、順一の死んだことを、新聞で見て知っていたらしい。間の悪そうな顔をして、

「やあ、これは、三津田さんのお嬢さん。そうですってねえ。どうも、とんだことでしたね。おくやみにも上らずに、すいません」

　と、一つお辞儀をした。

「いえね、呼びに来られるまでもなく、一度、花でも持って、お線香の一つも上げに伺わなくちゃあと、そう思ってはいたんだが、何だか、私が車をおすすめして、お兄さん死なせちゃったみたいで、どうにも寝ざめが悪くって、お宅の方へ、足が向かなかったんですよ」

「いいのよ、そんなこと」

　と和子は言った。

「お宅の先生にゃ、一度乱視の検査もしていただかなくちゃならないんだが、おくやみにも行かずに、先生怒ってやしませんかね？」

「怒ってないけどね、こわれた車だけは、まあ香奠《こうでん》がわりということもあるし、よっぽどいい値で引き取ってもらわにゃなるまいって、そう言ってたわよ」

　和子は言った。

それは嘘である。

親たちは、あの車は、ただでもいいから、早く始末して、眼につかぬところへ持って行ってほしいと思っているのだ。

「私はね、商売だから、自動車の危険ということについちゃあ、よく承知しているんで、いくら調子のいい車でも、はじめての時は、前の人のくせが残っているから、靴とおんなじで、足に馴れるまでは、慎重にやらなくちゃいけない」

明治モータースのおやじは、藪《やぶ》を突ついて値段のはなしを出したので、あわてて話題を変え、ぺらぺらしゃべり出した。

「もっとよく、注意をしてあげりゃあよかったと、そう思いますよ。しかしお兄さんは、学生時代から、自動車部なんかへ入っていて、少し腕に自信を持ち過ぎてたね。そう言っちゃあ何だけど、ほんとに上手な人は、あんな無茶なことをやるものじゃないです」

「…………」

なにさ、このおやじが、「百キロはゆうゆう出ます」などと、おだてるようなことを言うから、順がいい気になって、スピード・テストなんかやって、それが大きな事故をおこすもとになったのに、と和子は思った。

しかし、今さらそんなことを言ってみても、仕方がない。

「いいから、とにかく小父さん、うちへ来てくれない？」

和子はそう言った。

「ええ、行きましょう、行きましょう。ちょっと待って下さいよ」

明治モータースは、気が重いので、わざといそいそとした風を見せ、黄色い粘土のような洗剤で、油だらけの手を洗って、一度奥へひっこむと、渋い顔をして、角封筒に千円札を一枚封じこんだ。

彼はそれから、ペンで、「御霊前」とその上に書いて、自分の金釘流をちょっと眺めてから、仕事服のポケットへさしこみ、若い衆に留守をいいつけて、表へ出て来た。

「お待たせしました。……しかし、あの車、一体、どの程度にやられてしまっているんだか……」

「どの程度って、そりゃもう、見事にくしゃくしゃだわよ。だけど、小父さんから買った車なんだから、小父さん、うんと高く引き取ってね。――うちのおやじ、ほんとは少し怒ってるんだ。明治モータースの小父さんの眼の中へ、硫酸入れてやりたいって」

和子は言った。

「アハハハハ、冗談でしょう」

と、明治モータースは、笑いにまぎらせて、また話をそらせた。

「話はちがうが、交通安全、交通道徳、交通政策、こりゃ大事な問題じゃないですかね。私は、こう見えても、商売柄、特に小さな学童を、自動車事故から守らなきゃいかんと、真剣に考えるんでね、毎朝、そこの小学校の始業前三十分間ずつ、通りへ旗を持って出て、交通整理の奉仕をしてるんです。見てくれましたかね？　表彰状もいただいて、あすこに飾ってありまさあ」

明治モータースのおやじは、自転車を押して、和子と並んで歩きながら、しきりにそんな自慢話を始めた。

交通安全、交通道徳、交通政策か――。

何だか、もっともらしいことを言ってるわ、と、和子は明治モータースのおしゃべりを、ふんというような気持で聞きながしていた。

ひどく腹を立てているというほどではないが、三津田眼医者夫婦は、

「息子に危険なおもちゃを売りつけたのは、あの修理工場のおやじだ」

という、うらみがましい気持からぬけ出せないでいる。

明治モータースが順を殺した、和子もそこまでは思わないが、それでもやっぱり、このおやじから、いまごろ交通安全の講釈など聞かされるのは、癪《しゃく》なのであった。

「うんと高く買わせちゃうから」

彼女は思っていた。

一方、明治モータースのおやじの方は、和子の気持などにおかまいなしに、しゃべりつづけた。

「子供ってえものは、まったく可愛いもんでさあ」

……あの事故には、自分は決して責任なんか無いんだぞ、それを、高い値段で「見事にくしゃくしゃ」の事故車など引き取らされるのは、まっぴら御免こうむりたい――。

そう、自分にそっと言い聞かせてはいるものの、やっぱり三津田眼科へ行くのは、足が重くて、何となくうしろめたくて間が悪いのも事実である。

明治モータースのおやじは、自分がやっている善行を、極力吹聴していると、そのうしろめたさが、少しごまかせるような気がするので、しきりにおしゃべりを続けるのであった。

「ちかごろじゃあ、子供たちが、すっかり私のやっていることを理解してくれるようになりましてね。一年坊主の小さなのでも、ふざけてわいわい騒ぎながら、やはりちゃんと、私の旗信号の整理に従ってくれますよ。私は、朝の日課で、これをやって、近所の子供を無事に学校へ送りこんでからでないと、朝飯がまずいんです」

「…………」

「車の方に、時々旗信号を無視する奴がいるんで困るが、だけど、おかげ様で、この二年ほど、ここの小学校じゃあ、学童の自動車事故は、一件も無しです。校長先生も大喜びですよ。まあ私も、お宅のお兄さんのご冥福を祈るつもりで、これから一層交通安全に協力することにしますかね」

このおやじ、よっぽどこんなことが好きなのだと、和子は思った。

町内のことと言うと、お祭の寄附あつめでも何でも、すぐ一と肌ぬいで、出て行きたがる男がいるものだ。戦争中は、防火群長か何かで、さぞいい気持で、

「誰々さん、電気を消して下さい、電気を消して下さい。電気が洩《も》れています」

などと、飛びまわっていたにちがいない。

交通安全、交通政策か？――

冷淡な気持で、明治モータースのおやじの自慢話を聞いていた和子は、そのうち、しかし、ちょっと考えこんだ。

「……？」

彼女は、何か思い出そうとするような顔をした。

「ジャンソレ先生が言ったっけ」

と和子は思った。

ジャンソレ先生というのは、彼女の学校の、年寄りで頑固な、漢文の先生のことで、鐘がジャンと鳴ると、もう教室へあらわれているので、そのあだ名があるのだ。

遅刻が出来ないので、生徒たちは閉口している。しかし、ジャンソレ先生の論語の授業は、割に面白い。

ジャンソレ先生は、いつかこう言った。

「孔子さまは『言ヲモッテ人ヲ挙ゲズ。人ヲモッテ言ヲ廃セズ』とおっしゃっておる。その意味は、立派なことを言っているからといって、その言葉だけで人間を信用して、重く用いるようなことをしてはならぬ。しかしまた、いやな奴が言っておることだからといって、頭から馬鹿にして、その言葉のよき内容まで無視してしまうようなことは、すべきでないというのですな。みんなはどうかな？　言ヲモッテ人ヲ挙ゲ、人ヲモッテ言ヲ廃スル方ではないかね？　真実というものは、常に純粋な顔をしてあらわれて来るとはかぎらない。いったいに、東京の、山の手のインテリなどと称する連中は、どうも小ざかしくていかん。とかく、他人の小さな善行から、偽善の匂いの方を先に嗅ぎ出して、馬鹿にして冷淡になるくせがある。甚だよくないことですぞ。みんなも、これから就職、恋愛、結婚、いや、ボーイ・フレンド一人作るにしても、これは、よく心得ておらんといけないことですよ」――。

「そうすると」

と和子は思った。

「この明治モータース、どうも自慢が多くて、狡《ずる》そうなところのあるおやじだけど、とにかくそんな奉仕をしているのを、一概に、売名の、勇み肌の出しゃばりだと決めてかかるのも、あまり感心したことじゃないということになるかな」

和子は訊いてみた。

「小父さん、いつからそんなこと、やってるの？」

「もう、二年と十カ月になりますよ」

と、明治モータースは答えた。

「いろんな出来事に、ぶつかるでしょうね」

「まあ、あんまり出来事があっちゃあ、困るんだけど、時にはタクシーの運転手と喧嘩をしたりしてね」

明治モータースは言った。

交通安全——。

それは、ほんとうは、個人の「協力」などにまかせておいていいことではないんだが……。でも、順のあんな死に方を無意味にしないために、わたしにも何かやれないかしら？

和子はまた考えこんだ。

「一度小父さんの、その交通安全協力のはなし、わたしに、聞かせてくれない？」

「いいですとも」

明治モータースは答えた。

考えているうちに、和子の頭の中では、その話が実は、自分の卒業論文のことと結びついて来たのであった。

交通問題——。

これは、社会科の卒業論文として、なかなか面白いテーマじゃないだろうか……？

和子がかよっている扶桑女子大の社会科では、上級学年の者たちは、みんな同級生とグループを作って、テーマを決めて、実社会のいろんな方面へ、研究実習に出かけて行くことになっている。

孤児院や託児所のような福祉施設へ入って、社会奉仕と実態調査と両面かけた仕事をしたり、公衆衛生の問題と取り組んだり、テープ・ライブラリーで、録音テープを使って、盲人の学生の、慰安と勉強とに協力して、その経験を自分たちでレポートにまとめたり——。

和子も、以前に一度、どうしてもテープレコーダーが一台ほしいと思っていたことがある。

しかしその後、自動車用の貯金をはじめ、それに大体「よく学びよく遊べ」の片方にばかりいそがしくしていたので、今まで彼女は、どのグループ・ワークにも、あんまり熱心に参加したことがなかったのだ。

したがって、あと四カ月ほどしか期限がないのに、卒業論文のテーマは、未だ全然決っていない。

明治モータースのおやじの自慢話から、

「交通問題とは、いいことを思いついたわ」

と、彼女は思った。

それに実際、あの日以後、彼女にとってそれはたしかに、切実な問題でもあった。

「美沙子も、卒論に困っているらしい。美沙子は車を持っているし、少々おそまきだけど、美沙子と組んで、お父さまやお母さまには、内緒にすることにいたしまして、警視庁の交通関係へもぐりこんで、白バイのお尻でも追っかけてみようかな」

和子は考えた。

「そうしたら、どうすれば東京の交通事故で人が死ぬのを、もっと少くすることが出来るか、きっと色んな問題がころがっているわ。そして、わたしたちでやれるようなことがあったら、何か実際の役に立つようなグループ・ワークをしながら、自然に面白い卒業論文が出来上るんじゃないかしら？」

「死んだ順だって」

と彼女は思いつづけた。

「スピード違反にはこりたにちがいないから、お墓の下から、応援してくれるだろう。生きていて応援してくれりゃ、なおいいんだけど……。とにかく一度、美沙子と相談してみよう」

話の途中から、すっかり彼女が考えこんでしまったので、明治モータースは、

「これは油断がならんぞ」

という風に、時々横眼で和子の顔をながめていた。

やがて二人は、「眼科　三津田医院　そこ」の路地まで来た。二人は門を入った。

朝の診察時間で、診察室の窓からは、カチャッ、カチャッという、医療器具の、つめたく冴えた音がしている。

和子は、明治モータースのおやじを案内して、裏へ廻った。

そこで、こわれた車を一と目見るなり、明治モータースは、

「なるほど、こりゃひどい」

とうなった。

明治モータースのおやじは、一と声うなってから、くしゃくしゃの自動車のエンジンの内部や、タイヤの歪み具合などを、職業的な眼つきで、仔細《しさい》に点検しはじめた。

彼は時々、

「こりゃひどい。とてもいかん」

という風に、鼻にしわを寄せて、顔をしかめて見せた。

その様子が、少し大げさでわざとらしい。

安く買うための、下ごしらえのように見える。

孔子さまは孔子さまで、取引きは取引きだ。和子は、親たちのように「ただでもいい」などとは決して思わない。今度は和子が、

「これは油断がならんぞ」

という表情で、明治モータースのおやじの動作を、じっと黙って見守る番であった。

やがて、外科の医者みたいに、大怪我をしたボロ車を、充分診察してから、明治モータースは顔をあげた。

「お説の通り、見事にくしゃくしゃですな。こりゃもう、とても使いものになりませんよ」

「…………」

「ほとんど、スクラップです」

「それはどういうこと？　引き取れないって言うの」

と、和子は訊いた。

「私が売った車だからとおっしゃりゃ、そりゃ引き取りもしますが……」

明治モータースのおやじは、用心深く言った。

「…………」

和子は黙っている。

「お売りした時に、決して不備なとこがあったわけじゃないんで」

「…………」

「なにぶん、安いですよ」

「安いって、どのくらい？」

和子はまた訊いた。

「さあ……。それがむつかしいとこだが、お宅の方じゃあ、先生はじめ、どのくらいに考えておられるんです？」

「そうねえ」

と和子はちょっとためらったが、

「買値の三分の一。それでどう」

と、すぐ口から出まかせを言った。

「三分の一？　三分の一って言や、二十万円で、三六、十八の、三六、十八の六万六千六百円ですか？」

明治モータースは、とてもとてもという風に首を振った。

でたらめを言ったからとて、和子はなかなか強気である。

「うちのおやじがね、それでいやなら、小父さんを診察室へ引っ張って来いって、言ってるわよ」

「冗談はやめて下さいよ。脅迫しちゃ困るよ。まったく、このごろの娘さんにあっちゃあ、かなわないなあ」

と、明治モータースは、情なさそうな声を出した。

明治モータースのおやじは、あめのように歪《ゆが》んだバンパーのはしを、靴のつま先でコンコン軽く蹴って見せた。そして言った。

「せいぜいいっぱいにつけて、二万円てとこじゃないですかね？」

「二万円！」

和子はかん高い声を出した。

「すると、うちの兄貴は、一瞬にして、自分のいのちプラス十八万円、ふいにしてしまったというわけなの？　そりゃ高すぎるわよ。つまり、安過ぎるわよ。それじゃあんまりひどいでしょ？」

「ひどいって、この有様では、まったくそんな相場ですぜ。ほかで訊いてごらんになったって分りますよ」

明治モータースは、それから、ちょっと思いついたという顔をして、

「それともどうですか、いっそ」

と言った。

「いっそ、ぽんこつ屋へじかに持ちこんでみたら？」

「ぽんこつ屋？」

「ええ、ぽんこつ屋ですよ。御存じないかも知れませんが、あれは墨田区だったかな、何しろ両国のちかくで、竪川《たてかわ》のぽんこつ屋街といって、古自動車の解体ばかり専門にやっている店が、ずらりと並んでいるところがあるんです」

明治モータースのおやじにしてみれば、修理が本業で、この、再生してもとても使い物になりそうもないくしゃくしゃの事故車を、高い金出して無理に買って行きたいというほどの気持は無い。

「正直に言ってね、二万円でも、私はこいつを引き取らされるのは、つらいんですよ」

彼は四十パーセント本音を吐いた。

明治モータースは、そんな風に持ちかければ、或いは相手が、どこか知れない町のそんな店へかけあいに行くのは、やっぱり億劫《おっくう》だという気になって、二万二三千円ぐらいで手を打ってくれるかも知れない。そうすれば、そのまま自分の手でぽんこつ屋へ廻しても、小遣い程度のもうけにはなる。それとも、相手が気を変えてしまうようなら、まあそれでもよし、そう考えていた。

あいにくしかし、和子はぽんこつ屋のことを知っていた。

「竪川のことなら知ってるわ」

と彼女は言った。

「へえ、知ってるんですか？　知ってるんなら、そりゃ、あすこへ持ちこむにかぎるんじゃないですか？」

おやじは少しやせ我慢を言った。

「ぽんこつ屋なら本職だから、レッカー持って来て、吊して行って、上手に自動車の葬式をやってくれますよ。ただし、値段の点は、申し上げておきますが、二万円にも買ってくれるかな？　まあもし、二万円に、少々色でもつけてくれるようなら、そりゃ大成功ですがね」

明治モータースはそう言って、相手のお嬢さんの出方を待った。

竪川——ぽんこつ屋——なるほどね。

和子は思った。

いくらちゃっかりしているようでも、商売人ではないから、ふっと気分が変ったら、決心も早い。

「それじゃあ、そうしてみる。値段だって、いいわよ。あたってみなきゃ、分らないもの。そんなら小父さん、御苦労さまだったけど、もういいわ」

そう言われて、明治モータースの方が、少々もじもじした。

「そうしますか？　それじゃ、いいんですね？　ほんとにいいですかね？」

「なぜ？　いいわよ」

和子は言った。

「それでは私は、先生に硫酸で洗眼なんぞされないうちに、退散しましょう」

彼はそう言って、自転車を押して帰りかけたが、思い出して、

「ああ、お嬢さん、これを」

と、ポケットから「御霊前」の角封筒を取り出しながら引き返して来た。

「お線香をあげて行くとこだけど、先生は診察中らしいし、私はこんな恰好をしているから、きょうのところは、あなたからよろしく言って、お供えしておいて下さいよ」

彼はおくればせの香奠を和子の手におしつけ、そして今度はほんとに、自転車に乗って門を出て行ってしまった。

和子はひとりになると、

「そうか。ぽんこつ屋か」

とまた思った。

彼女は、竪川というところへ自分で行ったことは、一度も無い。しかし、死んだ兄の順一から、そこの話を何度か、彼女は聞かされていたのである。

自動車の葬儀屋というと、如何《いか》にも聞えが悪い。それが、盗んだ自動車の解体の噂などと結びつけば、一層聞えが悪い。

しかし和子は、竪川のぽんこつ屋街のことを、そんな風に陰気な、或いは柄の悪いと

ころだという風には、想像していなかった。むしろ、なんだか、とても愉快な面白そうな町のように考えていた。

それは、順一が、いつもそんな口ぶりで竪川の噂をしていたからである。

あれは、順が未だK大の自動車部にいて、初めて自動車に夢中になりはじめたころのことだ——と和子は思った。

順一は、よく川向うの、竪川なるところへ出かけて、まるで老人の骨董屋あさりみたいに、ぽんこつ屋の中古部品をあさって歩いていた。

一度なんかは、馴染の出来た店から、三十年も昔の、古風な、ブウブウという音のするゴムの自動車ラッパをみつけて安く買って来て、鬼の首でも取ったみたいに喜んで、家の中で一日中、ブウ、ブウ、ブウと鳴らしていたこともあった。

そうだ。そこへ行ってみよう。

何とか言った？　……犬なんとか……、たしか犬塚商店じゃなかったっけ？

出あい

店から一丁ばかりはなれた、犬塚商店の置場で、熊田勝利は、廃車の古ダットサンの解体作業をやっていた。

作業は大分進行して、露天の、五六十坪ほどの置場の中央に据えられたボロ車は、ほとんどもとの形を失いはじめていた。

かたわらの軒下《のきした》に、アセチレンと酸素の大きなボンベが、一本ずつ立っている。ボンべからは、黒と赤とのゴム・ホースが、二本ないまぜになって長く伸びて来て、その二本のゴム管の先に、ピストルみたいな道具がくっついている。

口から吹き出すガスに、マッチで火をつけ、勝利はそのピストルみたいな道具をにぎって地べたへしゃがみこんだまま、ボロ車の、銹《さび》の出たふといエグゾースト・パイプを焼き切っていた。

シューシュー、シューシューと、いきおいのいい音を立てている青い炎が、ふとい鉄のパイプにあたると、鉄はすぐ真っ赤に焼けて来、線香花火のようなだいだい色の火の粉がパチパチ散って、またたく間にぽろりと切れて落ちる。

「へい、お次や」

勝利は、アセチレンと酸素のガスの火を、次の部分に放射する。そこがまた赤くなって、だいだい色の火花を散らして、ぽろりと焼け切れる。

ぽんこつ屋の解体作業は、まずビスをはずして、ドアを取りこわすのから始めるのが常道だ。

次には、危険のないように、ガソリン・タンクをはずす。それから、ハンマーとタガネで、ぽん、こつん、ぽん、こつんの仕事が始まる。時には、大きな玄翁《げんのう》も持ち出して、車の上に仁王立ちになって、ボディをぶんなぐって叩きつぶすこともある。

そして、ハンマーやタガネで片づかない部分が出て来て、ようやく簡易機械化部隊が動員され、アセチレンと酸素の火を使う焼き切りが始まるのだ。

解体が機械化の段階に進んで、次第にもとの形を失いかけている古自動車のまわりには、焼け落ちた鉄のパイプがころがって、プスプス煙をあげていた。

人間には、創造本能といっしょに、破壊本能のようなものがあるらしい。ものを組み立て、作り上げて行くのは面白い仕事だが、出来ているものをぶちこわすのも、やっぱり面白い。

一台の、自動車のかたちをしたものを、見る見るうちにバラバラの部品と屑鉄《くずてつ》の山とに、要領よく解き崩してしまう仕事が、勝利はそうきらいではなかった。もっとも、この仕事があんまりきらいでは、ぽんこつ屋の商売はつとまらない。

置場で働いているのは、彼ひとり。

そのうち勝利は、鼻先でへんな歌みたいなものを歌い出した。

「堺の海岸カイカイづくし
南海阪堺《はんかい》乗り場も近い
二階で愉快な余興も開会
あ、行こかいなア、行こかいなア」

熊田勝利は、皇太子さんと誕生日が同じである。

つまり彼は、昭和八年の十二月二十三日に、当時の東京市本所区、今の墨田区竪川《たてかわ》で生れた。

もっとも、本人はそのことを別段自慢にしているわけではない。

第一、誕生日のことなど、そう始終考えるわけではないし、考えれば、むしろ多少くすぐったいような気持がする。

彼の父親の熊田源三は、

「サイレンサイレン、ランランチンゴン」

で全国民歓呼の中に、賑やかに「皇太子さまお生れなすった」その同じ日に、自分のところでも男の子が誕生したことを、当時ひどくめでたがって大喜びをし、赤ん坊に勝利などという景気のいい名前をつけたのであった。

赤ん坊は、はじめ大勝利《おおかつとし》と命名されそうになった。しかし、熊田大勝利では、あまりにも可愛気がないし、骨つぎの先生かやくざの親分みたいだというので、大の字だけは省かれることになったのである。

熊田源三は、そのころ、竪川のぽんこつ屋熊田商会の店主であった。未だこの町に、重だったぽんこつ屋といっては、犬塚、天野、熊田、中野など、ほんの数えるほどしか無かった時代で、犬塚商店の君二郎と、熊田商会の源三とは、競馬にも、鮒釣《ふなつ》りにも、正月の成田詣でにもいっしょに行く、仲のいい同業者であった。

ちょうど、満州事変が一段落つき、満州国が出来て二年目、わが国が着々と大陸に勢力を伸張しはじめたころで、日本は、いくさをすれば連戦連勝、これからどしどし興隆して行くにちがいない、何しろ男の子には、うんと威勢のいい名前をつけておけ、そうすれば家業の方も大いに繁昌《はんじょう》するだろう、というのが、勝利の父親の、下町っ子的理窟であった。

熊田源三は、よく目さきのきくぽんこつ屋だったが、この読みにだけは、少し狂いがあったようである。

勝利が数え年で五つになった時に、中国との新たな戦争が始まった。

彼が国民学校——当時はドイツのまねで、小学校のことをそう呼んでいた——へあがって間もなく、こんどはアメリカとイギリスとを敵にまわした大戦争が始まり、日本中が軍艦マーチで沸《わ》きかえり出した。

勝利は、戦争ごっこばかりして大きくなった。

彼はなかなか向う意気の強い子供で、必ず自分が日本軍の総大将にならないと承知せ

ず、それに文句をいう仲間があると、

「ボクの名前を見ろ。ボクは下町の皇太子殿下だい」

とたんかを切るので、周囲の者が、いくら子供でも、不敬のとがめを受けはしまいかと、心配したものである。

しかし、勝利が国民学校の五年生になったころから、戦争の様子は、段々彼の名前を、「オオマケトシ」と改名したほうがよさそうな状態になって来た。

やがて、昭和二十年三月の大空襲で、東京の下町は完全な焼野原になった。

その時、熊田勝利は、両親を見失い、自分でも九死に一生の経験をした。その話は、いずれ書かなくてはならないが、勝利の父親と母親とは、そのままいまだに行方不明で、無論どこかで焼け死んだのであろうが、骨も出て来ない。

勝利は、大阪の田舎の伯母の家へ引きとられ、そこで敗戦の日を迎え、そこで成人した。

したがって、大阪の河内の田舎は、勝利にとっては第二の故郷で、戦災ですっかり様子の変ってしまった竪川より、どちらかというと、彼にとっては大阪の方がなつかしい。

だから、父親の昔の商売を修業に、生れ故郷の東京へ帰って来て、犬塚の旦那に引き取られてからも、彼は大阪弁がぬけないし、大阪弁を使っている方が安気《あんき》であるらしいのだ。

もっとも、生れた時からの言葉ではないから、熊田勝利の大阪弁は、あんまり純粋だとは言えないようである。

「堺の海岸カイカイづくし
　南海阪堺乗り場も近い」

という妙な歌（?）は、彼が少年時代、南河内駒ケ谷の村で、伯母さんから毎日子守唄のように聞かされていたものであった。

気分がいいにつけ、悪いにつけ、第二の故郷が恋しくなると、勝利の口から自然に、カイカイづくしの歌が出て来る。

「行こかいなア、行こかいなア」

と歌っていると、ほんとにちょっと、大阪へ帰ってみたくなる。

親を失って、世間並の苦労をなめさせられて、子供のころの向う意気の強さは、勝利の心の表面からは消えていた。ただし、この「下町の皇太子殿下」は、警察が拾った金を早く返してほしいと要求するという風な、少し妙なかたちで、時々昔の生地の強引さを発揮することがあった。

犬塚の旦那は、世話好きだけれども、気が短くて、仕事のことではなかなか勝利にやかましい。

犬塚商店の得意先は地方に多い。

大きな会社だと、金に糸目をつけずに新しい部品を購入するが、地方の町や村の、小さな自動車修理工場、小さなタクシー業者は、それでは経費がかさむから、どうしても安いセコハンのパーツを要求する。

註文のハガキや、問合せの電話が、毎日たくさん店へ入って来、品物は荷造りをされて、両国駅や上野駅から、日に二回三回と発送されて行く。

それの荷造り、品物の選定について、犬塚旦那はなかなか細心で、店の者にもいいかげんなことは許さなかった。

「ぽんこつ屋などといえば、いかがわしい商売のように想像する人が、世間にはあるんだから、信用を落しちゃ駄目だぞ。お前も、熊田の息子なんだから、将来一人前になる気なら、昔の熊田商会の名をけがさないように、商売慎重にやれ」

と、勝利は旦那から始終説教されていた。

置場で、カイカイづくしを歌って、ぽんこつ作業をやっている方が、気が楽である。

勝利が置場で、

「堺の海岸カイカイづくし」

を歌いながら、アセチレンと酸素の炎でシューシューやっているところへ、赤いスカートに、清潔な白いブラウスを着た一人の若い女の子が入って来た。

「たしか犬塚商店といったと思うんだけど、このへんに、犬塚ってぽんこつ屋さんありますか？」

「犬塚ならうちですが」

はきだめに降りた鶴を見たような顔をして、勝利は立ち上った。

「あら、ここが犬塚商店？」

と、娘はあたりを見まわし、

「ずいぶん殺風景なとこねえ」

と言った。

娘は三津田和子である。

和子は、死んだ兄から聞かされていた、とても面白い中古部品のマーケットが、うすぎたなくて、ちっともロマンチックでないのに、びっくりしているようであった。

「殺風景でないぽんこつ屋というのはあんまり無いが、ここは置場で、店はあっちやけど、何ですか？」

「ああそう。お店は別のとこにあるのね」

和子は言った。

「あの、わたし、事故でこわれた車を、一台買い取ってほしいんだけど」

「へえ？」

「買ってくれるんでしょう？」

「さあ、どうやろ」

和子は少しへんな顔をした。

「あんた、犬塚商店の人じゃないの？　どうやろって言うのは、どういうのよ？」

「…………」

「ぽんこつ屋さんて、こわれた自動車を買うのが、商売なんでしょ？」

「こわれた車を買うのが、商売ということもないが……」

と勝利は言った。

「何だか、いやに商売不熱心なとこだわねえ」

と、和子は興ざめのような表情をした。

「そういうわけやないけど」

と勝利は言った。

「僕は犬塚の使用人やから、旦那に訊いてみな、分らんけど、ほんまに事故起した車なら買うやろが、ただ『こんちわ』で入ってくるお客さん、あんまり歓迎せんからなあ」

「へえ。それはまた、どういうわけ？」

「盗品買うたら、ことやもん」

「何ですって？」

「自動車でも、部品のタイヤでも何でも、泥棒のもん買うたら、厄介《やっかい》なことになるさかい、ここの町では、いちげんのお客さん、あんまり歓迎せんのですわ」

「まあ！」

和子はとんきょうな声を出した。

「わたしが自動車泥棒に見えるの？　自分こそ、泥棒みたいなきたない恰好してるくせに、失礼しちゃうわね」

「鐘一つ売れぬ日はなし江戸の春」

という俳句がある。

いくら広い東京でも、二十世紀の後半になっては、釣鐘の商いはあまりないかも知れないが、自動車なら、出来たての、ピカピカの新車が、毎日何百台となく誰かに買われて行っている。

東京の、この洪水のような自動車の行列は、毎日々々すさまじい勢いでふえて行くのだ。

自動車の数がふえるにしたがって、盗まれる車の数も、やっぱりふえて行く。

用事をすませて、駐車場所まで戻って来た持主が、

「あッ」

と眼をこすった時には、もうおそい。

大事な虎の子の車は、魔法にかかったように姿を消していて、被害者が顔色を変えて、交番へ飛びこんで来る――そういう事件が、毎日何回となく発生しているのだ。

鍵なんか掛けて安心していても駄目である。

自動車専門の泥棒が、「この車」と眼をつけたら、彼らは車の横の三角窓を、ポンと叩き割ってドアを開け、針金か煙草の銀紙でエンジンとバッテリーを直結させて、さっさとスタートしてしまう。

犯人が検挙されたり、いたずらで乗り捨ててあるのが発見されたりして、車が持主に

かえって来るのは、盗難自動車の約三分の一で、あとの三分の二は、どこへ消えてしまうのか、それは現代東京の七不思議の一つであろう。

どこかに、もぐりの解体屋の組織があって、盗まれた自動車はそこへ持ちこまれ、こっそりナンバーや部品を取りかえられ、色をぬりかえられて、全くちがった姿をして、そ知らぬ顔で、日本国内のどこかを走っているのだろうと言われている。

しかし、その解体屋というのは、竪川のぽんこつ業者たちのことではない。

竪川の町から自動車の窃盗事件にまきこまれたぽんこつ屋が出たことは一度もない――と言えば、嘘になるかも知れないが、一般に竪川の、少くともちゃんとした解体業者たちは、自動車泥棒と結託しなければ食って行けないほど貧乏をしていない。

しかし、自動車の盗難――解体屋？――竪川？――と、人が考えるのは、たしかに一応のすじみちだから、ほかのことでは至極のんびりしているこの町の業者たちも、そのことにだけはたいへん神経質である。

いちげんの客をきらい、素姓《すじよう》の知れない売り込みには、どこの店でもなかなか応じないのだ。

熊田勝利が、和子に気の無い返事をしているのも、実はそういう事情からであった。

勝利は気の無い返事をしているものの、そのうちはきだめに降りた鶴のようなきれいな娘を見ているのが、少しまぶしくなって来た。このへんには、こんな山の手風のインテリ型の女性はあんまりいない。

しかも、その娘から、

「自分こそ泥棒みたいなきたない恰好をしているくせに」

と言われたのが、少し癪《しゃく》にさわって来た。

それで勝利は、愛想の無い顔をして、横を向いて、またアセチレンと酸素の炎で、焼切りの作業をつづけはじめた。

和子は黙って立っている。

彼女は、

「これは、しくじったかな？　やっぱり二万円で明治モータースのおやじさんに渡してしまった方が、面倒がなくてよかったかも知れない」

と思っていた。

そのへんには、スプリングやハンドルや、ラジエーターや、シートの中のつめ物や、歯車のついた機械や、ありとあらゆる自動車の部品が、雑然と積み上げられていた。

トタン屋根の上には、キャデラックのボンネットと、トヨペット・クラウンのボンネットとが、雨ざらしになって同居している。

和子は、そんな置場の様子を見まわしていたが、やがて、

「でも、いちげんのお客でなければいいんでしょ？」

と、もう一度勝利に話しかけた。

「あなたのとこへ、一時よく来てたはずなんだけど、三津田順一という自動車好きの学

生のことを、あなた覚えていない？」

「覚えてませんな」

勝利は答えた。

「その三津田順一君が、スピードを出し過ぎて、自動車をガードにぶっつけてくしゃくしゃにして、死んでしまって、わたしはその妹で、使えなくなったその自動車を売りに来てるんだけど、どうなの？」

「なんやて？」

「わかりが悪いわねえ」和子は言った。「犬塚商店によく来ていた人間の、わたしは妹だから、それなら、いちげんのお客あつかいをしなくてもいいでしょと、言ってるのよ」

「いちげんのお客さんからは、絶対に買わんというわけやないんです。とにかく店へ行って、旦那に相談してみて下さい。ここで、僕相手にしてたかて、話にならへん」

勝利は言った。

「それじゃ、お店へ案内してよ」

「案内せんかて……」

と勝利は答えかけたが、その時急にそこへ飛び上った。

「アツアツ、アツイ！　アツイ！」

と、彼は焼けトタンの上にのせられた猫みたいに、踊りをおどった。

和子との応対に気を取られた瞬間に、だいだい色に焼けた鉄の火の粉が、靴の中へ飛びこんで、足の裏に焼きついたらしい。

彼は靴を片足そこへぬぎとばし、けんけんのような恰好をして、

「アツイアツイアツイ」

とわめいて、解体車のまわりを飛んでまわった。

相手が突然、へんな恰好をして踊り出したので、和子の方もびっくりした。

「どうしたのよ？　やけどしたの？　どこをやけどしたの？　足の裏ね。あんた、馬鹿ねえ。飛んでまわってないで、早くお醤油か油を塗らなきゃ、駄目よ。これ、油でしょ？　早く、これでも塗りなさいよ」

と、彼女は、かたわらに置いてあったブリキ缶を持って来た。

「すんません」

勝利は言って、けんけんを中止し、沓下《くつした》をぬいで、やけどをした無骨《ぶこつ》な素足を、和子の眼の前に突き出した。

彼はしかし、ブリキ缶の中の油を見ると、

「こんなきたない油塗ったら、バイキンが入りよるかも知れんな」

と、足をひっこめてしまった。

勝利はそれから、火の粉で穴のあいた沓下をちょっと眺め、やけどに唾《つば》をつけてからもう一度それをはき、靴に足を突っこむと、

「店へ帰って、薬塗って来う。大丈夫です。そんなら、ついでに店へ案内しますわ」

と言った。

いくらあわてたからといって、「すんません」と足を突き出したのは、この男、油がきれいだったら、わたしに塗ってもらうつもりだったのかしらと、和子はあきれた顔をした。

「あんた、少し変ってるわねえ」

彼女は言った。

「なんで？」

「なんででも、少し変っているようだわ」

和子たちのボーイ・フレンドの大学生連中は、ちかごろみんな身ぎれいな恰好をしていて、少しいや味なくらい西洋流のエチケットを心得ていて、間違ってもこんな失礼なまねをする者はいない。

「第一、どうして大阪弁なんか使うのよ？」

と、和子は訊いた。

「それはな」

と、少しびっこをひいて歩きながら、勝利は簡単にわけを話した。

「僕は、東京の言葉話そうと思うたら、話せんこともないけど、大阪弁のほうが好きで楽や。しかし、ほんまに、北河内の方の田舎の人間の言葉は、おもろいわ。ヨロガワノミルノンデハラララクラリて言いよるねん」

「え？」

「淀川の水呑んで腹だだくだりて、言えへんのです。そいで、ヨロガワノミルノンデハラララクラリ。角のうどん屋、カロノウロンヤて言いよる」

熊田勝利も、健康な二十五歳の男性で、きれいなお嬢さんと肩を並べて歩くのは、悪い気持ではない。

泥棒云々《うんぬん》で少し気分を害したけれども、やけどのおかげで、へだてが取れて、彼は少しうきうきし出していた。

「このへんの人間は、このへんの人間で、ひやしビールて言えんから、看板にまでしやいしビールて書くし、潮干狩のことはしおしがりて言う。言葉いうもんは、土地々々で面白いですな。僕も独立して、一軒ぽんこつ屋の店持ったら、商売の用も勉強も兼ねて、日本中あっちこっち旅行してみたいんです」

初めて顔をあわせた時に、はなはだ不愛想で、次にやけどをしてけんけん踊りをしてみせたと思ったら、今度は「ヨロガワノミルノンデハラララクラリ」などと、馬鹿なはなしをはじめた。この人一体どういうんだろう？

「あんた、お名前は何ていうの？」

「熊田です」

と勝利は答えた。

「熊田勝利です」

こういう人には、こういう人の人生があるんだろうな……と、和子はまた思った。相手が誰にせよ、若い男の生き方には、彼女は興味がある。

「するとと、熊田さんの将来の希望は、つまり独立して一軒の解体屋さんの御主人になって、小金でもためて、温泉めぐりなんかしてみたいというわけ？」

と、彼女は率直な質問をした。

「誰も、小金ためて温泉めぐりしたいなんて言うてない」

と勝利は答えた。

「あらそう？　ごめんなさい」

と和子は笑った。

「独立して、一軒店持ったら、商売の用と勉強と兼ねて、日本中少し旅行してみたいて言うとるだけや」

「だからさ、それがあなたの人生の理想かって訊いてるのよ。そういうことって、興味があるわよ」

「第一段階の理想やね」

と勝利は答えた。

「男が一人前の大人になったら、独立するということは、誰しも第一段階の目標やからね」

「へえ……、すると第二段階は何なの？」

「分らん」

「分らんけど」と、勝利はつづけた。「土地々々で言葉が変るように、時代というもんは、えらい変り方するもんやないですか？」

「…………」

「人工衛星が頭の上まわってて、月や火星へ人間が飛んで行くのが近うなったという時代に、この竪川の業界かて、将来はどう変るか分らへん。一軒の解体屋の主人におさまったら、それで安気に一生送れると考えとってええもんでもないやろ。僕ら若いんやから」

「そりゃそうね。賛成だわ」

と、和子は言った。

「無理に賛成してくれんでもええけど……ミツヤさんは学生ですか？」

「ミツヤさんじゃなくて、ミツダなの」

「ああ。――ミチダさんは、大学生ですか？」

勝利はまだ間違えていた。

「ミツダだと言ってるのよ。来年の春卒業だわ」

「ああ。――ミツダさんは、学校出たら、やっぱりサラリーマンの奥さんになって、小金をためて温泉めぐりがしたいですか？」

「あら、逆襲するわね」

と和子はまた笑った。

「お宅の商売何や知らんけど、僕にはサラリーマンというものは、性に合わん。もっとも、大学出てないし、サラリーマンにしてくれいうたかて、してもらえへんやろけど」

勝利は相変らずちょっとびっこをひいて歩きながらしゃべった。

「そうかというて、この解体業界かて、将来は実際どう変るか分らん。自動車がこんなにふえて来て、ぽんこつ屋は景気がええかと言うたら、必ずしもそうではないからね」

「へえ、そうなの？　どうして」

と和子は訊いた。

「そら、僕らのおやじの時代は、自動車というもんは、ほとんど皆、輸入品やったもん」

と勝利は答えた。

「車が故障して、部品取り寄せるというたかて、そのころは日本では、何一つ出来んのやから、ストックが無かったら、全部海の向うから船で運んで来んならん。解体屋の安い部品が引っぱり凧《だこ》で売れたわけですわ。今は、国産の車がどんどん出廻って、どんな部品でも、国産のもんが常時手に入るし、段々値下りして行くでしょう？　誰もセコハンのパーツなんか見向いてくれんようになったら、この業界かて、ただの屑鉄商としてしか成り立たんようになるかも知れんやないですか」

「………」

「そのうちアメリカみたいに、古自動車は捨てるより仕方がない、捨てに行くのにも金掛って、捨て場に困るということになって、屑鉄商としても立ち行かんという時代が来んとは言えん」

「それで？」

「それでて、そんな時代がすぐ来るとは思わんけど、うちの犬塚の旦那なんかは、長年育てて来たこの商売シンから可愛がってるから、それでええけど、僕ら若い者は、何かもっと新しい大きなこと考えてみたいと思うな」

「………」

「第一、自動車ちゅうもんが、いつまでも鉄で出来てて、ゴムのタイヤつけて、あむなっかしい、火のつくガソリン腹に積んで走ってるかどうか、分らんと僕は思うんです」

「ふうん」

このぽんこつ屋の若い男、ぼおッとしていて少しパアかと思ったら、案外しゃれたことをいうわ、と和子は思った。

男が一匹、妻子を養って、このせちがらい世の中で曲りなりにも食って行く苦労は、和子には充分には分らないが、彼女は麻雀好きの眼科医の父親の、ぬるま湯につかったような生き方はあんまり好きでない。

それで、勝利青年が、何か手さぐりで、若々しい新しいことを考えているらしいのに、ちょっと共感を覚えた。

「熊田さんはつまり、商売よりも機械そのものが好きなのね？」

和子は、「機械って奴はいいなあ」とよく言っていた兄の順一のことを思い出していた。

「機械も好きやけど、商売も――商売というか、僕はお金も好きやねえ。お金は重宝なものやもん」

勝利は言った。

彼の方は彼の方で、警察に届けて来た三万円のことを思い出していたらしい。せっかくきれいな女の子が、

「熊田さんは、商売よりも機械そのものが好きなのね」

と、ちょっと感心したような顔をして見せてくれたのに、これは少々ぶちこわしであった。

和子も金銭にはちゃっかりしていて、現代娘らしい割り切り方をしているし、げんに事故車を売りに来ているのだけど、大阪弁で、「お金も好きやねえ」などと言われるのは、あんまりロマンチックな感じではない。

勝利は、しかし、そんなことには一向おかまいなしに、

「女子大では、マネー・ビルの方法は教えんのやろか？」

と、つまらぬ質問をした。

「そんなこと、習わないわよ」

と和子は言った。

「僕は、まず独立してぽんこつ屋の店持って、それ土台にして、自分で思うように、好きな機械いじりしてみたいんです。そして大きなマネー・ビルして、一生のうちには、何かやってみたい」

「具体的にどんなことをよ？」

「そら、今から考える」

和子は笑い出した。

「笑うけど、いま日本中の子供が食べてる森山キャラメルの社長かて、昔はちっこい菓子屋で西洋菓子を焼いてて、次々に色んなこと考え出して、あんな大会社作り上げたんやて、何かの本に書いてあったわ」

「それはだけど、明治時代の立身出世的おはなしじゃないの？」と和子は言った。

「そんなこともあるまい。今かて、原子力やロケットの、おもろい時代で、変り方ははげしいもん……。とにかく色々失礼なこと言うけど」

と勝利は言った。

「え？」

「いや、あんたがね、泥棒に似とるとか、小金ためて温泉めぐりしたいやろとか、人の顔みていろいろ失礼なこと言うから、僕の人生の夢聞かせてあげたんやけど、ここがうちの店ですわ」

勝利はそう言って、犬塚商店のガラス扉《ど》をゆびさした。

二人はいつか、犬塚の店の前に立っていた。

そして二人とも、本来の用件を思い出した。

「何ですか、あんたの兄さんは、その車ぶっつけて死んだんやて？」

「そう」

和子はちくりと胸が痛むのを感じた。

「ひとつ教えといてあげるけど、事故おこした車売るのに、その自動車の中で人死んだて言わん方がよろしいな」

「あらそう。どうしてかしら？」

「安うなる」

勝利は言った。

犬塚商店の店の奥の方で、髪をお下げにした花江が、眼をまるくして表の光景を眺めていた。

ちかごろ女性のドライバーが急にふえたとはいうものの、竪川のぽんこつ屋街に、若い女の客などはめったにあるものではない。

客だか何だか知らないが、表でマケ公が、きれいな若い山の手風のお嬢さんに、もっともらしい顔をして、しきりに何か説き聞かせている。お嬢さんの方も、ふんふんとうなずいておとなしく聞いている。こりゃすごい。

「ちょっと、お父さん。マケ公がすごいわよ」

と、花江は兎《うさぎ》のように飛び上って、二階の父親の居間へかけ上った。

「う？」

と、犬塚君二郎は、畳の上でひるねの夢をさまされた。

「何だい？　またまけとしが、何か起したのか？」

「そうじゃないわよ。とにかくすごいから、早く来て見てごらんよ」

花江は父親の腕を引っぱった。

店の前では勝利が、事故車を売る要領についてしゃべっている。

「そら、何ぼ解体屋かて、人死にのあった自動車ばらすのは、ええ気持せえへんからな。時々、電車と衝突して無茶苦茶になった車が入って来るけど、人間の肉や血のあとこびりついてて、仕事してて気持悪いですわ。誰かて、なるべく扱いとうない。値段かて、安うやなかったら買う気にならんもん」

「わかったわよ」

勝利が露骨な描写をするので、和子は顔をしかめた。

勝利としてはしかし、きれいな娘に対するこれは親切気のつもりであった。

「そんなら、店へ入って旦那に話してみなさい」

彼はそう言った。

二人が店へ入って行ったのと、犬塚の旦那がステテコ姿で二階から下りて来たのとは、同時であった。

店の鴨居《かもい》の上には、自動車のハンドルと並んで、小判や桝《ます》をぶらさげた大きな、お酉《とり》さまの熊手がかざってある。和子は、熊手のおかめの顔をちょっと眺めた。

「ただいま。置場でやけどして来ました」

勝利は言った。

「何だい。それがすごいのか？　どんなやけどをしたんだい？」

と、犬塚の旦那はねぼけまなこをこすった。

「そうじゃないったら！」

と、花江がじれったそうに、肘《ひじ》で父親をこづいた。

「この人、ミツヤさんですねん」

勝利は言った。

何べん教えれば名前を憶えてくれるのだろうと思いながら、和子、

「阿佐ケ谷六丁目の三津田っていうんですけど」

と、直接犬塚君二郎に自己紹介をした。

「三津田さん？　三津田さんていうと、三つの津田と書く珍しい名字で、知っている人

があるが……」

と、犬塚君二郎は言った。

「K大の自動車部にいた、三津田順一っていう学生の……」

と和子が言うと、犬塚の旦那は、

「ああ、やっぱりそうですか？　自動車気ちがいの元気な学生さんだったよ、うちから、売り物にならないような、ゴム・ラッパなんか、大喜びで買って行ってくれたりした人だ。それで？　あんたは、あの人の妹さん？　そうかね。しばらく見えないが、お兄さん、元気ですか？」

と、金歯を見せて、嬉しそうな笑顔をした。

「ええ、まあ」

と、和子はあいまいな返事をした。

「熊田さんですか、この人に聞いたら、いちげんのお客とは、なかなか取引なさらないって話だけど、わたし、あの三津田順一の妹で、自動車泥棒の心配はないと思うんだけど、こわれた車を一台買い取ってもらえないかしら」

「いや、どうも」

と、犬塚の旦那は笑った。

「このごろ御承知の通り、自動車の盗難が多くてね、毎日のように警察から、こういうものが廻って来るんです」

旦那はそう言って、机の引出しから、「普通品ぶれ」と書いた、ガリ版刷りの自動車の絵のついた盗品の手配書を出して見せた。

「うっかり盗品売買にまきこまれたりすると、鑑札を取り上げられて、長年の商売を棒に振るようなことになるんで、いつも店の者にやかましく言ってるもんですから、勝利が何か失礼な言い方をしたかも知れませんが、そういう素姓のわかった車なら、無論いただきますよ」

「……………」

「だけど、一体どうしたんです？」

「実はね、兄が無茶な運転をして、車こわして、自分は――自分は死んじゃったの」

和子は言った。

「言わん方がええて、教えてやってるのに」

と、勝利がかたわらでつぶやいた。

「へえ！　そりゃまた、お気の毒なことだったなあ。あの元気な人がねえ」

と、犬塚の旦那は唇をとがらせて、ちょっと頭を下げた。

「あんたのお兄さんのことは、私ははっきりおぼえているんです。たしか、K大を出てどこかへ勤めるようになんなさったんだね？　そう言や、あなた、顔立ちがよく似ている」

旦那は言った。

「それで、いくらぐらいになるかしら?」

和子は訊いた。

「車は何でした?」

「五十六年のルノーなの」

「マンの字ぐらいやろな」

と勝利が余計な口をきいた。

「うむ」

と、犬塚君二郎はうなずいた。

マンの字?

それではあの車、ここでは、一万円にしか買ってくれないのだろうか? まさか十万円の意味ではあるまい。やっぱり順の死んだことを言ったのは、いけなかったかなと、和子は考えた。

しかし、「マンの字」と勝利が言ったのは、実は一万円のことでも十万円のことでもなかった。

下駄屋が下駄の裏に、符牒で値段を書いているように、ぽんこつ屋にも、ぽんこつ屋独特の値段の符牒がある。

一がダイ(大)、二がジョウ(乗)、三がマン(万)、四がキ(喜)、五がミ(巳)、六がセ(勢)という具合だ。

それは二千三百円とか二万三千円とかの意味になる。「マンの字」というのは、この場合なら三万円の意味であり、「ジョウマン」と言えば、

「キセでどうだ？」

と言えば、昔ヤミ屋が横行したころの、

「ヨンロクでどうだ？」

というのと、同じ意味である。

「一応拝見してからでないと、はっきりしたことは言えませんが」

と、犬塚の旦那は言った。

犬塚君二郎は、人死にのあった車だということを、それほど気にはしていなかった。むしろ、あの、竪川のぽんこつ屋街が好きで始終遊びに来ていた若者が、ぶっつけて死んだ車だというのなら、気の毒だから多少いい値に引き取ってやりたいと思っていた。

「まあ、三万円前後には、多分いただけるんじゃないですかね」

「あら、そう」

和子は言った。

それなら、明治モータースのつけた値より一万円高い。買値の三分の一などというのは、どうせ無理だろうとは、承知している。それに、「マンの字」と言われて、一万円のことかとがっかりした矢先であったから、彼女はちょっと嬉しい気持になった。二十万円の車をつぶしたことは忘れて、三万円の現金が眼の前にちらついて来たので

ある。

「早速見にやらせますが、車はどこに置いてあるんです?」

犬塚の旦那は訊いた。

「うちの裏庭で、雨ざらしになってるわ」

と、和子は答えた。

「それじゃあ、お前」

と、旦那は勝利に向って言った。

「都合のいい日にうかがって、見に行って来いよ。程度によっちゃあ、マンジョウかマンマンぐらいまでは、いけるんじゃないかな。お前も、一人前になるための勉強だから、ひとつ値段の点も、自分の裁量でやって見るんだな」

「はあ、がんばってみますわ」

と、勝利は言った。がんばってみるというのは、安い方にがんばるのか高い方にがんばるのか意味不明瞭であったが、彼は無愛想な顔にいくらか嬉しそうな表情をうかべて、

「そんならいっそ、きょうこれから、三津田さんといっしょに、店の車で行って見て来たらどうやろ?」

と提案した。

「だけどあんた、運転大丈夫?」

と、それにはこりている和子は訊いた。

「大丈夫ですよ。この男は、人さまとの応対だと、トンチンカンなことばかりやってるけど、機械さえいじらして置けば、なかなかたしかなもので、運転も慎重で上手です」

と、犬塚の旦那が保証した。

「それなら、いいわ」

と、和子は言った。

話は決った。勝利はしかし、思い出したように顔をしかめた。

「やっぱりヒリヒリするわ。ちょっと待ってて下さい。やけどの薬塗って来る」

彼はそう言って、店から見通しの、奥の工員用の小さな食堂へかけこんで行った。

やがて、薬をつけて勝利は戻って来、彼の運転する小型トラックの助手台に、和子は面白そうな顔をして乗せられて、二人は竪川二丁目を出発した。

それを送り出してから、犬塚の花江は、

「ちょっとすごいじゃない、ね？　お父さん」

と、父親に言った。

「うむ？　可愛いお嬢さんだな。しかし、兄さんを事故で亡くしたって、可哀そうに」

と、旦那は答えた。

「そうじゃないわよ。はじめて会った女の人と、いやに仲がいいじゃないの。マケ公は妙に女の子に人気があるのよ。しゃくね」

花江は言った。

「何を言ってるんだい、子供のくせに。仕事で出かけたんだよ。アベックのドライヴじゃないよ」

と、犬塚旦那は一笑に付した。

和子を乗せた勝利の車は、本所警察署の前を通って、両国橋を渡って行った。阿佐ケ谷駅のあたりまでは一時間ちかくかかる。

車の中には、二十五歳の健康な一匹のオスの匂いがぷんぷんしていた。

「男くさいわ」

と、和子は鼻にしわを寄せて思った。清潔な娘ではあるが、要するに和子もしかし、二十二歳のメスで、その匂いが必ずしもいやだというわけではなかった。ただ、彼女はそのことを、はっきり意識はしていなかった。

小型トラックが、三津田眼科の路地にとまった時には、夏の夕暮れが近くなっていた。

事故車は、想像以上のこわれ方をしているのを勝利は見たが、値段の裁量をまかされた彼は、極力高い方にがんばって、三万四千円の値をつけた。

和子は大いに満足した。

「そんなら、あしたもう一ぺん、金持ってレッカーで引取りに来ますわ」

と言って、勝利は帰って行った。

そして、犬塚商店のとなりの中野商会のレッカーを借りた勝利が、翌日三万四千円の小切手を持って、事故車を引取りに来、くしゃくしゃの車はやっと始末がついて、金は和子の収入ということになり、彼女はそれで、小型のテープレコーダーを一台買うことに決めた。

近づいている卒業論文の制作を、機械化してスピード・アップするつもりなのである。

兄の遺品

九月に入ってからも、残暑はなかなかきびしかった。

それでも朝夕は、さすがにひんやりと、秋の気配が感ぜられるようになり、山や海から人々が東京へ帰って来はじめ、和子の家のあたりでは、朝早く、

「キキキキキ」

という、つよいもずの鳴き声の聞える季節になった。

車で箱根か軽井沢へ行く話などは、悲しき夢物語になってしまい、今年の夏は、和子は避暑どころではなくて過ごした。

間もなく順一の四十九日の法事が来る。そして、間もなく学校がはじまる。

学校がはじまると、頭がいたい。

扶桑女子大は、彼女たちの間で「トンジョ」と称する東京女子大、「ポンジョ」と称する日本女子大と並んで、東京で最も由緒のある女子大学の一つであるが、口の悪い或る評論家が、

「ハイティーンの幼稚園。学界の姥捨山《うばすてやま》」と評した通り、経営者は、停年で国立の大学を退職した名のある先生たちを集めるのが趣味だ。したがって、漢文のジャンソレ先生

ばかりでなく、先生方には老人が多い。

社会心理学のお煮〆め先生。――いつも煮〆めたような背広を着ている。

国文学のあかつきの朝臣《あそん》先生。――何となくうすぎたない。つまり、垢つきの朝臣。

スーパー・オールド・ミスのゆずきの式部（湯好きの式部）は、家政科の女の先生である。

英文学のハヌケ――これは文字通り。

生徒たちがぴちぴち若い娘ばかり――それはあたり前だが――なのに対し、教授陣の平均年齢は、非常に高い。

年よりの通例で、先生方は朝早く眼がさめるらしく、八時十分からの第一時限の授業でも、遅刻をせずにきちんと出て来る。出席もなかなかきびしくて、代返はめったにきかないし、蒸発（エスケープ）するには、相当の技巧を必要とする。

自由に朝寝坊をしていた夏休みのくせで、これから朝早く学校へ出るのは、当分つらいことだろう。

それから、学校がはじまると、すぐに前期の試験だ。

それから――これがもっとも頭がいたいのだが、テーマを決めて卒業論文の届出をする期限は、もうぎりぎりのところまで来てしまった。

仲のいい水野美沙子が、しばらくぶりに軽井沢から帰って来たので、和子はこの友だちを電話で家へ呼び、自分の部屋でその相談をしていた。

「ねえ、美沙子。あなた一体、卒論どうする気よ？」

「ああ。いやいや。その話、聞くもつらい。言うもつらい」

と、水野美沙子はしかめ面《つら》をした。

いくら「ハイティーンの幼稚園」でも、お遊戯ばかりでは卒業させてもらえない。一応きちんとした研究をして、もっともらしい体裁をととのえて、卒業論文を書かなくてはならない。

「早い人は、三年の時からテーマを決めて、現場実習やってるのよ」

和子は言った。

「そうなんだ。試験の前には、どうしたって届けを出さなくちゃね。とにかくわたしたち、少しカレッジ・ライフをエンジョイしすぎたわよ」

と、美沙子はなげいた。

「わたしね」

と和子は言った。

「順があんな死に方したでしょ。それで、夏休みの間にちょっと考えたんだけど、東京の交通問題、社会科の卒論のテーマにならないかしら？」

「何問題だって？」

と、美沙子は訊きかえした。

「交通の問題よ。特に、自動車交通の問題よ」

と、和子はつづけた。

「よく、駅や警察のところに、『昨日の交通事故。死亡四名、負傷三十六名』なんて出てるじゃない。どういう人がどんな風にして死んでるのか知らないけど、道の悪い東京に、自動車ばかり、すごいいきおいでふえて行くんですもの、交通事故だって、年々ふえる一方でしょうよ。美沙子知ってる？　宝くじにあたる率より、東京の町を歩いていて、自動車に轢《ひ》き殺される確率の方が、ずっと高いんだってさ。いきなり自動車に轢かれて死んだ人も悲惨だろうけど、残された遺族だって悲惨だわ。どこに問題があるのよ？　どうしてそんなに、簡単に毎日人が死ぬような仕組みになってるのよ？　……ねえ、ちょっとやり甲斐があると思わない？　これ、扶桑女子大の社会科じゃ、今まで誰もグループ・ワークにあつかっていないことよ」

「なるほどね。和子には切実なテーマではあるわね」

と、水野美沙子は首をかしげた。

「だって、人ごとじゃないもの」

と、和子はつづけた。

「たとえばうちのおやじにしても、今夜にも麻雀のかえりに、砂利トラにはねられて、死んで帰って来ないとはかぎらない。順が死んでから、わたしよくそういう恐怖を感じるわ。そして、死んだら、大して何も補償は無いのよ。そんなことになったら、卒論どころじゃなくて、わたしなんか、学校もやめなくちゃならないでしょうけど、あなただって、自分で車持ってるんですもの。人ごとじゃないんじゃなくって？」

せっかく思いついたテーマではあるが、美沙子が賛成して、いっしょにグループ・ワークをやってくれなくては、ひとりでこのテーマをこなすのは、少しくおぼつかない。和子はそれで、交通問題調査研究の意義を、大いに力説した。

水野美沙子は、四紀会所属の水野尚志画伯の娘で、小遣にも多少余裕があるらしく、以前から、買ってもらったよたよたの中古車を乗りまわしている。

扶桑女子大には、伝統の三綱領というのがあって、「質実優雅」は、その第一であるけれども、古い卒業生たちとちがって、ちかごろの生徒どもは、あんまり伝統の校風に忠実ではない。

質実とは、お金をあまり使わないこと、貧乏で質素に耐えること、優雅とはスマートであること、と彼女たちは理解する。お金をあんまり使わずにスマートにしようなんて、図々しいわと、彼女たちは考える。

自動車ブームで、運転免許証を持っていることなどは、学校でもうあんまり、自慢のたねにはならなくなった。

さすがに、自分の車を持っている生徒は未だ少ないが、さっそうと自分でハンドルを握ってボーイ・フレンドとデイトに行くのが、彼女たちの「あこがれ」で、最近、「質実にして優雅ならざる」程度の中古車を学校へ乗りつけて来る娘たちが、ちらほらあらわれはじめている。

美沙子の車は、二気筒のシトロエンだ。東京の町で時々見かける、フランス製の、テントがエンジンをつけて走っているような、あの愛嬌のあるねずみ色の車で、今、三津田眼科のおもてに駐めてある。

「そりゃわたしだって、自分で運転していると、事故のことばかりじゃなしに、町の交通のことで、色々考えるわよ。だけどあなた、今ごろからそんな大きな問題と取り組んで、敷きうつしに出来るトラカン（虎の巻）もないのに、十二月までに、卒論書けると思う？」

と、美沙子は疑問を提出した。

夏休みがおわったら、現場調査と実際の論文執筆とについやせる日数は、まるまる三カ月しか残っていない。卒業論文の提出期限は十二月の十五日である。

和子も美沙子も、ダンス・パーティだ、ボーイ・フレンドだ、自動車だと、カレッジ・ライフをエンジョイしすぎた――つまり学業を怠けすぎたことを、いまさらの如くくやんでみるけど、仕方がない。

「だからさ」

と和子は言った。

「卒論の制作、うんと機械化して、スピード・アップしちゃおうよ」

「どんな風に？」

と、水野美沙子は訊いた。

「美沙子は車持ってる。わたしはこれ投資するわ」

　和子はそう言って、机の引出しから、八月某日づけで三万四千円の入金の記入してある銀行の預金通帳を出して来た。

「順のぶっつけた車、ぽんこつ屋に売ったの。これで、テープレコーダー一台買おうよ。何でも、ノートを取る手間を、全部はぶいちゃうのよ。どこへでも、あなたの車に録音機械積んで歩けばいいのよ」

「なるほど」

　テープレコーダーでノートを取る手間を全部はぶいてしまうと聞いて美沙子もいくらか乗り気になって来た。

「カメラは二人とも持ってるし、資料は全部カメラで写しちゃうか。卒論制作の機械化――。うん。ちょっとアイディア（いい考え）ではあるね」

「そうよ。そして、白バイのお尻を追っかけて、白バイの意見を録音したり、頼んでパトロール・カーに乗せてもらって、サイレン鳴らして東京の町の中突っ走ったり、そういう式の現場実習やったらと思うのよ。どう、美沙子？」

　和子は言った。

　今夜にでも父親が、麻雀がえりに砂利トラックに轢かれやしないかと、恐ろしい気がするとか何とか言っているが、どうもちかごろ、自動車に対する恐怖感が少しうすらいで来た傾向があるらしい。

「パトロール・カーはミリキあるな」

と、美沙子が言った。

「きっと、三カ月で出来上るわよ」

和子は、ここぞとばかりに、友達を口説《くど》きたてた。

「兄貴の弁護するわけじゃないけど、順が死んだあの、品鶴《ひんかく》線のせまいガードのところだって、手前の方に、『二百メートル先にガードあり、危険』とか、よく光る反射性のサインの二本も立ててあったら、誰もあんな事故おこさないと思うわ。問題は山ほどころがっているんじゃない？　やろうよ、美沙子」

「そうだな、やってみようか」

と、美沙子は自分の頬っぺたを一つ、ポンとたたいた。

「それに、和子、交通問題って言ったって、交通事故のことばかりじゃないわね」

と、美沙子も本気で考えはじめた様子である。

「自動車が、めちゃくちゃにふえて来て、駐車する場所は無くなるし、朝夕にっちもさっちも動けないところが、毎日々々多くなる感じよ。道は年中掘りかえされてて、一向よくならないし、東京の道路、五年後には一体どうなるのかしら？　あなたが事故の問題あつかうなら、わたしは『東京都における道路交通の現況と其の改善に関する一考察』なんて――ちょっとイカすかも知れないね」

「賛成！　美沙子、握手しましょう。それでもう、卒論半分出来たようなものよ」

そして、二人の娘は急にはしゃいでしゃべり出したが、しばらくはしゃいでいるうちに、美沙子の方がまた、

「だけどさあ」

と、がっかりしたような声を出した。

「考えてみりゃしかし、テープレコーダー使ったって何したって、要するに原稿用紙に百枚ほど、何か作文をしなくちゃいけないんでしょう？　いやだなあ、作文は苦が手だよ」

彼女はそう言って、つくづくいやそうにため息をついた。

「だって、そんなこと言ったたって、それはあなた」

と、和子は言ったが、自分の頭にも、現実の課題として、のっぺらぼうの白い、お化けみたいな百枚の原稿用紙の束の姿がうかんで来た。

彼女はたちまち、相手のため息に感染してしまった。

「そうねえ、そりゃそうねえ。全くいやだわね。論文書く方も、何とか機械化するってわけに行かないかしらねえ？」

「外国の新聞記者みたいに、タイプライター使うわけじゃなし、原稿書きの機械化なんて無いわ」

と、美沙子は、発育のいい大きなからだを、ごろりと畳の上に寝そべって、そこにあった朝刊をパラパラめくった。

「パパがさし絵を書いてる」

彼女はひとり言みたいに言って、スポーツ欄の下の新聞小説を眺めた。

なるほど、水野尚志画伯のさし絵が出ている。

「だけど、小説家なんて、まったく商売とは言いながら、毎日々々、よくあきもせずに原稿用紙にこんなこと、書いていられるものだわねえ」

美沙子は、少しく小説家を馬鹿にするような口をきいた。

要するにこの二人の女子大生は、よく言えば近代的生活享楽派で、悪く言えば怠け者である。

メフィストフェレスの言い草ではないが、彼女たちの二十歳の周囲には、美しい緑の牧場《まきば》がふんだんにあるのに、渋い顔をして内にこもって、枯草のような原稿用紙の桝目《ますめ》を、一つ一つ埋めて行くのなどは、どうにも性に合わない。

将来、小説家になって、才女とうたわれて――才女とうたわれるのはいい気持かも知れないが、年中原稿用紙のお化けにうなされるのなどは、考えただけでもいやなことだ。

しかし、いくらペンと原稿用紙とが性に合わなくても、卒業論文最低八十枚書き上げなくては卒業出来ないのも、厳然たる事実であった。

二人のはなしは、堂々めぐりをはじめた。

「どうすればいい？」

「どうしようもあるものですか。結局書かなくちゃならないわ」

「因果なことね」

「因果なことよ」

畳に寝そべって、チョコレートの銀紙をむきながら、二人は言い合った。

「何か書くってことを考えると、まったく頭が痛くなっちゃう。……ああ、くさくさするな。ボーイ・フレンドに電話かけて、おジャズでも聞きに行こうか？」

と美沙子は言った。

「わたし、今年はボーイ・フレンド不作なんだ」

と和子は言った。

「それに、そんなこと言ってる時期じゃないわよ。はぐらかしちゃ駄目よ」

若い娘二人、チョコレートを食べながらこんな風に愚痴を語り合っているのも、しかし、結構それはそれで楽しいのである。

そして論文書きが如何に憂鬱か、何とかする方法はないかと、こもごもしゃべっているうちに、不意に和子が坐りなおした。

「美沙子、霊感！」

彼女は、人さし指を自分のひたいにあてて、いたずらっぽいような、まじめなような顔をして見せた。

「何よ？」

「チョコレートは興奮剤だ。霊感があらわれたわ」

と、和子はつづけた。

「つまり、あなた、テーマには賛成するけど、文章をたくさん書くのがいやだってわけでしょう? パト・カーに乗るのは面白いけど、原稿用紙に卒論書くのが悲しいっていうんでしょう? わたしだってそうだけどさ……。ところで、調査研究の結果は、必ず原稿用紙に文章で書いて発表しなくてはならないと、誰が決めたのよ?」

「そりゃ、学校がそう決めてるわ」

「いいえ、だけどさ」

と、和子はつづけた。

「現代において、思想伝達の方法を、もっぱら文字にたよるというのは、学校だってどこだって、いささか古くさい考えじゃないこと?」

「それで?」

「これです」

和子は立ち上って、押入れから八ミリの撮影機を出して来た。

「順のかたみなの」

彼女はそう言って、レンズを美沙子の方へ向け、フィルムの入っていないカメラを、ジャーッと廻して見せた。

「現場実習で、見たもの全部、片っぱしからこれで写しちゃうのよ。ね? 分った? 卒業論文が言いたいことは、すべてテープレコーダーに吹きこむの。調べたはしから、出来上るじゃない。原稿用紙には、要点を五枚ほど書いてすませちゃう。それなら美沙子、いいでしょう」

「ははあん！」

と、水野美沙子は感にたえたような顔をした。

「なるほどね。だけど、それを提出して、保守反動で鳴るわが扶桑女子大学が、それ、卒業論文だって認めてくれると思う？」

「でも、今までだって、卒論に写真をたくさん貼りつけて、状況説明の資料にすることは、みんなやってるじゃない。それをもう一歩すすめて、動くフィルムですべて説明して悪いという理窟は無いと思うわ」

と、和子は主張した。

「そりゃそうだけど……」

「テーマが交通問題なんですもの。あつかう方法だって、スピーディな映画的手法を導入して差支えないと思うのよ」

と、和子はむつかしい言葉を使って、霊感を正当化した。

「むしろそういう手法に依存した方がいいと思うのよ。先生にみとめさしちゃいましょうよ」

と彼女はつづけた。

「銹《さ》びチャックは、わりにもの分りがいいわよ」

卒業論文制作に関する彼女たちの討議は、急にあたらしい局面に発展しはじめた。

銹びチャックは、T大学の社会学科の講師で、副業に扶桑女子大に教えに来ている先生だが、老人ばかりの教授陣の中で、めずらしく割に若い先生である。

意見はなかなか進歩的で、時事問題などで言いたいことがあって脱線しはじめたら、時間中早口で口角泡を飛ばして、本物の講義はそっちのけになる、前の列の生徒は、先生の唾がかかる、銹びたチャックみたいに、とても口が封じられない。

「そうかしら? 銹びチャックなら『いいでしょう。やってごらんなさい』なんて、許してくれるかしら?」

美沙子はそう言ったが、またしても、

「だけどさあ」

と、弱気なため息をついた。

「いや!」

と、和子は唇をとがらせた。

「あなたが、原稿用紙が苦が手だ、苦が手だって言うから、わたし、最高の機械化を考え出してあげたのに、だけどだけどって、なによ!」

「少し無理じゃないかと思うんだ」

美沙子は言った。

「それは、お金の問題よ。面白いとは思うけど、ずいぶん費用がかかるんじゃない?

要するに小型映画のプロダクションみたいなことをしなくちゃならないじゃないの。附属品だって要るでしょうし、八ミリのフィルムは高いわ。原稿用紙百枚で三百円というわけには行かないわよ」

「まあ！　車持ってるくせに、あなたケチねえ。水ばっかりさしてて、とにかく強引に何か実行にうつさなくちゃ、わたしたち卒業出来ないのよ」

と、和子はすこしおかんむりであった。

八ミリ映画で東京の交通状況の種々相を写して、それを卒業論文（？）にしようというのは、なるほど思いつきではあろうが、計算してみると、フィルムばかりでなしに、たしかに相当の費用がかかりそうであった。

撮影機だけは、順一の残して行ったものがあるが、附属品は何も揃っていない。そういうことなら、望遠レンズや広角レンズも必要になって来るだろう。夜間の撮影にはライトの準備も要るし、三脚も欲しい。第一、映写機も無いのだ。

カメラの使い方は、和子は一応心得ているけれども、なにぶんまだ初歩だから、たくさん失敗もするにちがいない。

高いフィルムを、相当気前よく無駄にするつもりでなければ、これが原稿用紙に書く論文のかわりに、わたしたちが試みた新しい、社会科の卒業制作ですと、自慢して見せられるようなものは、とても出来ないだろう。

それに、こちらでいくら勝手に決めても、学校がそれを卒業論文にかわるものとして承認してくれなかったら、それっきりの話だ。

美沙子のことをケチだと言ってはみたものの、インスピレーションで急昇した温度計が下って来るにつれて、和子も少し弱気になり、同時にちょっとすねた。

「そうね。無理かも知れないわね。やっぱり三百円の原稿用紙ということにしましょうか」

「怒っちゃいやだわ」

と美沙子が言った。

「先生がみとめて下さって、お金の方さえ何とかなるんなら、そりゃ、作文書かなくてすむんだもの、面白そうで、わたし大賛成なんだけど」

「いいわよ。美沙子、とにかくテープレコーダーだけは、わたしどっちにしても買うわ。ねえ、今からデパートへつき合わない?」

和子は気を変えて言った。

「オーケー。乗せてったげる」

美沙子も、ほっとしたように言った。

二人はそれぞれ、コンパクトを出して、鼻の頭を叩いて、髪の形をなおし、チョコレートのついた口のはたをハンケチでぬぐった。

「ちょっと銀座までね」

茶の間の前を通る時、和子は母親に声をかけた。

「あら、もうお帰り？」

と、母親が顔を出した。

「水野さんはご自分のお車？　和子、乗せていただくの？」

母親は少しにがい顔をした。

「小母さま、大丈夫よ。アメリカでも、ウーメンズ・ドライヴといって、女性の運転は慎重で安全だって、定評があるんですって」

美沙子はそう言って笑った。

どうだか、怪しいものだ。ウーメンズ・ドライヴというのは、たしか、女の運転はのろくさくて邪魔になるという、アメリカの男どものひそかな悪口である。

しかし和子の母親も、このごろでは、タクシーに乗るのもいけないとまでは、言わなくなっていた。

「お邪魔しました」

「それじゃ、いってまいります」

と、二人はさっさと靴をはいた。

テントがエンジンをつけたような、美沙子のシトロエンは、三津田眼科のおもてで待っていた。

和子を横へ乗せて、美沙子はスイッチを入れる。

ヒウイヒウイヒウイヒウイといって、なかなか掛らない。

「どう？　さすがはフランス製でしょ？　ウイ、ウイ、ウイって言ってるのよ」

と、美沙子は冗談を言った。

この安直なフランス製の自動車は、ケンバスの天井がくるくるめくれるようになっている。天井をめくると、運転台から、上にぽっこり青空が見える仕掛けになっている。その天井に、これはまた、まことに日本式の、すだれが一枚かけられて、紐《ひも》で結びつけてあった。つまり、運転台の上は、陽よけの青すだれである。

ヒウイ、ウイ、ヒウイヒウイ、ウイ。

「ほらかかった！　ね、今度は、ノン、ノン、ノン、ノンて言ってるでしょう？　この車、ミス・ファイアする時は、セ・シ・ボン！　て言うわよ」

「馬鹿ねえ」

と、和子は笑った。

テント・キャンプが動き出すような具合に、この風流なボロ車は、二人の娘を乗せて、よたよたと動き出した。

美沙子の運転はなかなか慎重で、スピードはあんまり出さない。出そうと思っても、そんなに出ないのかも知れない。

大通りへ出ると、バス以外の自動車が、みんな追い越して行く。

若い娘が二人だけで走っているのが分ると、トラックの運転手などは、追い越しをし

ながら、からだをまげてわざわざのぞきこみ、口笛を吹いたり、

「ようよう、姐《ねえ》ちゃん、がんばってちょうだいね」

と、からかったりした。

「相手にしないことよ。あれで突然急ブレーキでもかけられて、うしろからぶつかったら、こちらが悪いことになるんだから」

と、美沙子は両手でしっかりハンドルを握りながら、憎らしそうに言った。

「この車、だけど、故障した時に、部品が高くて困るんじゃない？　全部フランスからの輸入品なんでしょ？」

和子は訊いた。

「そうなんだ。高いだけじゃなくて、無い物があるのよ」

と、美沙子は答えた。

「今も、スペア・タイヤ無しで走ってるのよ。パンクしたらお手あげだから、覚悟しといてね。そのうち、国産の中古車に替えちゃおうかと思うけど、使ってみると、案外味があるしね」

「竪川のぽんこつ屋で、安く手に入るんじゃないかしら？　一度連れて行ってあげましょうか？」

と、和子は言った。

「うん。コネのついたお店があるんなら、連れてってよ」

美沙子は答えた。

二人は、ぽんこつ部品の話などしながら、中野の昭和通りから小滝橋《おたきばし》へ出た。車はよたよたふわふわと、大久保、新大久保の駅を過ぎ、銀座へ向って走って行く。

「東京ドライビング・スクール」

の看板が眼につく。和子が七月まで通っていた教習所だ。

「わたしも、そろそろまた、運転の練習やりたくなったなあ」

と、和子は言った。

「お許しが出ないの?」

「うん。当分駄目らしいわ」

二人がそんなことを言い合っている時であった。一台のタクシーが、挨拶もせずに、ぐいとスピードをあげて、二人の車を追い越して行った。

その空車のタクシーは、彼女たちのシトロエンを追い抜いた途端に、左の歩道の上に客をみつけたらしい。さっと左にハンドルを切り、急ブレーキをかけて、つんのめるように斜めにとまった。

美沙子は、

「キャッ!」

と言った。

彼女はあわててハンドルを右に切り、ブレーキをいっぱいに踏んで、あやうく追突を避けた。

「いやいや、いやいや。ああ、しっかりしてよ」

と、和子は青くなって友達の膝《ひざ》にしがみついた。

実際危いところであった。

水野美沙子も顔色が変っていた。

彼女はドキドキしている胸を、手でおさえて、それでも強気に、窓から顔を出し、

「ちょっと、あなた、無茶なとまり方をしないで下さいよ！」

と、前のタクシーの運転手に文句を言った。

タクシーの運転手は、ちらりと振りかえったが、

「何言ってやがんだい」

と、どなって、客を乗せるなり、ドアをばたんと閉め、たちまちまた、猛烈なスピードで走り去ってしまった。

テント自動車の方は、エンストをしていた。

もう一度、

「ウイ、ウイ、ウイ、ウイ」

が始まる。

うしろから、つっかえた車がクラクションを鳴らす。

「しょうがねえなあ」

という声が聞える。美沙子は顔を赤くしている。

「ウイ、ウイ、ウイ、ウイ」

「落ちついて落ちついて」

と、和子は声援した。

「ノン、ノン、ノン、ノン、ノン」

やっとエンジンがかかって走り出した時、美沙子は、

「和子。やっぱり、交通問題は卒論にする価値あるわ」

と、まじめな顔をして言った。

半蔵門からお濠端《ほりばた》へ出、日比谷の交叉点を過ぎ、やがて美沙子の運転するシトロエンは、無事に、銀座の松井百貨店の駐車場にすべりこんだ。

制服を着た整理員が、

「右に切って右に切って。はい、そのままバックねがいます」

と、丁寧に誘導してくれる。

「ストップ！　結構です。いらっしゃいませ」

と、整理員はお辞儀をした。

青い外交官のナンバー・プレートをつけた、お尻のとがった黒塗りのクライスラーから、ナッシュやフォルクスワーゲン、ダットサンやプリンスにいたるまで、各種各様の自動車が、ぎっしりと駐車場を埋めている。美沙子の車のような風流なのは、あんまり

見あたらない。

「ご苦労さま」

と和子はテント自動車を下りて、その場の光景を見わたすと、

「何かで読んだわよ」

と言った。

「アメリカじゃ、どんなお店でも、駐車場が完備してなかったら、お客がまるで入らないんですってね。日本も今に、デパートなんかそうなりそうね」

「もう、そうなり始めてるんじゃないかしら。パーキングの無いビルディングなんて、このごろじゃ、何だか、ワシントン・クラブの無い住宅みたいな感じよ」

と、美沙子は言った。

ワシントン・クラブとは、つまりＷＣである。

二人は裏口から、連れ立って松井百貨店の中に入った。

八階の建物全体に、ハイファイの底ひびきのするボレロのメロディが流れている。売場々々のガラス・ケースの中の商品は、蛍光灯に美しく照らされて、そっと客たちにさそいかけている。

目標は、六階のテープレコーダーの売場だが、何もあわてることはない。

デパートに入れば、どうせきょろきょろと眼移りがする。見るのはただだ。

「このハンドバッグ、ちょっとすてきじゃない？」

「ねえ、このホーム・スパンのオーバー生地いくらだろう?」

彼女たちは、一とめぐり「ウインドウ・ショッピング」をしては、一階ずつエスカレーターで上って行った。

六階のテープレコーダーの売場には、トミーとか北芝電機とか、有名メーカーの録音機械が、専門家用の大型高級品から、ベビイ・サイズのまで、十幾種類ずらりと並んでいた。

「ちょっと、テープレコーダーを見せてほしいんですけど」

と、和子は店員に呼びかけた。

「かしこまりました」

若い男の店員が出て来た。

「どんなのがいいの?」

「御家庭でお使いになるのでございますか?」

「卒業論文に使うんだけど」

「は?」

「ノートを取るかわりに、テープレコーダーを使いたいの」

和子は言った。

「ああ。そういうあれでございましたら、御予算にもよりますが、この手あたりで充分じゃございませんでしょうか」

店員はそう言って、トミーの六〇一型という小型の機械を見せてくれた。定価は二万九千九百円で、それなら、和子の預金通帳をおろしておつりが来る。

「これは、トミーの新発売のもので、トランジスタを使用しておりますし、マイクロフォンはダイナミック・マイクロフォンで、クリスタル・マイクロフォンのものより、音質もずっとよくなっております」

店員はコードを電源にさしこんで、スイッチを入れ、豆ランプが赤くともると、マイクロフォンを片手で持って、

「このつまみ一つで、あ、あ、あ、本日は晴天なり、本日は晴天なり……、こういう風に、もうこれでよろしいんですが、お子さまでも、簡単に操作がお出来になりますから」

と言った。

テープを巻きもどし、スイッチを再生に入れると、ケースの中から、

「このつまみ一つで、あ、あ、あ」

と、店員の声が出て来た。

「ねえ。これで八ミリの映画をトーキーにすることも出来るの？」

和子は訊いた。

「さあ……。完全にシンクロさせるということになると、ちょっとむつかしいんじゃないかと存じますが、そういう方面にも御利用になる方が、よくございますよ」

店員は答えた。

「ちょっと、和子」

と、美沙子は和子の腕を引っぱった。売場を少し離れて、彼女は小声で、

「トミーの機械なら、パパのお友達がトミーの会社にいるから、多分割引きで買えるわよ。ここで買うことないわ。型だけどれって、よくおぼえときなさいよ」

と言った。

店員こそいい面《つら》の皮である。彼はガラス・ケースの上に機械を置いて、もっと扱い方を説明しようと待っていた。

和子は、「うんうん」と美沙子にうなずき、それから店員のところへ戻って来ると、

「はい。それじゃどうもありがとう」

と、あっさりしていた。

日本中の人間が、みなデパートの店員くらい、従順で丁寧で礼儀正しくよく訓練されていたら、世の中は平和であるかも知れない。

もっとも、デパートに勤めている人たちも、しんそこからの君子ぞろいではないから、彼らは忘年会の時などに、平素の大反動で、おそろしく荒れてメチャメチャの大騒ぎをするという話がある。

とにかくしかし、和子の応対をした男の店員は、別にいやな顔もせずに、

「ありがとうございました」

と、丁寧に頭をさげた。

二人の娘は、テープレコーダーの売場をはなれながら、

「それじゃあなた、ほんとに、あの二万九千九百円の六〇一型っていうトミー、頼んで下さる？」

「いいわよ。四五日で手に入ると思うわ」

と言い合った。

松井百貨店の六階には、写真機の売場もある。

ガラス・ケースの中の、見るからに精密な感じのする高級カメラや、付属器具類は、洋服の生地やハンドバッグや、香水や宝石とはまたちがった美しさで、若い彼女たちの心をとらえる。

二人はそこの売場で、八ミリ用の望遠レンズが、大体七八千円程度で買えることをたしかめた。

「やっぱり何だか、八ミリやってみたくなるわね」

と、美沙子が言った。

「でしょう？」

和子は言った。

ぽんこつに出したくしゃくしゃの自動車は、どうやら、テープレコーダーと、それか

らもう一つ、八ミリの望遠レンズに化けることになりそうな気配であった。

和子と美沙子は、それからまたぶらぶらと、同じ六階の売場のガラス・ケースを、あちこちらとのぞいて歩いた。

「どう？　七階の食堂へ行ってアイスクリームでも食べましょうか？」

そう和子が言い出した時、二人はその階の東南隅の写真スタジオの入口に立っていた。

「MATSUI PHOTO STUDIO」

の銀文字の下に、大きく引き伸ばした可愛い赤ん坊の写真と、立派な和服を着たきれいな女の人の、カラーの、見合い写真だか結婚記念写真だかが飾ってある。

「爽涼の秋！

御結婚のシーズンが近づきました。

お慶《よろこ》びのお写真はぜひ当スタジオに御用命下さいませ」

と、しゃれた字体で書いて貼り出してある。

何を思ったのか、水野美沙子は、写真部の受付のテーブルの上に、ガラスでおさえをしてたくさん並べてある写真のサンプルを、アイスクリームのさそいに返事もせずに、つくづくと眺めていたが、しばらくして、

「和子、ちょっと」

と、また三津田和子の腕を引っ張った。

「何よ？」

「霊感！」

「え？」

「あなたのいう霊感が、わたしにも来たわよ」

と美沙子は言った。

「卒業論文制作の費用を作り出す霊感よ。いいアルバイトを思いついたのよ。これは断然アイディアだわ。特許の申請がしたいぐらいだ」

と、美沙子は言った。

「？　……」

「ねえ、和子」

と、美沙子はつづけた。

「お見合い写真って、わたしたちのおじいさんやおばあさんの時代から、五十年一日のごとく、あんな面白おかしくもない気取ったポーズをして、よそいきの恰好をして写されて、それを相手の候補者に見てもらうものなのね。昔からちっとも変っていないのね。せいぜいカラーを使えるようになったというだけじゃないの。わたしなら、この方《かた》どうなんて、あんなもの見せられても、ミリキ無いし、判断出来ないと思うな」

「いったい、何を考え出したのよ？」

と、七階の食堂の方へ友達の肩を押しながら和子は訊いた。

「お見合い写真の近代化！」

美沙子は言った。

「何ですって？」

「ああ、神様。わたくしのインスピレーションに祝福をお与え下さい」

食堂へあがって、割りかんでソフト・クリームの食券を一枚ずつ買い、席につくと、美沙子はからだを乗り出すようにしてしゃべりはじめた。

「あなた、卒業論文が動くフィルムになってもいいじゃないかって、そう言ったわね？ なら、お見合い写真だって、半世紀の慣習をやぶって、そろそろ動き出してもよかない？ 月ロケットの時代ですよ」

「ふうん。八ミリでお見合い写真を作ろうっていうの？ それでアルバイトやろうってわけ？」

と、和子は大きな眼をした。

「そうよ。どうして誰も、それをやらないの？ 誰かがやっていそうで、誰もやっていないわ」

と美沙子はつづけた。

「近代女性の美しさは、動きにあるのよ。えらぶ鰻みたいな顔でも、アングルと動きとによって、若さの持つ美しさが発揮出来るのよ。綸子《りんず》の訪問着に帯をつの出しに結んで、横向きにじっとお澄ましをしているなんて、もう古いわ」

「………」

「お嬢さまは、スラックスをはいて、さっそうと自動車の運転をしている。お嬢さまは、白いエプロンをしめて、フライパンでビフテキを焼いている。銀座街上を両親と歩いているお嬢さま。ミシンを踏んでいるお嬢さま。ピアノを弾いているお嬢さま。芝生で犬とたわむれているお嬢さま。日常のままの生き生きした姿が、次々にスクリーンに映し出される。テープレコーダーからは、彼女のチャーミングな笑い声が聞えて来る……。『あらア、オホホホホ、わたくし、はずかしいわ!』」

「よしてよ、変な声出して、気味の悪い」

と、和子は言った。

美沙子は構わずしゃべりつづけた。

「スクリーンに、次々とお嬢さまの動きが写し出されるにつれて、テープレコーダーは、落ちついた口調で紹介する。——これはつまり、わたしたちの声なのよ。——花野花子さまは、昭和十二年十月東京の田園調布のお生れで、昭和三十四年の春、扶桑女子大学英文科を御卒業になった才媛《さいえん》でございます。卒業論文には、……卒業論文には、エラリ・クイーンの研究をおえらびになり、その鋭い分析で先生方の舌をまかせたということでございます」

「ちょっと、英文科の卒業論文に、推理小説の研究っていうのは、少し具合が悪いんじゃない?」

と和子が言った。

「だまって聞いてらっしゃい。これはたとえ話なんだから」

と、美沙子はつづけた。

「御趣味は、お料理とピアノ。ピアノを弾いてらっしゃる花子さまです。——ここで、ちょっと、ショパンの録音か何か入れる。——御家族は御両親と弟さまお二人とで、弟さまたちには、お弁当の世話からバドミントンのお相手までして下さる、よきお姉さまでございます。お父上の花野一郎氏は、新日本石油株式会社の代表取締役の要職におありになります」

「お値段の方も、ずっと勉強してございますが、いかがでしょうか?」

と、和子がまぜっかえした。

食堂では、こみのテーブルで、あたりの人が変な顔をして見ていた。

「茶化さないでよ!」

と、美沙子は、自分の思いつきに興奮しながらつづけた。

「お見合い結婚っていうものは、どうせ日本じゃ、当分無くなりゃしないわ。だけど、誰でも、正式のお見合いにすすむ前に、ありきたりのよそいきのお見合い写真じゃなくて、もっとヴィヴィッドな、ふだん着姿の相手を見てみたいと思うじゃない? だから、お勤め帰りを待ちかまえて、そっと観察して来たりするのよ。こういう動くお見合い写真なら、そういう要求にぴったりで、ぐっとチャーミングで近代的だと思わない? ねえ、ほんとにそう思わない?」

「思う思う。面白いわ」

と和子は言った。

「わたしたち八ミリで卒論を作ろうかっていう話になって、まず一つ、費用の点で行きづまったんでしょう?　それなら、同じ八ミリで並行的にアルバイトをやりながら、卒論制作の費用作り出しちゃおうよ。さっきよく見て来たけど、白黒の大カビネ判のお見合い写真が、二たポーズ合計四枚で千四百円よ。カラーだと、大カビネ判一枚が二千円で、仕上げに四週間かかるの。八ミリのフィルム、五十フィート一まきで、たしか七百円でしょ。わたしたち、二千円出してもらったら、五十フィート分、動くお見合いフィルム作って、わたしの車に映写機積んで、二回ぐらいは候補者の相手のおうちへ紹介映写のサービスして、結構かせげるんじゃない?」

美沙子は、少女のように頰っぺたを上気させていた。

一丁目二番地

墨田区竪川《たてかわ》の二丁目一番地は、犬塚商店の所在地だったが、これから和子たちの登場する一丁目二番地は、千代田区の霞ケ関である。

それは白壁の美しい桜田門に正対した角地で、皇居の濠をのぞんで、警視庁の建物が立っている。東京の人にはなじみの、あのコーヒー色のビルディングだ。

このビルディングの正面玄関の階段を上ると、すぐ左手に、いつもきれいな女事務員が二人坐っていて、物腰やわらかく案内にあたっている。なるべく人々に恐ろしい所だという印象を与えないようにするためだろうが、

「交通部××課はどこでしょう?」

「中央の階段を二階へお上りになりますと、犬の銅像が立っています。そのシッポの方向へお進み下さい」

と、彼女たちはなかなかウイットに富んだ教え方をしてくれる。

その、警視庁二階、交通部××課の課長室で、交通××課長の井沢警視正は、女秘書の持って来た名刺を眺めていた。

名刺には、

「この両名、女子大で私が教えている生徒です。色々御高見を承りたい由ですから、よろしく願います。

扶桑女子大学講師　宮坂英次

井沢大兄」

と書いてあった。

井沢警視正は、同じT大学の出身で、戦争中海兵団で同じ釜の飯を食った旧友の顔を思い出した。

「宮坂か……。しばらくあわないが、よく議論をする男だったな。だけど、女子大の生徒に一体何の御高見を聞かせろというのだろう？」

井沢課長はそう思って首をかしげたが、

「お通しして下さい」

と秘書にいいつけた。

和子と美沙子の二人づれが、いくらか神妙な顔をして交通××課長の部屋へ入って来た。

井沢警視正は二十年前に、旧制の高等学校で朴歯《ほおば》の下駄をはき、黒マントを着て、こんな「メッチェン」を追いかけた自分の青春時代のことをちょっと思い出した。平素ここには、あんまりこんなお嬢さんの訪問者などは入って来ないのである。

「三津田和子です」

「水野美沙子です。こんちわ。あのね」

と、美沙子はかたくなっているために少し早口で言った。

井沢課長は、警察手帖の中から名刺を抜き出しながら、

「まあまあ。とにかくお掛けなさい」

と椅子をすすめた。

台風の過ぎたあとの、秋の陽《ひ》が、窓から井沢課長の背中にさしこんでいる。

肩書きは「警視庁交通部　警視正」といかめしいが、交通部あたりの課長クラスは、あんまりお巡りさんらしくない。井沢課長も、仕立のいい合背広に水色のネクタイをきちんと結んだ、なかなか身だしなみのいい、やや肥満型の紳士である。

「宮坂先生が、小父さまによろしくっておっしゃいました」

と和子が言った。

「ちょっと、小父さまはおかしいわよ、和子」

と、水野美沙子が小声でたしなめる。

「あのう、何と呼べばいいんですか？　……課長さんって言えばいいんですか？　何だか会社みたいですけど」

「何でもいいですよ。小父さまでもいいですよ。どうせ、そろそろ小父さま族なんだから」

と井沢課長は微笑して答えた。

「宮坂君とは、昔軍隊でいっしょでしたがね。議論の好きな男で、口がよくまわって、議論をし出したら勝つまでやめなかった人だが、今でも学校でそうですか?」

「そうなんです」

と、和子はソファの上で美沙子にからだを寄せてくつくつ笑い出した。どうやら少し緊張が解けて来たらしい。

「宮坂先生のあだ名は、銹《さ》びチャックっていうんです」

「何チャック?」

と、井沢課長は、部下の警官が上半身十五度前方にたおす礼をして、書類を持って入って来たのに、ハンコを捺しながら訊きかえした。

「銹びチャック」

「ああ、銹びたチャックか。銹びチャックか。口がしまらないか。なるほどね」

と、警視正はちょっと肩をゆすって面白そうに笑った。

「それで、御用件は何でしょうか?」

和子と美沙子とは、

「あなた切り出しなさいよ」

という風に、お互いにソファの上で顔を見合せたが、

「あのね、わたしたち、扶桑女子大の社会科の四年生で」

と、まず美沙子が言い出して。

「卒業論文を書かなくちゃならないんですけど、いろいろテーマを考えて、結局交通問題を取り上げることに、この三津田さんと二人で決めたんです」

「それで、宮坂先生の承認をもらいに行ったら、先生があの、……先生が、井沢課長さんを紹介してあげるっておっしゃったんです」

と、和子がそれを受けて言った。

「この美沙子は、自分で車持ってるんです。だから、交通問題はすごく切実な問題なんです。それからわたしは、わたしは、今年の七月に、四つ上の兄が交通事故で死んじゃったんです。だからやっぱり、切実なんです。だから、交通問題を卒論にする気になったんですけど、だから、いろいろ資料をいただいたり、それから、パトロール・カーに乗せてもらったりしたいんですけど」

と、和子は「だから」を連発しながら説明をした。

「パトロール・カーの件は、ちょっと待って下さいよ」

と井沢警視正は言った。

「いわゆるパトロール・カーは、あれはもとは交通部の所管だったけど、今は警備部警《けい》邏《ら》課に属しているんで、私たちの方じゃないんです。……しかしそりゃ、その御趣旨は結構なことですな。もうすぐまた、秋の交通安全週間がはじまりますし、あなたたちのような学生さんが、この問題を積極的に検討して下さることは、私たちも大いに歓迎するところですよ。警視庁の中でも、交通部というところは、秘密事項の全然無いところでしてね、資料なら、それはいくらでも提供します」

「わあ、嬉しい！　宮坂先生に言っちゃおう」

と和子が歓声をあげた。

「宮坂君の紹介だし、そういうことなら、できるだけ、交通部の組織をあげて応援してあげますよ」

と、井沢課長は言った。

「何しろ、自動車のふえ方があなたたちも御承知の通りで、東京都内の自動車の数は、戦前最高だった時で、昭和十四年にわずか五万九千台だったのが、現在では、一年で昭和十四年当時の総数をはるかに上まわるくらいずつふえているんですから」

「待って！」

と、和子は大きな声で課長の話をさえぎった。

「この部屋、電源どこにあるの？　……ああ、あったあった、これだわ」

彼女は、持ちこんで来たテープレコーダーのケースをひらき、井沢課長の机の下のさしこみへ、勝手にコードをさしこんだ。

「何をするんですか？　え？　録音を取るの？　驚いたな。それじゃどうも、うかつなことをしゃべれないじゃないですか」

と、井沢課長は少々渋い顔をした。

「大丈夫よ。わたしたち遊びすぎて、何でも早くしなきゃ、卒論間にあわないんで、これはプライベイトなノートのかわりなんだから。……部外秘にしてさしあげるから」

「あきれたお嬢さんたちだな」

と課長は言ったが、仕方なく、声の調子をととのえるように、二つ三つ咳《せき》ばらいをしてから、

「今申し上げた通り、戦前の最高が、昭和十四年の五万九千台ですが、今は一年間でそれ以上の自動車がふえているので、――そしてこの自動車というのは、二輪車、いわゆるオートバイも、三輪車、いわゆるオート三輪も入ります。ただし、原動機付き自転車は、これを含みません」

と、いささか国会における答弁のごとき口調でつづけた。「交通事故は、車のふえる割合ではふえておりませんが、それでもやっぱり、年々増加の傾向をたどっております。道路の方は、これは警視庁のやる仕事ではありませんが、年々あんまり変らない。東京都全体の面積に対して、道路が占めている面積のパーセンテイジというものは、わずかに九・六パーセントで、これは諸外国の主要都市に比べて、いちじるしく割合が少ないのです。つまり、道が狭くて乏しいんです。ワシントンが四三パーセント、ロンドンが二三パーセント、パリが二四パーセントですか……。とにかくこの、おそろしく狭い、貧弱な道路の上に、非常ないきおいで自動車がふえて行って、そのうち、少くとも東京の都心部では、あんまりひどい交通事故というものは、かえって発生しなくなりそうなのです」

鉛筆を動かすかわりに、テープレコーダーの小型マイクロフォンを握って、和子と美沙子は黙って聞いていた。

課長は、自動車に乗るより歩いた方が早いという状態が来れば、スピードを出して派手な事故をやろうとしたってやれなくなるのだと、その理由を説明してから、ちょっと言葉を切り、また咳ばらいをして卓上のベルを押した。

「ところでまあ、お茶でもひとつもらいましょうか」

「お茶なんか要らないわよ。テープが無くなると困るから、つづけて下さい」

和子は言った。

「そんなにあわてなくてもいいじゃないですか。あきれたね、どうも」

と、井沢課長は苦が笑いをした。

「あきれたあきれたというのも、ちゃんと入ってるわよ」

と、美沙子が言った。


二人の娘が、井沢警視正を前にして張り切っているのには、わけがあった。

第一に、論文提出の期日がせまって来ている。

第二に、交通問題の研究に、彼女たちがいくらか本気で熱意を持ちはじめた。

そして第三に、彼女たちは、自分たちの発案で、自分たち自身を、のっぴきならぬところへ追いこんでしまっていたからだ。

美沙子が、

「東京都の道路交通の現況とその改善に関する一考案」

和子が、

「交通事故の諸相、その分析、並びに事故防止に関する研究」

まことにえらそうな題目をつけたものだが、この二つの卒業論文のテーマは、即座に学校のオーケーが取れた。

おまけに、承認を得られるかどうかと、二人が心配していた、八ミリ映画による卒論制作という異例の新機軸に対し、銹《さ》びチャックこと、宮坂英次先生は、

「そりゃ面白いじゃないですか」

と、言下に賛成してくれたのである。

例年、生徒たちが、あまり学問的に価値のありそうな卒業論文など書いて来たためしは無い。やりたいというなら、何でもやらしてやれ——。宮坂先生は、美沙子と和子の怠け心を洞察して、少し逆手の意地悪で賛成したのかも知れない。

「君たちの言う通りです。研究の成果は必ず文章で発表しなくてはならないということはないと、僕も思うね。八ミリ、結構、おやりなさい。職員会議で難色を示す人があるかも知れないが、僕が頑張ってみてあげますよ。T大でもK大でも、そういうことをやった学生は未だいないでしょう。今後はしかし、視覚教育に対して視覚報告というか、君たちの考えているようなことが、もっと普及するかも分らない。君たち、パイオニヤ

ーですな。そのかわり、僕も頑張ってあげるけど、腰くだけになっては困るよ。僕がほかの先生に対して自慢できるようなものを作って下さいよ。何しろ、原稿用紙に作文をするのとちがって、相当たいへんだろうからね。無論その覚悟と意気込みで、届けに来たんだろうけど」

と、甚《はなは》だ耳のいたいことを言った。旧友の井沢警視正に紹介の名刺を書いてくれたのも、この時である。

そしてそのあとが、もう一ついけなかった。

宮内庁と同じで、前例の無いことは何でも認めたがらない扶桑女子大学当局は、果して職員会議で、八ミリによる卒業論文などという、変てこな、あんまり真面目に受け取れない申しいでに、ひどく難色を示した。

議論百出し、会議はひどく長びいたが、遂に宮坂先生の銹びチャックぶりに押し切られ、渋々条件つきで承認を与えることになった。

その条件とは、八ミリ映画は形式上、あくまで補助的説明手段と見なし、そのかわり、論文の枚数を三十枚程度で黙認するということであった。

つまり、和子と美沙子は、銹びチャック先生の信頼にこたえられるような映画を作ると同時に、論文もやっぱり三十枚書かなくてはならないハメにおちいったのである。

「社会科四年　三津田和子。

題目。交通事故の諸相、その分析、並びに事故防止に関する研究。

但、小型映画による状況説明添付。

右承認する」

「社会科四年　水野美沙子。

題目。東京都の道路交通の現況とその改善に関する一考案。

但、小型映画による状況説明添付。

右承認する」

という卒業論文の題目承認書が二人の手にとどいたのは、三日ほど前のことである。

二人は承認書を手にし、自分たちの書き出したむつかしげなテーマを眺めて、ため息をついたが、いまさらあとへ引くわけには行かなかった。

宮坂先生は、すっかり面白がっている。

「大丈夫だよ。元気を出してやってごらんなさい。実際面白い考えじゃないですか」

水野美沙子はそのうち、

「わたし、死にたくなった」

と言い出した。

それというのが、美沙子の父親の水野尚志画伯から、画伯の友人の玄人《くろうと》カメラマンに、八ミリ映画作製のコツを訊いてもらったところ、話がますます厄介なことになって来たのである。

田所さんというその有名なカメラマンは、美沙子の父親を通じてこう教えてくれた。

「家庭スナップなら、それは行きあたりばったりでも構いませんが、何か一つの一貫した意図を持ったフィルムを作るには、まず第一に、シナリオを書くことが大切です。それから、ロケハン、撮影、そして編集で終るんですが、この編集ということが、またフィルムの価値を決定する大切な仕事で、撮ったものを何でも継ぎ合わせればいいというわけには行きません。上手に捨てて、残ったエッセンスを、切ったり貼ったりの技術が、映画の迫力を生むもとです。まあ、シナリオが出来たら、一度見てあげてもいいですがね」

「和子、死にたくならない？」

と、美沙子はこの話を受け売りして聞かせながら、げんなりして言ったものだ。

「シナリオを書いて、映画作って、その編集をやって、その上、原稿用紙を三十枚埋めるんじゃ、何のための機械化スピード・アップだか分りゃしないわ。まったく、あなた、とんでもないことを考え出してくれたわね」

「なにさ。あなただって、八ミリでお見合い写真のアルバイトをやろうなんて、意気ごんでたくせに。仕方がないじゃないの。やりましょうよ。やらなかったら、銹びチャックのお顔をつぶすことになるわよ」

と和子は言ったが、その和子も、とても自信のありそうな顔つきではなかった。

実際しかし、もう、シャニムニやり始めるより仕方がなかった。そうとなれば、無理にでも張り切らざるを得ないではないか。

そういうわけで、和子はマイクロフォンを持ちかえ、もう一度、井沢警視正の口の前へ突きつけるのであった。

録音テープが無くなるからとせかされて、お茶も飲ませてもらえない井沢警視正は苦笑いをしながら、それでも親切に、和子の突き出すマイクロフォンに向って話をつづけた。

机の上には、色々な資料、交通事故の統計表などがひろげてある。

「われわれのやっていることは、はたから見られると、やっぱりお役所仕事のひとり合点のところがあるようで、それはあなたたち、是非、有益な卒業論文を書いて、出来上ったら、ひとつ、宮坂君の諒解を得て私たちにも読ませて下さいよ」

井沢課長にそう言われて、和子と美沙子はさすがにくすぐったそうな顔をした。

井沢課長はさらにつづけた。

「しかし交通問題というのは、交通問題そのものだけではなかなか片づかないんで、突っこんで行けば突っこんで行くほど、色々厄介な問題がひっかかって来ますね。白バイを強化して、何でもぴしぴし取りしまれば済むかというと、そうは行かないんです」

「………」

井沢警視正はそれから、砂利トラックはどうしてあんなに無茶な飛ばし方をするのか、愛知や静岡からやって来る急行定期便のトラックの運転手が、どうしてろくろく寝もしないでトンボ返しの曲芸輸送をやるのか、という風な問題について、例をあげて分りやすく色々と説明してくれた。

六日もろくに寝ずにトンボ返しをやっていた名古屋の運転手が、第二京浜国道で遂にぐっすり寝こんでしまって、人を二人轢き殺しても知らず、歩道へ乗り上げて大きな音を立てて人家へ突っこんでやっと眼をさましたという例もあるという。

根本的にはこれは、彼らの生活問題や、トラック運送会社の経営問題や、日本の道路の問題にまで立ち入って解決しないと、ほんとの解決にならないというのである。

どうも、聞けば聞くほど、この研究題目は厄介なものになって来た。

井沢課長の話が一区切りついた時、

「あのう……」

と、和子は、少し気弱な調子で課長に相談を持ちかけた。

彼女はこんな風に考えていたのである。

……まったくどうも厄介な問題と取り組むことにしたものだ。だけど、わたしたち何も社会学者や交通評論家になるつもりじゃないんだ。論文の学問的価値なんかどうでもいいから、わたしたちの作る卒論八ミリを、たくさんの人に見せて、それが何かの役に立って、実際に一人の坊やでもいい、交通事故で死なないですんだというようなことがあれば、……もとはと言えば、順が事故で死んだことから思いついた話だもの、そうしたらわたし、どんなに嬉しいだろう……。

「あのう……、卒論も卒論ですけど、課長さんは、もしわたしなんかが、交通事故を少なくするために、何か実際的なお手つだいが出来るとしたら、どんなことをしたらいいとお思いになります？」

和子は質問した。

井沢警視正は、

「さあ」

と首をかしげた。

「それは、あなたもさっき、兄さんを交通事故で亡くしたと言われたが、そういう肉親を失った人なんかが、宗教家が辻説法をして歩くような気持で、根気よく交通安全を説いてまわって下さると、それは私どもの仕事に大きな協力をしていただくことになるでしょうがね」

「…………」

「何でもいいんです。理窟や観念じゃないんです。小さなことでいいと思うんですよ。たとえば、自動車を運転していて、ボールがころがって出るのを見たら、必ずあとから子供が飛び出して来ると思えと言っているんですが、実はこれが、非常に危い。ボールが道にころがり出たら、すぐに飛び出して追いかけてはいけません、大人の人に頼んで取ってもらいなさい、大人は道路にころがったボールは、いつでもひろってやりましょう、これだけのことでもいいじゃないですか。赤信号の時は横断してはいけないというのと同じに、これだけのルールが、東京都民全部の頭にしみこんだら、それは、交通事故はその分だけ、確実に減りますよ」

「やっぱりそういうことだわね」

　和子はつぶやいた。

「宗教家の辻説法みたいなことをして歩く人がいればいいっておっしゃるけど、そりゃあしかし」

　と、美沙子がその時、少々異議をとなえ出した。

「ラジオやテレビの時代なんですもの、マス・コミの力を利用したらどうなんですか？『道にころがり出たボールを追っかけるのはとても危険です。ボールは大人の人にひろってもらいましょう。六時をお知らせいたします』――、五秒ですむわ。なぜ警視庁は、放送局に頼んで、そういうスポット・アナウンスを入れてもらわないの？」

「いや、お説の通りで」

　と、井沢警視正はおでこをさすった。

「ＮＨＫあたりに申し入れて、交通安全のための、そういう具体的な注意事項を、ＥＥＮの放送みたいにスポットで入れてもらえないものか、目下われわれの方でも検討しているところなんですがね」

「検討してるだけじゃ、駄目だわ」

　と美沙子が言う。

「どうもなかなか手きびしい」

と、井沢課長は苦笑した。

「三津田さんが、何か実際的な役に立つ手つだいの方法があるかとおっしゃるから、お話したわけですが、どうです、ラジオはラジオで、あなたたち、研究の成果をたずさえて全国遊説でもしてくれませんかね？」

「まあ！」

と美沙子は笑った。

「交通量の多い狭い商店街などで、買物に歩いているお母さん方を見ていますと」

と、井沢課長はつづけた。

「例外なしといっていいほど、子供を外がわにして、御自分が店のがわに立って、手をひいて、品物に気を取られながら歩いていらっしゃる。そして、子供の手を握っているのではなくて、子供に手を握らせているんです。何しろ歩行者の方の不注意で起る事故も、これは相当のパーセンテイジを占めているんで、歩行者の方にも、充分神経を配って、規則を守って歩いてもらわないと困るんです。歩行者の交通事故による死亡数は、残念ながら、都市としては東京が世界一なんで、歩行者に対する啓蒙運動というものは、非常に大切です。個人でも団体でも、奉仕的にそういう活動をして下さる方を、われわれとしては待望しているからそう言うんですがね」

「わたし実は、出来ればそういうことをやってみたいという気はあるんだけど」

と、和子は井沢課長と美沙子の顔とを半々に見くらべながら言った。

そして八ミリの話を、彼女はかいつまんでして聞かせた。

「ほほう」

と、井沢警視正は膝を乗り出して来た。

しかし、それから間もなく、テープは一と巻録音を終ってしまったようだ。

「では、きょうはこれでやめるわ。どうもありがとうございました。また来るからよろしくね」

二人の女子大生は間もなく、テープレコーダーを片づけながら、そう言って立ち上った。

山掘り

荒川放水路の一番下流に、葛西橋《かさい》と船堀大橋という二つの、長い粗末な橋がかかっている。

このあたりで放水路を東へわたると、満目蕭条《まんもくしょうじょう》たる田舎びた、うらぶれた風景がひらけて来る。

雑草の生い茂った空き地。低い家並み。うすよごれた東京湾の遠い眺め。泥色の幅広い流れの中に立っている送電線のやぐら。そして堤防の上に腰を下ろして、タオルで頬かぶりをして、はぜやせいごを釣っている釣師たちのうしろ姿。

放水路の向うは千葉県だと信じている人があるくらいだから、山の手人種や銀座人種にはおよそ縁の無い土地だが、ここも東京の、つまり江戸川区の一部である。

昔は、このあたり一帯、

「葛西三万石米どころ」

と盆唄に歌われ、水利にめぐまれた一面の田ン圃《たぼ》であった。

江戸川は青い淵に、清冽《せいれつ》な水をたたえ、熊野神社のあたり、「お熊んさまの水」というのは、特にこなれのよさを賞美されて、江戸城の茶の湯の用に、わざわざ奉行がつきそって汲みに来たものだという。

しかし、この江戸川区の南部地方も、長い間の半農半漁の田舎から、今は次第に工業地帯に変りつつあって、あちこちに高い煙突が立ち、平べったくさみしげな町の空に、黒い煙が静かに立ちのぼっているのが眺められるようになった。

荒川放水路をはさんで、小松川と東船堀町とを結ぶ船堀大橋は、名前だけは立派だが、東京にまだこんな貧弱な橋があったのかと驚くほどの、ほそくて長い木の橋だ。

大型の自動車は通行が出来ない。小型車も、橋の途中に三カ所ばかり設けられた退避所で退避しあって道をゆずらないと、向うへわたれない。

この船堀大橋をわたりきったところのすぐ左手に、江戸川製鋼所という製鉄工場がある。巨大なクレーンの鉄骨が見え、クレーンの下には、いつも、製鉄原料の鉄屑が小山のごとく盛り上げられている。

大部分自動車のスクラップだが、それがまっ赤に銹びて、文字通り小高い山をなして堆積されているのは、一種の壮観だ。

暗く曇った秋の日の、風のない夕方、そのスクラップの小山の上に登って何かやっている二人の男があった。

船堀大橋の上から眺めると、二人の姿は小さく、岩場でロック・クライミングの訓練をしている登山者のように見えたかも知れない。

二人——つなぎと称する作業衣で身を固めた熊田勝利と旦那の犬塚君二郎とは、実は、ぽんこつ屋仲間の用語で山掘りという仕事をしているのであった。

それは、製鉄会社の了解を得て、炉に投ぜられる前に、スクラップの山の中から使用可能な自動車部品を掘り出して買って来る作業である。

バタ屋のようで聞えはよくないが、充分な腕の力と、各種各様の自動車部品に関する正確な知識が無いと、とてもやれない仕事であった。

山掘り作業でぽんこつ屋がスクラップの山に入ることは、ふつう、どこの製鉄工場でも、あまり有難がらない。仕事の邪魔になるからだ。

しかし江戸川製鋼所の社長は、犬塚商店の犬塚君二郎と、古くから鉄砲うちの友達なので、犬塚の店には、いつも優先的に山を掘らせてくれる。

ぽんこつ屋が山から掘り出した部品は、スクラップ値段のほぼ倍額で売買が行われる。

したがって、製鉄工場の方も、別に損になるわけではない。

一方ぽんこつ屋の方は、スクラップ値で百円のものを百八十円ほどで買って来て、もし売れなければ、部品はまた鉱山屋（鉄屑商）へスクラップとして逆もどりになるだけだが、うまく売れ口があったら、それは千円にも千二百円にもなった上に、

「おかげで、千円札一枚で、エンコしていたキャデラックがめでたく動き出しました」

などと、人に感謝されるようなことにもなる。

ビュウイックのドラム、ジープのミッション・ケース……、重い鉄屑をよりわけながら、勝利は、目ぼしそうな品物を、一点二点と拾い出していた。

足もとに、「TH16−922」という、一九五八年の、バージニア州の黒いナンバー・プレートが落ちている。

アメリカのナンバー・プレートは、ローマ字と数字の組合せで、州によってそれぞれ色がちがう。

バージニアというと、どこやったか？　たしかアメリカ大陸の東の方やなかったか？一九五八年のプレートが、もうこないして屑鉄になって日本へ来ているのやな。アメリカのきれいな娘さんが、ひどい事故をおこして、車をくしゃくしゃにして大怪我をしたのかも知れんな……。

曇った秋の日の夕ぐれ時に、放水路の堤防ぞいの、うらぶれた風景の中で、赤く銹びたスクラップの山に登って黙々と山掘り作業をしていると、のんき者の勝利でも、何となくわびしく人恋しい気持になって来る。

彼は、ぼんやり、三津田和子の顔を思い出していた。

和子が竪川の犬塚の店へ事故車を売りに来てから、もう二カ月ほど経ち、その後は無論何の交渉も無いけれども、勝利は一人きりの時など、よくあのお嬢さんのことを思い出すのであった。

なにしろ、ぴちぴちしたえらく生きのいい娘さんだった。

「自分こそ泥棒みたいなきたない恰好してるくせに」とか、「あなた、小金をためて温泉めぐりでもするのが、将来の人生の理想？」

とか、失礼なことを言っては、コロコロいう声で笑ったが、それが不思議に魅力的な感じで頭に残っている。

アセチレンの火で足の裏をやけどしたら、向うがあわてて、

「早く早く。これ塗りなさい」

と油の缶持って来てくれたが、あれはよごれたエンジン・オイルやから、塗るのは気持悪かった……。

それから……。

と勝利はなおも和子のことを思い出していた。

あのこわれたルノーに、大奮発して三万四千円の値をつけてあげたら、えらく喜んでたなあ。

「このお金で、わたしテープレコーダーを買うのよ。勉強に使うの」

と言っていたが、あの人、もうテープレコーダー買うたか知らん？　機械の使い方わかるかいな？

しかしながら、熊田勝利、いくら人恋しい気持で和子のことを思い出してみても、小切手を持って行って、三津田眼科の裏庭からレッカーで事故車を引きあげた時に、あの娘さんとの交渉は終ったので、今後、あれを御縁によろしくおつき合い願いたいというわけには行かない。

今では、いわばまあ、もう全く無縁の人である。

だけど勝利は、三津田和子から買った、あのくしゃくしゃの小型乗用車を解体した時、内緒で、車の中からバック・ミラーをはずして来て、犬塚商店の部品倉庫の二階の、自分の部屋の机の前に、ねじ釘でとめて卓上鏡のかわりにしていた。あのお嬢さんの記念——それほどのこともないが、とにかく毎朝ひげを剃るのに便利をさせてもらっている。

勝利がぼんやりそんな思いにふけりながら、スクラップをあさりつつ、例の、

「堺の海岸カイカイづくし
南海阪堺乗り場もちかい」

という妙な鼻歌を小声で歌い出した時、向うの屑鉄の山の上から、犬塚旦那が、

「おおい、まけとし。今日はこのくらいでやめようや。なんだか一と雨来そうな空模様だぜ」

と声をかけた。

旦那はそれから手まねきをして、勝利をそちらの山へ呼び寄せて、

「お前、これ、何の何だか分るかい？」

と、メンタル・テストみたいなことを言った。

旦那の指さす赤銹びた部品を一と目見て、勝利はすぐ、

「へえ？　オールズモビールのスピンドルとちがいますか？」

と答えた。

「そいじゃあ、これは」

「ハドソンのマフラーやろう」

「うむ」

と旦那はうなずいた。そして、

「お前もなんだな、マケ公とかぽんこつ野郎とか言われながら、やっぱり年季で、よく分るようになったもんだなあ」

と、満足そうに言った。

実は犬塚旦那も、勝利と同様、このうらぶれたさみしい風景の中で、少しく人なつっこい気持になっていたらしい。

しかし実際――自動車そのものを見て、これは55年のプリマス・プラザ、これは59年のトヨペット・クラウン・デラックスと分る人は世の中にたくさんいるけれども――錆びた部品のかけらを一つ見ただけで、それが何という自動車の、何年型の、どこの部品か言いあてられるのは、年季の入ったぽんこつ屋以外にはなかなか無いのである。

「さあ、それではやめよう。あとで、より出した品物は下へおろしてこもを掛けておけよ」

犬塚旦那は言った。

「一服したら、伝票を切ってもらって、帰ろうや」

旦那は熊のような恰好をして、ガサゴソと鉄屑の山を下り始めた。

勝利はそのあとから、ジープのミッション・ケースを右手に、バージニア州の黒いナンバー・プレートを左手にぶらさげて、山を下りて来る。

ナンバー・プレートは売り物にはならないが、勝利のコレクションなのだ。

旦那は、殺風景な空き地で煙草を一本つけると、

「お前は、今年二十五かい、六かい？」

と、勝利の齢を訊いた。

「満なら五ですが――」

勝利は答えた。

「そうすると、熊田のおやじさんが行方不明になった時には、お前は十一だったわけか……。ふむ、どうだね、お前もそろそろここいらで独立してみる気はないかね？」

「へえ。そら、大いにあります。そやけど旦那、きょうはえらいやさしそうなこと言うて、なんや気味が悪いな」

と勝利は言った。

「いつだって、大いにやさしくしてやってるじゃないか」

と、旦那は笑った。

「お前、ところで誕生日はいつだったかな？」

「十二月ですわ。十二月の二十三日です」

「ああ、そうか。皇太子さまと同じ日で、それで名前が勝利か」

犬塚旦那は言った。

「どうだい、満二十六の誕生日を記念して──それとも、それも、あんまり押しつまるなら、来年の正月から心機一転ということでもいいが、お前、ぼつぼつ熊田のおやじさんの店をおこすこと、考えてみるか?」

「店ですか? ……」

戦災で行方不明になった父親が、昔経営していた熊田商会を再興することに異存は無いが、一軒のぽんこつ屋を構えるとなれば、どうしても百万ぐらいの金は要るらしい。旦那がどの程度応援をしてくれるつもりなのか分らないが、とにかくそんなまとまった金の工面のあては、勝利には全然持ち合せが無いのであった。

夏に、ぽんこつバスの中から見つけて警察へとどけた金三万円の「準遺失物」については、その後何の音沙汰も無いから、正月には多分自分の手に戻って来そうだが、三万円を百万円にふくらかすのは、ちとむつかしい相談であろう。

「店を持つとなると……」

と、勝利も「いこい」を一本ぬいて火をつけながら考えこんだ。

いつか和子に、

「独立するのが第一段階の目標や」

などと威張って見せたことがあるが、話がこう具体的に出て来たのは初めてで、長い間部屋住みの身分だった彼は、ちょっと戸まどうのであった。

それを察したように、犬塚の旦那は、

「店といっても、はじめはやっぱりトンビから始めるんだよ」

と言った。

住みこみ店員として十分経験を積んで、ぽんこつ部品の目ききも一人前にやれるようになり、地方との取引きの仕方などにも馴れて来て、そろそろ独立をしようかという若い者は、この業界では、まずトンビと称する仕事に入るのが常道であった。

それは、株式業界の才取りに似ている。

店は持たず、一日中、関係のある出先を飛び歩いて、めぼしい品物があると、くわえて帰って来るのでトンビの名がある。

くわえて来ると言っても、失敬して来るわけではない。保証金だけ入れて、少ない資金をもとに、この江戸川製鋼所のような製鉄会社のスクラップ山や、鉱山屋が持っているスクラップ部品や、立川、所沢、追浜など駐留軍基地の払下げ品などを、朝早くからここかしことさがして廻って、仕入れて来た品物は、もとの旦那や旦那の同業者たちに買ってもらい、その間のさやをかせぐのである。

竪川の町には、二年間で三百万円ためたという腕のいい、英雄的トンビの噂もあるが、一方、一生をトンビで終ってしまったという人間もたくさんいる。そこの差は、結局、目の利く利かないと、あとは度胸と、足を元手の努力とであろう。

とにかくトンビをやっていれば、金をためることが可能なばかりでなく、セコハンの部品は全部が全部売れ口がつくわけではないから、売れなかった分は品物で残って、一軒のぽんこつ屋として「完全独立」する基礎をきずくことが出来るのであった。

犬塚商店から出て、トンビをやって、のちにいわゆるのれんを分けてもらった形で独立した店が、今では竪川の町に三軒ほど存在している。

旦那は勝利にもそろそろそれをやらせていい時機が来たと認めているようであった。

「しかしトンビを始めるとなれば」

と、犬塚旦那は短くなった煙草を指先で上手にもみ消しながらつづけた。

「うちを出て、アパートの一と部屋も借りて——、夕方疲れて帰ってくると、あったかい飯のひとつも欲しかろうし、次には嫁さんという順序になるが、お前ちっとはそのつもりで貯金ぐらいしているのか？」

「貯金ですか？　あんまり無いですわ。なにぶん給料が給料やさかい」

と勝利は答えた。

「なにを言うか」

と、犬塚旦那は眼の玉をむいた。

「三食食わせて、寝かせてやってるんだから、ひとり者に大して掛りは無いはずなんだ。独立して結婚することを考えたら、お前も、中学生みたいに、中華だ牛ドンだと食い気ばっかり発揮してないで、少し本気になって貯金ぐらいしろよ」

と犬塚旦那は言った。

店の工員食堂の晩めしだけでは不足で、夜チャルメラの音が聞えて来ると、決って、二階の部屋からごそごそ下りて来る勝利は、首をすくめて、

「中華そば屋の娘でもおらんですやろか？」

と返事をした。

「馬鹿なことを言うな。まじめな話が、お前、この人ならというような女の子でもいないのかね？」

「そのほうも、あんまりあてが無いんですがなあ」

と勝利は言った。

「中野の二番目娘なんか、どうかね？　お前にその気さえあれば、トンビを始めるのをしおに、話してみてやってもいいぜ。あれは働き者だ。お前のような世間のことにうといやつには、ああいうしっかりしたのがいいんだがな」

「うわアッ」

勝利は大げさな声を出した。

時々レッカーを借りに行く同業の中野商会の二番目娘は、働き者で気性がつよいので も有名だが、不美人で蟹が眼鏡をかけたような顔をしていることでも有名である。

「あんなすごいのは困る」

「生意気言ってやがる。竪川はどうせ、軒なみ恐妻なんだから、女房は尻にしいてくれ

るようなのが、かえって店の商売はうまく行くんだよ」

「旦那は人のことやと思うて、恐妻も恐妻やけど、あのラジエーターではたまらんですわ」

「そうか？　やっぱり嫁さんはラジエーターがよくないといけねえか？」

旦那はそう言って笑った。

「いけねえですよ。あたりまえですわ」

ラジエーターとは顔のことだ。

ぽんこつ屋仲間では、そのほか、デフがいいと言えば、尻の恰好がよろしいという意味であり、ライトが色っぽいと言えば、眼つきの色っぽさを意味する。オイルがまわっているとか、ボーリングが済んじゃったとかいうのは、もう少しお品の悪い意味合いである。

「お前、そんならたとえばどんなタイプの女の子が好きなんだい？」

旦那にそう訊かれて、勝利は、

「そうですなあ」

と、ちょっと考えてから、

「まあ、ボディは小型で、ラジエーターがきゅッとひきしまったような、清潔な感じの人やとええですな」

と答えた。

意識的にか無意識的にか、彼はまた三津田和子のことを思い出していたらしかった。事務所で伝票を切ってもらい、店の小型トラックにスクラップ部品を積んで、二人がそんな話をしながら江戸川製鋼所の通用門を出た時には、あたりがもう暗くなりはじめていた。

どこからか、秋祭りの太鼓の音が聞えて来る。

旦那は助手台に乗って、トラックを勝利に運転させ、荒川放水路の土手を走りながら、

「本所の七不思議というのを知ってるかい？」

と訊いた。

「何ですか？」

「昔、本所のあたりでは、よく、どこからともなく馬鹿ばやしのひびきが聞えて来た。月夜にうかれた狸《たぬき》が、笛太鼓でおはやしをやっていたのだろうというんだがね」

「ははあ。それがどうしましたか？」

「どうしましたかって、――お前、話の情緒を解せん男だなあ」

と旦那は興ざめのような顔をした。

「このあたりは、ずっと平坦地だから、その狸の馬鹿ばやしというのは、実際はこの葛《か》西《さい》へんの百姓が祭ばやしをやってるのが、風に乗って聞えて来たんだろうという説がある。それからおいてけ堀という所では、釣りをしていた人が、釣った魚を持って帰ろうとすると、どっかから『おいてけおいてけ』という声が聞えて来たという伝説もあるん

だ。怪談だぞ。どうだ、こわくないか？」

「べつに」

と勝利は答えた。

「月ロケットの時代に、そういうの、あんまりはやらんですわ。旦那は機械屋のくせに店にお酉《とり》さんの熊手かざったり、正月に成田さんにお参りに行ったり、狸ばやしが好きやったり、わりに迷信家やな」

「迷信なもんか。お前に、江東の郷土史の話をしてやろうと思ったんだが、――お前そういう調子だと、遊びに行っても女にもてないだろうな。まったくお前は、牛ドン向きに出来てる」

勝利がさっぱり話を面白がってくれないので、旦那はくさって、そう言った。

船堀大橋をわたり、大島町をまっすぐ西へ、二人のトラックが竪川の店まで帰りついた時には、日はとっぷり暮れていた。

犬塚の末娘の花江が出て来て、

「マケ公、留守に女の人から電話があったわよ」

と告げた。

「へえ？」

「まけとしに女から電話？　ほう……」

と、旦那と勝利とは、さきほどからの話のつづきで二人とも狸にだまされたような顔をした。

「帰ったら、三九八の四〇三×、ここへ掛けて下さいって」

漫画のナミ子さんによく似た花江は、どういうものか、口をとがらせてつんつんしていた。

「誰やろ」

「わかんないの？　誰やろって、いつか来た女子大の美人よ。用事があるってさ」

「女子大の美人？　そんなら三津田さんか！」

勝利はかん高い声になり、

「ギョッやな。また車ぶっつけたんとちがうかいな」

と浮いた調子で言って、急にそわそわし出した。

秋深し

今夜も、水野美沙子のシトロエンが三津田眼科の路地にとまっている。

このところ、美沙子と和子は、毎日のように寄り合っては、卒業論文用八ミリ制作の相談に余念がない。

実りの秋だ。

仕事は難航しているけれども、バドミントンの合宿みたいに毎日集って、二階の和子の部屋へ、石焼き芋だの、柿だの、りんごだの、栗だの、はてはおやじの飲み残しのウイスキーまで持ちこんで、ああでもないこうでもないと議論百出させているのは、カレッジ・ライフ最後のこの季節に如何《いか》にもふさわしい、充実した生活のようで、なかなかたのしい。

議論は、しばしばたわいもないおしゃべりに陥り、テープレコーダーはおもちゃに、原稿用紙はいたずら書きのスケッチ・ブックになる。

一方、階下の三津田家の居間では、
ガラガラガラ
ガラガラガラ

と、麻雀牌をかきまわす音がしていた。

そちらはそちらで、三津田博士夫婦に斎藤産婦人科、池野耳鼻咽喉科と、ご近所が四人集って勝負事に余念がないようだ。

「このところ、大分ご熱心ね」

と美沙子が階下の馬鹿笑いに耳を傾けながら言った。

「そうなのよ」

と和子は顔をしかめて答えた。

「まえはこれ程じゃなかったんだけど、順が死んで、おやじが『気うつ退治の妙薬だ』なんてむやみに熱中し出してから、母さんが少し心配してね。――飲んべえの御亭主の飲んべえをやめさせるには、奥さんがいっしょに飲んでぐでんぐでんに酔っぱらうと効果があるって話があるでしょう？　それのつもりで、家のことほったらかしでメンバーに入って、チイだポンだってやってりゃ、ちっとはおやじが自粛する気になるだろうってつもりだったらしいんだけど……、どうやらちかごろ、ミイラ取りがミイラになってしまったらしいわ」

憮然《ぶぜん》として彼女は言った。

「もっとも、あれのおかげで、われらの卒論研究室は食糧豊富なんでしょう？」

と、美沙子はしきりに茹《ゆ》で栗の皮をむいている。

「そうだ、ちょっと、美沙子。これ聞かせてあげるわ。わが家の恥だけど」

和子は思いついたように立ち上って、机のひき出しから、大きな録音テープを一巻き取り出して来た。

「きのうの晩、押し入れの中にテープレコーダーかくして、麻雀の実況をすっかり録音したの。おくすりになると思うのよ。一度あの人たち正気の時に、とっくり聞かせてあげたいと思うんだけど、どう？　試聴してみない？」

彼女がそう言って、テープを機械にかけ、スイッチを再生に入れると、いきなり。

「ポンポン、ポン！　ポンじゃない、ロンだ。それで上り。四八《ヨンパー》、九六《クンロク》、千九百二十。ワッハッハハ。これであんたの親が流れた」

という斎藤産婦人科の胴間声《どうまごえ》が聞えて来た。

ガラガラガラ、

牌をかきまわす音。それを積みあげる音。さいころを振る音。

「一六の七。ゾロ目だ。さあ張り切らなくちゃ」

と、斎藤産婦人科の声がする。すべてこれ、録音である。

「今、風は？　西《シャー》の二局だね？」

「ちがいますよ。南《ナン》ですよ。南《ナン》の二局よ」

「南とは何です。西ですよ。奥さん」

「南だよ、斎藤先生。あんたひとりで勝ってるからって、そう早くやめたがることはないじゃないか」

「そうかな？　三回目の親だと思ったがね。へんだな」

「ヘンはイギリスのにわとりだ」

「何だって？」

「ええ、南です。絶対に南ですよ」

「そうじゃないよ。イギリスのにわとりってのは何だって訊いてるんです」

「だってそうじゃないか。英語でにわとりはヘンですよ」

「ははあ、イギリスにわとりはヘンですか？」

「イギリスにわとりはヘンですわ」

「とにかく、早く振って下さいよ」

「そいじゃ、南の二局だね？」

「何べん言ったら分るのかな」

　と、これは池野耳鼻咽喉科の声。

「一六の七だ。とにかく、対面《トイメン》の七つ目を早く取って下さい」

「こっちはハコテンなんだから、気が立ってるんだから、物言いに気をつけて下さいよ」

　と、これは和子の父親の声だ。

「御夫婦で負けてちゃあ、そりゃ御機嫌も悪くなる。恐れ入りますがね、奥さんお崩しになっちゃ困る。みんな見えてしまう」

「あらあら、ごめんなさい。袖がさわったのね。あらあら、また落したわ。ごめんなさい、あらまあ」

「あらまちょいちょいゆで小豆か。南京お豆の綱渡りと来やがら」

「いやねえ、斎藤先生。これで患者さんをごらんになる時は先生、一体、どんな顔してらっしゃるの？」

ゲラゲラゲラ
ゲラゲラゲラ……

――録音テープはゆっくり廻りつづける。

美沙子はつられて、クスクス笑い出した。

「笑いごとじゃないわよ」

と和子は言った。

「テープに取ってみると、また一段とオドロキだわ。五十一のお主婦さまと、医学博士が三人集って、何でしょう、この馬鹿々々しさ。亡国遊戯とはよく言ったものね」

その時、階下の電話が鳴り出した。これは実際音である。

「オーイ、和子！」

「和ちゃん、ちょっと！」

「和子さあん、こっちは目下手がはなせない」

麻雀部屋からこもごも呼んでいる。

「今行くわよ」

と、和子はテープレコーダーのスイッチを切って立ち上った。

和子がトントントンと階段をかけ下りて、薬局の横の電話器をはずして耳にあててみると、

「もしもし、三津田さんですか？　もしもし、三津田和子さんですか？」

と、いやに上ずった男の声がキンキンひびいて来た。

「あら、熊田さんね？」

「そうです。電話もろたそうやけど、なんですか？　どないしましたか？」

周章狼狽というのか、欣喜雀躍というのか知らないが、勝利はまるで天女を電話で呼び出したような調子でしゃべっていた。

もうすっかり無縁の人と思っていたきれいな娘が、あろうことか、用事があると言って向うから電話をかけて来たと聞いたのだから仕方がない。

「いったいどないしました？　また車ぶっつけたんとちがいますか？」

「いやだア。縁起でもない。そう始終自動車をぶっつけてちゃ、たまらないわ」

「？　……」

和子は答えた。

「あなたにお願いがあるのよ。一つはね、お宅の店で、二気筒のシトロエンのスペア・タイヤ手に入らない？」

なんだ、話は商売向きのことだったのかと、電話の向うで勝利は少し平静を取りもどした様子であった。

「さあて……。うちには無かったけど、何なら近所の店、訊いてみてあげてもええですが」

「そうしてよ。わたしのお友達が要るのよ」

和子はつづけた。

「それからもう一つ。いつか引き取ってもらったルノー、あれはもうこわしちゃったでしょうね？」

「こわしましたこわしました。あれはもう、あの次の日にすぐ解体してしもて、今ではあとかたも無いですわ」

ひとが愛着を持っていた車のことを、何もそう意気ごんで、「こわしましたこわしました」と言わなくてもよさそうなものだと、和子は思いながら、

「そう？　ええと……、それでは」

と考えこみ、

「じゃあ、ほかの車でもいいんだけど、事故でくしゃくしゃになったような自動車って、お店に時々入って来るの？　見せてほしいのよ」

とつづけた。

「へえ。そら、しばらく待ってもろたら、いずれ何か入って来るやろけど、事故車とシトロエンのスペア・タイヤと買うて、何するんですか？」

「何言ってるのよ。事故車を買うのは、あなたのほうの仕事じゃない。相変らずとぼけてるわねえ。それとこれと、話が別なの」

和子の方も、無遠慮な口をきいた。

「わたし、なるべくひどい事故を起してつぶれた自動車を、八ミリ映画に撮らなくちゃならないんで、あったら教えてほしいんだけど」

和子と美沙子、実はきのう、卒業論文用八ミリの、怪しげなシナリオを、それぞれ書き上げたところなのである。

和子の方のアイディアによれば、交通事故防止の効果を期待するには、まず、ひどい交通事故の現場を実写して、見る人にどかんと強い印象を植えつけなくてはならない。

彼女のシナリオは、救急車がサイレンを鳴らして町を突っ走っている所から始まり、次の場面は一転して、くしゃくしゃの自動車がひっくりかえっている事故の現場があらわれる順序になっている。

しかし広い東京の、どこでいつ起るか分らない自動車事故を、そううまくカメラにとらえるわけには行かないので、実写といっても、そこは或る程度の演出が必要らしい。それなら、ぽんこつ屋に頼むのが、一番手っとり早いだろうということになったのであった。

「なるほど、へえ」

と、勝利は分ったような分らないような声を出したが、

「それでは、そういう事故車の、なるべくえげつないのが入ったら、つぶしてしまう前に電話でお知らせしたらよろしいねんな？　承知しました」

「そう？　それじゃあ、お願いしたわよ」

そして二人の電話はそこで切れた。

和子が二階へ戻りかけると、居間の障子ごしに、

「イギリスにわとりヘンだとさ」

「中国にわとりチイだとさ」

と、麻雀に夢中の医学博士たちの、上の空の馬鹿話が聞えて来た。

「和ちゃん、電話、だれ？」

母親だけは、さすがに少し正気らしい。そう部屋の中から訊いた。

「うん？　ぽんこつ屋のボーイ・フレンド」

口から出まかせでそう答えてから、今年不思議にボーイ・フレンド不作の和子は、実際あんな、少し風変りで下手物《げてもの》のボーイ・フレンドを持つのも、案外しゃれてるかなと、ふと考えた。

和子が二階の部屋へ戻って来ると、水野美沙子は足を投げ出して、勝手に録音テープ

を聞いていた。

「あらいやだ。スイッチ入れたの？　わたし、まだ全部聞いてないのよ」

和子が不平を言うと、

「シーッ」

と、美沙子は指を唇《くち》にあてた。

「耳よりなこと言ってるんだ」

——階下では、チイ、ポン、ガラガラガラと合戦の最中だが、録音テープの方、つまり昨夜の状況は、池野先生が手洗いに立って一と休みというところらしく、茶を入れる音がし、ぼそぼそと話し声が聞えている。

「三津田先生のとこも、和子さんは来春卒業かね？　そろそろおむこさんの口が要りますな」

と、これは斎藤産婦人科だ。

「先生、よろしくお願いしますよ。何しろあんな風ですからね。これ以上発展されたら、順一の二の舞いで、何をし出かしてくれるかわかったもんじゃありませんもの」

これは母親の声。

「当人はまだ全然、嫁入りのことなんて考えていないらしいけどね。就職するのもいいけど、卒業したら、しばらく遊ばせておいてやって、それから早く結婚させようかと思うんだ。このごろの娘は、何だか危っかしくって仕方がないよ。うちは、一人っきりだからな」

と、これは三津田博士である。

「まあ！ 失礼なこと言ってるわ」

と和子はテープレコーダーをにらんだ。

「シーッ」

「当然御養子ということになるだろうな？」

と斎藤産婦人科。

「いや、必ずしもね。それは条件次第、成り行き次第という、私ども夫婦はそういう方針なんだ。いい人があったら頼むよ。もっとも、婦人科にむこの世話を頼むというのも、へんな話だが」

「実はね」

と、また斎藤産婦人科の声である。

「うちの患者さんで、練馬の方の人だが、その御婦人の甥《おい》が、亡くなった順一君の時計工場の先輩の技師で、こういう席で話すのもどうかと思うが、どっかでお宅の和子さんを見たんだな。三津田君の妹だそうだが、ああいう感じの人が欲しいと言って、大いに好意を持っているらしいんだね。昨年スイスへ出張したりして、なかなか優秀な青年らしいよ」

「ほう。そうかね。お母さん、そりゃ一度よく承ろうじゃないか」

話がそこまできた時、池野耳鼻咽喉科が便所から帰って来たらしい。テープは急に音量が増大した。

「やあ、失敬々々。待たせました。さあ、これからつくぞ。悪ウンを落して来たからな。南のラストだろう？　僕の親だね」

そして、縁談の方は立ち消えになり、階下の実際音と同じテンポで、賑《にぎ》やかに合戦が再開された。

「和子、ちょっとシュンとしたじゃない？」

と、美沙子がからかった。

「何がさ！　いやなこった」

和子はそれでも、少し赤くなっていた。

そのうち階下では、池野耳鼻咽喉科が、耳鼻科だけに耳がいいのか、

「どこか近所でも、えらくにぎやかに麻雀やってますな」

と、きき耳を立てだした。

「そう言えば、あら、ほんとだわ」

と、和子の母親も耳をすまして言う。

「御近所でもどこでもやってくれ。同好の士は大いにやってくれ。こっちはそれどころじゃないわい」

と、斎藤産婦人科は夢中だ。

「だけど何だか斎藤先生の声に似た声も聞えるぜ」

——それはそのはずである。二階では、秘密録音のテープが、昨夜の実況を自動的に流しつづけているのだから——。

「ポン！　その紅中《ホンチュン》ポン。さあいらっしゃい。テンパイだよ」

「テンパイがこわくて麻雀が出来るか」

「ほんとほんと。二つありゃ、ポン、三つありゃカンというからね」

「それじゃあ、くやしかったら、緑発《リュウファ》捨ててごらんなさい。こっちは大三元ですぜ」

「大三元が何だ。捨ててあげようか。ソラ！　上れますか？　どうだい、ざまあごらんなさい」

「…………」

「ああ、馬鹿々々しい。もうたくさんだわ」

と、和子がテープレコーダーのスイッチを切ってしまったちょうどその時、和子の母親が少し気味が悪くなったらしく、手を休めてミシミシ階段を上って来た。

「和ちゃん」

と彼女はふすまごしに娘を呼んだ。

「どこか御近所で麻雀をやってるおうちがあるのかしら？　さっきから、へんに賑《にぎ》やかな声が聞えるのよ。あんたたちじゃないわね？」

「うへッ！　あぶなしあぶなし」

和子は舌を出して、

「さあ、気がつかなかったけど」

と、すまして答える。

母親がふすまを開ける。

「おや。二人で何をしてるの？」

「卒論の準備に決ってるじゃない」

「小母さま。あんまりお賑やかだから、山彦でもするんじゃないこと？」

と、美沙子もなかなか意地が悪い。

「？　……じゃあ、そら耳かしら？」

と、母親は半分上の空で下りて行ってしまった。

「麻雀の合いの手に、ひとの縁談の話なんかして。ようし。今にゆっくりこのテープ聞かせて、自己嫌悪におちいらせてあげるから」

と、和子はまた舌を出した。

思いなしか、階下の騒ぎは少し静かになったようだ。

「美沙子が音量を大きくしすぎたから、聞えちゃったのよ」

と和子は言った。

「ところで、さっきの電話、ぽんこつ屋の人から？」

「ああ、そうそう」

和子は答えた。

「江戸川の方へ日暮れまで仕事に行ってたんですって。シトロエンのスペア・タイヤは、さがしといてくれるそうよ」

「サンクス。ありがたい」

美沙子は言った。

「それから、八ミリの話したら、すごく張り切ってくれてんの。事故車が入ったら、すぐ電話で様子を知らせてくれるって。われらの卒論映画も、どうやら近日クランク・イン出来そうね」

「へえ……。親切なぽんこつ屋なのね」

美沙子はちょっと、にやりとした笑いをうかべて、

「和子、どう？　このウインター・シーズンは、ひとつ、その人ボーイ・フレンドにしたら？」

と言った。

「いやだわ。ぽんこつ屋のボーイ・フレンドなんて」

和子はそう答えたが、美沙子は友だちの言葉を、額面通りには受け取らなかった。

女子大生も四年ぐらいになると、お坊ちゃんのくせに不良めかした大学生のボーイ・フレンドなどでは、あきたらない者が出て来る。特に、ボーイ・フレンドの手持ちが複

数の連中などは、そういう傾向を発揮して、時々とんでもないのを見つけて来るのがいる。

　和子が、九月のはじめ以来、シトロエンのスペア・タイヤをさがしに一度竪川へ行こう行こうと、親切めかして誘うのは、どうも少しくさかった。

　どんな人か知らないが、きっとタフな、荒い感じの、学歴は無くても、案外いかすボーイじゃないのかしら……。

　しかし、その美沙子の推察は、必ずしもあたっていたとは言えない。

　なぜなら、和子はこんにちまで、熊田勝利にもう一度あいたいなどという思いにかられたことは、一ぺんも無かったからである。第一、勝利は、タフ・ガイなどと言っても、えらくとぼけた感じの青年だ。

　ただ彼女は、あれ以来竪川のぽんこつ屋街には、何となく興味を持っている。それは、死んだ兄貴が興味を持っていた町だからかも知れない。少なくとも、意識しては、彼女はそれだけのことしか考えていなかった。

「それより美沙子、あなた、お見合い写真のアルバイトの口の方は、少しは本気でさがしてくれてるの？」

　和子は訊いた。

「ああ。それはまかしとき」

　美沙子は胸を叩いて、

「パパの着衣のモデルさんで、お嫁に行きたい人がいるの。パパから話聞いて、乗り気なのよ。そのうち吉報をもたらすからね」

そう言った。

一方、竪川の熊田勝利は、その日以来早速、くしゃくしゃの事故車とシトロエンのスペア・タイヤさがしに気を入れはじめた。

「夏にぽんこつバスの中から三万円みつけた時、今年は僕にも人生の運ちゅうやつがひらけて来るのとちがうかいなという気がしたが、実際なんや、そういう匂いがして来よったぞ」

「旦那はトンビはじめて独立してみいて言い出すし、三津田和子さんは向うから電話かけて来て、ものさがしてくれ言うし……。あれは僕を信用しとる証拠やからな」

男性の通弊で、彼もやっぱりすぐうぬぼれる。

「トンビをはじめたら、次には嫁さんが要るなあて、旦那が言うてたけど、ひとつ和子さんみたいなんが、僕の奥さんにころがりこんで来んかいな……」

野球のボールではあるまいし、娘が一人そう簡単にころがりこんで来るわけはないが、勝利は勝手にそんなことを考えていた。

勝利の方は高等学校しか出ていない。和子の方は、ハイティーンの幼稚園にしろ、大学と名のつくものを来春卒業する。常識的にいえば釣合いがとれない。

彼はしかし、そういうことがあんまり気にならない男だった。十一で親をうしない、ぽんこつ屋の住み込み店員をしているにしては、コンプレックス皆無にちかく、物ごとが悲観的に考えられないたちなのである。

そういうたちだから、強引になるのか、性格的に妙に強引なところがあるから、いつでも楽観的なのかわからないが、とにかく、ここのところは、和子の要求に対して大いに忠勤をはげむ必要があると、彼も感じているらしかった。

「こんちわア。お宅にシトロエンの2CVのホイールとタイヤあるか？　無い？　なんや、そのぐらいの物、置いとけよ。それから、なるべく程度のひどい事故を起した車一台入ってませんか？　それも無い？　そんなら、さいならア」

彼は暇を見ては、竪川すじの同業の店を一軒々々たずねて歩いた。

「なんだい、あいつ。急にトンビみたいなことをはじめやがった。事故車をさがしてどうするんだろう？　妙にうきうきしやがって、何だか気味が悪いぜ」

と、勝利が立ち去ったあと、あちこちで噂である。

一とまわりして、彼は犬塚商店に一番ちかい中野商会へぶらりと入って行った。

「こんちわア。お宅にシトロエンの2CVの……」

と言いかけると、

「マケ公。なにさ、その恰好。シャツがうしろから出てるわよ。貧乏ったらしい」

と、蟹眼鏡——つまり働き者の中野の二番娘、哲子の威勢のいい声がかえって来た。

〈うえ！　この人、僕の嫁さんにやて、旦那も殺生なこと言うわい――〉

　勝利は首をすくめた。

「ところでシトロエンの２ＣＶの……」

「シトロエン？　シトロエンの２ＣＶなら、きのう買ったのが、裏に置いてあるけど、何が要るのさ？」

　哲子は言った。

「ホウ！」

　と勝利は声をあげた。

「もしもし、三九八の四〇三×ですか？　三津田さんですか？　ああ。――ありました。あれ、みつかりました」

「もしもし。うちは三津田眼科でございますが、どなた様ですか？　何がありましたんでしょうか？」

　と、通いの看護婦の野村さんは、電話口でけげんそうな顔をした。

「へ？　三津田さんの和子さんとちがいましたか？」

「お嬢さまですか？　お嬢さまはまだ学校からお帰りになりませんけど」

「へ？　それは失礼」

　電話はそこで切れた。

――その晩、三津田家の茶の間では、

「ありましたありました」という男から和子に電話がかかったというので、みんなが大笑いをした。

「ありました」のは、シトロエンの方か、事故車の方か分らないが、いつかやけどをした足をぬッと自分の眼の前に突き出して見せた青年が、ドン・キホーテみたいな意気ごみで、註文の品物をさがし出してくれたのかと思うと、和子はことさらにおかしかった。

折りかえし彼女は、犬塚商店に電話をかけてみた。

「シトロエンのスペア・タイヤの方がみつかりました。スペア・タイヤいうても、ホイールが要るのとちがいますか？　とにかく、ホイールもタイヤも、二気筒のシトロエン一台、まるごとおさえたあるよってに、いつでも買いに来なさい」

勝利はそう報告した。

そのひる、彼は中野商会の哲子から、

「2CV一台まるごと？　なんだか変だよ。旦那の註文でもないのに、そんな大きなこと言って、みそかの払いは大丈夫かい？」

とからかわれていた。

竪川の町では、同業の間でやり取りした自動車部品の代金の清算は、月の二十五六日に請求書をまわして、みそかにすべてきれいにすることになっている。

それの出来ない者は、

「なんでえ、みそかの払いも出来ねえのか。そんなやつは、よその町へ行け」

と仲間はじきをされる。

勝利がどうやら個人的商売を考えているらしいので、中野の店を半分ひとりで仕切っている哲子は危ぶんだのだったが、

「ほっといてくれ。僕にかてトンビのハシリぐらいやらしてくれ。大切なお客さんがあるんや。今に僕も独立して、熊田の若旦那になるから、つき合いようしといた方がとくやぞ」

と、相手が蟹眼鏡だけに、勝利は無遠慮に見えを切ったものだ――。

「それから、事故車の方は」

と勝利は電話で報告をつづけた。

「まだあんまり上等のくしゃくしゃというのが入ってないんですわ。またあしたにでも、様子見て、知らせてあげますわ」

クランク・イン

　ぽんこつ屋の全国組合長をやっている第八商会の部品置場で、きょうは朝から部品交換会がひらかれている。

　黒く塗られたいすゞの再生トラックが一台陣どっているほかは、置場の空き地全体、セコハン部品の山だ。一々、マジック・インキで番号を書いた荷札をつけられて、そこかしこ、あらゆる自動車のパーツが、所せましと積み上げられていた。

　自動車マニヤの人がのぞきに来たら、さぞ面白い部品が安い値段で見つかるだろう。

しかし、おもてには、

「江東支部交換会々場」

「業者以外の入場お断りいたします」

と、墨で書いた紙きれがはり出してある。

　これは、竪川で月に一回、業者仲間だけで開かれる部品市なのであった。

　テント張りの食い物屋が構内に店を出していて、アンパン、サイダー、うどん、ビールなどを売っている。

　湯気を立てているおでん鍋の前で、木の床几《しょうぎ》に腰をかけて、

「ぽんこつ屋も、昔みたいに、一台ばらせば半分もうかるというようなことは、もう無いんだよ。いつまでも昔のつもりでいちゃいけないってえのは、そこのところだよ」

と、何だかぐちを並べながら、コップ酒を飲んでるごま塩ひげの人がいる。

空き地のまん中では、革ジャンパー姿の犬塚旦那が、手に鐘をぶら下げて、

「ハイ、次は八十二番、シボレーのバンパー。二百円、二百円、二百二十円。もっと買えよ、もっと。四十九年のシボレーだぜ。品物は保証つきだ。ハイ、二百六十、二百八十。三百円。三百円でゴーイ、三百円でゴーイゴーイ。チーン！　どこだい。天野かい？　天野に落ちた」

と、せり係をやっていた。

勝利は旦那の助手だ。荷札に落した店の名前をマジック・インキで書きこんで、伝票を切って、品物を片づけ、次の品物を出して来る。

「次は八十三番。何だい、こりゃ？　空車だよ。八十円の空車」

タクシーの空車のサインを二つ三ついっしょに紐でゆわえた物が出て来た。

「空車。二十円、二十円。三十円。三十円でゴーイ、ゴーイゴーイ」

こんな物でも、三十円なら買手がつく。

「三十円でゴーイ。チーン！　中野商会」

ゴーイとは、英語のオークションで使われる going と gone との両方が一つになまった言葉らしい。

「夜店のたたき売りのバナナみたい。何だか買い出すと、つい調子で買っちゃうよ」

と、空車のマークを三十円で落した中野商会の哲子は、面白そうに四角い顔をにこにこさせていた。

その時、交換会場の入口に、二人の女性が顔を出した。

誰かがちょっと応対をしていたが、その男はすぐ大声で、

「おーい、犬塚のマケ公。お客さんだ」

と叫んだ。

三津田和子と水野美沙子が、いくらか照れくさそうな顔をして、ぽんこつ屋たちの視線をあびながら、部品の山をぴょんぴょん飛びこして中へ入って来た。

「こんちわ。来たわよ。この子は、わたしといっしょに卒論の勉強している水野美沙子。こちら、熊田さん。あだ名はまけとしクン。だけど何だか、いそがしそうね」

和子はレザーのケースに入った八ミリのカメラを手にぶらさげている。美沙子はポケットに電気露出計をしのばせ、小型のトランクみたいな物をさげていた。いわずと知れたベビイ・テープレコーダーである。

その後、勝利からまた電話の連絡があり、シトロエンのスペア・タイヤと共に、目下ころあいの事故車が二台ほど、竪川の町に入っていることがわかって、二人の女子大生は早速出かけて来たのであった。

「ちょっと待って下さい。もうすぐ、うちの旦那がせり係交替するから、そうしたら僕

も手があくから」

勝利は彼女たちにそう言って、声をはりあげ、

「次は九十一番」

と、小さなほこりまみれの部品を持ち出した。

「九十一番。ダットのセル・モーター」

と、それを受けて犬塚旦那が叫ぶ。

「ダットのセル・モーター、どうだ。ハイ、五百、五百。五百五十。六百、六百、六百でゴーイ、ゴーイゴーイ。チーン。第八商会」

「次は九十二番。ツール・ボックス（工具箱）大分入ってるよ、これは。三百、三百、三百三十、三百三十……、三百五十」

和子と美沙子とは、その場に立って珍しそうに、せりの様子を眺めている。

おでん鍋のそばでコップ酒を飲んでいたぽんこつ屋が、

「姐さんたち、犬塚のマケ公に用事があるのかね？　ここへ掛けて待ってなさい」

と、床几のはしをあけて、二人をさそった。

「一杯どうです」

ごま塩の無精ひげをはやしたそのぽんこつ屋は、石村商店の主人で、大分酔っていた。

「ありがとう。今は結構です」

二人の娘はそれでも、石村旦那と並んで床几に腰を下ろした。

「九十五番、方向指示器、新品三箱。六百円、六百五十、七百、七百。七百でゴーイ、ゴーイゴーイ、チーン。中野の哲ちゃん」

中野商会の二番目娘は、さすがに年ごろだから、せりをやりながら、ちらりちらりと、二人の女子大生の方を見ている。

「中野は、空車のサインだの方向指示器だのばっかり買って、タクシー屋始める気か？」

と、石村旦那が一杯きげんでからかう。

「よけいな世話だよ。酔っぱらい」

と、蟹眼鏡の哲子は、ちょっと澄ましてみせた。

その時である。

黒っぽい着物を着て襟首に手拭をあてたふとったおかみさんが一人、つかつかと交換会場へ進入して来た。

ごま塩無精ひげのぽんこつ屋の旦那は、それを見るとエビがはねたみたいに急に背をのばし、酒のコップをそこに置いて、ゴソゴソと立ち上った。

入って来たのは石村ぽんこつ屋のおかみさんであった。

おかみさんはごま塩ひげの旦那の腕をつかまえるなり、大きな声を出しはじめた。

「大方こんなことだろうと思った。交換会といえば、部品もろくに買わずに、おでん鍋の前に坐って酔っぱらってるんだから……。帰って下さいよ。大体、会場で酒を売らせたりして、組合長も悪いんだよ。うちに、アメリカ人の客が入って来て、英語でペラペラやってて、わたしじゃどうにもなりゃしない。さあ、早く」

「ああ、帰る帰る」

と、石村旦那はふらふらしていた。

「だけど、アメリカ人の客だって？　そりゃ俺が行ったって、どうにもなるもんか。ノオノオ、分らん分らん、何んにも無いって、ことわればいいのに」

「それが、いくらノオノオ、グッド・バイバイって言っても、帰ってくれないんだから、気味が悪いよ」

石村のおかみさんは言った。

ちょうどせり係を交替した犬塚の旦那が、

「どうしたい、石村さん？　また叱られてるのかい？」

と、勝利といっしょにそばへ寄って来た。

ごま塩ひげは頭をかいて見せた。

「店へ帰るんなら、石村の旦那、おねがいがあるんです」

と、その時勝利が声をかけた。

「きのう見せてもろたフォルクスワーゲンの事故車、この人たちに写真とらせてあげてほしいんです。手が空いたから、僕もいっしょに行きますが」

「何だって？」

と、石村のおかみさんは眼を三角にした。

「写真って何さ？　このお嬢さんたちは誰だい？　どこかの記者じゃないのかい？」

おかみさんは、和子のカメラや美沙子のさげているテープレコーダーのケースを、うさんくさそうに見ながら、

「わたしは記者はきらいだよ。この間も、週刊雑誌の記者だっていう人が話を聞きに来て、うちのこと、嘘ばっかり書いて本に出したよ。そういうことは、よその店へ行ってもらっておくれ」

「それが、お宅のフォルクスワーゲンがどうしても必要なんやから」

勝利は強引にそう言い、

「あの店に、註文どおりの事故車が入ってるんです。気にせんでよろしい。あれで、あのおかみさんは、なかなか気はええんです。さあ、行きましょう」

と、和子と美沙子を促し、かまわず石村夫婦について歩き出した。

「石村のおかみさあん！」

と、中野商会の哲子が、うしろから呼んだ。

「それじゃあ、ついでにその人たちに英語の通訳をしてもらうといいわよ。女子大生だから、きっと英語うまいわよ。ぽんこつ屋は何でもあり合せの物を利用するのが商売だからね」

「中野の眼鏡は、器量だけやなしに、意地まで悪い。あんまり気にせんといて下さい」

勝利は言った。

どうしてあんな失礼なことを、だしぬけに言い出すんだろう？　あんな風やから、いくら働きもんでも、嫁さんの口がなかなか見つからんのやろうと、彼は首をかしげた。

二人の女子大生の方もしかし、さる者で、初めて来た町で、いきなり意地の悪い言葉をあびせかけられたり、きらわれたりしながら、シュンとした恰好も見せず、表面だけでも結構面白そうな顔をしていた。

「気になんかしないわよ。なかなかキャラクタリスチックな町じゃないの？」

と、美沙子はきょろきょろ、竪川の町すじを眺めていた。

「なんですか？」

「町の人が、みんな何だか個性的で面白いわ。口の悪い人は、おなかの中は黒くないんですってよ」

彼女は言った。

「キャラクタリスチックというのは、そういう意味か。そんならたしかに、この町の人間は、腹は黒うない」

勝利は英語の意味を少しかんちがいしているようであった。

やがて一行五人は、ぞろぞろ一とかたまりになって、二丁目の角を曲り、「大型外車専門　石村商店」と書いた店までやって来た。

なるほど、ジーン・パンツをはいて、ぽんこつ屋の店員と同じようななりをした一人の、アメリカの兵隊らしい若者が、まだ店先で待っていた。

石村の旦那は、酒くさい息をして、かかわり合いが無いような顔をして横を向いているだけで、頗《すこぶ》る頼りない。

「ちょっと、あんたたち、ほんとに通訳してくれるかい？　そしたら写真ぐらい撮らせてあげるけどさ」

と、おかみさんは和子たちの方に向いて言った。

「ええ、何とかやってみるわ」

和子は答え、外人の客の方を向いて、

「それじゃあね、ええと——、キャナイ・ヘルプ・ユー・サムシン？」

「オー、イエース！」

アメリカ人は、急に喜びの色をうかべて和子たちに向って早口でしゃべり出した。

「ヘイ、ちょっと、スピーク・ア・リルル・モア・スロウリーね」

ゆっくり話してもらってよく聞いてみると、彼は石村のおかみさんにいくらノオノオと言われても帰らないわけだ。彼の46年のハドソンのリヤ・スプリングが折れて、困っていたところを、ちょうどこの店でその部品を発見して、いくらでもいいから売ってくれと、一生懸命頼んでいるのであった。

「なんだい、このスプリングが欲しいのかい？　それじゃ、安くしといたげるよ。だけど学校って、えらいもんだねえ。ほんとにあんたたち、英語でちゃんと通訳が出来るんだねえ」

おかみさんは率直に感心して見せた。

それで、アメリカ人の客は大喜びでそのスプリングを手に入れて立ち去り、そのあと和子たちは、石村商店の店の前で、めでたく彼女たちの映画のクランク・インが出来ることになった。

勝利が眼につけて置いてくれただけあって、石村の店の前のフォルクスワーゲンは、実に見事なこわれ方をしていた。

フォルクスワーゲンはルノーと同じく、エンジンがうしろにあるため、前部は抵抗力が弱い。それで、前の方は特に、ブリキ板をめくり上げたようなくしゃくしゃの形になっていた。フロント・グラスも粉々に割れている。

箱根の十国《じっこく》峠を酔っぱらって飛ばしていて、バスと衝突し、あおりを食って崖の下へ転落して、三人の怪我人を出した車だという。見かけだけは、よくこれで死人が出なかったと思うくらいひどかった。

和子は八ミリのカメラを構えて、アングルを考えていた。

「通訳をしてもらったから、写してもいいけど、ほんとに、あんたたち本に書いて出しちゃ困るよ」

と、石村のおかみさんはくどく言った。

「そうでなくても、このごろ竪川の業界のことを、小説に書いている人がいて、わたし

ども じゃあ、いい迷惑をしてるんだからね」

「おかみさん大丈夫ですよ」

と、勝利がとりなしてくれた。

「この人たちは、学生で、写真は勉強に使うだけやから」

和子と美沙子は、監督とカメラマンといった恰好で、真剣な眼つきをして、事故車を
あっちこっちから、ファインダーを通して眺めている。

「どうも何だか、やっぱり、今事故を起した車ですという感じが出ないわね」

和子がそう言うと、

「うむ」

と、美沙子もうなずいた。

美沙子は腕ぐみをして、勝利の作業服姿をじろじろ見た。

「ねえ」

と、彼女は言った。

「悪いけど、熊田さん、あなた怪我人のつもりになって、ちょっと車の下へもぐって、足突き出してくれないかしら？　その油でよごれた恰好が、ちょうど具合がよさそうなんだけど」

「あらあら、それは名案ね」

と和子は笑い出した。

「悪いけどそうすると少しアクセントがついて、画面が生きて来るわよ」

と美沙子が言う。

いくら何でもいやがられそうな註文だったが、勝利は、

「そんなんお安い御用や。車の下にもぐるのは馴れとる」

と、さっさと作業服で地面に寝ころんでしまった。

むしろ和子の方があわてて、

「いいわよいいわよ、ごめんなさいね。車の下でなくてもいいと思うわ。運転台のところへ上半身かくして、それじゃあ足だけ、いかにも怪我をした人って様子で、のろッと出していただける？」

とたのんだ。

勝利は註文どおり、運転台に寝そべって、こわれたドアから足を投げ出した。

「ハイ、それで結構。しばらくじっとしててね」

そうして八ミリのカメラはジャーと廻転しはじめた。

これは和子の卒業論文用八ミリ映画の、最初の大切な場面であるし、せっかく勝利が献身的演技をしてくれているので、二人の娘は、前へまわりうしろへまわりして、ジャーッ、ジャーッと、充分に幾カットも撮影をした。やがて、

「それじゃ、このぐらいにして置くわ」

「そんなら、もう出ていいですか？」

と、勝利は事故車の中からはい出して来たが、

「ガラスのかけらで指切ったらしい」

と、右手の中指をなめていた。

「あんたが来ると、僕は不思議にいつでも怪我するな」

そう言えば、この人、この前来た時は、アセチレンの火の粉でやけどをしたんだっけと、和子は思った。

「ほんとにごめんなさいね。オキシフルと繃帯《ほうたい》があったら、わたしが手当してあげるわ。どんななの？　血が出るの？」

彼女は訊いた。

「いや、大丈夫や。こんな怪我一々気にしてたら、ぽんこつ屋は仕事にならへん」

勝利は言った。

「それより、シトロエンの2CVの方も見て下さい。さっき生意気なこと言うた娘の店にまるごと置いてあるけど、スペア・タイヤでも何でも、要るもんあったら、買うてあげるから」

「どうもありがとう」

と、今度は美沙子が礼を言った。

「和子、一度熊田さんをおごらなくちゃいけないわね。そのうち銀座へでも案内しましょうよ」

自分で言い出したことながら、勝利を自動車事故の怪我人に仕立てて、ほんとに怪我までさせたのには、美沙子もさすがに気がひけているらしかった。しかし勝利は、

「銀座なんちゅうところは、苦が手やね」

とにべもなく言った。

「それじゃあ、熊田さんたち、いつもどこへ遊びに行くの？　浅草？」

「いや。僕らの行くとこは、大抵錦糸《きんし》町駅前の江東《こうとう》楽天地と相場が決っとるな。二百円で映画見て、中華そば食べて、温泉へ入って、一日遊んで来られるもん」

「あら、面白そうじゃない。一度わたしたち、そこへ案内してよ」

和子が言った。

それから彼ら三人は、肩をならべて、中野商会のシトロエンを見に行った。

美沙子は彼女のテント車の、スペア・タイヤとホイールと、そのほか使えそうな部品を二つ三つ買うことにした。

哲子はまだ店へ帰っていなかった。

「熊田さんも、まだ交換会のせり市の方、忙しいんでしょう？　わたしたちはもう帰るわね」

和子は言ったが、

「あっちの方は、またあとで顔出したらええんです。どうですか？　ちょっと休んで行きませんか。僕の部屋見せてあげますわ」

と、勝利は彼女たちをひきとめた。

ぽんこつ屋の店員の部屋なんて、どんなのかしら？　……。

二人とも多少興味はある。

「どうする？　寄ってみる？」

「寄ってみようか」

「とにかく、手を洗いますわ」

と、勝利は先に立って犬塚商店の奥の方へ入って行き、工員食堂のわきの水道栓をひねって、黄色い粘土のような洗剤で、油だらけの手を、丁寧に洗った。それは、和子がいつか明治モータースの工場で見かけたのと同じ物らしかった。

「こっちですわ」

手を洗いおわると、勝利は二人の娘に、油光りのする急な梯子段《はしご》をゆびさした。母屋《おもや》とは別棟の二階である。

階段を上り切って靴をぬぐと、右手に四畳半の部屋がある。

まず彼女たちの眼をひいたのは、部屋の内部に壁紙のように貼りつけてある外国の自動車の、ナンバー・プレートのコレクションであった。

バージニア州の「THI6–922　1958」という黒いプレート、「DVA427　1956」というカリフォルニア州の黄色いプレート、緑、青、白、色とりどりで、大部分はアメリカの各州の物だが、中に英国やフランスのナンバー・プレートもまじっている。

そのために、部屋は奇妙にキラキラと明るく、汽船の機械室か、お伽話のおもちゃの国のようなおもむきを呈していた。

押入れがベッドになっていて、なかなかきれいな色模様のカーテンがひいてある。がっしりとした厚い板で出来た机が一つ。その前の柱には、バック・ミラーがねじ釘でとめてあった。

「全部自動車の部品の廃物利用です。カーテンは、バスの窓のカーテンのよさそうなのを、僕が自分でミシンで縫い合せたんです。机はトラックの荷台の板をけずったんや」

勝利はしかし、バック・ミラーは和子のルノーから取って来たのだということは、言わなかった。

和子と美沙子がキョロキョロ見まわしてみると、なるほど、ラジオはアメリカ製の上等だが、これも古いキャデラックか何かについていたものらしい。ソファも同様、自動車の座席がそのまま利用してある。少々よごれた赤い絨緞《じゅうたん》も敷いてある。おまけに部屋のすみには、現在は用が無さそうだが、エンジンの冷却用のファンを使った手製の扇風機まであった。

そして部屋のあちこちに、スイッチ一つで、豆ランプがいくつもともるようになっている。

「ずいぶん変った部屋ねえ」

和子は古いトヨペットか何かのソファに腰をおろしながら言った。

「わりに清潔でしょう？」

と、勝利は自慢した。

「ぽんこつ屋は、トラックばらしたら焚き物は山ほどあるから、風呂は温泉みたいにいつでも沸いてるし、自分の部屋の中には、油っ気のよごれ持ちこまんようにしてるんです」

勝利の部屋はたしかに一風変っていた。

そこには、無駄な空間というものがほとんど無かった。ふつうの人が、無駄にというか、ぜいたくにというか、捨ててかえりみないような空間が、全部上手に、何かに利用されている。

そのために、せまい四畳半の居室は、空想好きの少年が、がっしりと組み立てた積木細工のように、如何にも堅牢《けんろう》に、そして如何にも便利そうに出来ていた。

江東のぽんこつ屋の二階にいることを忘れさせるような何かしらの夢と、一種科学的な匂いみたいなものが感じられる。

いつか、犬塚商店の主人が、

「この男は、人との応対だとトンチンカンなことばっかりやってるけど、機械さえいじらせて置けば確かなものです」

と言ってたけど、ほんとらしいわと、和子は思った。

本棚がある。

それも、トラックの荷台の板を利用して作ったものらしく、すこぶる頑丈な品物で、その本棚の上には、ちょっと変った表題の書物が何冊か、背を並べていた。

「人工衛星」「エレクトロニクスの話」「電波工学入門」「内燃機関」「ジェットとロケット」等々……。詩集や小説本などは一冊も無い。

「熊田さん、こんなこと研究してるの？」

和子は訊いた。

「いやア、研究しとるというわけやない」

と、勝利は照れたように答えた。

「読んだかて、よう分らんのもある。ただ好きで、我流で興味があるだけや」

「これが森山キャラメルのもとなのね？」

和子はそう言って笑い、美沙子の方を向いて、

「この人はね、日本中の子供が知ってる森山キャラメルの森山製菓だって、もとはと言えば、町の小さなお菓子屋さんが、一生懸命新しい洋式のお菓子を作っていたところから始まったって言うのよ。だから自分も、機械の方で何か新しい、大きな仕事をして、将来は大金持になるつもりなんですって」

と説明した。

「へえ。どんなことを」

と美沙子が訊ねた。

「それがまだ分んないんだってさ。火星ロケットを作って、火星へでも行って、火星の土地でも買占めする気でしょ、きっと」

和子はまた笑った。

「それが目下のところは、旦那がすすめてくれるんで、来年の正月あたりから、トンビという仕事で、半独立のぽんこつ屋になることで一生懸命ですわ」

勝利は答えた。

「つまり、第一段階の方ね」

「あんた、ひとの言うたこと、よう覚えてるな」

勝利はまんざらでもないような顔をした。

「しかし、ぽんこつ屋の将来はどうか分らんけど、機械文明の将来ちゅうもんは、こら、おもろいで。あんたら、そう思いませんかねえ？」

「これからの機械文明ちゅうもんは」

勝利は水が流れ出したように、かねてからの所信（？）をひれきしはじめた。

「電子工学がまず、えらい進歩をするんや。昔機械というもんが出来た時に、何とか革命というものが起って」

「産業革命でしょ」

美沙子が言った。

「そうや。その産業革命がおこって、人間の腕や足の力のかわりを機械がやるようになった。なんぼ力の弱い男でも、機械のあつかい方さえよう知っとったら、指一本で、百トンもある機関車走らせたり、一万トンもある船動かしたり出来るようになったんやろ？　ところが、今度は何がおこりよるかと言うたら、電子工学の進歩で、機械が人間の頭のかわりするようになる。知ってますか？」

「少しね」

和子は答えた。

「それより熊田さん、わたしたち最初のロケーションで喉《のど》がかわいちゃったのよ。せっかくお部屋の見学に来たんだから、お茶を一杯御馳走していただけないかしら？」

「お茶？　お茶を入れる道具なんか、無いですわ。——電子工学というもんはね」

と、勝利はかまわずつづけた。

二人の娘は顔を見合せた。

「階段のすぐ下に、水道の蛇口があるから、水飲んで来たらええやないですか」

勝利は、話を中断されるのが心外なような面持で言った。

二人の娘は、また顔を見合せた。

由来、女の子は、電子工学の話などより、映画俳優の話や、モードの話や、パーティの話や、一杯のレモン・ティの話の方が好きなものである。

そして二人とも、喉がかわいていると訴えているのに、若い男性から、階段の下で水飲んで来いというような扱い方をされた経験は、あんまり無いのである。

勝利はしかし、それがきれいなお嬢さんたちの心持を害するやり方などとは、一向気がつかない。

「人間が何十年もかかってやるむつかしい計算を、十分か二十分でやってしまうような機械がすでに出来とるんや」

自分の考えていることを、勝手に話しつづけた。

「外国語をどんどん日本語に翻訳して出す機械も出来とるんや。これは、僕みたいな頭の廻転のおそい人間には、ありがたいことやね。力の弱い人でも重い物動かせるのと同じように、頭の悪い人間でも、機械の扱い方だけ勉強しといたら、どんなむつかしいことでも、機械に考えさしたらええんやからな。電子頭脳というものは、まだまだ進歩するわ。自動車かて、いつかも僕が言うたでしょう、今に、太陽電池か原子力か、とにかくガソリンとは別のもん燃料にして、電子頭脳のロボット操縦装置で、ハンドルなんか無しで走るようになるにきまってる。僕らは、今からその時のことよう考えて、機械に出来るだけしたしまな、嘘ですよ」

美沙子はあくびをした。

和子と美沙子が、買ったスペア・タイヤををシトロエンに積んで、竪川の町を出たのは、午後も大分おそくなってからであった。

第八商会の置場では、まだ、

「ゴーイゴーイ、チーン」

の部品交換会がつづけられているようであった。

「はじめて来て、面白かったわ。スペア・タイヤとホイールも安く手に入ったし」

美沙子は言った。

「ただぽんこつ屋の油くさい水道飲むのも癪《しゃく》だから、我慢していたけど、サービス悪いわねえ、ほんとに喉《のど》がかわいちゃった」

「どっかに車をとめて、クリーム・ソーダでも飲んで行きましょうよ」

和子は言った。

「あのボーイ、だけど相当吹くわね」

「まったく。しかし、あれでワリカシいいこと言ってるわよ」

——何しろ勝利は、あれからまだ三十分ぐらい、しゃべりつづけたのである。

本来ならあっさり断られても仕方のないところを、さそいに応じてきれいな女の子が二人、独身の男の部屋へ遊びに寄ってくれたのだから、電子工学の話より、もうちっとは何かサービスのしようがありそうなものだったが、勝利はそういうことには全然無頓《むとん》着《ちゃく》らしかった。

彼のは、二人の女子大生、ことに和子の気持を無視しているつもりでは決してないのだ。ただ、自分が興味を持っていることは、相手も同じように興味を持ってくれると思いこんでいるのであった。

彼の説によると、時計などというものも、近い将来にきっと要らなくなる。今でも、電話でダイヤル三つまわせば、いつでも正確な時報が聞けるが、トランジスタ・ラジオが腕時計ぐらいの小型になるのは、もうすぐのことだ。

そうすると、時報専門の放送が出来て、時計のかわりに腕に巻いたトランジスタ・ラジオで、常に秒まで正確な時刻を知ることが出来るから、進むだのおくれるだのと厄介な時計などは、誰も使わなくなる。

テレビも、手帖ぐらいの大きさの携帯テレビが出来て、みんなポケットに入れて歩く。家庭の主婦は、家事を全部機械におぼえさせて置けば、機械がひとりでに何も彼《か》もやってくれる……。

もっともこれは、どうやら、「エレクトロニクスの話」という本からの受け売りらしかったが。

「あのボーイ、はじめ少しパアかと思ったけど、L大のイカレポンチなんかより、しっかりしてるわね」

と美沙子は言った。

L大学のイカレポンチというのは美沙子が少し馬鹿にして、姉さんぶってつき合ってやっている彼女のボーイ・フレンドのことなのだ。

「あら、あなたもそう思った？」

和子は言った。

そして間もなく、二人は車を東京駅の近くのパーキング・メーターにとめて、クリーム・ソーダを飲みに喫茶店へ入って行った。

論文完成

竪川の石村商店の前で、熊田勝利を交通事故の怪我人に仕立て、くしゃくしゃのフォルクスワーゲンを八ミリのカメラにおさめて以後、和子と美沙子は、それぞれの卒業論文作成のために、いよいよ本格的な大わらわの活動を開始した。

論文提出の期限は、目前にせまって来ている。

彼女たちは、八ミリのカメラとテープレコーダーとノートをさげて、Ｔ大学の交通研究室を訪ねたり、消防署に救急車の出動状況を写しに行ったり、アメリカ文化センターへ行って、アメリカの自動車交通に関する本を調べたり、再度警視庁の交通××課へ井沢警視正の意見を求めに行ったり、つてを求めて自動車を作る会社の社長に面会して話を聞いたり、八方飛び歩いてまわった。

「スピード制限をもっと徹底させて、ぴしぴし取りしまらなくては駄目だ」

という意見があるかと思うと、自動車会社の社長のように、

「私は、兇器を作っている立場ですから、強くは言えませんが、率直な話が、スピード制限のやりっぱなしでは、効果は薄いでしょう。なぜなら、世界の水準以下のスピードで自動車の交通をおさえるということは、経済原則に反しているから、どうせ無視され

てしまうんです。もっとほかの面から解決をはからなくては嘘ですよ」

というような意見もあり、スピードの問題ひとつでも、和子の頭は時々こんがらがってしまうのであった。

しかし、和子が主として事故防止の立場から、美沙子の方は道路交通の改善という角度から――、二つの似かよった研究は、努力のかいあって、やがて十二月十五日の期日には、それぞれ三十枚の論文と二百フィートばかりの八ミリ・フィルムになって、めでたく完成した。

二人はまっさきに、銹《さ》びチャックの宮坂先生にそれを見せに行った。

銹びチャック先生は、映画を見るより前に、論文の方にぱらぱらと眼を通した。

錆びチャック先生は、あだな通り少々口が軽い。にやにやしながら、

「アメリカ合衆国においては、国民総生産の二七パーセントしか在庫を保有していないのに対し、日本のそれは、国民総生産の五〇パーセント以上を占める。――こりゃどこから引っぱって来たのかな。――ええと、在庫投資が多いために、いきおい諸方面に無理が生ずる、か。これは日本の道路が悪いためであって、トラックの運転手は一般に、在庫投資に要する無駄な費用をカバーするために、信じがたい程の無理を強いられているのである。何もかも道路が悪いということが、第一の出発点であると称しても過言ではないのである、か。――イヤハヤ」

と言った。

「先生。それでも一生懸命書いたんですから、落第なら落第でもいいから、もっと真面目に読んで下さい」

と和子は抗議した。

「いや。ごめんごめん。そんなことはない。なかなか面白そうだ」

と宮坂先生は言った。

和子も美沙子も、もともと作文が苦手なのだ。だからこそ八ミリ映画で卒論のかわりをさせるなどという苦肉の策を思いついて、かえって厄介なことになったのだが、なるほど宮坂先生が「イヤハヤ」と口をすべらすだけあって、二人の論文は、たしかにあんまり上等の文章ではなかった。――と言うより、相当に珍妙な悪文で、わけの分らないような箇所もあったが、日本の自動車交通に関する問題が、すべてといってもいい程、道が悪いということにひっかかって来ていると彼女たちが書いているのは、事実であって、自分の交通問題の卒業論文を、そのことから書き出した和子は、正しかったというべきであろう。少しぐらい文章が変だからといって、落第論文あつかいをすべきではあるまい。

彼女たちの名誉のために、二人の言いたかったことの要点を、二人の論文をつきまぜにして、少し紹介しておく必要がある。

和子の論文には、初めの方にこんな話がひいてあった。

ヨーロッパの国々では、穴だらけ、でこぼこだらけの道が前方にある時は、手前にちゃんと「でこぼこ道あり」の三角形のサインが立っている。日本でもまねをして、そういう道路標識を立てようという話がおこったが、調べてみたら、一体全国で何億本用意すればいいか見当もつかないということになって、沙汰やみになってしまったというのである。

全国の道路の九〇パーセントちかくがでこぼこだらけなのだから、

「でこぼこあり、注意」

のサインが立てられないのは仕方がないとしても、わが国の道路標識は、一般にすこぶる整備不完全である。

道路標識はどうしてもっと整備出来ないのだろう？

どうもお役所は、道路標識より標語の方が好きらしい。夜でも光ってよく見える「一時停止」の標識を立てるかわりに、「一旦とまって安全に」という標語の立札を建てて満足している。

「出すなスピード、怪我のもと」

「注意一秒怪我一生」

「ごくろうさま。きょうも無事故で箱根ごえ」

「にぎるハンドル心をしめて」

まったく、どうしてこんなに標語が好きなのだろう？　車の運転をしている人が、一々標語の看板を感心して読んでいたら、それこそ怪我のもとなのだが――、

「いねむり運転防止！」

という立札もある。いねむりしている運転手には、「いねむり運転防止」の標語が読めないのだから、意味が無い。

そして、役所というけれども、自動車交通に関する主管官庁というものは、実は一つもないので、自動車のことでちょっと問題がおこると、運輸省、建設省、通産省、警察庁と、少くとも四つの役所に関係が生じる。それぞれの役所は、たがいに責任のがれと責任のなすり合いをやる。交通事故の発生率が世界第三位なのも、無理はなさそうだ――等、等、等。

水野美沙子の卒業論文の中には、東京中に高架と地下の、自動車専用高速道路を、出来るだけたくさん作れということや、皇居の開放問題や、都電の廃止が強調してあった。

宮坂先生は、旧友の井沢課長の名前なども出て来るので、面白いようなくすぐったいような顔をしながら、二人の論文に眼を通し終った。

それから八ミリの映写機にフィルムをはめ、先生が部屋を暗くしてスイッチを入れてみると、最初に、くしゃくしゃになった小型車の中から、怪我人だか死人だかの脚――つまり熊田勝利の脚がにょろりと出ている場面がスクリーンの上にあらわれた。

見合い

和子が卒業論文の提出を終ってほっとしたころには、東京にクリスマスが近づいて来た。

毎年この季節になると、キリストにも教会にも縁の無い人々に、一晩の大さわぎをさせるため、東京中の商店もレストランもキャバレーも一種血まなこの狂乱状態に入る。

町のすみずみから鳴りひびいて来る、

「ジングル・ベル、ジングル・ベル」

の歌声を耳にしながら、クリスマスに近いある日、和子は、

「そうそう、クリスマスといえば、クリスマス・イブの前の日は、犬塚商店のマケトシ君の誕生日だったっけ」

そんなことをふと頭にうかべて、夕方おそく家に帰って来た。

「こんなに暗くなるまで、何をしていたの?」

と、和子の母親は尋ねた。

「日がみじかいから、おそく思うのよ。まだそんな時間じゃないでしょ? さっきまで学校でバドの練習してたの」

和子は答えた。

「馬道《ばどう》の練習だって？　あら、和ちゃんいつから馬なんかに乗ってるの？」

「馬じゃないわよ」

「？　……」

「お母さま、蛍光灯ね。バドというのはバドミントンよ。すんでから、部費でケーキ五つ食べたら、胸が悪くなった」

彼女はそう言って、げんなりしたように赤い革の手袋をそこへぬぎすてた。

「あなた、今年の暮は百貨店のアルバイトには行かないの？」

母親は手袋を見て思い出したのだ。

去年の年末には、和子は美沙子たちといっしょに、新宿のデパートで「実習」のマークをつけた臨時売子をやったのである。

和子は色がつるりと白いので、べったら漬の売場だろうなどとからかわれていたが、実際は一階の手袋売場に配置された。

一人の婦人客が、兎の毛を裏につけたあったかそうな手袋を手に取って、

「これ、だけど、少し毛が抜けるわね。手袋にも、やっぱり抜け毛の時期があるんでしょうか？」

と皮肉かどうか、真面目な顔をして彼女に訊いたことがある。

「はあ。あのう、やっぱり秋から冬にかけましては……」

と、彼女は答えたものだ。本物の店員があわててかけつけて来た。考えてみると、よくあれで、何とか勤まったものである。

「今年はね、美沙子と二人でいいこと考えついたから、デパートのバイトはしないの」

和子は答えた。論文作成中はついついあとまわしになっていた八ミリお見合い写真のアルバイトを、そろそろ実行に移すつもりである。

「あらそう」

母親はさり気なく言った。

「ところで和ちゃん、あなた、お兄さんが勤めていた富士時計の工場を一度見学してみる気はないこと？　誘って下さる方があるんで、お母さん、一度見てみたいと思うんだけど」

「ははあ、おいでなすったわ」

と和子は思った。

「なぜまた急に、時計工場の見学なんか思いついたのよ？」

と、和子もさりげなく質問した。

「なぜってこともないけど、お兄さんの先輩の技師の方が、一度見に来ませんかって言って下さるもんでね、お兄さんが働いてた工場なんてどんなところだか、一ぺん見て置きたいと思ってね」

「お母さま、正直に言ってごらんなさい。それ、ほんとはお見合いでしょ？」

母親はぎょッとしたような顔をした。まさか秘密録音のテープで、麻雀の最中の会話を全部娘に聞かれているとは知らない。

「どうしてそんなことが分るの？」

と、三津田夫人は忽《たちま》ち半分白状してしまった。

「情報網は発達してるんですからね」

和子は澄まして答えた。

「ほんとはまあそうなのよ。知らせないで、自然にお会いした方がいいかと思ったんだけどねえ……」

母親はそう言って、仕方なく、斎藤産婦人科から廻って来た大キャビネ判の見合い写真を出して来た。

「この方なんだけど、あんた知らない？　先方さまは、和ちゃんを見たことがあるっておっしゃってるそうよ」

「知らないな。誰これ？　こんなの、古いよ」

和子は言った。

これが例の二たポーズ四枚で千四百円の写真かと、彼女は思っていたのである。母親はしかし、

「古いってことはないでしょ。とても近代的な青年で、スイスにも研究に行ってらしたことがあるんですってよ。おうちも、練馬の方で、うちとはそう遠くないし……」

と、大分乗り気なような口ぶりであった。

「お父さまは何て言ってるの？」

「まあ二人で行って、工場を見せてもらって、軽い気持で銀座で食事でもしてくればいいじゃないかって」

「ふうん。何だか和子、気がすすまないな」

和子は言った。

「どうして？　あなた、それとも誰か好きな人でもあるの？」

と、母親は少し心配そうに訊いた。

「あるもんですか。今年は不作で、ボーイ・フレンドちっともみつからないのに」

和子は勝利の顔をちょっと思いうかべながらそう答えた。

結局しかし、彼女は、富士時計の工場見学を渋々承知した。

その晩、夫婦二人だけになってから、母親は三津田博士に、

「和子は、お見合いだろうって、ちゃんとかぎつけてますよ。どういうんでしょうね？」

と、不思議そうに言った。

「若い娘の動物本能だな」

と、父親は分ったようなことを言い、

「だけど、その沢崎君かい、その人勝負事はどうだろうな？　若夫婦そろって麻雀が大

きらいなどというのだと、親たるわれわれ、つき合いにくいからな」

と、真顔でつまらぬ心配をして見せた。

富士時計製作の東京工場は、竪川のぽんこつ屋街からそう遠くないところにある。

暮のある日、和子は母親につれられて、タクシーでその工場へお見合いに出かけて行くことになった。

前の日には、彼女はわざわざ美容院へやらされた。

「おめかしなんかしたくないわ。商品見本を持って、売り込みに行くみたいじゃないの」

と、彼女は文句を言ったが、親たちは許してくれなかった。

「お前がどうしても好きで一緒になりたいという人でもあるなら別だが、そうでなければ、やっぱり親の眼鏡というものを信用した方がいいんだよ」

と、三津田博士は言った。

「お母さんだって、亡くなったおじいさんの言うことをよくきいたから、こういう立派な旦那さまと一緒になれて、幸福なんだからな」

「あら、そういうものかしらねえ」

和子は、その「立派な旦那さま」が、麻雀で浮かれて阿呆なことを口走っている情景を思いうかべて苦笑した——。

高層建築の無い、ごみごみした江東の町の風景の中に、富士時計東京工場の建物は、堂々とそびえていた。

ネオンで輝く大きな時計塔の下を通って、受付で沢崎技師の名前を告げると、和子母子はすぐ二階の応接室へ通され、しばらくして相手の沢崎青年が、手にパンフレットをたくさん持ってあらわれた。

「お待ち申し上げておりましたんだんすよ。ようこそ」

技師は、まっ白な上っぱりを軽くはねて、ポケットに片手を入れ、おや指だけ出した気取った恰好で、女のような言葉を使って挨拶をした。

母親は丁寧《ていねい》にお辞儀《じぎ》をし、その間にもしかし、相手の一挙手一投足を仔細に観察しながら、

「生前は、順一がたいへん御厄介になりまして……。きょうはまた、お忙しい中を、勝手なことをお願いいたしまして。娘も何ですか、お兄さんの勤めていた工場を一度見せていただきたいなんて申すもんでございますから」

そんなことを言って、おかしくもないのに、気取った愛想笑いをした。

和子は机の下で、母親の足を二つほど蹴った。

「ほんとに、でも、年末でお忙しいんでございましょう?」

「いいえいいえ。二十九日から休みなもんだんすから、スキーに行く相談ばっかりしておりまして……。仕事の方は格別忙しかございません。わたくし御案内しますから、ど

うぞ和子さんも、ゆっくり御覧になって行って」

沢崎技師は言った。

「だけど、三津田君はほんとに惜しい人を亡くしましたねえ。わたくしたち、研究部じゃ、がっかりしてるんですよ」

問題の中心は和子なのだが、和子は黙っていて、あとの二人が一生懸命気取り合っている。

「いやんなっちゃうなあ」

と和子は思った。

女事務員が伏眼になって、静かにお茶を三つ持って入ってくる。

「村上君。組立工場にスリッパを三つ出しとくように電話しといて下さい」

沢崎技師が言うと、気の弱そうな女事務員は、小声で、

「ハイ」

と答えて、また伏眼になって部屋を出て行った。

昔はこういう場合、和子の方が伏眼になってもじもじするものと、相場が決っていたが、彼女は黙って、大きな眼でキョロキョロ部屋の中を見廻していた。

「お正月のお休みは、スキーでございますか？　運動事のお上手そうな御体格ですものねえ」

と、母親は相変らずお愛想を言う。

「いいえ。下手なんざんすよ。ただ、スイスに居りました時、一と冬、チロルに遠征したりいたしまして、すっかり病みつきになってしまったもんですから。あちらは、スキー場でも何でも、ほんとに清潔でござんしてね」

沢崎技師は答えた。

「日本はそんなに不潔ですか？」

と、和子が不意に突っかかるような発言をした。

母親は渋い顔をした。

「さあ……。日本はこれでいい方かも知れませんけど、ヨーロッパの人たちは、イスタンブールまで来ると、もう東洋の匂いがして、きたなさが眼立つって申しますからねえ」

沢崎青年は、おだやかな微笑を浮かべながら言う。

「東京でも、このへんはまた、特別きたなくて柄《がら》が悪いんですよ。びっくりなさいませんでした、和子さん？」

「そうかしら？ 江東方面の人って、案外ざっくばらんで、わたし面白いわ」

和子は言った。

「それはそうですねえ。庶民的という意味じゃ、熊さん八さんの町ですから、そりゃ、面白うござんすけどねえ」

「さあ、和ちゃん。お忙しいんだから、それじゃそろそろ、工場を見せていただきましようか？」

と、母親が促《うなが》した。

「沢崎さんが忙しくないって言ってらっしゃるんだから、何もそうあわてなくてもいいわよ」

和子は言った。

沢崎技師は、

「フフフ」

と女のような含み笑いをして、

「ほんとにどうぞ、お茶でもゆっくり召し上ってから……。これはお兄さんが持ってらしたと思いますけど、会社のPR用で」

と、パンフレットを和子にさし出した。

彼女はそれをパラパラめくって見ながら、

「ねえ、電子工学がもっと進歩すると、時報放送を聞く、腕巻きトランジスタ・ラジオが出来て、時計なんか要らなくなるって、ほんとの話ですか？」

と、勝利の科学理論の受売り質問をした。

母親が、再び渋い顔をした。

和子はどうやら、この気取った青年技師が、はじめから気に入っていないらしい様子であった。

しかし、時計工場の見学の方は、彼女にもなかなか面白かった。

それはたいへん静かな美しい工場で、作業はすべて、まことに小さな顕微鏡的な作業であった。

一台二百万円もするというスイス製の自動旋盤がずらりと並んでいて、トロトロと流れているあめ色の油の中から、時々、針の先ほどの小さな何かの部品が、ぽろりと受箱の中へ落ちて来る。

組立工場の内部は、エア・コンディショニングがほどこされてあって、ちり一つ無く、何十人もの女工が、たてに、一線に机を並べている。その横を、小さなベルトコンベアが、ゆっくり動いている。

ある女工さんは、真鍮《しんちゆう》の地板に宝石をはめる作業をしている。時計の何石というあの宝石は、高価な物かと思ったら、一つ原価二十円ぐらいの人造ルビーだそうだ。

ある女工さんは、人造ルビーにあけられた髪の毛ほどの穴へ、心棒を通す作業をしている。蛍光灯《けいこうとう》がやわらかな光を女工たちの手もとへ落していて、物音はほとんどしない。

こうしてベルトコンベアが流れて行くにつれて、一分間に二十個ずつの割合で、きれいな新しい腕時計が出来上って行く。

「ここの狭い倉庫の中に、約三億円ぐらいの製品がいつも寝てるんですよ」

と、沢崎技師は金庫のようなものの並んだ囲いの中を指して言った。

「へえ」

と、和子はその金額には感心したが、

「そりゃまあ、そうでしょうね。おさつを作る工場へ行けば、おさつが何十億円と寝てるんだろうし」

と、また少々突っかかるようなことを言った。

母親は気にして、沢崎青年から、一歩おくれたところで、

「和ちゃん、あんたお見合いだってこと承知してるのに、もう少ししおらしくするものよ」

とたしなめたが、和子は一向平気な顔をしていた。

女工さんたちが、作業をしながら、ちらりちらりと和子たち母子の方を見る。

やがて三人は、以前順一が仕事をしていた研究部の部屋まで来た。

大きな設計板があり、計算機があり、ドイツ語や英語の本が積み重ねてある。マイクロ・ダイナグラフという、むつかしい名前の機械がある。

ステインレスの、ピカピカ光る、アイスクリーム入れの箱のような箱の中では、五度、二十度、三十五度と、いろいろな温度で、出来た時計が試験されていた。

「順は機械が好きだ好きだって言ってたけど、こんな仕事をしてたのね?」

和子は母親に言った。

「ええ、そりゃあ……。お兄さまはここのホープだったんですから」

沢崎技師が言った。三津田夫人は、死んだ息子のことを思い出したらしく、ちょっと複雑な表情をした。

「さっきの和子さんの御質問ですけれどね」

沢崎技師は、白い紙の上に大きく描いた歯車の設計図を見ながら言った。

「はあ?」

「いいえ、将来時刻を知るための手段がすっかり電気的なものに変ってしまって、時計なんか要らなくなりゃしないかという、和子さんの御質問なんざんすけど、ほんとに鋭い御質問で、びっくりしてしまったんですが」

「………」

「これは、会社の機密に属しますので、はっきり申し上げにくいんですけど、研究部では、将来のそういう新しい時代に備えて、やっぱりあれこれやっておりますのですよ。実は、お兄さまには、その研究に手をつけていただこうと言っていた矢先に、おかくれになってしまって、わたくしたち残念がってるのは、それなんです」

おかくれになったなんて、皇族が死んだみたいな言葉を使わなくてもいいのにと、和子は思った。

三人は廊下へ出た。

和子が手洗いをすませておこうと、ちょっと眼をきょろきょろさせると、沢崎技師はすぐ気がついて、

「オトイレですか？　反対側ですの。こちら」

と、しなやかな手で軽く和子の肩を押した。和子はぞくりとした。

さて、和子が手洗いから出て来ると、母親は如何にも思いついたような調子で、

「和ちゃん、きっとまたおなかが空いたんでしょ？　沢崎さん、いかがですか、銀座へ出て、御一緒にお食事でも？」

と誘いをかけた。

「そうですか？　お供をさせていただきましょうか。あと十五分ほどで終業になりますから」

技師は答えた。

「沢崎さんは何がお好きかしら？　洋食？　それともお寿司かてんぷらでも？」

「いいえ、何でも。和子さんのお好きなものがよろしいじゃございませんか」

沢崎技師はそれからまた、フフフと笑って、

「わたくし食べ物の好ききらいは全く無いんですけど、スイスの、あの蛆虫《うじむし》のわいているチーズだけは困りました。スイスの娘さんたちが、あれが大好物だと聞いてから、スイスの女の人がおそろしくなりました」

と暗に、娘は日本にかぎること、スイスでは恋人なんかいなかったことを説明するようなことを言った。

時計工場の終業のサイレンが鳴った時には、外はすっかり暗くなっていた。

和子母子は、白い上っ張りをぬいできちんとした背広姿になった沢崎技師と連れ立って、師走《しわす》の町へ出た。

身動きのとれなくなった自動車の洪水の中で、やっとの思いでタクシーを一台みつけ、銀座までやって来ると、光の渦の中でジングル・ベルが鳴りひびいている。

百貨店のおもてには、色とりどりの豆ランプをともしたクリスマス・ツリーが立ち、菓子屋の前では、赤い服のサンタクロースが、ちらしを配っている。

買物包みをかかえた人々の肩と肩とが、ぶつかり合うような人出だった。

「この季節になりますと、チューリッヒのクリスマスを思い出しますんざんすよ」

と沢崎青年は言った。

「あちらのクリスマスは、しかし、もっと厳粛できよらかなもんでござんすね」

「はあはあ。そうでございましょうねえ、ほんとに」

と、母親が相槌を打つ。

それはきっとそうだろうが、何だってこの人、二た言目にはスイス、スイスって言うのかしらと、和子は思った。

四丁目の角で、三人はタクシーを捨てた。

「練馬のお宅の方では、沢崎さまは御両親さまと……？」

「はあ、それが弟が二人ございます」

そんな会話をしながら、三人が食事の場所と決めた資明堂の入口まで来た時である。

「あらア！　和子。銀座であうなんて珍しいわねえ」

と、ジングル・ベルを吹き飛ばすようなソプラノがうしろから追っかけて来た。美沙子だった。

「きょう、二度あなたのとこへ電話したのよ。どこへ行ってたの？　きょうは、ぽんこつ屋のまけとし君の誕生日だって言ってたでしょ？　江東楽天地をおごる約束、あなたどうしたの？　買物？　あれ、誰よ？」

と、賑やかな宵の町で親友を見つけた水野美沙子は興奮して、たてつづけに質問を浴びせかけた。

「シッ！」

和子は連れが先に資明堂の中へ入るのに一と足おくれて、

「見合い見合い」

と、小声で答えた。

「見合い？　お見合いのフィルムの売込み？　――いや、ちがう。分った。例の時計工場だな？」

「ヤアヤア。イエース」

「これからここで、お食事ってわけね？　どんな人、一体？」

「それが、すごくキザる。スイスの話ばかりする。いやな感じ」

和子は首をすくめた。

「とにかく入ろうよ。わたしもパパとここで待ち合せなんだ。もう来てるだろうと思う」

美沙子はそう言って、和子の肩を押した。

資明堂の一階では、ねずみ色のコーデュロイの上着にベレー帽、ダンヒルのパイプというでたちの水野尚志画伯が、一人でビールを飲んでいた。

三津田夫人は、美沙子の父親の画伯にちょっと挨拶をして、二階へ上りかけ、沢崎技師といっしょに和子を待つ様子をしていた。

和子と連れ立って入って来た美沙子は、二分の一秒くらいで時計技師のスタイルの品定めをすると、

「こんちわア、小母さま。話があるから、ちょっとだけ和子借りるわね」

そう言い、父親に向っては、

「パパ待った？　和子に話があるから、もう少し待っててね？」

とことわり、二人だけでさっさと別のテーブルについてしまった。

娘たちの父親と母親とは、両方とも渋い顔をした。和子の母親と沢崎青年とは、仕方がないという風に、そのまま二階へ上って行った。

「あなた、卒論も無事パスしたし、ぽんこつボーイをいっぺん約束でおごらなくちゃ悪いわよ」

美沙子は言い出した。

「なるほど、だけど、あの時計は、ちとキザりそうだね。あんなのなら、電子工学のまけとし君の方が、よっぽど新型だ」

「うん。それでぽんこつとは連絡つけたの？」

と、和子は訊いた。

「それがね、電話してみたら、千葉県へ自動車の買い出しに行ってるんだって」

「買い出し？　入札でしょ」

「ああ、入札だ。それから、和子、お見合いフィルムのバイトだけどね、いつか言ったパパの着衣のモデルさん、ものになりそうよ」

「へえ、どういう人？」

「それがさ、モデルだからきれいな人なんだけど、お能の面みたいな顔で、古いんだ。うちのパパが大体、画描きのくせして、古いんだからね。やっぱり、パリ、パリってキザるくせに――、どうしてヨーロッパへ一ぺん行って来た人って、ああキザるかね？――モデルは日本流の古い美人型が好きなの。なにしろ、パリのシャンゼリゼで、馬車に乗りたいって言うんだから古いよ。シャンゼリゼにヘリコプターで着陸したいって言うんなら分るけどさ、音楽だって、パパはおジャズは全然興味がないんだからね」

美沙子は父親の棚おろしをやっていて、なかなか本題に入らない。

「それで、モデルさんがどうしたのよ？」

と和子は催促した。

ボーイが註文を取りに来る。

「水だけちょうだい。あとで別々のテーブルでうんと食べるから」

美沙子はそう言ってから、

「わたし、うんと吹きこんであげたの、あなた美人だけど、動きが出ないと顔が死んじゃう。ふつうのお見合い写真なんか廻しても、御縁がつかないわけはそれだって。だから、わたしたちの、動くお見合い写真をぜひ利用して、もっと生き生きしたところを人に見せなさい」

「相当ひどいこと言うわね」

和子は笑った。

若い娘たちの結婚問題や恋愛問題に、親しい友人の発言は、相当強い影響力があるものだ。

水野美沙子が熊田勝利に好意を示し、時計技師の悪口を言うので、和子はこのお見合いがますますいやになって来た。

それでもしばらくして、美沙子から、

「それじゃもう、あなた行きなさいよ」

と言われ、

「そいじゃ別れて、お互いの親の財布でうんと食べることにしよう」

「だけど食べられる、和子？」

「食べられるさ、平気よ」

と、やっと和子は二階へ上って行った。

「ごめんなさいね。年末年始の資金かせぎの重要打ち合せがあったの。どうも失礼」

母親と沢崎技師が大きなメニューをひろげているテーブルへ彼女は着席した。

「さて、沢崎さん、何になさいます？」

「いいえ、和子さんからどうぞ」

と沢崎青年はあくまで紳士的である。

「わたし？　ええとわたしは、生牡蠣《がき》のハーフ・シェル何とか、これとね、コンソメ。それからチキン・ソテーとカレー・ライス。あと、メロンとアイスクリーム。それからお母さま、ビール一本もらおうじゃないの」

母親が四度目の渋い顔をした。

註文が決って料理が運ばれて来るまでの間、三津田夫人は気を変えて、

「何ですか、こう押しつまりますと、やっぱりあわただしい感じがいたしますね」

と、月並なことを言い出した。

「だけど、お餅つきとか年越しそばとか、除夜の鐘とか、破魔矢《はまや》とか、いくつになりましてもいいものでございますが、お正月の風俗も段々変りまして、門松なんかお立てになる家も少なくなって、ちょっと淋しい気がいたしますわ」

「はあ。わたくしも生活の上では保守派ですから、古い東京のお正月の風習がすたれて行くのは、大変残念に思うんですよ」

と、沢崎技師が賛成する。

「もっともうちでは、順一の喪で、今年は何にもいたしませんけど、明けまして、スキーからお帰りになったら、一度お遊びにおいで下さいましよ」

と、和子の母親は、このたしなみのいい青年技師に大いに好感を持っているらしかった。

その晩和子は、ビールを三分の二まで自分一人であけ、沢崎技師の倍ぐらい御馳走をつめこんで、銀座街上でようやくお見合いの相手と別れた。

母子二人きりになると、母親は少し沈んだ調子で、

「和ちゃん、あんた、照れくさいのであんな態度するの？　それともほんとにあの方、気に入らないの？　とにかく少しはしたないわよ」

と娘を非難した。

「はしたなかったかしら？　へえ。だけど、照れくさくなんかないわ。全然気に入らないのよ。あんなキザな、生活の上では保守派ですなんて男の人きらい。お父さまによく言っといて」

と和子は答えた。

あんま占い

「旧年中は種々御高配を賜りうんぬん」

という犬塚商店の印刷の年賀はがきを旦那からもらって、勝利はあちこちに年賀状を書いている。

「三津田和子さんにも出しとこうかな。江東楽天地へ案内してくれなん言うてたが、その後一向音沙汰が無い。忘れとるといかんからな」

彼は手帖の住所を見ながら、印刷の上に、

「先日は愉快でした。僕が死人に化けた八ミリが出来たら、一ぺん見せて下さい」

と、一筆書きそえた。

ここは千葉県鴨川の、安田屋という大きな旅館の一室である。

一室といっても、狭いバス通りに面した、どうやら一番安い部屋らしい。

犬塚旦那と勝利は、二人とも宿の丹前に着かえ、洋服掛けには二人の油じみた作業服がつるしてある。

勝利が年賀状を書いているそばで、犬塚旦那は茶をすすり、名物の鯛せんべいをかじりながら、

「ここは感心な旅館だぜ。何にも言わずに通したな」

と首をひねっていた。

鴨川観光という土地の大きなバス会社の、年末のぽんこつバスの入札に、二人は東京からやって来たのである。

機械をいじったり、バスの下へもぐったりする入札旅行に、ぽんこつ屋はとてもしゃれた恰好はして来られない。いきおい、油だらけの作業服ということになるが、仕事に便利な姿だと、宿を定めるのに不自由をすることになる。気の利いた宿では、大抵警戒されて、

「あいにく、お部屋が皆ふさがっておりまして」

とことわられる。

しかし犬塚旦那は、ついこの間、中山競馬で中くらいの穴を二つあてて機嫌がいい。六万四千、七万、七万二千と、三台分バスに札を入れて、発表は明日と決ると、

「きょうはまけとしの誕生日だっていうし、一つことわられたらことわられた時のことで、この町で一番いい旅館をおごろうじゃないか」

と、タクシーでこの安田屋へ乗りつけて来たのである。

帳場にいた若い女の子が、

「海の見える部屋はいっぱいですが」

と言って、しかしあっさり上げてくれた。

外房《そとぼう》の荒い海にのぞんだ小さな漁師町の鴨川は、温泉も無いし、別に大した名所旧跡があるわけでもないのに、どういうものか、町に堂々たる三階建ての旅館が何軒となく並んでいる。鴨川の名物は、鯛せんべいと旅館らしい。

先年火災にあって、新しく建て替え、ビーチ・パーラーやバーや水洗便所や、近代設備をほこる安田屋は、その中でも一流中の一流であった。

安田屋はしかし、客の身なりに無頓着な「感心な」旅館では決してなかった。

帳場ではもんちゃくが起っていた。

「俺が新屋どんのところへちょっと油を売りに行ってた間に、加代ちゃんが上げちゃったただよ」

と、番頭は怒っていた。

「だから、虹の間に通しといたんだけど」

と、加代ちゃんは困っている。

「虹の間も鱒《ます》の間もあるもんか。あんな人をあげちゃいけないよ。何だろうね、あれは？　労働者かねえ？　えたいが知れないじゃないか」

「ひまだと思って、帳場を加代ちゃんにまかしとくからですよ」

と、女中のお時さんが言う。

「お時さん、ちょっと様子を見て来てくれないかね？」

「若い方が、年賀状書いてるわ。だけどそう変でもないいんじゃない？　裕次郎を少しよごしたみたいな、わりにいい男よ」

「つまらないこと言ってないで、宿帳持って様子を見てくるだね」

と、番頭は催促した。

それで女中のお時さんは、宿帳を手に、さりげなく犬塚旦那と勝利の部屋へ入って来た。

「ああ、ねえさん、めしは早めにして、それから、おい、まけとし、ビールかい、酒かい？　まあ、酒とビールと一本ずつ。それから、あたしゃあ、寝る前にあんまを頼んでもらいたいね」

旦那が註文をした。

「あんまさんですか？　かしこまりました」

お時さんはそう答えて、それとなく二人の様子を見ている。

「それからねえさん、鯛《たい》せんべいの二百円ぐらいのを一つ買って、すまないが、これをくずしといてください」

と、犬塚旦那は一万円札を一枚抜き出した。

女中はギョッとしたような顔を大急ぎでつくった。

一万円札一枚ならいいが、そのあとに何十万円あるか分らないような厚い札束が、ちらりと見えたからである。

宿帳の、

「東京都墨田区竪川二丁目」

という字を見ながら、お時さんは急いで帳場へ引き返して来た。

「どうかね。金なぞちゃんと持ってそうだかね？」

「持ってそうだかじゃないよ。一万円札をこんなに持ってるわよ」

お時さんの報告を聞くと、

「そりゃいかん。そりゃますますいかん」

と、番頭は悲観的な声を出した。

勝利が書くだけの年賀状を書いてしまい、犬塚旦那が急須《きゅうす》の茶をしぼって、ありたけの鯛せんべいを食べてしまっても、宿の夕食は一向出て来る様子が無かった。

「ははあ、もしかしたら、やってるぜ」

と、犬塚旦那は言い出した。

「何ですか？」

「これで、昔だと、もうすぐ刑事が踏みこんで来るところだ」

「……？」

旦那は長年の経験でよく知っている。自分たちみたいな油じみた恰好で、ふところから大金をちらつかせると、時々とんだ誤解を受けることがあるのだ。

「少しからかってやろうか」

旦那はそう言って呼リンを押した。

しばらくしてから女中が入って来た。

「ねえさん、めしは未《ま》だだろうか？」

「あのう、もう少しお待ち下さい。きょうはお魚が入るのがおそくなっちゃって……」

と、お時さんはいい加減なことを言った。

旦那のカン通り、そのころ安田屋から、近くの鴨川警察へ宿帳を持った注進が走っていたのである。

鴨川署からは、東京へすぐ警察電話が掛けられていた。

「ときにねえさん、脱獄囚が二人、東京で銀行強盗をやって、千葉県方面へ逃げて来たとかいうことを汽車の中で聞いたが、ほんとうだろうか？　物騒なことだね」

と旦那は澄まして言った。

お時さんがまた、ギョッとしたような顔をした。

――二人はそれからも、番頭たちのそれとない監視つきで、長い間ほっておかれた。

「安田屋さん。大丈夫だよ。たしかに東京のあの住所にそういう人がいるそうだ。犬塚商店という大きな自動車解体屋の社長と店員だ。人相も符合する。まず心配ないね。きっと、自動車を扱う仕事で、きたない恰好をして来たんだろう」

――と、東京へ照会した鴨川署の係から安田屋へ、ずいぶんたって電話がかかって来た時には、旦那も勝利も空腹と不愉快とで、すっかり不機嫌になってしまっていた。

帳場では番頭がそれを聞いて、もう一度あわて出した。

「何だい、自動車会社の社長だってさ。こりゃいけないよ。お時さん、すぐお部屋を変えてね。怒らせないようによく申し上げて、すぐめしめし！」

「だからわたしが、人相がわりにいいって言ったでしょ」

と、お時さんは表情をつくろい、虹の間へ入って行った。

「あのう、ただ今ちょうど、海の見えるいいお部屋が一つ空きましたんですが、どうなさいます？　お変りになりますか？　魚が入りましたから、お食事はすぐお持ちいたしますが……」

と、畳に指をついて訊いた。

「入ったのは、魚じゃないだろう」

と旦那は言った。

「しかし、まあいいや。海の見える部屋が空いたと言うんなら、とにかく変ろうじゃないか」

「かしこまりました」

女中はまめまめしく荷物を持ち上げた。

今度の部屋は虹の間とは大分様子がちがっていた。

床の間には大きな菊が活けられ、安楽椅子を二脚置いた廊下からは、太平洋の荒い波が浜に砕けるのが、夜目にもよく見える。

膳が運ばれて来た。

「まけとしよ。まあ、きょうは誕生日おめでとう。来年のこの日には、同業の熊田の旦那として、一つ対等におつき合い願えるようになっていてほしいもんだな」

と、犬塚の旦那は新しいひらまさの刺身を口に運び、盃を上げながら言った。

「ねえさん、来年の今ごろにはな、この男が一人前の業者になって、大金を持ってバスの入札にやって来るから、その節は、きたない恰好をしていても、いやがらずに泊めてやってくれよ」

「まあ、御冗談ばっかり。お待ちしておりますわ」

と、お時さんは酒をさす。

波の音がすぐそこでよく聞える。

「こんなとこは、嵐の日には大波が来てこわいやろうなあ」

と、勝利が言うと、

「波よりも、こんなふとい材木が流れて来るんですよ。時化《しけ》の時には、それが波打ちぎわで、怪物のようにおッ立っちゃうんです。そして倒れかかって来るのが、とてもおそろしいんですよ」

とお時さんは言った。

宿の待遇がすっかり変ったので、旦那と勝利とは機嫌よく、それから長い間かかって、新鮮な魚ずくめの夕食を終った。

早目に床をのべてもらう。

そして間もなく、眼あきの女あんまが入って来た。

もんでもらいながら、旦那はあんまと世間話をする。

「初めて来たが、ここはいやに立派な旅館のそろった町だな」

「それはね、安田屋さんの先々代が、気違いだと言われながら、三階建のでっかい旅館を作んなさったですよ。そしたらこんな田舎の漁師町に珍しい大きな旅館があるというので、お客さんが集って来るようになって、そしたら、ほかの宿でも、うちも負けるもんかと言って、みんな三階建の大きな物にしたんですよ。それで、鴨川には旅館ばっかり目立ちます」

女あんまはそんな話をした。

「ときに、旦那さん方は、機械物をいじる御商売だね？」

「なぜ？　よく分るな」

と、犬塚の旦那は眼をつぶったまま答える。

「わたしは、鴨川のあんま占いと言って、よくあたるですよ。あんまのほかに、趣味の占いをやってるですよ。あとで来年の運勢を見てあげましょうか？」

「何を見る？　人相を見るのかね？」

「人相、手相、姓名判断、綜合的に占うんです。この人は」

女あんまは勝利の顔を見て、

「親に縁が薄い人ですね」

と言った。

旦那があんまを取っているそばで、畳の上に寝ころんでいた勝利は、むっくり起き上った。いくら迷信めいたことを信じない彼でも、いきなり「親に縁がうすい」と言いあてられては、少々気にせざるを得ない。

「なるほど僕は、小さい時にふた親に別れたけど、なんでそれが分るんや？　でたらめとちがうか？」

と勝利は質問した。

「でたらめとちがうですよ。顔のここのところを、疾厄宮《しつやくきゅう》といって」

と、女あんまは勝利の眼と眼の間を指した。

「あんたはここの色つやが悪いですからね。親子兄弟の縁のうすいことが、すぐ分るんです。それから、あんたもこっちの旦那さんも、五行の手相が水形といって、指先が太くて肉がよくついていて、全体がぼってりしてるですね。これは機械をいじって、大きな財産を作るいい相ですよ」

「そりゃ結構。うむ、なかなかよくあたる。まけとし、一つゆっくり見てもらえ」

と旦那は言った。

機械をいじって大成功するのは、勝利のかねてからの夢である。半信半疑ながら、彼も少々興味を示し出した。

それで旦那の療治が終ると、女あんまは坐りなおして、本腰で勝利の占いを始めた。

「あんた、名前はマケトシさんと、どんな字を書くんですか？」

「いいや、本名は熊田勝利や」

「熊、田、勝、利……」

鴨川のあんま占いは、勝利の名を一画々々紙に書いて勘定しながら、

「姓名判断の方から行くと、熊田が十四画と五画で十九画、勝利が十二画と七画で、やっぱり十九画。天運と地運が十九画で、十九は凶数ですから、あんたは、親も災厄にあったし、自分も子供の時には苦労したでしょう？」

と言った。

「しかし、田と勝と合せた人運が十七画で、これは意志の力で万難を排して志を遂げるという意味ですから、これからの運勢は悪くないですよ」

「ついでにあしたの入札の結果がどうなるかも、見てもらっておけ」

と、旦那はもう半分寝かかっていた。

「そんなことまでは、分らないですよ」

とあんまは言う。

女あんまはそれからさらに、勝利の掌《てのひら》を撫でたり、顔をつついたりして、田宅宮《でんたくきゆう》だとか妻妾宮《さいしようきゆう》だとかいう言葉を使いながら、

「結婚問題では、あんたは思いがけぬ良縁を得ますね。あんたの今住んでいるところから、戌亥《いぬい》の方角に奥さんがみつかります」

ど」

「ええと、竪川から西北の方て言うと、中野、阿佐ケ谷の方は西北やな。はは あなるほ
「西北の方角です」

「戌亥ちゅうと？」

と言った。


「思いあたることがありますか？」

「多少無いこともない」

勝利が答えて、旦那の方を見ると、犬塚旦那はもう、すやすや寝息をたて始めていた。

「かりにやね」

と勝利は女あんまの占い師に言った。

「かりに西北の方角に、ころあいの嫁さんの候補者がいるとしてやね、その良縁を獲得するには、僕はどうしたらええ」

「あんたの場合は、そこに色々の障害が考えられます。たとえば家柄がつり合わんとか、親が反対するとか、結婚資金が無くて、式をのばさねばならんとかですね」

「………」

「それを克服して行くには、あんたが真剣に誠意を見せて、あとは一にも二にも三にも、押しの一手で行くんですね」

「一にも二にも三にも押しの一手か？」

「そうです。わたしのあんま占いを、面白半分に聞いて、にやにや笑いをしてるようなことでは、真剣味が足りないです」

と、女あんまは少し神がかり的になって来た。

「それから、誠意と言っても、このごろの女の人は金銭的裏づけの無い、心持だけの誠意では有難がらないですから、女の人を幸福に出来るだけの金銭の裏づけを作って、それから押して行くことが大事です」

馬鹿々々しいと言えば馬鹿々々しいが、あたっていると言えば、あたっているような気もする。

しかし勝利は少々気味が悪くなって来て、占いはそのへんで打ち切ってもらった。

「あんた、あんまの方は要りませんか？」

「そら、要らん。僕はもまれたらくすぐったい」

「それでは見料、二百円いただきます」

女あんまは言った。

「いっしょに、帳場へつけといてもらいましょうか」

そして鴨川のあんま占いは帰って行った。

「金銭的裏づけをもって、一に押し、二に押し、三に押しか。それは別に占いを見てもらわんでも、誰かてそういうことになるかも知れんわい」

勝利はそうつぶやいて、二十六回目の誕生日の晩の寝床に入った。

それはちょうど、銀座の資明堂の帰りに、和子が母親に、お見合いの結果についてノーの回答をしていた時刻であった。

——翌朝。

海はよく晴れていた。宿の待遇は、昨日の失礼をつぐなうように、たいへん行き届いていた。

朝湯に入ると、風呂場の窓から、外房州の海の美しいうねりが見える。

朝飯をすませ、土産に鯛せんべいと魚を一と籠買って、油だらけの作業服で玄関に立つと、さすがに旦那も勝利も、自分たちの恰好に少し気がひけた。

鴨川観光の事務所へ出向いて見ると、きのう入れた札のうち、二台は犬塚商店に落ちていた。

落したバスは、後日レッカーで引取りに来ることにし、合計十四万円ほどの現金を納入して、犬塚旦那と勝利とは、午後の準急の気動車で鴨川を立って東京へ帰って来た。

美和プロダクション

和子と美沙子は、卒業論文の制作で大きな赤字を出した。

収支勘定の収の方がゼロなのだから仕方もないが、人と変ったことを志したばっかりに、彼女たちの出費は大きく、正月の小遣にも不自由することになって来たのである。

この赤字は、何とかして埋めなくてはならない。むろんデパートの実習生のアルバイトなどでは追っつかない。美沙子発案のかねての計画——動くお見合い写真の売り込みを実行に移さなくてはならない。

さいわい美沙子の父親の水野画伯が着衣のモデルに使っていた川原しず代という二十七歳の女性が、さんざん迷った末に遂に三千円を投じて最初のお客として、契約を申し出て来た。

そしてそれをしおに彼女たちは、美沙子の美と和子の和を取って、八ミリ映画制作の仕事に、美和プロダクションという名前をつけ、事務所（?）を三津田眼科の二階に設立した。

冬晴れのある日、美和プロダクションは、テント車のシトロエン2CVに、テープレコーダー、八ミリ・カメラ、電気露出計、三脚、それにサンドイッチと魔法壜《まほうびん》入りの紅茶まで積んで、国分寺のアパートに、川原しず代嬢の撮影に出かけて行った。

なるべく平素のままに生き生きと、という美沙子たちの註文で、川原しず代は、縞のウールの着物に、黄色い茶羽織をはおり、まっ白な足袋をはいて待っていた。

和子の方はしず代にあうのは初めてだ。

なるほど、美沙子の言っていた通り、古い美人画にある整った顔立ちで、名前の如く物しずかな女性だが、如何にも憂鬱そうで、印象が陰気くさい。

「遠いところをすみません。先生、その後お元気ですか?」

と、ものを言うにも、伏眼になって蚊の鳴くような声を出す。和子や美沙子から見ると、同じ昭和生れの女のくせにと、歯がゆい気がするのだ。

「川原さん、きょうは動きを撮るんだから、そんな恰好してちゃ駄目よ。スラックスでもはいて、縄とびでもしてみせてよ」

と、美沙子はずけずけ言った。

「でも、わたくし、洋服はあんまり似合わないんですもの」

と、モデル嬢は言う。

「美沙子、最初のおとくい様に、あんまり無理言っちゃいけないことよ。川原さんはきっと、これが平素のままなのよ」

と、和子は口を入れたが、水野美沙子は構わず、

「最初のお客さまだから、無理が言いたいのよ。その恰好じゃ、わたしの作り上げたい

と思ってるイメージがこわれちゃう。わたしのこの赤いスラックスかしたげるから、とにかく着更《きか》えてみてよ。日がみじかいから、早くしなくちゃ」

と、じれったそうに、部屋のカーテンをしめ、さっさとスラックスをぬいで、白いナイロンの、七分の下着を、膝の上へまくし上げた。

「スカートぐらいあるんでしょ？　かわりのスカートを、貸してちょうだいよ」

美沙子が自分の家のような顔をして、借りもののスカートにはきかえている間に、川原しず代は、つつましく次の部屋へ行って、美沙子の言いつけ通り、スラックスと白いスェーターに着かえて出て来た。

「これでよろしいんでしょうか？」

「さあ……。どうだろう、美沙子、この方、やっぱり着物の方が似あうんじゃない？」

と、カメラのファインダーをのぞきながら、和子は異議をとなえた。

「動きが大切だの、あなたのイメージだのと言ったって、無理なことをしちゃ無理よ。第一、寸法が合わなくて、へんだわ」

「ふうむ。それもそうだな」

「悪いけど――」

「もう一度、着物に着かえてまいりましょうか？」

「ええ、そうしていただいた方がいいと思うわ」

川原しず代は、いやな顔もせず従順に、もう一ぺん次の間へ引っこんで行った。

結局しず代は、もとのウールの着物と茶羽織の姿になり、美和プロダクションの二人は、彼女にカメラを向けながら、子供をあつかう写真師の要領で、わいわい、わざと面白おかしい話をして聞かせた。犬塚商店の熊田勝利君を、死人に仕立てて、くしゃくしゃのフォルクスワーゲンから、にょっきり脚を突き出させた話をしていると、さすがにしず代も、声を立てて、珍しく生き生きした笑いを見せた。その何秒間かを、八ミリ・カメラは上手にとらえ、録音テープはそのきれいな笑い声を録音した。

川原しず代は、白い割烹着《かっぽうぎ》がよく似合った。台所に立って、女一人のつつましい食事を作っているしず代の姿にも、カメラは向けられた。

撮影は、戸外でも行われた。馴れて来るにしたがって、しず代も、これがお見合い写真だという緊張感を失い、次第に和子たちの指図どおりに、のびのびとした演技（？）をして見せるようになって来た。

そして五十フィートのフィルム二巻を撮りおわり、持参のサンドイッチをしず代といっしょに食べて、青梅街道の早い夕暮れの中を、最初の収穫の三千円をポケットに、シトロエンのライトをともし、和子たちは意気揚々と美和プロダクションの事務所へ戻って来たのである。

フィルムを現像に出し、五日目にそれが返送されて来たのを見ると、その結果は意想外の成功のようであった。

はじめに美沙子が考えていたような、きびきびした動きは何も無く、相手の人柄を変えて見せるなどということは、やはり無理な註文らしかったが、武蔵野の冬木立の中で、川原しず代はいかにも自然に、やさしく、憂愁をふくんだ美しい女性に写っていた。

水野画伯の絵にも、スティルの見合い写真にも無いよさが出ていた。

風にそよいでいる裸の雑木林や、ゆっくり立川の飛行場へ下りて行くアメリカ軍の飛行機が、しず代の背景になって、フィルムの中のしず代の動きを引き立てていた。

すっかり安心した二人は、それから美和プロの事務所――つまり三津田眼科の二階の部屋で、冬の夜ながを電気ごたつにあたりながら、大いに張り切って、そして楽しく、フィルムを切ったりつないだりの編集の仕事をやり始めた。

腹がへってはいくさが出来ぬとばかり、部屋にはいつも、石焼きいもだの餅だのカステラだの塩せんべいだの、鼠《ねずみ》の巣みたいに食糧がためこんである。

和子が台所から、父親のウイスキーをコップに半分ばかり失敬して来ると、二人はそれをなめて、すぐ酔心地になり、気焔《きえん》をあげた。

合計百フィートの八ミリ・フィルムを、無駄な部分を捨て、前後をうまくつなぎ合わせ、テープレコーダーには適当な紹介事項や、しず代のムードにあいそうな音楽を吹き込み、その上、

「私の横顔――川原しず代――

制作　美和プロダクション」

というタイトルまで入れると、第一回作品としては予想外に立派な、動くお見合い写真が出来上った。

壁ぎわにポータブルのスクリーンを立て、しず代が冬木立の中を歩いて行く場面で始まるそのフィルムを、和子と美沙子は何度となく試写して見た。

「われながら上出来だと思うわよ」

「前の卒論のフィルムの時は、すこし固くなりすぎたのね」

「これならまずまず、ゴキゲンだわ」

「あとは、このモデルさんがめでたくよき結婚にゴールインするようだと、わたしたち大成功なんだけどな」

「パパに頼んで、またお見合いの相手を、早急にさがしてもらおう。三千円じゃ、紹介写真の出張は二度までという契約だけど、初めてだから、わたしたち出血覚悟で、何回でも特別サービスをやろうよ」

「うん。そして、これから動くお見合い写真というのが大流行になって、われらの美和プロダクション、大繁昌と行くと面白いんだけどね」

「そうなったら、人が真似するから、特許を取らなくちゃ……。とにかく、芸は身をたすくよね」

「道楽は身をたすくかな」

「いいえ、そうじゃない。アイディアは身をたすくというべきだわ。デパートの写真部の前で、一番初めにこのこと思いついたのはわたしだもの」

美沙子が言うと、

「あら、ひどい。八ミリを使うことを最初に言い出したのはわたしよ」

と、和子が言う。

とにかく二人とも、大はしゃぎで悦に入っていた。

そして、それから間もなく、お見合いフィルム「私の横顔――川原しず代――」は、妙なきっかけから、妙なところで最初の効果を発揮することになった。

それは、水野家で年末に、四紀会の画家たちが中心になって、絵かき仲間の年忘れのパーティをやった時のことであった。

みんなでカクテルを飲みながら、パリだウィーンだ、前衛派だ、フォーブだ、文部省だと、わいわい議論をしている中で、美沙子の父親の水野画伯が、

「ひとつ、部屋を暗くして八ミリを映して見せようか」

と、座興のつもりで言い出した。

「賛成々々。だけど、御婦人が同席でもいいのかい？」

と、怪しげな期待をする画家もいたが、

「モデルさんはモデルさんなんだがね。そういうんじゃないんだ。うちの娘が作ったフィルムだよ」

と、水野画伯はことわった。

「娘が言うにはね、写真館で撮ってもらう気取った見合い写真じゃ、今の時代にもう古いと言うんですよ。だから、これは動く見合いフィルムなんだそうだ。若い奴は、色んなことを考えつくね。このモデルさん、妙に嫁の口のかからない人でね、僕はへんなことは決してしてないから、いい人があったら、皆さんお願いしますよ」

なんだ、親馬鹿の素人《しろうと》映画かと、がっかりする人もいたらしいが、「私の横顔」の試写がはじまり、そしてそれがおわった時、集っていた人々の中から、二三、意外な反響があらわれた。

そのひとつは、四紀会の重鎮の高峯春三郎画伯で、

「ほう。この人二十七？　そうすると、昭和六七年ごろの生れだろう？　今どき面白い女性がいるな。何だか、王朝最後の人といったような感じがするじゃないか。どういう人だい？」

と言い出したのである。

「今年の秋の展覧会に、僕が出した絵のモデルですよ」

美沙子の父親が言うと、

「ああ、あれと同じ人か。しかしあの絵じゃただの美人に過ぎなかったが、こうして見

ると生きてるね」

と、高峯画伯はきついことを言った。

「背景にダグラスが飛んでるところなぞ、しゃれてるじゃないか。水野君、このモデルさん、僕に一度紹介してくれよ。かえって、非常に新しい感覚の絵がかけそうな気がする」

「ええ、いつでも」

と、水野尚志画伯は答えたが、やっぱり少しいやな顔をした。

もう一人は、新日本ウールの宣伝部に勤めている西村という若い商業デザイナーで、

「水野さん、この人の着ている着物、ウール地らしいですね。今どき、こういう普段着の和服が、こういう風によく似合う人というのは、珍しいんじゃないですか？　これは水野さんの手柄か、美沙子さんの手柄か知らないが、めっけものだな。この人、テレビに出る気ないかしら？」

と、高峯画伯と同じような関心を示したのである。

この節、美しい顔と整った姿態とを持っていて、その上裸になる勇気でもあれば、女の人がモデルとして金をかせぐ道は、相当豊富にころがっている。

川原しず代はしかし、とてもそこまで踏み切れる女性ではなかった。

彼女はひどく内気で、自分を売りこむことも下手《へた》で、そのために貧しい暮しをしているのである。だからいつも、陰気くさい影がつきまとって、結婚の相手にもめぐまれな

い。

ところが、美沙子にすすめられるままに、お見合い写真のつもりで作ってもらった映画から、自然に自分をほかの方へ売りこんだかたちになって、その後高峯画伯というえらい先生からはモデルの口がかかるし、第一線の商業デザイナーからは、テレビのコマーシャルに出てみないかとさそわれるし、彼女は何か夢のような思いで、喜んでいた。

「わたし、ほんとに何と言ってお礼を申し上げていいか、美沙子さんと三津田さんに、もっと何かのかたちで御挨拶をしなくちゃ」

と、彼女はくりかえし言った。

「そんなことを言うから古いのよ。契約は契約で、どんなすばらしい効果があらわれたって、それだけのビジネスだから、いいのよ」

と、美沙子は父親のモデルをはげました。

「それより、これを機会にうんと売りこみなさいよ。そうすれば、あなたの望む結婚のチャンスだってつかめるわ。テレビに出たからって、あなたスポイルされるような人じゃないもの」

年下の美沙子から姉さんぶったことを言われても、川原しず代は、

「ええ。そりゃわたし、やっぱり平凡な結婚をするのが、わたしのような女の一番の幸福だと思ってるんですから、決してスターみたいなものになる気はありませんけど」

と、例の蚊の鳴くような声で賛成していた。

「ねえ、和子。平凡な結婚って、やっぱりそんなにいいものかねえ？」

美沙子はそのあとで感にたえたような顔をして和子に訊いたものである。

「二十七ぐらいになると、そういう気になるんだろうかねえ？」

「さあ……？　結婚はいいけど、わたし平凡々々って、無理にそう平凡な結婚をしたかないわよ」

「そんなら和子、あなたなら、たとえばどういう人がいい？　ぽんこつ屋の電子工学みたいな、何だかとんでもない夢をみているようなのがいいこと？」

「まあ！　わたしがいつ、まけとしクンを結婚の対象に話したことがある？　へんなこと言わないで！」

和子は言った。

「それとも美沙子、ぽんこつぽんこつって、あなたああいう人が好きなんじゃない？」

「うん。わたし、あのボーイ好きよ」

美沙子は平気な顔をして言った。

「いつかも言ったでしょ？　少くともL大のイカレポンチなんかより、面白いわ」

「あら、そう。だけど、それより美沙子、わたしたち、早く卒論の八ミリを返してもらって、例の社会奉仕の仕事にも乗り出してみようじゃない。一月はいぬる、二月は逃げる、三月は去ると言うんですってよ、そのうち忽《たちま》ち順の一年が来るわ。順が自動車で死んだんだから、わたしこの仕事だけは、どうしてもやってみたいの」

と、和子は話をそらせた。

和子はしかし、熊田勝利の話が出て急に話をそらせたわけでもなく、八ミリ映画で交通事故防止の奉仕をやってみたいということは、前からほんとに真剣に考えていたのである。

何しろ、扶桑女子大社会科を近く卒業の予定と決っていても、今まで、学問的にも実践的にも、社会科の大学生らしいことはろくにした覚えがない。

食べることと、ボーイ・フレンドと、自動車と、パーティと、要するにふらふらと夢見心地で四年間のカレッジ・ライフが過ぎてしまったのである。

このまま「蛍の光」では、あまりに何だか申し訳ないような気がする。就職は、親たちがやめろと言う、時計技師は一応ことわったけれども、まだ見合いをしろという要求はあとからあとから出て来そうだ。それならやっぱり、順一の事故死を無意味にしないという意味で、今のうちにあれをやってみたい——。

美沙子もそれには賛成ではあった。

しかし、或る程度費用がかかりそうなのだ。

「ねえ、和子。警視庁がお金を出してくれないかしらねえ?」

と、美沙子は言い出した。

「警視庁?」

「いつかの井沢課長さんに頼むのよ。交通事故の防止に東京中で一番熱心なのは、警視庁でしょ？　それなら、わたしたち警視庁の仕事に協力するわけだもの、補助してくれたっていいじゃない」

「理窟はそうだけど、どうかしら？　でも、うん、当って砕けてみようか」

彼女たちは勇敢である。

ある日、二人は警視庁の交通××課長の部屋へ思い切って電話をかけた。

井沢警視正はびっくりしたらしかった。いきなり電話で、警視庁へ金の無心を言って来た若い女性は、就任以来はじめてであった。

「水野美沙子さんっていうと、どなたでしたかね？」

「あらア、忘れたの？　いつか錆《さ》びチャック先生の紹介で、交通のことを聞かせてもらいに行った女子大生ですけど」

「ああ。思い出しました。テープレコーダーのお嬢さんたちだな。卒業論文は出来上りましたか？」

「ええ、それで、その卒論映画を持って……」

と、美沙子と和子は、電話口でかわりばんこに事情を説明し出した。

「なるほど。ふむふむ。それはたいへん結構なお志だけれども、しかし役所というところは、予算のワクでしばられていて、こういうことがあるからといって、すぐに金が出せるというわけに行かないんですがね」

「駄目ですか？」

「まあね、とにかくその八ミリ映画を持って、一度見せにいらっしゃいよ。都合で、僕のポケット・マネーからでも、多少のカンパをしようじゃありませんか」

井沢警視正は言った。

電話を切ると和子は、

「そりゃそうかも知れないわね。どんなものを映写して歩くのか、見せもしないでいきなりお金下さいは、少し失礼ね。それじゃ、急いでまたそっちの方のフィルムの編集にかかるか？」

と少しは世間並みのことを言った。

卒業論文の説明資料として提出した八ミリ映画は、扶桑女子大学当局では、卒業の時まで返却しない規定になっている。

和子はしかし、銹びチャックの宮坂先生に頼みこんで、逆に借り出しというかたちで、それを取り戻して来た。

井沢警視正に電話をかけて、警視庁の経済援助の意向を打診したのは、ちょうど役所の御用おさめの日であったから、その話はそのままで彼女たちは正月を迎えることになったが、正月の休みも、和子は自分の部屋で、しきりに、自分たちの作ったフィルムを、切ったりつないだり、映したりの仕事に熱中していた。

面白くて仕方がないのである。

ものごとに勢いがつく時は、奇妙なものだ。大して苦労も努力もしないのに、すべてのものが四方八方から、その人に調子を合わせて来て、すらすらと具合よくことがはこぶ。

和子の両親の好きな麻雀にたとえれば、それは、手がついている時で、無理なあがりをたくらまなくても、自然にいい手が早く出来てしまうのだ。そういう時は、その勢いに乗った方がいい。

和子はあんま占いに来年の運勢を占ってもらったわけではないし、そんな理窟を考えていたわけでもなかったが、大体が川原しず代のような引っこみ思案の性格ではないので、しず代のお見合いフィルムがうまく出来てから、暮も正月もなしに、八ミリの仕事に没頭しはじめたのだった。

まるでインスピレーションに見舞われた映画監督みたいに、次々に色んないい考えが湧いて来る。

くしゃくしゃのフォルクスワーゲンの中から、死人の足がにょっきり出ている場面は、自分たちにはタネが分っているからおかしいけれども、一般の人が見たら如何にも悲惨な事故現場のようで、刺戟が強過ぎるだろう。

交通事故防止のために、団地の子供たちや奥さんたちに見てもらうには、少し考える必要がありそうだ。どうすればいいか？——

和子の頭の中に、すぐ解答が浮かぶ。

撮りなおし！　まけとしクンに、もう一度出演してもらえばよろしい。

悲惨な事故現場の死体かと見えたまけとしクンが、急にごそごそ動き出して、のっそり立ち上ればいい。そして、にっこり笑って、ああ、こんなくしゃくしゃの事故はもうお断りという顔をして、元気に飛んではねて見せればいい。そこでテープレコーダーが、すかさず、上手な説明の言葉を流す。

顔をしかめて見ていた人々は、きっとほっとし、笑い出し、そして、ああ、自動車事故はこわいという印象だけは、やっぱり強く残るだろう。

彼女がしきりにそんなことを考えていると、下の茶の間から、テレビのコマーシャル・ソングが聞えて来た。

親たちが、こたつの中でテレビを見ながら、麻雀の相談でもしているらしい。

「トミー、トミー、
トミーは電子で世界をつなぐ
トミー、トミー、トミー」

彼女の持っているテープレコーダーのトミー電機の宣伝だ。

「トミーは電子で世界をつなぐ
トミー、トミー、トミー」

……何だか、熊田さんの歌みたいだわ。コマーシャル・ソングか……。コマーシャル・ソング、コマーシャル・メッセージ、ＣＭ――待てよ……。

和子は考えこんだ。和子は腰をうかし、フィルムの束をそこへ投げ出し、トントントンと階段をかけ下りて行った。

「和ちゃん？」

と、母親が茶の間の中から声をかけた。

「うちの才女さん、お正月からよく御精が出るわね。だけど、ちっとはお父さまと一緒にテレビでも見ないこと？　トミー劇場がはじまるところよ」

「ちょっと待って」

　和子はそれどころではなかった。

　診察室のわきの電話を取り上げて、ダイヤルを廻す。

「もしもし、美沙子いますか？　三津田ですけど」

　水野美沙子は、と言って電話口へ出て来た。

「なあに。わたし、お屠蘇で酔っぱらっちゃってるの」

「まあ！　ちっともこっちへ顔を出さないで、失礼ねえ。わたしは正月無しで、フィルムいじってるのに。——ところで美沙子、その後お見合いフィルムの申し込みあったの？」

「無いわよ、そんなもの。素人にお見合い写真を頼みに来る人が、そう次々にあってたまりますか。なにさ、和子。お正月ぐらい、少しのんびりしろ」

「何言ってるのよ。あなた、ほんとに酔ってるの？」

「ああ、酔ってるよ。ヤケ屠蘇のんで、酔っぱらった。L大のイカレポンチが、わたしのこと、そでにするんだもの」

「何ですって？」

「和子が気がないんなら、わたし、そのうち、まけとしクンを横取りしちゃうから」

どうやら美沙子は、正月早々、ボーイ・フレンドと何かいざこざがあったらしい。

「ねえ、美沙子。気をたしかに持って、真面目に聞いてよ」

和子は言った。

「美沙子、CMって知ってる？」

「CM？」

「コマーシャル・メッセージよ。テレビの面白い番組の中へ入れる宣伝文句のことよ。わたしたちのお見合い八ミリに、申し込みが来ないっていうのは、つまり宣伝が足りないからですよ。人が知らないからなのですよ。わたし、トミー劇場のコマーシャル・ソングを聞いてて思いついたんだけど、わたしたちがこれから巡業に持って歩く、交通事故防止の教育映画の中に、美和プロのお見合い八ミリのコマーシャルを入れたら、一石二鳥だと思うんだけど、どう？」

「ははあ、なるほどね」

美沙子は、少し酔のさめたような声を出した。

三万円のゆくえ

熊田勝利の、独立してトンビを始める話は、年があけてからも、しばらく延期されることになった。

一つは、勝利の住むべき適当なアパートがなかなか見つからないのと、もう一つの理由は、犬塚商店が近く倉庫の建て増しをして店を拡張するので、馴れた勝利がいなくなると、困る事情があったからである。

「かまいません。別にそう急ぐことはあらへん」

と勝利は言っていたが、旦那は少し彼の機嫌を取る必要を感じたのか、

「まけとし、ひとつ、中山の競馬へ連れて行ってやろうか？」

と言い出した。

「ただし、お前は手を出しちゃいけないよ。あの金に手をつけたりするんじゃないぜ。馬が走るのは、見てて爽快なもんだからな、遠足に行ったつもりで、見物してるんだ」

あの金と、犬塚旦那が言うのは、勝利が暮にもらったボーナスのことである。

ぽんこつ屋では、店員に、どこでも一カ月か一カ月半程度のボーナスしか出さないのだが、去年の暮には、勝利の独立資金の足し前にと、旦那は特別に彼に五万円のボーナ

スをはずんでくれたのであった。

そのかわり、その五万円は銀行に預金して、独立まで無駄使いをしてはならぬと、勝利は申し渡された。

「馬券買わずに競馬見るんですか?」

「そりゃ、一枚や二枚自分の小遣で買ってみるのなら構わないが、損しても困るし、あてて今から病みつきになられても困るからな」

旦那は言った。

正月五日の日、それで勝利は犬塚旦那のお供をして、両国駅から総武線の電車に乗り、中山競馬場へ出かけて行った。

あたたかな、いい天気の日だった。二人が競馬場の入口へ着き、一人五十円の入場料を払って中へ入った時には、もうひるが大分すぎて、五レースが終り、第六レースに出場する馬が、下見場をぐるぐる廻っているところであった。

「わあ、えらい人ですなあ」

「きょうあたり、これで少ない方だ。三万人も入る日は、こんなさわぎじゃない」

「なるほど、きれいなもんやねえ」

競馬場へ来るのは、勝利は初めてである。何でも珍しい。

黄色の星型や、青い縞や、緑色と白のだんだら模様や、色とりどりの美しいユニフォームを着た小柄な騎手たちが、つやつやと美しいからだをした馬にまたがって、番号順に、下見場を廻っている。

馬の中には、どういうわけか、月光仮面のような白いマスクをかけられているのが何頭もいた。

「旦那はどれ買うんですか？」

「待て待て。連勝式といって、一着と二着をあてるんだから、なかなかむつかしいんだ」

犬塚旦那は競馬新聞と首っ引きで、赤鉛筆を右手に持って、思案していた。

馬券売り場のある通路は、電気時計が天井から下っていて、片側にたくさんの窓口があって、大勢の人が右往左往していて、ちょうど上野の駅の雑沓のようだ。

人々は例外なく、手に競馬新聞を持って、ああかこうかと考えこんでいる。

船乗りのように、双眼鏡を首からぶら下げている人もいる。御丁寧に、双眼鏡とトランジスタ・ラジオとを、両方ぶら下げている人もあった。

犬塚旦那は「五―一」とか「六―二」とか札を掲げた窓口へ手を突っこんで、一つか二つずつ、百円玉を置いて、薄い馬券を何枚か買った。

馬場の見えるところに出て見ると、広々とした風景が眺められた。

きれいな植えこみがあり、中央にはまあたらしい国旗がポールの上にひるがえっており、200とか400とか書いた標識が見え、手入れの行きとどいた外国の公園のようだ。

遠くに、大きな無電のアンテナの鉄塔が幾本も見える。

下見を終った馬が、馬場へ入って来る。

やがて、十三頭のサラブレッド四歳の新馬が、はるか向うの出発点に勢ぞろいをし、それが一斉にスタートを切ったと思うと、きゃしゃなほそい馬の脚が、音もなく、のびたりちぢんだりして、こちらへ廻って来、どれが何やら、勝利がよく分らないうちに、忽ち千メートルの第六レースは終ってしまった。

わあわあいう声が聞える。

「九番のラッキータイムが一着で、二番のキタノオーザが追いこんで二着になったから、五一だ」

と旦那が言う。

「何が何やら、よう分らん」

と勝利は言った。

「それで、旦那はもうかったんですか？」

「うん。五一は一枚買ってある。だけど、いくら来るかな。七百円ぐらいのもんだろう。見ててみろ。今あすこに、配当の掲示が出るから」

犬塚旦那の指さすところへ、間もなくするすると大きな黒板が出て来た。

連勝式五一は八百十円の配当である。

「ふうん。うまいもんやなあ」

勝利が言うと、

「馬鹿、五枚買って、中の一枚があたって八百十円の配当じゃ、三百十円のもうけだよ。大したことはないよ」

と、犬塚旦那は場馴れがしているようで、別に大して喜んでもいなかった。

勝利が旦那のかわりに払い戻しの穴場へ手をつっこんで、ピカピカの百円玉八つと、十円玉一つをもらって来た。

「これで、大穴ていうたら、どのぐらいあたるんですか?」

「まあ、百円で五千円以上来りゃ、大穴だな。時には、一万円二万円という穴が出ることもあるがね。たまたまそういうのをあてると、それから病みつきになってしまうんだよ」

人々は、もう次のレースの馬を見に、下見場のまわりに押し寄せていた。

調教の行きとどいた競馬用の馬は、しなやかな、均斉のとれた、ほんとに美しい生き物だ。その上に、よくひきしまった小柄の騎手たちが、色とりどりのユニフォームでまたがって、人馬一体、音も無く力いっぱいに疾走するレースは、たしかに見ているだけでも気持のいいものであった。

通路を歩いていると、時々、有名な映画スターや、テレビ女優などを見かける。なかなか面白い。

場内には、ついさっきまで、何千円か何万円かの夢を托した馬券が、ただの紙くずになって捨てられて、コンフェッチのように、無数に風に舞っていた。

大分すって、くさって酒でも飲んだらしく、競馬新聞を見ながら、

「分ンねえや。分るもんか。大体分る方がおかしいんだい」

と、一人言をつぶやいている生酔いの酔っぱらいがいる。

七レース、八レースと見ているうちに、しかし勝利も、ただ見物しているのがつまらない気がして、少しむずむずして来た。

「旦那、もうかりましたか？」

「そうもうかりましたか、もうかりましたかって言うな。六レースの五一をあててから、さっぱり駄目だよ」

と犬塚旦那はちょっと機嫌が悪いようであった。

「僕も、ちょっとだけ買うてみたらいけませんか？」

「何を買うんだい？」

「馬券です」

「馬券は分ってるけど、どれを買うんだよ？」

「そら、教えてもらわないと分らん」

「次は第九レースか、キングウエイとコマオウジの争いだな。こんなのはつまらんよ。銀行レースというんだ」

犬塚旦那は言った。

「銀行レースて、何ですか？」

「銀行のように確実なかわり、面白味の無いレースだ。六四か四六と買いさえすりゃ、間違いなくもうかる」

「そんなら、ええやないですか」

「いいけど、どうせ大して来やしない。問題は次の、アメリカン・ジョッキー・クラブ・カップの第十レースなんだ」

と、旦那は第九レースには興味が無さそうであったが、勝利は、

「なんでそれがいかんのか、分らんな。僕はその六四の銀行レース買うてみますわ」

と、そわそわし出した。

「損したって知らないぞ。たくさん買うんじゃないぜ」

と旦那が言うのにうなずきながら、勝利は窓口へ行列を作って、六四の馬券に金三百円を投じて来た。

三百円でも金を賭けてみると、レースには確かに新しい興味が生じる。

「六四ちゅうと、つまり九番の馬と六番の馬やな。九番と六番、九番と六番」

彼はくりかえし、馬の番号を暗記した。

サラブレッド四歳、未勝利馬十頭の千二百メートルの第九レースがはじまると、

「赤勝て、白勝て」

の小学生みたいに、勝利は、

「九番来い！　九番来い！　九番と六番、九番と六番！」

と心の中で、やっきになって賭けた馬に応援した。

そして、応援したかいがあったのかどうか知らないが、犬塚旦那が銀行レースだと言った通り、その第九レースは、一分十二秒後に、ほんとに九番六番の順でゴールインした。

キングウエイが一着、コマオウジが二着で、六四の馬券があたったのである。

黒板の掲示があらわれたのを見ると、連勝式六四、三百三十円の配当だ。百円券を三枚買った勝利は、差引き六百九十円のもうけであった。

「ほッ!」

彼はいい心持になった。

穴場へ手をつっこんで、あたった馬券と引きかえに、現金を掌《て》に握る時の気分は、また格別のものである。

「旦那は何枚?」

「俺か? 俺は五枚買ったけど、ほかに四三と六三の穴を二枚ずつ買ってるから、大したことはないよ」

「しかし、旦那、銀行レースちゅうもんは、ええもんやないですか。特券というものがあるんでしょう? もし特券の千円券で五枚買うてたら、忽ち一万円のもうけやなかったんですか」

勝利は旦那が、銀行のように確実な勝負だといいながら、わずか五百円しか買っていないのが、いささか不思議な気がしていたのであった。

「次のレースの銀行いうたら、どれです？　僕は、大穴あてるのもええやろうけど、確実に二倍とか三倍とかになる、銀行レースちゅうのは、気に入ったな」

「そんなことを言って、そりゃお前、あたったからいいけど……」

と、旦那は苦笑していた。

「銀行レースといったって、何も絶対確実にあたると決っちゃいないんだ。困った奴だな。遠足のつもりで連れて来てやったのに、変な虫を起しちゃ困るぜ」

「しかし、ちょっと興味湧きましたわ」

勝利が言うと、

「本気で競馬がやりたきゃ、せっせとまじめに働いて、貯金をして、早く一人前の業者になってからやってくれ。競馬ってやつは、結局は損をするように出来てるんだ。一年間やってトントンの成績なら、よっぽど上等としたものなんだ。お前、ほんとに、今から虫をおこしちゃいけない」

と、旦那は少し真顔になって忠告した。

「次の第十レースは、きょうの一番面白いレースだから、銀行なんか無いよ。ウイルディールの一着は堅いと思うが、あとがどうなるか……。流して買えば損をするかも知れない。お前は、せっかく六百九十円もうけたんだから、もう手を出すな。面白いだけに、大番狂わせがあるかも知れないし、ほんとにお前は、もう買うのはよせ」

勝利が手を出すなと言われた第十レースは、一着賞が二百万円かけられた、アメリカン・ジョッキー・クラブ・カップの、その日の呼びものレースであった。

犬塚旦那は、勝利どころでなく、新聞と赤鉛筆を手に、窓口の締切り時刻を気にしながら、さんざん考えて、結局全部三を頭に、三一、三二、三三、三四、三五、三六と、いわゆる流し買いをした。特に三四には、特券を二枚はりこんで、合計三千円ほど投資をした。

「ははあ、銀行レースは無いて言うてたけど、三四が銀行レースに近いとこなんやな」

それをそばで見ていた勝利はそれから内緒で、便所へ行くようなふりをして、もう一度三百円の金を三四の窓口へ投じて来た。

「これでもう一度うまいこと行ったら、三倍々々と、確実に、鼠算式に金がふえるわけやがなあ」

彼は、初心者が陥りやすい見当ちがいの幻想にとりつかれていたらしい。

そう簡単に、金が三倍々々とふえて行ってたまるものではない。まぼろしはすぐに破れた。

そのレースは、たいへんな番狂わせになり、十人が十人本命と見ていたウイルディールが一着に来ず、しかも一着から五着まで、すべて写真判定というきわどい勝ち負けになって、結局オンワードベルが一位、シゲミノルが二着で、四五で一万五百五十円の大穴になった。

ただし大穴は人のことで、犬塚旦那は三千円、勝利は三百円すったのである。

「つまらん。帰ろう。ウイルディールがまさか三着になろうとは思わなかった」

と、犬塚旦那は、馬券を重ねてひき千切り、いまいましげに風に捨てた。

「残念でしたなあ」

勝利は言ったが、自分も三四を三枚買ったことは口に出さなかった。

〈やっぱり、ほんまの銀行レースやないといかんらしい。それでも、まあ合計三百九十円のもうけで、半日おもろかったわい〉

彼は思った。

払戻しの穴場の前を通ると、千円券の払戻しには、さすがに行列が無い。一人の長身の土建屋風の男がたった一人、手を突っこんで、札束を待っていた。中で女の人が一万円札を勘定している。

「あすこに、軽く十万円もうけた男がいるぜ」

と、旦那が小声で言った。

しかし、勝利が無遠慮に立ちどまって見ていると、窓口の中の札勘定は、なかなか済まない模様で、男があてたのは、どうやら十万円ぽっちではなさそうであった。一体四五の馬券を、特券で何枚買いこんでいたものか、その土建屋風の男は、やがて、マッチ箱ぐらいの厚さの一万円札の束を、がっしりとわしづかみにするなり、にこりともせず、勝利の方をじろりと見て、どこかへ行ってしまった。

「ふうむ」

と勝利はうなった。

「二百万円はありますな」

「あるね」

旦那も一と言そう答えるなり、

「ふうむ」

と、やっぱり感嘆して、腕を組んだ。


さて、七草がすみ、竪川の町すじから正月気分が抜けると、熊田勝利がこの半年間、忘れずに待っていた期日がやって来た。

昨年の夏のはじめに、彼がぽんこつバスの中から見つけた準遺失物の三万円を、返してもらう時が来たのである。

彼は店の小型トラックを借り、

「花江ちゃん、これからちょっと出かけて来るがな。帰りにアイスクリームたんと買うて来たあげるわ。なんで、僕がきょう、帰りにアイスクリーム買うて来るか、おぼえてるか？」

と、犬塚の末娘に言った。

「あら、きょうだったの？　もう半年たったの？　おぼえてるわよ。だけどアイスクリームじゃ済ませないって約束じゃなかったかな?」

花江は言った。

「だけど、まあいいわ。山の手の方へ行くと、メロンやオレンジの形した洒落たアイスクリーム売ってるのよ。上等のを買って来てね」

「わかったわかった」

勝利はそうしてその日、警視庁の遺失物係へトラックで出かけて行った。

警視庁は警視庁でも、これは、井沢警視正のいる桜田門のコーヒー色のビルディングではない。東京中の忘れ物を預かる「警視庁総務部会計課遺失物係」は、飯田橋の駅のちかく、職業安定所のとなりにあるねずみ色の二階建の焼けビルである。

このねぼけたような色の焼けビルの中に、大は電気冷蔵庫から小は縫い針にいたるまで、常に五十五六万点の、種々雑多な遺失物が眠っている。

獅子舞のお獅子もあれば、遺骨もある。入れ歯もある。洋傘だけでも、日本中のどんな洋傘問屋よりもたくさんの本数が、ずらりと並んでいる。

そしてそれらの遺失物は、大物、小物、貴重品、現金と、区分けがして保管されていた。

勝利は玄関を入った所の窓口で、預り証を差し出し、拾った日時や、その時の情況などを、係の人から二三質問され、

「それではハンコを持って、五番へ行って下さい」

と、現金の出納係へ廻された。

ちょうど、銀行の窓口と同じことである。書類と引きかえに、すぐ一万円札が三枚出て来た。

「はてな」

しかし勝利は首をひねった。

「去年僕が拾うたのは、たしか新聞紙に包んだ五千円札六枚でしたがなあ」

窓口の中の人は、面倒くさそうに、

「現金の場合は、拾ったお札をそのまま返すわけではないからね」

と、勝利の方を見ずに答えた。

「ああ、さよか。そんならこれでよろしいんですな?」

彼は三枚の一万円札を、ジャンパーの内ポケットへしっかりしまいこみ、警視庁の分室の建物を出た。

「さて、アイスクリームはどこに売ってるやろか、と?」

なにしろ勝利はだいぶゆたかな気持になっていた。彼は、日本橋のデパートへ行ってみることにした。

しかし、今受け取って来た一万円札には、手をつける気がしない。これは別に、しっかり取って置きたいのである。

彼は自分の小型トラックを、日本橋の高松屋百貨店の駐車場整理員から、品物を納めに来た問屋のトラックと間違えられ、弁解をさせられたあげくに、やっとのことで高級自家用車群の中へパークさせてもらい、地下の食料品売場へ入って行った。

彼が竪川を焼け出されて、大阪へ逃げて行った子供のころのことを思うと、何とまあ、ありとあらゆる食い物が、そこにもここにも充ちあふれていることか。

久しぶりのデパートの中を、彼はきょろきょろと見わたし、歩きまわり、三万円とは別の自分の財布で、花江の註文の、メロンやオレンジの形をした上等のアイスクリームを、たくさん買った。

彼はそれから上へあがって、犬塚の旦那に何か贈り物をしようと、さんざん考えた末に、旦那が指先で、しょっちゅう鼻毛を引っこ抜いているのを思い出し、荒物売場で、先のまるい鼻毛切りのはさみを一本買って、御進物の包みにしてもらった。

花江には、アイスクリームのほかに、玩具《おもちゃ》売場で、大きな、オルゴール入りの人形を買って、これもプレゼントの包みにしてもらった。

一時間ばかり高松屋の中でついやして、彼は元気に竪川へ帰って来た。

「わあ、嬉しい。これアイスクリーム？　これ、わたしへお年玉？　わあ、すごい。さすがはマケ公だわ。大きいわねえ、何？」

と、花江が飛び上って喜ぶ。

「なになに。俺にも何かくれるのか」

と、犬塚旦那もにこにこした。

しかし包みを開いた父娘《おやこ》は、忽ち少しへんな顔になった。

「鼻毛切り?」

「マケ公、まあ！　こりゃ、生れたての赤ちゃんにあげるお人形じゃないの」

「へ？　いけませんか？」

と、彼が本気で心配そうな顔をしたせいか、

「いや、いいいい。考えてみるとこいつは便利だ。愛用するよ」

と、旦那は言い、花江の方も、

「そうね、まあ、わたしもいいわ。可愛がってやるわ」

と納得してくれた。

そして犬塚商店の全員、寒い寒いと言いながら、勝利のアイスクリームの御馳走になった。

犬塚旦那はしかし、機械いじり以外は、買い物をさせても何をさせても、勝利がとんちんかんなので、少しからかいたくなったのであろう、その晩いっぱい機嫌で、

「どうだい、まけとし、お前のもらって来た三万円は、そりゃ、もともと無かった金じゃないか。けちけちせずに、一と晩景気よくきれいどころでも呼んで、パアッとおごったらどうだい。お前が一本立ちになるおひろめにさ」

と、ハッパをかけた。

あくる朝──。

「旦那、あの三万円、ゆうべ一枚々々よう眺めました。もうええですわ。おごる言うたら、誰と誰と招《よ》んで、どこでどういう宴会したらよろしいやろな？」

と、勝利は決心を定《き》めたような真顔で、相談を持ちかけた。

「アッハハハ。そのうち考えといてやるよ」

犬塚旦那は笑った。旦那も、まさか勝利にほんとに料亭をおごらす気は無かったのである。犬塚旦那はそれより、スポーツ新聞を眺めて、半分上の空であった。

競馬がはじまると、旦那はどうも落ちつかない。きょうは一月九日、中山競馬の四日目である。

「三万円はまあいいから、お前あとで、錦糸町の場外馬券の売り場まで、ちょっと行って来てくれないか？」

「へえ。それならお安い御用やけど、何を買います」

「八レースの四三だ」

「きょうは、そのレースがおもろいのですか？」

「いいや。面白いのは、門松賞の十一レースだよ。その時にゃ、俺が行くよ。しかし十一時半に人が来て、俺はいっしょに飯を食わなくちゃならないからな。この四三は、お前行って買って来てくれ。こんなのが、ほんとの銀行レースだ。銀行レース中の銀行レースだな。買う要領は分ってるね？」

と、旦那は言った。

「分ってます。いくら買います？」

「五千円買ってくれ」

「へえ！　旦那また、きょうはえらい大きく出たなあ」

と勝利はびっくりした。

「だってお前、こんな銀行レース、買うなら大きく買わなくちゃ、つまらないよ。この間お前だって、あの五一、なぜ千円券で買わないいんだなんて言ってたじゃないか」

「いくら来ます？」

「そりゃ分らない。二百円程度だろう。しかし五千円が一万円になったら、俺がけとばしでもおごってやるよ」

旦那は言った。いかにも楽しそうだ。

「このサンイツという馬は、去年以来、すばらしい成績なんだ。それから、このトキノライジングというのは、乗る騎手がいいんだ。こういうのこそ、ほんとに安心して買えるレースだな」

と、犬塚旦那は馬や騎手の講釈をして聞かせた。

ひる前に、犬塚旦那のところへは、全国中古自動車部品連合会の役員をしている近藤さんという人が、仕事の用で訪ねて来た。

旦那は奥の間で、ビールを抜き、うなぎのお重を取って近藤さんとひる飯を食いはじ

めたが、しばらくすると、少しそわそわと店へ出て来て、

「お前、もう行けよ。場外は早く締め切るからな。これ五千円。錦糸町の、江東楽天地の反対側のところだよ。いいな」

と、勝利に場外馬券売場の場所を教え、千円札を五枚渡した。

勝利は旦那から預った五千円をポケットに入れ、いつもの小型トラックで錦糸町の駅までやって来た。

トラックを駐車し、場外馬券の売場へ来てみると、それは工事現場の飯場のような、陰気くさいバラックで、そのバラックの内外を人が埋めてごったがえしている。

中山競馬場にくらべると、大分空気がちがう。よれよれのオーバーに下駄、革ジャンパーにゴム草履、手拭でほおかぶりのおっさん、ねんねこ半纏《ばんてん》で赤ん坊を背負った顔色の悪い男――。

「ははあ、場外ちゅうのは、大分柄が悪いな」

勝利は自分が油じみた作業服姿であることは忘れて、スリを警戒するように両方のポケットを抑えた。

黒眼鏡をかけた予想屋が、

「いいですか。ハイ、あと八、九、十、十一、十二と五つ鞍ですよ。いいですか」

としゃがれ声で、客を呼んでいる。

「予想料、何ぼや」

勝利は予想屋に訊いてみた。

「十円だよ」

黒眼鏡の予想屋は、勝利の方を見もせずに答えた。

「ハイ、いいですか。今まで、三レース、穴があたってるね。いいですか」

「十円か？」

彼はさっきから実は、自分も馬券を買おうか買うまいか、しきりに迷っていたのである。十円とは安い。彼のもう一つのポケットには、きのう警視庁遺失物係でもらって来た一万円札が三枚入っているのであった。

「ちょっと、八レースの予想は何やろね？」

彼はとうとう、予想屋に相談を持ちかけた。

「ハイ、八レースはね、八レースは兄さん、これ……」

と、予想屋は紙きれにさらさらと鉛筆を走らせ、ほかの人に見られないように、それを二つに折って勝利に渡した。

「絶対だね、それは」

十円払って勝利が、開いてみると、「四三」と書いてある。

それなら、旦那の予想と同じことだ。やっぱりこれは、銀行レース中の銀行レースちゅうもんなんやろな。誰の見るところも、四三で間違いはないらしい。よしッ！　僕も一つ買うてみたろ――

　彼は人混みをかき分けて、中山とは少し様子のちがう窓口へ歩み寄り、

「四三、五千円分」

　と、まず旦那に頼まれの買い物をした。

　彼はそれから、ちょっと息をつめて考えた。いくら買おう？　銀行レースは、たくさん買わなくてはつまらんて、旦那が言うたな……。千円か、二千円か、それとも……。

「えい、思い切って僕は、旦那の倍だけ買うてみてやれ」

　勝利は心を決めると、自分の一万円札を一枚抜き出して、

「四三、一万円！」

　と叫んだ。

　人々が、少しく不審げな顔をして勝利の方を眺めていたが、彼はむしろ、どんなもんだいといいたげな、得意の表情であった。

　勝利が、旦那の分と自分のと、合計一万五千円の馬券を買った時、ちょうど場内のスピーカーが、

「間もなく八レースの発売を締め切ります。八レース、締め切りますから、お買求めの方は、お早くねがいます」

　と放送しはじめた。

　この、発売締切りの放送や、ベルの響きは、競馬馴れのした人々にも、特別の感じを

起させるものらしい。

「三四を買っときゃ、よかったってことになりゃしないかな？」

「五六が穴のような気がするんだが……どうしよう、もう時間が無いぞ」

「もう一枚買うか？　もう一枚買えば、倍になる……？」

人々の頭の中を、あわただしく迷いの雲が駈け抜ける。

競馬に不案内の勝利とて、手を出した以上は同じことであった。

彼はこの間、中山競馬場の特券の払戻し場で、一万円札をごっそり握って行った男の、にこりともしない顔を思い出した。銀行レースというのは、あんなうまい話になりっこはないが、彼はまた、あの日九レースの六四で、自分が掌に九百九十円握った時の感触も思い出していた。

「五千円が一万円になったら、俺がけとばしでもおごってやるよ」

と言った、旦那の言葉も思い出した。

五千円が一万円になるものなら、三万円は六万円になる理窟ではないか？

「八レース、締め切ります。ただ今、八レースの発売を締め切ります」

という、スピーカーの女の声が彼の焦躁感をかき立てる。

この三万円は――と、勝利は汗ばんだ手で、ポケットの中の、残りの札を握りしめながら考えた。

この三万円は、もともと無かった金だ。落し主があらわれたら、自分は礼ももらえなかった金だ。そして、旦那に言われて、一度はみんなを御馳走するのに費してしまう決心もした金だ――。

勝利の指先が、少しふるえて来た。

「三万円が銀行で六万円になるかどうか、いっそ一と思いに、無かったものとあきらめて、みな買うて僕の運をためしてやろか……」

勝利は、心のどこかにひそんでいる妙に図太いところを発揮した。

「四三、あと二万円？」

と、彼が叫ぶように言って、馬券を手に入れると、ほとんど同時に、

「ただ今、八レースの発売を締め切りました」

というアナウンスが聞えて来た。

買ってしまうと、少し気分が落ちついた。

彼は旦那の馬券と自分の馬券とを、大事にポケットに仕舞い分け、そして駅の近くに駐車してあった小型トラックで竪川の店へ戻って来た。

客はもう帰ったあとで、犬塚旦那は、

「やあ、御苦労御苦労」

と、にこにこしながら馬券を受け取ったが、その薄い紙片を、両手でのばして、眺めた途端に、ハッと旦那の顔つきが変った。

「何だい、お前、こりゃあ」

と、犬塚旦那は半分うなるような声を出した。

「へえ？」

「へえじゃないよ。お前一体どこで馬券を買ったんだ？」

「どこでて、錦糸町の場外売場で、四三、五千円買いましたが、なんど間違うてますか？」

「四三って、お前こりゃ、四三でも十一レースの四三じゃないか。誰が十一レースを買えって言った？　八レース八レースって、あれほど念を押したのに、何だい、この間抜けのポンコツ野郎！」

「？」

「十一レースの四三が何になる？　馬鹿！　お前にこんな使いを頼んだのが間違いだったよ。お前、ほんに抜けてるな。大馬鹿野郎の大間抜けだな。馬鹿！　え？　馬鹿々々！　馬鹿！」

旦那の口から、機関銃の弾みたいに「馬鹿」が飛び出して来た。

「そんなはずはありまへん」

勝利は抗弁をした。しかし彼の顔色は青ざめていた。何かの間違いではないかと思うのだが、もしそうだったら旦那の馬券も馬券ながら、ポケットの中の自分の馬券三万円分は、どうなるのか？　出して見るわけにも行かないではないか。

「もしそうやったら、僕がすぐ行って、そのちごうてる馬券、わけ言うて取り替えてもろて来ましょう」

　彼は及び腰になった。

「そんなことしてくれるもんか、馬鹿！　もう八レースは発走の時間だ。そんなはずはありませんって、お前、これを見ろ」

　旦那は「4・11・43」と孔《あな》打ち機で番号を打った連勝式の馬券を示しながら、

「4が四日目の意味だ。その次の11は何だ？　十一レースじゃないか。お前、買った馬券をなぜ確かめない？　あとから苦情を言ったって、こういうものは駄目なんだ」

　と、すっかり怒っているために、なぜ勝利が青くなっているのか、考えてみるゆとりも無い。

「それにしても、へんやなあ、僕は八レースの発売を締め切りますいうアナウンス聞いて、すぐに買いに行ったんやから、間違うてるはず無いと思うんですがなあ」

　勝利が言うと、

「ははあ、お前」

　と、旦那は舌打ちをした。なるほどそうか、まずかったな！

　旦那は初めて気がついたのである。先日勝利を連れて行った中山競馬場では、ずらりと並んでいる窓口、全部、すぐ次のレースの馬券だけを売っているのだが、場外馬券の売場はそうではない。八レースも九レースも、十一レースも、その日のこれからのレースをみんな一緒に売っていて、ただ売り口が各レース、レースに分れているだけだ。

「八レース間もなく締め切ります」

の声を聞いて、勝利はやみくもに、正面の第十一レースの馬券発売口に突進したものにちがいない。しかし、こっちもまずかったけど、あいつはまったく何というまずい、役に立たない男だろう……。

「要するに、お前に馬券を買いにやらせたばっかりに、これじゃ、はなっから五千円の損じゃないか。あたれば、一万円から一万七八千円の損だ。まったくお前は、どうしてこう……」

と、犬塚旦那はそれから大分長い間ぶつくさ言っていた。この人はしかし、気が短くて怒るのも早いかわりに、あきらめてしまうのも割に早い。言うだけ言ってしまうと、やがてあきらめがついて多少機嫌が恢復して来た。

まあ、四三にばかり念を押して、場外売場での馬券の買い方をくわしく説明しなかったのも、自分の方の手落ちと言えば手落ちだった――そう考え出したのである。

あきらめのつかないのは勝利の方で、彼はあぶら汗を流さんばかりの青い顔をして、眼を吊り上げてそわそわしていた。

旦那の眼を盗んで、ポケットから自分の分の馬券の束を取り出し、すばやく二三枚眼を通して見たが、どの券にもやっぱり、

「4・11・43」

と、孔《あな》があいている。絶望的な気分になって来た。

せっかく銀行レースで、内緒で倍にふやそうと思った三万円の馬券が、それではすっかり紙屑だというのか――。

「そんな顔をするな！」

旦那は、勝利が失敗を申し訳なく思って、顔を青ざめさせているのだと思うから、かえっていやな気持になり、叱言《こごと》を言った。機嫌が恢復して来たといっても、土砂ぶりが小雨に変った程度である。声は決して晴れ晴れとはしていない。

「この上そんな不景気なツラをして、おろおろしてられたって、何もいいことはないや。お前に弁償しろとは言いやしない。もういいよ」

「電話かけて頼んどいて、大急ぎで駈けつけても、取り替えてくれませんやろか？」

勝利はむしろ懇願的な調子でたずねたが、旦那は黙って不興げに、首を横に振るだけであった。

「どうしても駄目ですか？」

「もうよせ！　駄目だったら駄目だ」

――これはしかし、ほんとうは勝利の考えの方が実際に合致していた。と言うのは、場外馬券の売場では、勝利のようなそそっかしい人間が時々間違った馬券を買って、あとで気がついて頼みこんで来るので、締切り前のレースにかぎり、事情を話せば、場合によって取替えに応ずることにしているのである。

勝利の場合だと、八レースの四三と取り替えてもらうことはもう不可能だが、あとの十レースの五三とか十一レースの二二とか別の番号にならｒ、取替えの便法、実際は無きにしもあらずであった。

原則としてはしかし、

「一旦発売した馬券は、現金または他の馬券とのお引替えはいたしません」ということになっている。

幸か不幸か犬塚旦那は、それを信じ切っていたのであった。

競馬にくわしい旦那の言うことだから仕方がない、勝利も、青い顔をしてあきらめてしまった。

「一体、十一レースの四三て言うと、何だい？」

犬塚旦那は競馬新聞をひろげ、

「ふん。トチカゼとスーパーオーゴンか？　三四なら、まだしも中穴ねらいということもあるが、四三じゃしようがねえや」

そう言って、新聞をほうり出した。

そのうち、

「それよりどうだい、うちの奴で、誰か短波の入るラジオを持っている奴いないかい？短波放送で八レースの実況を聞いてみようじゃないか」

と、旦那は気を変えて言い出した。

「二時の発走だろ？　あともう五分ばかりだぜ。もしこれで、四三が来なきゃあ、どっちにしてもスッたんだから、あきらめはいいや。こうなりゃ、四三来ないようにと願うね。となりの中野の哲ちゃんが、この間やけに上等のトランジスタ・ラジオ持ってたっけが、借りて来るか」

中野の蟹眼鏡とトランジスタ・ラジオの話が出たので、ふさいで考えこんでいた勝利は、はっと顔を上げた。

「短波の入るラジオやったら、僕の部屋のラジオもよう入りますが……」

「なんだ、そいじゃ早くそう言えよ。もう発走の時間なんだ。お前の部屋へ行こうじゃないか」

旦那は言って、食堂わきの梯子段を、さっさと昇り始めた。

勝利もそのあとから、のっそりとしてついて行く。

自分の手製のラジオを、勝利は短波放送の波長に合わせた。こういうことなら、彼は馬券買いのようなヘマはしない。すぐ、中山競馬からの実況放送が入って来た。

「アラブ五歳以上千七百メートル第八レース、そろそろ時間です。一番ワン、二番タマカブト、三番トキノライジング、四番サンイツ、五番キンカツ、六番サチハヤテ、七番イネミノル、八番マルオー、八頭ただ今……」

というアナウンサーの声と同時に、ワアーッと場内のひびきもつたわって来て、レースは始まったらしい。

短波特有の雑音が少し入る。

「何とか何とか、何とかしました。何とか何とかです。……」

と、早口の実況放送を勝利がよく聞き取れないでいるうちに、間もなく勝負は決ってしまった。

どうやら、四番のサンイツが、一分四十九秒で一着に入ったらしい。五馬身ほどおくれて、二着はトキノライジングであった。

「チョッ！」

と、旦那は舌打ちをした。つまり四三の馬券があたってしまったのである。

「だから銀行レースだって言っただろう。これしかほかに来ようがないんだから」

と、ちょっと晴れ間の見えた御機嫌が、また雲行が怪しくなってきた。

やがて配当の発表がある。八レース、連勝式四三、二百八十円だ。

「五八、四十の、二五の十四の、一万四千円か？　まあ、ちょっと落しものだったなあ。アハハハハ」

と、旦那は気力のない妙な笑い方をして立ち上った。

「お父さん、お父さあん。どこにいるの？」

と、下の空き地から花江の声が聞えて来る。

「となりの哲ちゃんとこのお父さんが来てるわよ。きょうの門松賞の十一レースは面白そうだから、錦糸町の場外馬券まで行ってみないかって」

「ああ。今下りる」

と、犬塚旦那は大儀そうに勝利の部屋からどなった。

竪川のぽんこつ屋仲間は、どこの店も大体似たような中小企業で、それに、同じ仕事でありながらそれぞれの専門があって、あんまりはげしい競争もないせいか、旦那同士はおおむね仲がいい。始終、さそい合っては、いっしょに鮒《ふな》つりに行ったり、鉄砲うちに行ったり、競馬に出かけたりしている。

部屋を出て行く旦那に向って、勝利は、

「ほんまにすんませんでした。門松賞のレースで、中野の旦那といっしょにしっかりもうけて来て下さい」

と、へんな詫びを入れた。

「いやだよ」

と、旦那は答えた。

「俺は行かないよ。こんな日には、ケチがついちゃったから、もう何に手を出したって、どうせ駄目なんだ」

梯子段を下りて行く旦那のまるっこい後ろ姿を見ながら、勝利はまったくのところ、憂鬱であった。

何というしくじりをしたんだろう。旦那にもほんとに悪かったし、それに自分の三万円が何とも情ないではないか。

せっかく一か八か、ふん切って馬券三万円も買ったのに、間違わずに八レースの分さえ買っていれば、今ごろ差引き五万四千円もうかって、旦那にも「実はこれこれ」と打ち明けて、大にこにこの万歳だったのに、結局八万四千円もの大金を釣り落してしまった。

ふとんでもひっかぶって寝てしまいたいような心境だが、ひる間からそういうわけにも行かない。

「忘れてしまえ、忘れてしまえ。あの三万円は、もともと無かった金や。あんな金は、身につかんように出来とるんや。仕方がないやないか」

自分にそう言いきかしてみても、やっぱり何とも言えぬ無念さが、あとからあとから湧いて来た。

こういう時は、ぽんこつ置場へでも行って一人きりになるにかぎる――。

それで勝利は間もなく、一人で店から少し離れた部品置場へ出かけ、例の酸素とアセチレンの火で別に急ぎでもないぽんこつトラックのシャーシーを、シューシュー焼き切りにかかった。

道の向うの家のラジオが聞えて来る。それは短波放送の競馬実況ではない。しかし道向うのラジオを聞きながら勝利は、ふと、

「まてよ」

と考えた。

「十一レースは未だ終ってやせんのやぞ。十一レースでもしも、四三があたったら、これはどうなるのや？」

それからしばらくして、勝利はぽんこつ部品の置場から店へ戻って来、のそのそ、また別棟《べつむね》の二階の自分の部屋へ上って行った。

門松賞の十一レースの実況を、ともかく聞いてみるためである。

外国の色とりどりのナンバー・プレートが壁紙のようにはりつけてある、その上の方に、まるい小型の、自動車用の時計がある。ぽんこつオースチンからはずして来たものだ。針は三時二十五分をさしていた。新聞によると、第十一レースの発走は三時四十分である。あと十五分ほどだ。

ラジオのスイッチをひねって、さきほどの短波の競馬中継にダイヤルを合わせる。

「まだ完全にあきらめてしまうのは早い」

われながらしょんぼりしてしまっているのを、自分ではげますように、勝利は考えた。

「なるほど僕は、あほな間違いして、ちがう馬券を買うて来た。しかし考えてみると、これはまだ決して紙屑やないぞ。十一レースで、もしまた四三があたったら一体どうなるのや？」

それは、理窟としてはたしかにそうだった。八レースが四三と来て、十一レースもまた四三だということが、無いとは言い切れないからである。

しかし、実況放送の解説者も、新聞の予想も、誰も四三という可能性は信じていないようであった。三の枠のスーパーオーゴンは、これは本調子の出て来た馬で、すこぶる有望らしいが、四の枠にいる二頭、トチカゼはまだしも、トキノプライドはちょっと問題外らしい。したがって、四三という買い方はあんまり人気が無いらしい。

それに、連勝式馬券の番号の組合せは「一一」から「六六」まで三十六通りあって、きょうはそのうちの四三が、さきほどの八レースと、その前、サラブレッド障害二千五十メートルの第五レースと二度も出ている。

一日のうちに、同じ四三のあたりが三度出るということ――これも無論無いことではない。しかしまあ、ありにくいと考えるのが、確率から行った常識であった。

要するに、勝利がもしやと考えていることは、ほんとうのもしやで、神頼み的、まけおしみ的、はなはだ自分勝手な一方的希望に過ぎないと言えるだろう。

――犬塚旦那が、せっかく馬券のある十一レースに、さっぱり関心を示さず、ラジオを聞こうともしないのは、勝利のへまで八レースにケチがついて、すっかり気をくさらせてしまったからでもあるが、主としてこういう考えからであった。

勝利のぽんこつ時計は、少しおくれていたらしい。やがて針が三時三十六分をさしたころ、ラジオの声が急に高くなった。

「一番マツノオー、二番イズサン、三番スーパーオーゴン、四番トキノプライド、五番トチカゼ、六番ヒャクマンゴク……」

「一せいに出ました。何番先頭を切っています。何番何番何とかを廻って何とか。何番ぐんぐん出て来ました。何番は依然何とか。何とか何とか」

と、例によってアナウンサーが、必死の早口で、レースの模様をしゃべり出した。

実況放送のアナウンサーは、早口でしゃべりつづけるが、勝利は例によって、情況がよくつかめない。

「何番やて？　何番が先頭切ってるて？」

と、まごまご考えているうちに一分五十秒ほどのレースは、忽ち終ってしまった。

ラジオは、

「四番が一着に入りました。一着は四番トキノプライドです。二馬身おくれて、九番クラークと、三番スーパーオーゴンと、七番セブンスイが、ほとんど同時にゴールインしました。二着は――二着は、少々お待ち下さい。ああ、二着は三番スーパーオーゴンの模様です。三着が九番クラーク。七番セブンスイは四着に落ちました」

と結果を発表していた。

「はてな？」

勝利は、旦那がほうり出して行った競馬新聞をひろげて考えた。

「四番が一着ちゅうと、これは四の枠やな。三番のスーパーオーゴンは、三番やから三やな、四番と三番やから四三やな。どうもへんやぞ」

もしやと思っていた、そのもしやが、ほんとうに来たのではないかしら？

勝利はしかし、驚きも喜びもしていなかった。ただ不審そうに首をひねっていた。また何か、自分は思いちがいをしているのかも知れぬと、自信が持てなかったせいかも知れない。

　彼はラジオをそのままに、のっそり立ち上って階段を下りて行った。

「花江ちゃん、お父さん見なんだか？」

「お父さん？　さっき裏で、浮かぬ顔して犬にブラシあててたわよ」

「そうか」

　勝利は裏へ廻った。

「旦那」

「何だ？」

　犬塚旦那は犬から顔を上げずに答えた。

「十一レースの実況放送聞きましたが……」

「四三でも来たかい？」

　旦那は皮肉を言った。とにかく旦那としては皮肉のつもりであった。しかし、

「それが、どうも、四三あたったらしいです」

　勝利が言うと、

「なに！」

　旦那は犬用のブラシを捨てて、ぬっくと立ち上った。

「またまちごうてるといかんから、見て下さい」

勝利が競馬新聞をさし出すのを、旦那はそんなもの見なくても分ってるとばかりに、

「一体、何が一着に入ったんだよ。それを言ってみな、それを」

とせき立てた。

「トキノプライドが一着やて言うてました。四番トキノプライドいう馬が一等で、二等が三番のスーパーオーゴンや言うから、どうももしかしたら、四三……」

「トキノプライドが一着だって？　マケトシ、来い！」

旦那はどなった。旦那はサンダルを片足けとばして、その大きなまるっこいからだを転がすように梯子段を駈け上った。

二階の勝利の部屋では、彼のラジオがひとりで鳴りつづけていた。相変らず中山競馬場からの中継である。

しかしレースの実況はもう終って、ラジオは何か、解説のようなことをしきりにしゃべっていた。

犬塚旦那はほんのしばらく、ラジオの声に耳を傾けていたが、

「これじゃ分らん！」

と、いらだたしげに言った。

「お前、一体、トキノプライドが一着で、スーパーオーゴンが二着に入ったって、それ、ほんとのことだろうな？」

「たしかにそう言いました。しかし僕はさっき失敗したから、これがほんまに四三かど

うか、どうもあんまり自信が無いもんやから……」

「自信もくそもあるか。ほんとにそう来てりゃあ、四三であることにまちがいはないよ。それで、配当はいくらだって言ってたかい？」

「さあ、そら、聞きそこねました」

連勝式四三の馬券が、いくらの払戻しになるかは、勝利が下へ行っている間に放送されてしまったらしい。

「ふうん……」

と、旦那は相手が勝利だけに、まだ半信半疑といった面持ちで、

「ほんとに四三なら、そりゃ相当に大きいはずなんだ」

と、つぶやくように言った。

しかしそれから、犬塚旦那が、迷子の家を訊き出すようなあんばいで、いろいろの面から勝利の話を聞いてみるのに、どうも勝利がデタラメを言っているとも思えなくなって来た。

「やっぱり、トキノプライド、スーパーオーゴンと来たのかな。すると、これは相当の穴だがな」

話が真実らしくなって来るにつれて、旦那の表情が現金にも大分ゆるんで来た。

勝利の方はしかし、真剣な顔をしている。ニコリともせず、

「大穴ですか？　大穴ちゅうと、どのくらい取れます？」

と、彼は一とひざ乗り出した。

「そんな、噛みつきそうな顔をするな」

と、旦那は言った。

「いくら来たって、そりゃまぐれあたりと言うもんだよ。怪我の功名だよ。あんまりお前の自慢にはなるまいぜ」

そのうち犬塚旦那は、

「こりゃ、お前、駄目だ」

と、勝利のラジオに向って言った。

ラジオはもう次の十二レースの話をはじめている。いくら待っても、一向にもう、門松賞の十一レースの結果については触れる様子が無い。

「下へ行って、電話を掛けてみよう」

旦那はラジオに見切りをつけ、勝利を促して立ち上った。

ところが、競馬好きの同業者の店へあちこち電話をかけて訊いてみるけど、短波の実況は聞かなかったという家か、きょうは中山へ出かけて留守だという家ばかりで、やはり結果は分らない。

やきもきしているところへ、やがて、

「やあ、すったすった。一四と一五に千円ずつはりこんで、全部すっちゃったよ」

と、となりの中野商会の旦那が、錦糸町へ行った帰りを、ぶらりと犬塚の店へ入って来た。

「あんた、きょうの十一レース、四三が来たって、ほんとかね？」

と、犬塚の旦那は早速質問をした。

「ああ、ほんとうだよ」

「配当いくらだい？」

「配当かい？　トチカゼをあてこんで四三と買った人間が、かなりいたんだ。穴にしちゃ、案外少なかったよ。何でも、三千八百三十円だったかな」

中野の旦那がそう答えると、犬塚旦那は、

「三千八百円、――フーッ」

と、猪のような声を出した。旦那はようやくにこにこ笑い出し、中野商会にかいつまんでわけを話して、

「競馬ばかりはまったく、理窟や確率じゃ行かないね。きょうはこれで、四三が三回出てるんだからね」

と、いささかコロンブスの卵的なことを言った。話を聞いた中野商会の旦那は、自分のすったことは忘れて、

「へへえ。そいつはめでたい」

と、喜び出した。

「五千円て言や、十九万一千五百円か。あんた、そりゃマケ公を、よっぽどおごってや

らなくちゃ」

ところで勝利はその時——

勝利は店のすみへ頭を突っこんで、けんめいに自分の方の計算をしていた。

「四三が来たんやぞ。まちごうて買うた十一レースに、四三が来よったんやぞ」

火にかけた鍋みたいに、次第々々に嬉しさが吹きこぼれて来た。

三万円やから、三八三〇掛ける三は、一一四九〇。十一万四千九百円……。いや、ちがう！

鉛筆をもった彼の手先が、はげしくふるえはじめた。

十一万やない！　もう一ケタ上や。百…、百十四万九千円？　そうや、百十四万九千円や。まちがいないやろな。えらいことになりよった。百十四万九千円。えらいことになりよったぞ。それが、僕の金や。たいへんや。

「百…、百…、百十四万……、旦那、実は僕は……僕は……。ワアーッ」

と、いきなり勝利が店のすみから飛び上ってわめき出したので、犬塚旦那は勝利の頭が狂ったのかと、びっくりして、湯呑みをひっくりかえして、これも立ち上ってしまった。

触媒

一月も半ばを過ぎたある天気のいい日の午後、青山の神宮外苑の道ばたに、ねずみ色のシトロエン2CVが一台とまっていた。

ここは、雷オートバイの秘密レース場にも利用されるが、車の中での若い男女のネッキングやペッティングにも具合のいい場所で、その方面のおやつを楽しみに来る車が、ちょいちょいある。

もっとも、おやつと言っても、ひる間はあんまり繁昌しないのであって、今、ほんとのおやつ時の冬陽の下で駐車しているシトロエンの中では、ペッティングのかわりに、しきりに口争いがつづいていた。

ハンドルにもたれて、相手をにらんでいるのが水野美沙子。

にらまれているのがL大のイカレポンチこと、彼女のボーイ・フレンド、山根耕平である。

正月に美沙子がやけ屠蘇を飲んで酔っぱらって、だってボーイ・フレンドがそでにするんですものと、和子に訴えていたのが、すなわちこの青年のことであった。

美沙子たる者しかし、男友達に向っては、そでにされたなどという弱味の表現は、口がまがってもしはしない。

「なにさ、耕平は幼稚なすね方して、あれっきり電話もかけて来ないで、どういうつもりなの？」

と、彼女はおかんむりの様子を見せていた。

「だってよう、美沙子ちゃんが、何でもないことでぐずぐずむつかしいこと言うからよう、ついオレ、ほかの女の子と遊んじゃってたんだよ」

と、山根耕平は、与太者が甘ったれたような口調ながら、案外シャアシャアとしている。

美沙子は唇を噛んだ。

今までふつうのボーイ・フレンドとして、どちらかと言うと姉さんぶって付き合っていた耕平が、去年の暮になって、急に彼女に対し、過剰要求を示しはじめたのである。

表面上は、美沙子の車で一日遠出をして、二人で箱根から三島あたりまでまわって来ようではないかという、ただそれだけのことであった。美沙子はしかし、処女の本能で、相手が不意に大入道に成長したような気味悪さを感じ、遠乗りの申し出を拒絶した。

すると耕平は、すっかりすねたふりをして、それっきり美沙子のところへ寄りつかないで、手持ちの別のガール・フレンドとばかり遊んでいたのである。

彼女たちの間で、異性の友達は、お互いに複数で持つのが常識、自分以外のガール・フレンドのことで相手にヤキモチをやくなどは、野暮の骨頂ということになっている。

しかし実際にそうなってみると、そこはやはり、なにがしかの感情が働く。あのイカレポンチにヤキモチやくなんて――、これは絶対にヤキモチじゃないわ。ちょっとたしなめてやるだけよ――。

美沙子は自分にそう言い聞かせて、久しぶりに電話で、とうとう自分から山根耕平を呼び出した次第であった。

「よう、結局何の用があって呼び出したんだよう?」

と山根耕平が訊く。

「あら。別に用なんか無いわ、用事が無くて退屈だから、電話で呼び出したのよ。それが悪けりゃ、ボーイ・フレンドもガール・フレンドも成り立たないじゃないの」

と美沙子は理窟を言うけれども、どうもここのところは、暫《しばら》くそでにされて、口惜しがっている彼女の方が歩《ぶ》が悪い。

それでも美沙子は、口だけは達者で、

「用事って言えば、少し忠告してあげようと思ったのが用事よ。この間Kさんに聞いたら、耕平、ダンスと麻雀ばっかり上手になって、学校へはほとんど出てないんだってね。Kさんが、あれじゃあ、来年卒業も、就職もどうかなって心配してたわ」

「余計なことを言ってやがら」

と、耕平は鼻で笑った。

「それより美沙子ちゃん、ほんとに退屈なんなら、カー提供しなよ。面倒なこと言わずに、軽い気持で箱根ドライヴ連れてってよ。きょうでなくたっていいからさあ」

と、耕平は、シスター・ボーイと女たらしの社長の合の子みたいな口をきいた。

「いやよ」

「いや？　どうしてかしら？　オレ、それが分んないな」

「分らないの？　あんた、ほんとに精神学院の分裂科ね。これでドライヴ断ると、またイカレポンチ的すね方をするんでしょ。よしなさいね、みっともないから」

美沙子は、姉さんぶって言った。

「どこへでも付き合ってあげるけど、二人だけで車の遠出をするのは、生理的事故をともなう危険があるから、お断りすることにしてますから、あしからず」

「生理的事故？　へえ」

と、耕平はとぼけている。

「耕平と生理的事故なんて、想像しただけでも、自動車事故より気味が悪いわ」

と、ひどいことを言われても、山根耕平は別にいやな顔もせず、にやにや受け流していた。どうもやっぱり、口ほどにもなく、美沙子の方が歩が悪いようだ。

外苑の裸の立木の影が、シトロエンのケンバス屋根に落ちている。

たくさんの車が、次から次へと走り去って行く。誰もシトロエンの中の若い二人に注目するドライバーはいなかったが、そのうちたった一人、

「おや、シトロエンの２ＣＶが」

と、美沙子の車に目をとめた小型トラックの運転手がいた。

熊田勝利だった。たまたま渋谷まで個人所有のぽんこつ車の下見に来た帰りであった。テント車のシトロエンが駐車しているのを見かけた彼は、すぐ和子のことを思い出し、軽くブレーキを踏んで、もしやと横からのぞきこみ、そこに美沙子の顔を見出して、くるりとハンドルを切って寄って来た。

「似たような車がいると思うたら、やっぱりそうやった。こんにちは。ええお天気ですな。きょうは三津田さんいっしょやないんですか？」

勝利は山根耕平の存在を無視したような挨拶をして、美沙子にひどく上機嫌の笑顔を見せた。

「あらア！　誰かと思ったら、まけとしクン？」

同時に美沙子が、ボーイ・フレンドの耕平を無視したような歓声をあげた。

「和子があなたに電話かけなかった？　そう？　彼女いま、風邪《かぜ》ひいて寝てるのよね。だけどわたしたち、あなたに色々用事があるの。第一に、和子が言い出したんだけど、もう一度わたしたちの映画に出演してほしいの。いいでしょ、ね。事業がうまく行きそうなんだから、一度ゆっくり相談するわ。それから、江東楽天地へ行く話ね、ほったらかしといてごめんね。とにかく一度まけとしクンを御馳走しなくちゃって、二人とも、とっても気にはしてるのよ」

美沙子はたてつづけにしゃべった。

山根耕平大学生は、根がまだ子供っぽいせいか、簡単にも、たちまち唇をとがらせて、露骨なふくれっ面になった。

ちょっと、立場が逆転した模様に見受けられる。美沙子は、ちゃんと計算していたのかも知れない。

耕平大学生の方へねじ向けた彼女の背中いっぱいに、

「わたし、こういうタフ・ガイの、風変りなボーイ・フレンドも持ってるのよ。どう?」

と書いてあるようだった。

勝利はしかし、二人の間の微妙なやりとりのことなど知らない。知っていても、あんまり気にするような男ではない。

「おごるて? おごったりせんでよろし、金やったら僕が持ってます。このところ、ちょっと小遣豊富なんや」

と、大機嫌でしゃべり出した。

「そうや。せっかく珍しいとこで逢うたんやから、これからどこかへ行ってみませんか? どなたや知らんが、そっちの男の人もいっしょに。カレーライスでもトンカツでもラーメンでも、何でもおごりますわ」

耕平大学生のとがった唇が、もう三センチぐらい突き出して、彼はシトロエンの中でモソモソ貧乏ゆすりをはじめた。

「あら、何かいいことがあったの？」

　と美沙子は言った。

「とにかくそれじゃ、どこかへ、コーヒーでも飲みに行きましょうよ」

「コーヒーか？　コーヒーでは腹のたしにならへんが、まあ、コーヒーでもええわ。そんなら、車をつらねて出かけるとしますか」

「あのね、この人、わたしの友達で山根耕平君。L大生なの。通称L大のイカレポンチ。こちらはね、中古自動車の解体屋さんで、熊田勝利さん。通称は何だろうな？　エレクトロニクスのまけとしクンか」

　美沙子はやっと二人を紹介した。

「美沙子ちゃん。それじゃ君、そちらへおつき合いしろよ。オレ、失敬すら」

　と、耕平は言い出した。

「すぐそうやってすねる。いっしょに来ればいいじゃないの」

　と美沙子が言うと、勝利がそのあとから、

「ええやないですか。遠慮せんでよろしが」

　とつづけた。

　山根耕平は、突き出せるものならもう五センチぐらい唇を突き出したいような面持で、

「うん、ちょっと用事を思い出したんだ。やっぱり失敬すら」

　と、シトロエンを飛び出し、都電の停留所の方へかけ出してしまった。

美沙子と勝利は、二人だけで青山通りの喫茶店に入って、コーヒーを飲むことになった。

勝利は、

「水野さん、ケーキも取りましょう。たんと食べて下さい。——ちょっと、姐ちゃん。コーヒー二つと、それから、なるべく大きい美味《おい》しそうなケーキ、三つ。三つずつ二人前の六つや」

と註文した。

「まあ、ケーキ三つずつ取る人がありますか。それから、熊田さん。ウエイトレスを姐ちゃんと呼ばない方がいいのよ」

と、美沙子は東京の山の手族らしく、こういう所では気を使う。

「そうですか？　何と呼ぶんですか？」

「ちょっと、君、とか君々とか、そういう風に言う方がいいんじゃないの」

「君、か。君々、か。けったいやな。なんでやろな？　そういうもんですかな？　それはとにかく、三津田さんもいっしょやったらよかったですのになあ。みなで、トンカツでもシナ料理でも食べに行くのに」

「三津田さん三津田さんって、和子がいっしょじゃないと、おごってくれないみたいね。だけど、どうしたの、まけとしクン？」

と、美沙子は驚いていた。

「成金の気違いみたいに、人の顔見て、あれもおごる、これもおごるって、何があったのよ」

まさにその成金なんですと、勝利は言いたかったのだろうが、それは我慢してにやにやしていた。

二人の間では、いろんな話が出た。勝利の出演した八ミリ映画の話や、彼がお得意の電子工学の将来の話――。

これから貿易自由化ということが進むと、日本の工業のうち、ほんとうに世界の舞台で互角に戦えるものは、数えるほどしかなくなるが、その中で最も有力なのは、電子工学部門だなどと、勝利は、どこで聞きかじって来たのか、例によって、相手が関心を持っていようがいまいが、かまわずそんなことをしゃべって聞かせた。

「西洋人が日本へ来て、買うて帰るもん、むかし真珠、いまトランジスタ・ラジオて言うんやそうですわ。おもろいなあ」

「へえ……。何がそんなにオモロイんだか、オモロイって言われりゃ、オモロイような気もするけど」

と、美沙子が言う。

「僕は――」

資金の基礎は競馬で出来たからと、勝利は言いかけたが、やっぱりそれは我慢して、

「僕は、資金のめども何とかつきそうやし、三十までに、ぽんこつ屋の店の基礎を固めて、それから一人で、思うように機械いじり、自動車と電子工学結びつける技術を研究してみたいと思いますわ。自動車とラジオ、自動車と無線電話はもう結びつきよったから、あとは自動車と事務用テレビ、それから自動車の電子自動操縦装置やなあ、こらァ、勉強せなあかんわ」

と怪気焔《かいきえん》をあげた。

触媒というものがある。

たとえば、酸素と水素は、ふつうの温度の下では化合しないのだが、その混合ガスの中へ、プラチナの黒色粉末を少しばかり入れてやると、この二つの気体が、猛然と反応をおこし、化合して水になる。

この白金黒、すなわちプラチナの黒色粉末みたいに、自分では何の化学変化も受けずに、はたの物の反応をうながす物質が、触媒である。

要するに、自分は知らずに、まわりを刺戟して、余計な、あるいは有益なおせっかいをやく物質のことである。

その日、青山の喫茶店で、美沙子は勝利とコーヒーを飲み、それから何とか言いながら、大きなケーキ三つ、ちゃんと平らげ、そして別れた。

二人の間には、別段甘ったるいムードなどは何も無かった。L大の山根耕平の話も出なかったし、勝利が多少遠慮したせいか、和子の話もそのあとはそんなに出なかった。

それにもかかわらず、二人はそれから無意識的に、それぞれ触媒の役目をすることになったのである。

まず、竪川の犬塚商店へ帰って来た勝利は、大根の煮つけと、牛コマの入ったハヤシライスという晩めしを、店員食堂ですませ、店の掃除をしてから三津田眼科へ電話をかけた。

「あら、まけとしクン？　お正月にはお年賀状ありがとう。うちは喪中だもんだから失礼したけど、わたしの方から電話しなくちゃいけなかったのよ。わたし、風邪ひいてて、こんな声でごめんなさいね」

和子は、珍しく、兄の葬式以来の、おとめチックな口ぶりであった。

「そうやそうですなあ。いけませんなあ。今度の風邪はのどへ来て、のどがつぶれるちゅうことやから、大事にせんとなあ。ようなったら、八ミリのとりなおしでも、何でも、お役に立ちますから、しっかり養生して下さいよ」

勝利のは、お世辞でも誇張でもない。誠心誠意大声を出しているので、それが感じられるから、和子も電話口で、

「ありがとう。すぐなおるわ。どうもありがとう」

と、本気で礼を言った。病気の時は誰しも気が弱くなる。ろくに見舞の電話をかけてくれる友達もいないので、彼女は勝利の好意が嬉しかった。

しかし――と彼女は考えた。――あの人、何だって、わたしが風邪のこと知ってるん

だろう？

その疑問を和子が感じた時、それにかぶせるように勝利が、

「それに僕は、このところ、ちょっと金持ちですねん。早うようなって下さい。あんたにもなんかおごりますわ。きょうも、青山で水野さんにばったり逢うて、二人でトンカツかシナ料理でも食べに行きましょう言うたけど、あの人が、コーヒーがええ言うから、それからあの人と二人でコーヒー……」

と余計なことを言い出した。少くとも二人々々と強調するのは完全に余計である。

〈まあ！　美沙子がまけとし君と？〉

風邪で熱のある和子の頭が、美沙子触媒の存在によってチクンと刺戟された。

——あの二人、どこのお店でどんな具合にコーヒー飲んで、何を話し合ったのだろう？

気になるけれども、彼女たちの間には、ボーイ・フレンドのことでヤキモチをやいたりは、一切しないという原則がある。原則と言って悪ければ、ダンディズムがある。ボーイ・フレンドの離合集散は、もっぱら自分の魅力の多少によるものであって、ほかの子と見かえられるようなら、自分の魅力にどこか欠くるところがあったものと、反省すべきだということになっている。

だから、あんまり根ほり葉ほり質問するわけには行かない。

あたりさわりのないことをしばらく話した上で、

「そいじゃ、そのうち、もう一度八ミリに出演してね」

と電話を切ったが、和子はそのあと、色々考えた。

水野美沙子がいつか、

「わたし、あのボーイ好きよ」

と平気な顔をして言ってたっけ。美沙子はそれから、

「和子が気がないんなら、わたし、そのうちまけとしクンを横取りしちゃうから」

とも言った。

たしかにそう言った。さては美沙子……ふうむ、と和子はうなった。うなったとたんに咳《せき》が出はじめた。自分が可哀そうな「不如帰《ほととぎす》」の、あのナミ子さんのような感じがいくらかする。

それにしても――と、和子は思う。

あのまけとし青年なる者は、今まであれこれお付き合いしたボーイ・フレンドとは、少しくこちらに与える感じがちがうようだ。

無関心の無関係でいるとすれば、全くの無関心に終始するかも知れないが、もし何かがどうかなったら、ふつうのボーイ・フレンドではすまなくなりそうな気がする。

和子は勝利の油でよごれた大きな手を思いうかべ、熱のせいかも知れないが、イヴ・モンタンの歌にぞくぞくするバーのマダムみたいに、妙に大人っぽい、つまり色っぽい眼つきになって、

「いやだわ」

とつぶやくなり、眼の上までふとんをかぶってしまった。

一方そのころ、三津田眼科からまっすぐ南の方にあたる目黒区自由ケ丘の、ある住宅の二階、外国映画の女優の写真をべたべたはりつけた小さな部屋の中では、熊田勝利触媒に刺戟された山根耕平大学生が、動物園の熊みたいに、ぐるぐる歩きまわっていた。

「何だろう、あの職工みたいな男は？　まったく何だろうな？　オレのこと、イカレポンチ、イカレポンチって、あの職工の方が、よっぽどイカレポンチみたいじゃないか。美沙子ちゃんは、オレが車の運転が出来ないんで、少し軽蔑してるんじゃないかしら？　あの職工は運転がうまそうだったもんな。きっとそれで、ウマが合うんだ。美沙子ちゃんも簡単じゃないから、あんまりそでにしたような恰好をしてると、やりそこなうぞ。このまま負けちゃいられない。生理的事故なんて、しゃれたこと言ってやがったけど、ほんとに生理的事故でも何でも、おこさせちゃうから」

コマーシャル

新聞に各地の梅だよりがあらわれるころになった。寒波が来たので、梅のつぼみもひらきかけて少しちゅうちょしていたらしいが、それでも天気さえよければ、日中はぽかぽかとあたたかで、どことなく早春の気配が感じられるようになって来た。

四階建の新しい鉄筋のアパートが、見わたすかぎり、ずらりと立ち並んだ、東京の西郊外、日本住宅営団雀ケ丘団地では、子供たちが着ぶくれて、あちこちで元気に遊んでいる。

若い奥さんたちは、これもあちこちで、鍋をさげたり、買物籠をかかえたりしたまま、二人三人と集って、立ち話をしている。

ウイークデーの団地のひるさがりは、女子供の天下だ。壮年の男性の姿はほとんど見あたらない。

奥さんたちは概《おおむ》ねひまだから、三々五々、井戸の無い井戸端会議をやりながら、何か耳よりな面白そうなことがないかと、始終考えている。

C3号館の東側にあるスーパー・マーケット前の掲示板には、きのうから、

「二月×日午後二時より、
当団地の集会所で
『こわいこわい交通事故』
と題する教育映画を上映します
入場無料
多数御観覧ください」
というビラがはり出してあって、御婦人連の注目を集めていた。
この団地は、都内でも有数の大団地だから、大きなスーパー・マーケットも、南武デパートの手で経営されているし、子供の遊び場もあり、集会所もかなり立派な物が建っている。
その集会所には、もう大分前から四五十人の女子供がつめかけて来ていた。教育映画と言うんじゃ、どうせあんまり面白くはないだろうけど、からだはひまだし、入場料はただだ、というところらしい。
ちょうどそこへ、
「ノンノンノンノン」
と頼りないエンジン音をたてながら、ねずみ色のシトロエン２ＣＶが、のろのろ団地の中へ進入して来た。
「わあ、自動車だ」

「きのう来た、キャンプみたいな自動車だ」

と、子供たちが騒いで寄って来る。

子供に気を配って、眼をきょろきょろさせながら女運転手がハンドルを握っている。

「ほんとにきのう管理人さんのところへ来て、ビラをはって行った自動車よ。始まるわよ、奥さん。もう二時らしいわ」

と、奥さん連中も動き出し、四階まで子供を連れにかけ上る人、買物籠を置いて集会所へ急ぐ人と、さわがしくなった。

「キャンプみたいな自動車」は、やがて集会所の正面にとまり、中から映写機やテープ・レコーダーをさげた和子と美沙子が、顔を出した。

前の日、雀ケ丘団地の管理人事務所によく頼んでおいたので、映写の準備はスムーズに運んだ。

暗幕をひいて集会所の中を暗くする。フィルムが八ミリで画面があまり大きくならないから、観客にはなるべくまん中へ集ってもらう。

「それでは、お待たせいたしました。ただ今から始めます。――美沙子、テープ、オーケー?」

「テープ、オーケーよ。映写、どうぞ」

と、一二の三で呼吸を合わせて、原始的トーキーの教育映画は、スクリーンの上にうつり始めた。

「こわいこわい交通事故
制作　美和プロダクション
一九六×年二月」

という夕イトルが消えると、東京のどこかの町を、消防署の救急車が、ヒュウヒュウとサイレンを鳴らしながら、すごいスピードで突っ走って行く場面があらわれた。

それがパッと変ると、路上にくしゃくしゃになった自動車が見えて、車の下から死人の脚が二本、にょっきりのぞいている。あたり一面、べっとりと血らしい物が流れている。

テープに録音した解説者がこんな説明をする。

「無惨な交通事故、いたましい犠牲者の姿です。きょうもまた、どこかでこんなむごたらしい事故が起っているのでしょうか？」

ショパンの葬送行進曲のメロディが入って来る。

「ああ、いやです、いやです！　大事な子供は、最愛の夫は兄は、ほんとに、一瞬の間に自動車に頭をくだかれて、二度とかえらぬ世界へ行ってしまったのだろうか？」

少々テレビ・ドラマ的口調だが、女解説者は兄貴をほんとうにそれで死なせているだけに、ここのところなかなか実感があった。

その実感が感染するので、観客の中からは、

「いやねえ！」

「こわいわア」

「ふうーッ」

　とため息まじりの声が洩れて来た。

「あの小父ちゃん、気持わるい」

　と子供が言う。

　車の下の死人は動かない。大事故をおこした小型乗用車は、ガラスは割れ、ボディはとげとげと歪んでいた。

「もしかして……、もしかして悪い夢を見てるのではないのだろうか？　交通事故で肉親を亡くした遺族の人たちは一度は必ずそう思うのです」

　と解説者はつづける。

「神様、もしこれが夢だったら——、私たちは今後、細心の注意をはらって、もう一生家族の誰をも、交通事故で傷つけたり死なせたりするようなことは、二度とさせはいたしません」

　テープがそこまで廻った時、画面の車の下敷になっていた死人、すなわち熊田勝利は、のっそり立ち上り、ぴょんと元気にはねて見せた。

「おやおやおや。お祈りが通じたのか、神様、これはどうやらほんとに夢だったようですよ」

　とテープがつづけると同時に、どっと笑声がおこった。

「ママ。あの小父ちゃん、死んでたのにどうして立って歩けるの？」

「ねえ、お母ちゃん、あの人、死ななかったけど、大怪我してるんだね？　そうだね？」

「シッシッ。だまって見てるんだよ」

「ねえ、お母ちゃん」

と、場内は一としきりさわがしくなった。

教育映画「こわいこわい交通事故」の最初の場面は、正月以来、和子がテープを切ったりはったりして大いに知恵をしぼったところであり、勝利の再出演の努力賞的名演技（？）によって迫真力をましたところであり、ざっとこういう具合で、なかなかの上出来であった。

和子は美沙子の賛成を得て、卒業論文用の八ミリにあった、しちめんどくさい理論的な部分は全部はぶいて、どちらかというと子供向きの、平易なフィルムにするように注意をはらっていた。

そして、団地族の女性や子供たちは、まだ自分でハンドルを握る人は少ないから、運転者に対する啓蒙より、歩行者に対する注意を中心に編集がしてあった。

画面の熊田勝利は、油じみたふとい指先で、事故車をなでて、交通事故だけはもうゴメン、ああ、こわかったという表情を、たくみにして見せ、そして消えた。

これは三津田和子監督が、くりかえし演技指導をした部分である。

「ああ、よかった。ほんとによかったですねえ。自動車にひかれて死んだと思ったのは、やっぱり夢でした。悪い夢でした。これはお芝居で、ほんとのことではありませんでした」

と、テープレコーダーはつづける。

「でも、こんないやな思いはもうお断りです。これからは、交通にはほんとに細心の注意を払いましょう。でも、その細心の注意とは、どんな注意でしょうか？」

そこでスクリーンの上には、自動車の往き来のはげしい路上に、横道からコロコロとボールがころがり出て来る場面がうつり、それを追っかけて飛び出して来た少年、キキキキと急ブレーキをかける小型トラック、というシーンがつづいた。

実はこの小型トラックの運転手も、熊田勝利クンである。子供は竪川一丁目の八百屋の坊やが、子役を買って出てくれたのである。

「まず、これがいけません。これがとってもこわいんです。ボール一つと、いのちを取っかえっこをするのはやめましょう」

と、テープレコーダーが言う。

そしてそのあと、警視庁交通部の井沢課長が話してくれたような注意事項が、割とたくみに映画の画面になって、子供にもよく分るようにつづいていた。

大体この映画の画面のフィルム代は、井沢課長がポケット・マネーから出してくれた金一封でまかなったようなものである。試写を見た井沢警視正は、大いに喜んで激励してくれたものであった。

しかし、団地の子供たちは、警視庁交通部ほど交通問題に熱意を持ち合わさないので、こうしてはいけません、ああしては危いですのフィルムにそろそろあきて来て、

「なんだか面白くないや」

「もっとほかの映画やってよ」

と、ぐずぐず言う者が出てきた。

ちょうどその時、「こわいこわい交通事故」は、一と区切りというところへ来た。

画面はがらりと変った。

川原しず代の肖像写真があらわれた。

印画紙に焼きつけたしず代のよそいき顔は、お能の面みたいで、ちっとも動きが無いし、事実、動きもしない。

「ここでちょっと、コマーシャルの時間をいただきます」

と、テープの解説者の声が言う。

「テレビの面白い番組をごらんになっている時でも、途中でスポンサーのコマーシャルが入ります。わたくしたちには、スポンサーなんかありませんから、自分でスポンサーになって費用をかせがなくちゃならないんです。しばらく御辛抱ねがいます」

そしてテープは、

「これは何でしょう?――そうです。これはお見合い写真です」

とつづけた。

「きれいなお嬢さんですねえ。でも、正直なはなし、少し陰気な感じで、あんまりチャーミングでないのじゃないでしょうか？」

「おやおや、場面が変りました」

例の冬木立の中をいきいきと歩いている川原しず代の八ミリ・フィルムである。

「これは、今のお見合い写真の女性と同じ人なのですよ。何てまあ、フレッシュな感じに変るのでしょう！」

こんなところでさらし者にされている川原しず代こそいい面《つら》の皮だが、テープレコーダーはかまわず廻りつづける。

「わたくしたちは、動くお見合い写真を作って、みなさま方やみなさまのお嬢さん方の、フレッシュな、ほんとうの持ち味、生地のままの美しさを、相手の方にお見せ出来たら、どんなにいいだろうと考えました」

そして解説者は、動くお見合いフィルムが如何に新時代にマッチするものであるか、その効能書を並べ立て、

「御用命は、杉並区阿佐ケ谷六丁目、美和プロダクションへどうぞ。白黒五十フィート一巻、三千円で奉仕しております。電話は三九八局の……」

と、テレビのコマーシャルそこのけの商魂を発揮し、それからまた「こわいこわい交通事故」のフィルムがつづいた。

る。

「コマーシャルの方が面白いや」

と、大あくびをしていやがらせを言う子供もいたが、捨てる神あれば拾う神ありである。

三十分ほどの八ミリ教育映画が終って、集会所の中が明るくなり、人々が表へ出はじめた時、一人の中年の婦人が和子たちのそばへ寄って来、

「あなた方、扶桑女子大なんですってね。わたくし永田と申しますけど、わたくしも今から十八年も前に扶桑女子大を出たのよ。よくこんな御奉仕なさるわね。とっても参考になりましたよ。それから、動くお見合い写真って、面白いわね。心掛けておきますから、ここへ連絡先を書いといて下さらない」

と、やさしく話しかけて来た。

悪たれ共から、面白くない面白くないと野次を入れられて少しくさっていた和子と美沙子は、嬉しい気持になった。

雀ケ丘団地をふり出しに、その後和子と美沙子は、いつものシトロエンに荷を積んでは、あちこちの団地を巡業して歩いた。一日のうちに、二カ所も三カ所も上映して廻ることもあった。

管理人の中にはうるさいのがいて、

「宣伝を入れちゃ困りますよ。それじゃ、まるでその見合い八ミリとかを売り込むため

に人を集めるみたいじゃないか。その部分を抜かないのなら、集会所の使用はお断りします」

と、彼女たちがいくら、これは上映費用をまかなうための、わたしたちの個人的なアルバイトだから許してくれと言っても、許可しない人もいた。

「なにさ。日本住宅営団は何べんも汚職問題をおこして、弱い者には規則ずくめでむつかしいことばっかり言う」

と、彼女たちは憤慨した。

しかし、ほんとうに彼女たちを憂鬱にさせるのは、

「面白くないよオ」

「退屈だなア」

「もう、そのへんで結構」

と、どこの団地でも出くわす、子供や年寄りの野次であった。

時々、雀ケ丘団地の永田夫人のように、ためになるとか、感心だとか言って讃《ほ》めてくれる人もいるにはいるが、まず集った人の七割までは、あんまり感心してくれないのが例である。

「こわいこわい交通事故」、どうも大あたりというわけには行かないらしかった。

和子も美沙子も、少しずつ張合いが抜けて来るようであった。

しかし、ここで挫《くじ》けてはつまらないと思うので、きょうは西荻窪団地、あさっては千

葉県市川団地という風に、彼女たちはおんぼろシトロエンに鞭を入れては走り廻っていた。

和子は、自分の病気中に、美沙子が勝利と二人だけでコーヒーを飲んで、ああした、こうしたと、少々カチンと来ている所があるのだけれども、うっかり口にすれば、

「へえ！　和子、そんなことでボーイ・フレンドにヤキモチやくの？　なんて古風なんだろう」

とひやかされるに決っている。それに、会えば親友の美沙子のことで、コチンも何となく解けてしまう。だから勝利のことは巡業ドライヴ中、あんまり口にしないのだが、あるいはそれだけに、彼女の心の奥のどこかが、ちかごろ頓《とみ》に醗酵しはじめているのではないかと思われる節もあった。

それはまあ後日のこととして、ある日、美和プロダクションの事務所、すなわち阿佐ケ谷の三津田眼科へ警視庁から電話がかかって来た。

和子が出てみると、世話になった井沢警視正である。

「どうです、『こわいこわい交通事故』の反響は？」

「ええ。いろいろありがとうございました、けどあんまり大あたりというわけじゃないわね。わたしたち今、少し自己反省しているの」

と彼女は答えた。

「自己反省してるとおっしゃると？」

と、井沢課長は訊きかえした。

「一つはね、もっと面白くしなくちゃ駄目だってことです。お役所の宣伝パンフレットなんて、誰も読まないのは、要するにそのためよ。同じことなのね」

と、和子は平気で、警視庁に対して失礼なことを言った。

「なるほど」

「読まない方が悪い、見ない方が悪いって言えばそれまでだけど、それじゃ事故防止の運動をするのに、一般大衆への効果ってものは、ほとんど無いわね。月光仮面やハイウエイ・パトロールほどじゃなくても、みんなが夢中で見てくれて、それで自然に教育的な効果があがるようでなくっちゃ、嘘だと思うのよ。それからもう一つはねえ」

と和子はつづけた。

「八ミリはおもちゃだって言いますけど、やっぱり大勢の人に見てもらおうとすると、画面が小さくて暗くて、無理なんです。今度やるなら、お金をかけて十六ミリでやらなくちゃ駄目。それがわたしたちの自己反省なの。面白くねえぞウ、もうそのへんでやめろ、なんて野次ばっかり入れられて、美沙子もわたしも、少しいや気がさして来てるんです」

和子がそう言うと、

「しかし三津田さん。きょうお電話しましたのは、実はね」

と、井沢警視正が話しはじめた。

「あなたたちの八ミリ映画を見た人から、警視庁交通部に投書が来てるんです。世田谷区等々力《とどろき》に住む高岡さんというお母さんですがね、あなたたちの映画のおかげで、子供の命がたすかったという、感謝の投書なんですよ」

「ええ？　ほんと？」

と、和子は思わず声の調子が変った。そして彼女は大急ぎで二階の方へ向って、

「美沙子、ニュースよ」

と、呼びかけた。

聞いてみると、投書の内容はこういうことであった。

和子たちが世田谷の住宅営団等々力団地で「こわいこわい交通事故」を映して帰った翌日、その高岡さんの家の四年生になる男の子は、近所の路地でボール投げをして遊んでいた。

高岡君が受けそこなったボールが、表の通りへ飛び出した。高岡君は反射的に、それを追って表へ飛び出そうとしたが、その時、団地の集会所できのう美和プロダクションの八ミリを見た伊東君という友達が、

「君、危い。よせ、ボールなんかほっとけ」

と言って、高岡君の足をすくった。高岡君が路地の入口で尻もちを突くと同時に、高岡少年のからだをかすめるように、一台の砂利トラックが走りすぎ、幸い二人とも怪我はなくて、トラックにはねられたボールだけが、ころころ遠くへころがって行ったとい

うのである。

高岡少年のお母さんは、伊東君の処置にも感心し感謝したが、そういう神経の使い方を子供たちに教えて行った「教育映画のお姉さん」にも、どうしても一と言お礼の言葉をつたえないではいられなくなったのだという。

「へえ、そうなの。そういう投書が来たんですか」

電話を聞いているうちに、和子の頬は赤く上気して来、つやつやとかがやき出した。いくらドライ娘でも、こういう事実の前には感動するのである。

「すごく、よかったと思います。断然嬉しいです。美沙子にもすぐ話してやります」

和子がそう言うと、井沢警視正は、

「ええ。ところでですね、三津田さん」

と、話を変える口ぶりを見せた。

「実は部内で、この投書を公開して、あなた方の活動について話してみましたところが、そういう効果のある仕事なら、一つ、交通安全協会あたりへ話を持って行って、もう少し金が出るようにしてあげられないだろうかということになって来たんですよ」

「はあ。それは、ますます結構ですけど」

「いや。私どもとしては、まったくお礼を申し上げなくちゃならないことなんで。宮坂君にも、立派な生徒を持っていることに敬意を表すると、電話しておきますよ」

「ウフッ」

と和子は笑った。

宮坂銹《さ》びチャック先生が、そんなことで、社会学の点の悪い彼女たちのことを、立派な生徒だなどと思うかどうか？

「そういうわけですから、僕のポケット・マネーよりはもう少し充分な金が、正式に出るかも知れませんから、まあ、あんまり期待せずに待っていて下さい。お礼旁々《かたがた》それを報告しようと思いましてね」

井沢課長はそう言って電話を切った。

会話の途中から、美沙子は電話のところへ下りて来て、受話器のそばで聞き耳を立てていたが、電話が切れるなり、

「ワッ」

と言って和子に抱きついて来た。

二人はそのまま、抱きあって、診察室横の廊下で、くるくるとダンスを始め、

「お大事になさいませ」

と患者を送り出して来た看護婦の野村さんにじろりとにらまれてから、やっと二階の「美和プロダクション」へ上って行った。

しかし、いいことの続く時は、いいことが続くものである。それから間もなく、和子はもう一度、野村看護婦から、

「和子さんに、またお電話よ」

と呼ばれた。

二度目の電話は、雀ケ丘団地の永田夫人からであった。

「わたくし実はあれからね、同じ学校のお若い方たちが、こんな面白いことをしていらっしゃるのよって、扶桑女子大の卒業生の方たちに、ずいぶん吹聴《ふいちょう》して歩いたの」

永田夫人は、よほど愛校精神旺盛な人らしい。もしかしたら、母校の同窓会幹事か何かをしているのかも知れない。

「そうしたら、ほら、二十回から三十回ぐらいまでの卒業の方は、みなさん年ごろのお嬢さんや坊ちゃんがおありですからね、それはぜひ、その動くお見合い写真っていうのをためしてみたいっておっしゃる奥さま方が、二三出て来たんですけど、ちょっとお所とお名前をひかえて、あなたの方から連絡して見て下さらない?」

永田オバサマはそう言って、先方の住所や電話番号を読み上げはじめた。和子はそれを受けて、

「ハイ、次は、世田谷区、ハイ、世田谷四丁目、ハイ、五一〇番地、ハイ……。わかりました、ハイ。どうもありがとうございます。先輩の奥さまですね。すぐ御連絡申し上げます」

と電話を切るなり、トントントンと階段を二階へかけ上って行った。

大体、愛校精神とか愛国心とかいうものは、極めて稀薄にしか持ち合わせていないのだが、アルバイトの手段となれば、話は別である。

「ワアーイ、美沙子。コマーシャルの効果があらわれて来たわよ。三千円ずつ三つ、九千円のバイトの口、ほぼ確実」

と、和子は歓声をあげた。

ところが、そのへんまでは、アルバイトの口が掛るのが、めでたさもほどほどの感じでよかったのだけれども、教育交通映画（？）に仕掛けたCMの効果は、意外に大きかった。反響は、そんなことだけではおさまらなかった。

世話焼きの永田オバサマの電話で口火が切られたかのように、その翌日、翌々日あたりから、美和プロダクションの電話は、むやみに鳴り出したのである。

「もしもし、私は中野区野方の中山章之助という者ですが、あなたの写真館というのは、阿佐ケ谷の大体どのあたりの……」

「もしもし、そちらの扱っておられる動くお見合い写真のことについてですね……」

「もしもし、実はうちに今年二十八になります娘がございますのですが……」

「もしもし、こちらは週刊日本女性の編集部ですがね。八ミリ映画を使った見合い写真制作の事業を、女子大生二人でやっていらっしゃるそうですが、うちのグラビヤ頁《ページ》の、『こんにちを生きる女性群像』に一度……」

「もしもし、ちょっと人から聞いたんですが、そのお見合いフィルムの値段のことを……」

「もしもし……」

「もしもし」

美和プロダクションは、経営者も秘書も会計係もかねて、従業員二名しかいないので、二人とも出はらって留守のことはしょっ中である。

そして、美和プロダクションの電話は、つまり三津田眼科の電話であって、階下の診察室の横にある。和子たちがいてもいなくても、ベルが鳴れば受話器を取り上げるのは、看護婦の野村さんだ。

とうとう和子の父親の三津田博士が怒り出した。

「この二三日、その電話は何だ。鳴り通しじゃないか。野村君、診察中はかまわないから、どんどん断ってしまいなさい」

野村看護婦は少し意地が悪い。

先生がああおっしゃるならと、和子や美沙子に対するやきもちも半分手つだって、

「はあ？　何ですか？　いいえ、こちらは眼科医院ですけど。ええ、ちがいます。ガチャン」

と、たちのよくない断り方をすることもあった。

それでもお見合い八ミリに関する問合せと註文とは、次第に彼女たちの手もとに山積して、始末がつかなくなって来た。

「どうしよう？　和子、どうしよう？」

と、美沙子が少しおろおろしはじめた。

「ハガキの問合せにだけでも、何とか返事を出さなくちゃ。でも、何と返事すればいいだろう？　とても御註文に全部は応じられやしないわ。たいへんなピンチに追いこまれて来たわね」

「ふうむ」

と和子は腕組みをした。

「美沙子、これはしかし、チャンスだわよ」

「……………」

「ピンチがすなわちチャンスである。なぜかというとね、美沙子。子供の命がたすかったって投書が警視庁に来たり、お見合いフィルムの註文が殺到したりしている時が花で、わたしたち今、そのいきおいに乗らなくちゃ駄目だと思うのよ」

「だけど、実際に二人でやって行けると思うの？」

「やって行けるようにするのよ。人もふやすのよ。そうして、八ミリは今はよくっても、やっぱりオモチャの感じが抜け切らないから、お見合いフィルムでうんともうけて、そのお金で十六ミリに切り替えて、それで『こわいこわい交通事故』のすばらしい新版を作って、今度は公会堂やなんかで本式に上映するのよ」

「和子、ずいぶん強気だわねえ」

「そうよ。右手に神の如き善意を、左手にはがめつくソロバンを、いや、電子計算機を。――ねえ、美沙子、やろうよ」

「どこでそんな哲学仕込んで来たの？」

と美沙子は言ったが、和子の夢が気球のようにふくらむにつれて、美沙子の気持もふくらんで来た。

彼女たちはまず、「こわいこわい交通事故」から、暫定的にコマーシャルの部分を抜いて新しい註文をセーブすることを決め、それから今までの註文には順番をつけて、逐次頑張って片づける決心をし、一方学校の掲示板には八ミリ映画に経験豊富なる女子大生の求人広告を出し、かくして、ピンチがすなわちチャンスの新事態に対処することになった。

建て増し

竪川《たてかわ》の犬塚商店では、かねて計画の倉庫の建て増しがはじまっていた。

ここ二三日、材木やセメントや砂利がはこびこまれ、職人が出入りして、地縄を張ったり隅々に杭を打ったりしている。

ぽんこつ部品の置場が店から少し離れているため、今まで犬塚商店では時々ヒカリ物めあてのこそ泥の被害があった。

今度は、店内にカギのかかる倉庫を建て増しして、金目の部品だけは全部こちらへ移せるようにしようというわけである。

勝利の二階部屋も、今度の工事で少々ごたごたする。出来上ると、僕の部屋の日あたり具合はどうなるかいな、と彼も色々考えている。

しかし、めぐり合せというのは奇妙なものだ。

この建て増しと店の拡張のせいで、勝利が正月から半独立のトンビを始める話が、うやむやに延期になってしまった。

「かまいません。別にそう急ぐことはあらへん」

と言ってはみたものの、あの時いささか気落ちがしたのは事実であった。その勝利の機嫌を取るつもりで、旦那が中山へ競馬を見せに連れて行ってくれた。それが彼が、場外馬券で百十四万九千円の大もうけをするきっかけになったのである。

まったく、物ごとのめぐり合せというのはわからないものだ。

そして、めぐり合せと言えば、男女のめぐり合せだって、不思議な、奇妙な、分らないものではないか。まったく別のところで、まったく別の生活をしていた二人の見知らぬ人間が、ある時ふと出あって、それからパッと、或いはじわじわと、火花を散らして結びつくことになるのだ。結びついたが最後、ほんの少し前まで見も知らなかったその二人は、原則として、それから一生一緒に暮さねばならぬ。

「鴨川のあんま占いが、戌亥《いぬい》の方角に思わぬ良縁がみつかります言うてよったが、それかて、ほんまかも知れんのや」

勝利は和子のことをまた思いうかべていた。

「ああいうことは、一概に迷信とは言えんのや。心霊術なんちゅうけど、ほんとうは高等なるエレクトロニクスみたいなもんかも知れんのやからな」

彼は妙に因縁めいた気持になっている自分を、正当化するように、そんな勝手な理窟を考えた。

因縁といえば、神宮外苑で思いもかけず、水野美沙子のシトロエン2CVを見つけて、和子が風邪のことを知ったのだって、因縁――いや、エレクトロニクス的偶然というものであろう。

彼は自分が触媒の役目をして、イカレポンチの山根耕平を刺戟し、和子をチクンと驚かせて、妙な心持にさせたなどとは全然知らない。

ただ、暮に房州鴨川の安田屋であった、女あんまの占師の言ったことが、何となく、繰り返し思い出されるのであった。

「障害を克服するには、女の人を幸福に出来るだけの金銭的裏づけを持って、あとは、一に押し二に押し三に押しで行くんですね」

僕は金銭的裏づけの方だけは、もう出来よったんやがなあ……と彼は思う。

これまでも、和子の面影を一種嘆美の念をもって思いうかべることはしばしばあったが、ここのところちょっと特別な具合で、勝利が彼女のことを、恋にめざめたゴリラの風情《ふぜい》よろしく、とつおいつ思い暮しているのには、実はわけがあった。

今から二週間ほど前のある日曜日、ねずみ色のシトロエン２CVに打ち乗った和子と美沙子とが、風の如く竪川にあらわれて、一日彼をきりきり舞いさせて行ったのである。

その、冬晴れの日曜日のことを、勝利は忘れかねているのである。

車から八ミリ・カメラを持ち出した和子たちの最初の要求は、もう一度いつかのように、くしゃくしゃの事故車の下へもぐって、死人に化けてくれということであった。事故車のまわりには、血のように見える油か何かをべっとり流すことを頼まれた。

次には、合図と同時に、ぴょいと路上におどり出て、元気に一とはね、はねて見せ、上手に、

「ああこわかった。交通事故はもうごめん」

という顔をしろというのである。

第三には、ボールを追って出た八百屋の坊やの手前で、急ブレーキをかけて、車をとめろというのである。

これは、あらかじめ危険が無いような場面構成が考えられていたので、わけのない仕事だったし、地べたへ寝ころんで脚だけ出している役なら、彼はいくらでも平気だったが、俳優みたいに、命ぜられた通りの表情を作ることは彼にはなかなか出来なかった。

しかし一旦カメラを手に持ってファインダーをのぞきはじめると、三津田和子は職業カメラマンみたいに、ひどく真剣に気むずかしくなり、こわい女性に化けた。

「またそこで飛び上る。駄目！　やるって引き受けてくれた以上、まけとしクン、ちゃんとやってくれなくちゃ、仕方がないわ。やりなおしよ」

と、彼女ははげしいソプラノで叱咤した。

〈こわいなア〉

と勝利は思ったものだ。

〈無報酬で出演してあげてるのに、えげつのうに言うなア。万一、あの人が僕の……、万一そういうことになったとしたら、大事の時には、やっぱりあんな風にこわいんやろかなあ？〉

だが、そのこわさの中には、若干の甘さがただよっていたのも事実である。

にわか映画監督となって、勝利に向って叱咤激励する和子の心の中には、照れくささの反動、裏がえしになったしたしみの表現、一種の甘え、そして何よりも美沙子触媒に対するデモンストレーションの要素が、何十パーセントかまじっていることを、勝利は本能的に無意識に嗅ぎつけていたのであろう。

とにかく彼は、にわかに監督の前で、卒業論文撮影の時の、前回にくらべると、はるかにこみ入ったにわか演技を、唯々《いい》諾々《だくだく》としてやり通したのであった。

その八ミリ映画は、「こわいこわい交通事故」という題をつけて、やがてあちこちのアパートの団地を上映して歩くのだと、彼女たちは言っていた。一人でも、交通事故で不幸な目にあう人を少なくして、古風な表現をかりれば、それで死んだ兄さんの菩提《ぼだい》をとむらうのだそうである。

しかし、勝利がほんとうに印象に深かったのは、竪川のロケーション（？）がすんでから、三人で、前々よりの約束である江東楽天地へ行って遊んだ、日曜の午後の三時間であった。

花江ちゃんや、蟹眼鏡の哲子を別にすれば、彼がガール・フレンドと呼ぶべき若い女性と、たのしくにぎやかに遊んだ、それは生れて初めての経験であった。

三人は、一つの共同の仕事がすんだという気持から、一層したしくなり、一層陽気になり、わいわいさわぎながら、錦糸町駅前の楽天地へ乗りつけた。

勝利にはおなじみの場所だが、山の手人種の美沙子や和子には、あれもこれも珍しいらしかった。

　ここは、全く庶民的な安上りの遊び場で、ここへ来れば日本映画の封切物は大ていどれでも見られるし、百円そこその金で、一日温泉に入って、漫才や素人演芸も見物して、遊んで行くことが出来る。

　錦糸町駅前から楽天地のあたりで客待ちをしているタクシーは、九割がたまでが六十円のルノーで、七十円のダットサンがちらほら、八十円以上のいわゆる中型や、それ以上の車はめったにとまっていない。

　遊びに来る人たちが、みな、貧乏でケチだからとも言えるし、銀座人種のように見栄《みえ》坊《ぼう》で財布にしまりの無い連中とはちがうのだとも言えるだろう。

「あらあら、まけとしクンのお得意のキャラメルのお化けが立ってるわよ」

　両側が映画館の、にぎやかな通りを先頭に立って歩いていた和子が、ふりかえって言った。

　森山コーヒー・キャラメルのかたちをした大きな自動体重計が、道わきに立っていた。

　森山キャラメルの社長かて、むかし、町の小さい工場で西洋菓子焼いてたんやからうんぬんと、勝利がいつか少々大時代な青雲の志を托した、れいの森山キャラメルである。

「いつまであんなこと、三津田さんはおぼえてるのやろな」

　と、勝利が嬉しいような照れくさいような顔をした時には、和子はさっさと体重計の上に乗って、十円玉を穴にほうりこんでいた。

オルゴールが鳴り出し、しばらくして、ガチャンゴトンという音と共に、五円のキャラメルと、鉄道の切符のような一枚の紙片とが出て来た。紙片には紫のインクで、御当人の体重が印刷されている。

「何ぼあります？」

勝利がのぞきこむと、

「いや！　あんまり軽いから、羞《はず》かしいわよ」

と、和子は監督の時とは打ってかわった可愛らしい声を出した。

次に美沙子が十円入れて、オルゴールを鳴らして、キャラメルと体重票を受け取る。

そしてこれも、

「いや！　わたしは重いから。見ちゃいや」

と嬌声《きょうせい》をあげる。

勝利は、まさに両手に花の心境であった。

勝利のおごりで、一人百二十円の入場料をはらって、会館の百畳敷の大広間へ入ってみると、

「月が出た出た、月が出た」

と炭坑節のレコードが鳴って、大きな舞台の上では、入浴清遊《せいゆう》に来た婆さんたちが、盆おどりのように輪になって、いかにも嬉しそうにおどりまわっていた。

広間の机の上には、人々が持ちこみの弁当、せんべい、パン、ウイスキー、果物《くだもの》を並

べ立てて、婆さま連中の炭坑節を見物している。

下足は入口で、小さな石鹼といっしょにもらったポリエチレンの袋に入れてめいめい持ち歩くことになっていた。三階の大浴場には、何べん入りに行ってもいいことになっている。まったく、あれもこれも、二人の女子大生には面白いらしかったが、さすがに風呂へ入るのだけは遠慮したい様子であった。

「それも話のタネやがな。あったまるよってに、入って来たらええのに」

と勝利がすすめても、

「でも。ねえ……」

と二人は尻ごみをした。

「僕ら、公休の日に、旦那や店のもんとこの楽天地へ来ると、旦那はトルコ風呂（注・サウナ）、僕らは大浴場へつかって、一日温泉気分出して行くんですわ。女湯もちゃんとありますよ。混浴やないんですよ」

「何言ってるの。いやだわ」

と、とうとう二人のお嬢さんは、勝利がせっかく券を買ったのに、入浴は辞退してしまった。

「お年寄りが多いのね」

と、美沙子が言う。

「そうね。それもお婆さんの方が多いわ。低所得階級の家庭の主婦や老人たちが、こうやって広く自由に慰安を求めて外へ出て来はじめたのは、これは戦後の現象でしょうね」

と、和子が社会学的発言をする。

実際、大広間の客たちは、服装の貧しい、御面相もあんまりパッとしない、そのかわり、心に少しも飾り気のないような人ばかりであった。カッポウ着をかけた小母さんに、会館の女の人だと思って用事を頼もうとすると、それがお客さんだったりした。

「風呂へ入らんのなら、食事は六階の食堂の方がちょっと上等ですわ。六階へ上りましょう」

と、勝利にうながされて、やがて三人はエレベーターで六階の食堂へ上って行った。三人とも腹ペコであった。

「ジンギス汗風焼肉、か。関取の栄養チャンコ鍋百五十円、か。僕はまあ、このうなぎにしよう。どうど、何でも好きなもん註文して下さい」

と、勝利はここもおごるつもりだった。

「それじゃ悪いわ。どうしたの、おごるおごるって、まけとしクン？」

と感心されながら、結局彼女たちも右へならえで、きも吸つき百五十円のうな重三つにビールを一本取って、仲よくぱくつきはじめたまでは大出来だったのだが、そのあと、人混みの大食堂の中で、両手に花の熊田勝利は、食事中に、またとんでもない失態を演ずるハメになった。

それというのが、蒲焼のうなぎに、どうやらほそい小骨があったらしい。空き腹にビールを一杯キュッとやったあと、いきおいこんでうなぎ飯をかきこんでいた勝利が、突然、

「エーッオーッ」

と、あひるのしめ殺されるような声を立て出したのである。

和子と美沙子は、びっくりして箸をおき、勝利の顔をながめた。

「どうしたのよ？」

「ちょっと、どうしたの？」

勝利は返事のかわりに、首を横にふり、あごを突き出して、

「エーッ、エーエーッ」

と、眼に涙をうかべている。

「骨がささったのね」

「エーッ」

「だけど、うなぎの蒲焼で骨立てるなんて……、うなぎに骨があるのかしら？」

「そら——、そら、うなぎにかて骨ぐらいあるでしょう。エーッオー」

和子と美沙子とは、クスクス笑い出した。笑いながら、テーブルの上にからだをかが

めて、二人はまわりの席の人を見廻していた。差《はずか》しいのである。

実際、周囲の席でも、人々があっけに取られて、こちらの三人づれを眺めているようであった。

そのうち、苦しさがちょっとおさまったらしい。勝利は、エエンエエンと咳きばらいをし、

「取れたんかな？　いや、まだかな？　どうど、僕におかまいなく、食べて下さいよ。すんません」

と、食事の続行を彼女たちにすすめた。

しかし、いくらすすめられても、隣でエーッの危険があるのに、気持が悪くて、そうあっさり箸が持てるものではない。

「どうなのよ？　いやねえ。ごはんを丸ごと、嚙まずに呑みこんでごらんなさいよ、取れるから」

と、小声で美沙子が教える。

「いや。そないせんかて、もう落ちたかもしらん」

勝利は長くあごを突き出し、眼をつぶって、今度は動物園の鶴みたいに、のど仏をゴクリゴクリやって、ひっかかり具合をためしていたが、

「やっぱりまだや。奥の方へひっかかってる。痛い」

とそれから美沙子に言われた通り、タレのかかった飯を一とかたまり、ぐいと呑みこ

んだ。彼の目玉が白黒し、

「オーッ、エーッエー」

と、そのためにまたしても、あひるをしめたようなうなり声が起った。

二度、三度、勝利は飯のかたまりの嚥下《えんか》をこころみた。そして、どうやら医者へ行かなくては駄目なのではないかと、皆が思い始めたころ、やっとのことで、うなぎの小骨は、彼ののどから胃袋へめでたく落下した。

心配よりも羞しさで、和子たちはすっかり冷汗をかいていた。

「よかったわね」

美沙子が少し皮肉に言った。

「だけど、何だってああ大袈裟《おおげさ》に、みえも外聞も無しに、吐きそうな声出すの？　わたしたち、ほんとに羞しかったのよ」

「すんません」

と、和子が応じた。

「この人はそういう人なのよ」

「いつか、美沙子のシトロエンのスペア・タイヤ買いに行った時にも、ガラスで指切ったでしょ。その前、わたしが順のぶつけたルノーを売りに行って、初めて会った時には、やけどをして、人の眼の前に足突き出して、けんけんおどりをして見せたのよ。そしてきょうは、うなぎの骨と来たわね」

「とにかく、きまりが悪いから、早く食べて出ましょうよ。みんな笑ってるわ」

美沙子は、もう食べつづける気がしないらしく、うなぎも半切れ食い残していた。

「まったく、百年の恋も一時にさめる思いって、ああいうのね」

と和子が言う。

やっと元通りぱくつき始めていた勝利は、女性二人の総攻撃がここまで来た時、茶を一口飲んでむっくり顔を上げた。

「へえ」

と、彼はとぼけた顔をして言った。

「そうすると、まるで、三津田さんが僕に百年の恋ちゅうのを、してはったみたいやなあ」

これは、勝利としてはむろん、総攻撃に対するあげ足とりの冗談のつもりだったのだろう。ところが妙なことには和子が、

「生意気なこと言わないで！」

と早口で答えるなり、不意にその場でまっ赤になってしまったのである。

もっとも、肌の白い和子の、べったら漬が紅しょうがに染まったような色は、すぐ消えた。

そして三人はまた、エレベーターで、一階の大広間へ下りて行った。舞台では、飛び入りのどこかの旦那が、虎造（注・浪曲師広沢虎造）ばりの「森の石松」で、顔じゅうゆ

がめて大熱演の最中であった。

百面鏡というデコボコ鏡があって、勝利がそれに顔をうつすと、あごの長く伸びた馬面《うまづら》が、さっきうなぎの骨を立てた時の顔にそっくりだと言って、和子と美沙子はキャッキャッと笑いこけた。

それは、ほんとに楽しい一日であった。

うなぎの失敗はよくなかったが、勝利はこの日のことを、それ以来何度となく、嚙みしめるように思うのだ。

……和子さんは、何であの時あんなに赤うなったんやろ？

……僕はたしかに大学も出てないし、気もきかんで、つまらん失敗をようする。しかし僕は、手にしっかりした職があって、機械が好きで、自分の好きなこと一生けんめいやってみたろちゅう根性だけはある。それから今や、百十四万九千円ほど、金もある。僕が和子さん嫁はんにすること考えても、そう無茶苦茶の大マチガイということは、ないんやないいやろか？

勝利のその思いを裏書きするように、その後二度ばかり、和子から店へ電話が掛って来た。その電話は、

「まけとしクン、どうしてる？」

に始まって、しばらく毒にも薬にもならないようなことをペチャクチャしゃべったあと、

「ところで美沙子から電話かからなかった？　ああそう。いいえね、美沙子が出来たフィルム、一度まけとしクンに見せなくちゃあって言ってたから。そいじゃまた。さいなら」

で切れた。

二度ともそうだった。

電話をもらった日には、勝利は愉快になり、からだ中が生き生きと張って来るような心持になり、鴨川のあんま占いは、やっぱりえらい奴やったなあという気になる。

ところが、それっきりで、一向御本人が竪川へ顔を出す様子も、具体的にどこかへ遊びに行こうというお誘いも無いようだと、彼は、こういう方面不馴れのせいもあって、「一押し二押し三に押し」いうたかて、これではどこを押したらええのか分らんやないか」

という気になってしまう。

美沙子触媒に刺激されて、内偵と牽制《けんせい》のために、和子は時々電話をかけて来るのだということ、この風変りなボーイ・フレンドを美沙子に横取りされるのはいやだけど、彼女は進んで自分からデートを申し込むだけの勇気もまだ出せないでいるのだということ、それが勝利には分らないのだから、一人でもやもやする結果になるのであった。

ところで、犬塚商店の倉庫の建て増しの方は、一日々々と工事が進んでいた。

このあたりは地盤沈下のはげしい土地で、つい先だっても地盤の沈下のために地下のガス管にひびが入って、町にガス中毒がおこったりした。

十坪の倉庫でも、基礎はある程度しっかりして置かなくてはならない。柱の部分とまわりと、いずれも三尺以上掘って、コンクリートを打って、その上に土台を置くのである。

ある日、ショベルをふるって基礎の穴掘りをやっていた人夫の一人が、土の中から馬の骨みたいな、大きな一本の白骨を掘り出して来た。

竪川の一帯はひどい戦災にあって、焼死者がずいぶん出た所だが、もうあれから十五年もたち、まさか今ごろ戦災で死んだ人の骨が出て来ることもあるまいと、はじめは犬塚旦那以下、誰も気にしていなかったが、そのうち、人夫がまた骨を掘り出して来た。

そして出だすと、白骨は芋の子みたいに、ぞくぞくと出て来はじめたのである。最初のが腿《もも》の骨らしく、そのあと、あばら骨や、手の骨や、そして遂にしゃれこうべが一つ、ショベルで少しきずをつけられて掘り出され、これらが人骨であることはもう疑えなくなった。

犬塚旦那はあわてて工事の中止を命じた。

店の者はみんな、気味悪さとこわいもの見たさとで、倉庫の建て増し現場へ集って来た。

「そう言や、ここにはせんに、小さな防空壕が作ってあったよ。あのごたごたの頃に、いつかつぶれて、土をかぶせて埋めちゃったんだな」

犬塚の旦那は、十五年前のことを思い出すように言った。

そして犬塚旦那は、

「ええと、割箸を持って来い。割箸を。それから、誰か警察と区役所へ電話をかけなさい。区役所の民生課だ」

と、先頭に立って色々な手配を命じ始めた。

「四五年前に、天野の裏の置場から、やっぱりこういう仏が出たことがあったよ。たしか、こんなのを扱うのは、区役所の民生課だ。区役所と保健所の人に立ち会ってもらわなくちゃいけないんだ」

旦那はそう言ってから、ふと気にするように、

「勝利はいるかい？」

とあたりを見まわした。

「ここにいます」

旦那の背後から勝利が顔を出して、ちょっと緊張した声で答えた。

二人の眼が合った。旦那と勝利とは、どうやら同じことを考えていたらしい。二人とも黙っていた。

ややあって、

「とにかく」

と、旦那は勝利の方を見ずに口を切った。

「とにかくお前、少し手つだえよ。仏さまをこうやって、散らかしておくわけにも行かないじゃないか」

旦那はそう言って、おかみさんの持って来た割箸を一ぜん、勝利に手渡した。

それで勝利は、旦那といっしょに、今までに掘り出された分だけの骨を、ひろってミカン箱に入れはじめた。

穴の中には、まだ白いものが、あちこち顔を見せている。それらはいずれも、もう完全にきれいな白骨であった。

十五年の歳月が、死人の肉も髪の毛も、モンペやゲートルや防空頭巾《ずきん》も、履《は》き物の類も、すべてをすっかり土に還《かえ》してしまって、ただむなしい白い骨だけが残っているようであった。

二人ともはじめのうちは、割箸の先で一つ一つ鄭重《ていちょう》につまんでいたが、やがてまどろっこしくなって、手づかみにし出した。

男の骨か女の骨か、男女の骨がまじっているのか、そんなことは素人にはちょっと分らない。

「しかし、もしかしてなあ、お前」

と、そのうち犬塚旦那はさりげなく言い出した。

「この骨が、十五年間行方知れずの、お前の母ちゃんと熊田のおやじさんのものかも知れないという気は、お前しないかね？」

「はあ、実は僕も」

と勝利は答えた。

「倉庫の建築場から骨が出たと聞いたとたんに、もしかしてと、そない思いました。しかし考えてみたら、どうやろなあ？　何んにも証拠があらへんですからなあ」

彼はそう言って、薄ぺったい人間のあばら骨を一本つかみ、横にして眺めながら、

「ふうん。これが、もしかしたら、僕のおふくろの骨かいな」

とつぶやいて、ぽいとミカン箱の中へ投げ入れた。

その姿には、さすがに、十五年前に親を見失った若者の、ある淋しさがにじみ出ているようであった。

「衣類も身につけた物も、ちっとも形が残っていないようだからな」

と犬塚旦那は言う。

「だけどお前、お骨といっしょに、たとえば、こういう品物が出て来れば、それは確かにおやじの物だとか、母ちゃんの物だとか、そういう何かはっきり憶えのある品物はないのかい？　え？　宝石の指輪とかさ」

旦那にそう訊かれて勝利は、

「あのころ、指輪やみなは、全部供出してしもうたんとちがいますか？」

と、ちょっと考えていたが、

「そう言えば、しかし、うちの母さんは、前歯に上下五六本ぐらい、金歯を入れてましたな。怒られる時に、お獅子みたいで気持悪かったから、子供心におぼえてます」

「そうか、なるほど。熊田のおかみさんは、そう言やあ、口がのべたら金ピカだったっけ。うん、そうだ、俺もおぼえてる」

と、旦那は感心したように言った。

そのうち警官が来た。少しおくれて、区役所の民生係と保健所の人もやって来た。

明らかにこれは戦災で死んだ人の骨で、警察の方は来てみたものの、どうやら用事が無いらしい。

「ここは、犬塚さんとこの防空壕のあとなの？」

と民生係が訊く。

「ああ、そうだけどさ、うちはほれ、二月二十五日の日に焼けちゃってるからね。そのあとはほったらかしにしてあったわけですよ。だからこれは、三月九日の晩に、逃げおくれて、うちの焼けあとへ避難して来てこの中へ入って、誰かがそのまま焼け死んだんだね」

「すると身元についちゃあ全然心あたりがありませんか？」

区役所民生係は質問した。

「さあ、それが、実はまんざら無いこともないんで……」

と、犬塚旦那は勝利と顔を見合わせた。そして勝利の身の上と金歯の一件をかいつまんで話した。

「戦災で死んだ人の骨も、墨田区じゃあ、大概もう出ちゃってるからねえ。あるいはそういうことかも知れませんよ。それは、この町内の、同じぽんこつ屋さんだったんでしょう?」

と、保健所が言う。

ともかく、区役所と保健所の立ち会いで、発掘(?)は再開されることになった。

人骨はおよそ二体分か三体分あるらしかった。やがてまた、土にまみれた頭蓋骨が一つあらわれてきた。

「どうだい、金歯は無いかい?」

と旦那がのぞきこむ。

「金のかけらもありませんわ」

と勝利が答える。

しかし区役所の民生係の人は、度々こういう場面に立ち会っている専門家であった。

「いやいや、ちょっと待ってごらんなさい」

と言って、しばらくしゃれこうべを調べていたが、やがて、ぼろぼろになった土だらけの小さな黒い物を幾つか見せた。

「金歯ですよ」

「へえ! これがね」

「前歯が五六本、金がかぶせてあったんじゃないかな。あんたの言うことと符合するね」

係はそう言って勝利の顔を見た。

古い記憶

そのころ、勝利はまだ、十一になったばかりの子供であった。彼の父親の源三は、竪川で犬塚と同じくらい古いぽんこつ屋、熊田商会のあるじであったが、段々戦争がはげしくなって来て、その頃犬塚も熊田も中野も、一軒一軒のぽんこつ屋は解散し、企業合同して、みんなで東都自動車部品株式会社を作っていた。

敗戦の年の二月二十五日、このぽんこつ屋の町は、B29の焼夷弾《しょういだん》攻撃で、熊田商会の前の通りから竪川二丁目の約半分が焼けてしまった。

熊田の店の裏にも、一発焼夷弾が落ちて来たのを、勝利の父親は勇敢に、軍手でつかんで表へほうり出し、それで火を出さず類焼もせずにすんだが、頼りにしていた消防自動車は全然やっては来ず、人々は、町に残っていた雪をにぎって、煙の吹き出している家の軒下へぶっつけたりしていた。

犬塚商店が焼けてしまったのもこの日である。

そしてこの日以後、竪川一帯の人たちにも、空襲のおそろしさがほんとうに身にしみて感じられるようになって来て、今まで疎開しなかった家でも、続々地方へ疎開をし始めた。

熊田商会でも、千葉県の田舎に百姓家の離れを借りる約束が出来て、親子三人、蟻《あり》の引っ越しみたいに、少しずつ荷物をかついでは、竪川から千葉へ移動を開始した。

考えてみると、その時分には、小学生は小学生だけで、学童疎開が行われていたはずだと思われるのだが、どういう事情からか、勝利はいつも両親といっしょに、荷物を背中にしょって、両国駅からすごい混雑の総武線の電車に乗ったのをおぼえている。

しかし、勝利の父親は、皇太子御誕生にあやかって息子に「勝利」などという名前をつけただけあって、勇み肌で、防火群長と東都自動車部品株式会社の役員のほかにも、色んな世話役を引き受けており、竪川を全くほったらかしにして都おちをするわけには行かない立場にあった。

それにしたがって、家族三人も、三月に入ってから、一と晩疎開先で寝ると、次の一と晩は竪川へ来て泊るという風な中途半端な生活を、しばらくつづけていたのである。

勝利はからだが大きいばかりでなく、荷物をしょって人混みの中へ素早く強引にもぐりこむ技能にたけていて、両親は、千葉の疎開先との往復に、大いにこの年少の息子を頼りにしていた。

三月九日は、勝利たち親子は竪川で泊る日だった。荷物が少なくなってがらんとした茶の間で、菜っぱの汁と千葉県のさつまいもとで晩めしを食いながら、勝利の母親は、

「危くっても何でも、やっぱり我が家が一番落ちつくねえ」

と、この数日来の疎開さわぎと、馴れぬ田舎の生活にうんざりしたように言った。

そしてその晩の八時ごろである。れいの、

「ウーッ。――ウーッ」

という気味の悪い、空襲警報のサイレンがまた鳴り出した。

軍の防衛司令部の発見がおそかったのだということだが、空襲警報のサイレンで、みんなが町の通りへ出て見た時には、頭の上の夜空に、もうB29がいた。

家族はあわてて防空壕にとびこんだ。しかし、飛行機は頭の上を素通りし、この日は竪川には爆弾も焼夷弾も降ってこなかったのである。

間もなく、しかし、隅田川の向うの、日本橋浜町あたりから火の手があがった。よその火事は大きい程面白いという心理は、こういう時でもあんまり変らないものらしい。竪川では、やがて人々が防空壕からはい出して、がやがや言いながら、豪華な火祭のような対岸の壮観を見物し出した。

強い西風が吹いていた。

自然の風も強かったのだが、竪川の人々の想像している以上の大火が起っていて、火勢と気流との関係で、風は西の烈風になりはじめていた。あとでは、風に向って歩くのが困難なほどになった。

そのうち、隅田川のこちら側にも火がうつり、しばらくすると千歳町の一帯にも火がまわって来た。

西の烈風にあおられて、火は巨大な、まっ赤な舌先を、夜空に吹き上げ突き上げ、音を立てて、小気味よいほど威勢よく燃えていた。

電車通りのこちらの竪川でも、そろそろ安心が出来ない情況になって来た。

「こりゃ、もしかすると、今夜はうちもやられるかも知れない」

と、勝利の父親の源三は言った。

源三はしかし、なかなか落ちついていた。彼は自信があったのである。店と住居はもしかしたら今夜は駄目かも知れないが、店の両側は空地で裏は川だ。どう間違っても家族三人、生命の心配は無い。大事な物は大体千葉へ運んでしまったが、燃えて来るにはまだ時間がある。知恵も慾もゆっくり出して、もう少し持って出ることにして充分間に合うだろう。

その慾と自信とが、結局あだをしたのだが、

「早く逃げようよ。どっかへ、早く逃げようよ」

と、おびえて父と母とに訴える勝利に、父親は、

「お父さんは会社（東都自動車部品）がどうなっているかも見て来なくちゃいけない。金庫の始末もして行かなきゃならないよ——。おい、勝利の奴、大分こわがっているから、先へ学校へ行かせておいたらどうだい？」

と、母親に向って言った。そういう場合の第一の避難場所は、近くの中和国民学校と決っていたのである。

「いっしょの方がよかないかネ？」

と母親は言ったが、父親の意見にしたがい、勝利に防空頭巾をかぶせ、荷物を少々と、神棚からお札《ふだ》を下ろして、

「これがあれば守っていただけるからね。母さんは雨戸をしめて、お父さんといっしょになって、すぐ行くからね。教室の所にじっとしていて、うろうろ動かないんだよ」

と、お札を持たせて勝利を出してやった。そしてこれが熊田勝利の、この世で両親を見た最後であった。

勝利はお父さんお母さんに別れて、先へ一人で避難するのが、何だか心細くておそろしかった。

しかし中和学校はすぐそこで、あのあたりの地理なら、彼は鼠《ねずみ》の出る穴まで知っている。親たちは、戸じまりをして、会社の様子さえ見とどけたら、すぐあとから来るという。

うしろ髪をひかれる思いながら、十一歳の勝利少年は、防空頭巾の頭をふりかえりふりかえり、学校の方へ逃げて行った。

彼はしかし、学校の中へ入る気はしなかった。言いつけを守らず、彼は学校の塀の近くで、お父さんお母さんの来るはずの方角を、じっと見ながら待っていたのである。

ところが火のまわりは、意外に早かった。西の強風にあおられた火は、さらに新しく烈しい風を呼んで、立っていると、からだがフワーッと流されそうになり、そしていつか、竪川の町は燃え出していた。

勝利が、子供心に事態の急迫を感じた時には、もう半分おそかった。

「学校は入れてくれねえぞ」

という人々の声が聞えて来た。学校は内側から、すでに固く門を閉ざして、それ以上の避難民の流入を拒絶してしまったのだ。

これは不人情なようだけれども、多分賢明な措置であったのだろう。同じ夜、最後まで、逃げて来る人々を無制限に受け入れた菊川のある学校では、筆にすることができないような悲劇が起ってしまったからである。

人々が必死の面持ちで、右往左往している。

勝利は泣きはしなかった。ただ父と母とが、もう来るか、今にも駈けつけて来るかと、眼を大きくして道をにらんでいた。

その先の道は、学校の角の交番で行きどまりだ。動くに動けない。

近くに消防自動車が一台とまっている。

「こいつを動かせ」

「こいつで脱出しよう」

という声がしたかと思うと、たちまち人々がその消防ポンプに、蟻のように群がって取りすがりはじめた。勝利は、母ちゃんが来てくれるまでもうちょっと、もうちょっとと思うので、消防自動車にはぶら下らなかった。

もっともどっちにしても、消防ポンプはどういうわけか、全然動こうとはしなかった、エンジンが故障していたのかも知れない。自動車なら何でも簡単にこなしてしまうぽんこつ屋の町で、それは甚《はなは》だ奇妙なことであった。

鼠とりにかかった鼠のように、衝動的に向うへ突っ走ったり、また引き返して来たりしている大人たちが、そのうち、バタッ、バタッとたおれ出した。

火の熱さよりも、煙が苦しいのだ。このあたりでこの晩死んだ人の大部分は、まず煙にむせてたおれ、それから火に焼かれたのである。

その時勝利は、

「おい、お前どこの坊やだい？」

と、一人の小父さんから声をかけられた。

「ふうん。ぽんこつ屋の熊田の子供か」

その見知らぬ小父さんは、自分は誰とも名のらずに、

「おっ母さんを待ってるって、これはもうお前、待っちゃいられまいぜ」

そう言った。

勝利は、この小父さんのおかげで生命《いのち》が助かったようなものである。

小父さんは、

「ふうん、ぽんこつ屋の熊田の子供か」

と言ったぐらいだから、この近くに住んでいる人にちがいなかったが、この人がどこの誰であったかは、勝利はこんにちまで、とうとう知らずじまいになった。

「いいか、坊や。お互いに生きていれば、あとでおっ母さんにも、きっとあえるんだからな。小父さんといっしょに来い。逃げよう」

小父さんは言った。

何しろ、目の前で、バタッ、バタッと人が倒れ始めている。小父さんならずとも、ここにこうしていられないことは明らかだった。立っていると煙が苦しい。その時には、二人とも自然に四つん這《ば》いになって、煙の少い、地面に近い空気を吸っていた。

「小父さんのする通りをするんだぜ」

ちょうどすぐ傍に、防火水槽があって、水が半分残っている。小父さんはその中へ、勇敢にゴボンと身を沈めた。勝利もまねをして、次に水へ飛びこんだ。からだがガクガクするほどつめたかった。

小父さんはそれから手に持っていたバケツで水をすくって、ふところへも充分に水をそそぎこんだ。勝利は、それもまねをした。たっぷり濡れたので、からだがとても重くなった。

「それから、余計な物はみんな捨てちまいな。ああ、そんな物捨てちまうんだよ」

小父さんはそう言って、勝利が母親からもらって来た神様のお札《ふだ》を、そこへ捨てさせた。

余談になるが、神様のお札を捨てたために助かったわけでもないだろうが、勝利がお札の御利益《ごりやく》などというものを全然信じなくなったのは、子供の時の、生死のさかい目での、こういう経験があったからかも知れない。

「さあ、坊主。今から兵隊さんになるんだ。決死隊の兵隊さんになるんだぞ」

と小父さんは、自分自身悲壮な顔をして言った。

「ここを一丁ほど走り抜ければ、もうせんの空襲で焼けた空き地がある。小父さんといっしょに、そこまで、死んだつもりになって、一ッ気に駈け抜けるんだ。どうだ？　出来るな？」

「大丈夫」

と言うかわりに、勝利はこくりとうなずいた。

「よし。来い！」

小父さんは言うなり、勝利の手を引っ張って、一目散に駈け出した。

息が苦しくなって、煙をぐッと吸いこんだら、それっきり参ってしまう。バタンバタンたおれている人たちは、みんなそれだ。

姿勢を低くし、息をつめて、ほんとに決死隊の突撃のような恰好で、二人は走った。

だらり、だらりと、電線が焼け下がっている。

町は、火で舞台のように明るい。顔があつい。

小父さんが防火用のバケツを一つぶら下げていた。小父さんと勝利とは、期せずしてバケツに両側から頬っぺたをくっつけて、今度は二人三脚のような恰好で走った。

何度か、二人はかわりばんこにころんだ。その度に、どちらかが、大急ぎで相手を助け起した。

しかし、ころぶと手を突くので、袖口と手袋の間の皮膚が露出する。すると忽ち、その部分がやけどになった。

息を全然しないというわけには行かない。それで舐《な》める程度に空気を吸うと、すぐ濃い煙がむっと鼻の中に侵入して来る。

勝利はやがて気を失いそうになって来たが、ちょうどその時、やっとのことで、小父さんに手をひっぱられて、どこかの空地へころがり出たのである。

もうそこには、火も煙もなかった。

ほっと一と息——文字通り一と息ついて、あたりを見廻してみると、そこは一軒のぽんこつ屋の焼け跡らしく、勝利の平素見馴れた自動車の部品が、ごろごろ野ざらしになっていた。二月の空襲で焼けて、そのままにしてあったものらしい。誰の店とも、見当はつかなかった。

今くぐり抜けて来た難所の方角では、相変らず、天も地も赤く染めて、火が炎々と燃えしきっている。

銹《さび》っ気《け》の出た自動車部品を、適当にどけて、居場所を作って小父さんと勝利とがもぐりこんでみると、すぐ傍に、まっ黒な男がもう一人いた。

火からは一応離れたが、火の粉はどんどん降って来る。火の粉は、まっ黒な男の、まっ黒な背中にぺったりと、吸いついたように貼りついて、燃え出した。

「あんた、背中が燃えてるよ」

小父さんが注意して、火の粉を叩き落してやった。すると黒い男が、全く無感動な声で、

「あんたの背中も燃えてらあ」

と言った。なるほど、小父さんの背中にも、赤い火の粉が、貼りついていた。

三人はそれから、注意して、お互いに時々背中の火の粉をはがし合った。

顔が痛い。実に、何とも言えず痛い。顔を撫でると、顔の皮がつるりと剝《む》けて来る。

小父さんが図嚢《ずのう》の中から赤チンを取り出して、自分も塗《ぬ》り、勝利にも塗ってくれた。

落ちつくにつれて、からだが痛く、そして寒くなって来た。

何しろ、水槽へ飛びこんでたっぷり濡らして来たのだから、しまいにからだ中が、寒さでガタガタふるえ出した。それでも、動くわけには行かない。小父さんと勝利と、もう一人の黒い男も加えて三人は、ふるえながら、我慢してそこにじっとうずくまっていた。

それでも、勝利はぽんこつエンジンのかげで、風だけよけて、いつかうとうととした。眼がさめた時には、からだが冷凍したようにつめたくなっていた。よくあれでこごえ死にをしなかったものだ。

いつか火勢が鎮まって、夜が明けかけていた。人々が少しずつ、動き出した。あちらの穴、こちらの物かげから、二人、三人と人が出て来て、全く無表情に、ものも言わず、

のろのろと、どこへか歩いて行くのである。

勝利も小父さんといっしょに、立ち上って、濡れたからだを未だくすぶっている火事のあとへ乾しに行ったが、火にあたると、顔の赤むけがヒリヒリしてやり切れないので、またもとへ引き返して来た。

小父さんの顔は、猿の顔みたいになっていた。

町中、火事のあと独特の、何ともいえぬいやな匂いがしている。あちこちに、上向き、下向き、黒くこげたの、生焼けの、手をこわばらせ、脚を突っぱったの、たくさんの死体が、マグロのようにごろごろころがっていた。

そのあと、小父さんとどんな相談をしたか、勝利はそれをよく憶えていない。多分お互いに、口をきくのもおっくうで、黙っていたのかも知れないが、勝利が熊田商会の所まで、お父さんお母さんをさがしに行って、家があとかたもなく焼けていることを確かめ、いくらさがしても両親がいない、どうしたらいいだろうと思い出したころには、彼はどこかで、この小父さんとはぐれてしまっていた。

そのうち、勝利はだんだん眼が開けられなくなって来た。小父さんの顔が猿みたいだと思ったけれども、勝利の顔も赤むけで、やはり猿の顔みたいになっていたにちがいない。唐辛子入りの糊で塗りつぶしたように眼が重ったくヒリヒリして、開かないのである。

あてもなく歩き出したが、救護班など、どこにもいはしない。

勝利はとうとう、シクシク泣きはじめた。歩きながらシクシク泣いた。しかし、誰もかまってくれる人はいなかった。みんな自分のことだけで、せいいっぱいなのだ。眼が開けにくいから、母さんたちも探せない。歩き方があんまに似て来る。痛いのを我慢して、時々ちょっと眼をひらいて、そおッと歩いて行くのである。

勝利はシクシク泣きながら、あんま式の歩き方で、人の行く方向へ、そろりそろりとついて行った。

すると、いつの間にか、彼は蔵前橋のたもと、同愛病院の前へ出た。四方八方から、人々が病院へ押しかけていた。ここでは救護作業が行われていたのである。

ただ、たいへんな人だかりで、いつまで待ったら治療してもらえるのか、見当がつかない。入って来た人々も、やがてしびれを切らせて、また出て、蔵前を西へ渡って行く。

勝利はしかし、病院の廊下へ腰を下ろしたまま、ヒリヒリ痛む顔を膝の上へかかえこんで、眼をつぶって、もう動かなかった。

すると、しばらくして、一人の看護婦さんが、

「坊や、こっちへおいで」

と言って、手を引っぱって、勝利を医者のいる部屋へ連れて行ってくれた。

犬塚の旦那やおかみに言わせると、敗戦後の歳月というものは、まったく、あっという間にたってしまったような気がするそうである。

しかしあの日、眼のよく開かぬ赤むけのやけど姿で、同愛病院の廊下へ坐りこんでいるところを、親切な看護婦に見つけられて、診察室に連れて行かれて以来、ちょうど丸十五年——、勝利にとって、それはやはり、長い長い月日であった。

彼の顔からは、一時、皮膚といっしょに、まつ毛やまゆ毛も、すっかりはがれて落ちてしまった。

それでも幸いなことに、彼は親切な看護婦と外科の医者から、身寄りを失った子供だそうだというので、特別な便宜を与えられ、顔や手首のやけどの治療をしてもらいながら、この病院で寝泊りをすることになった。

早く言えば入院だが、そのころの常識でもう入院加療をつづける必要がない程度に回復してからも、彼は同愛病院の居候《いそうろう》を決めこんでいたのである。

父母の消息については、どこからも何の知らせも入って来なかった。熊田の家の親類縁者で東京にいる者は、たいていが下町の住人で、あの晩、みんなそれぞれに、死んだり死にそこなったりの被害を受けて、よその家の子供のことどころではなかったのであろう。

ただ、そのころ、大阪の南河内の田舎から、リュックサックにいっぱい、食料衣料をつめこんだ勝利の伯母が、勝利親子の安否を気づかって東京へ出て来、本所深川の焼け跡を、あてどもなしに、一人、彼らを探して歩き廻っていた。

その伯母さん——当時四十二歳の坂根ハツが、同愛病院にみなし児になった十一二の

男の子が入院していると聞きこんで、もしやと病院にやって来、その看護婦室で甥の勝利をみつけ出し、

「はあ、勝や。こら、勝や。大きいなって、大怪我して、みちがえるようやけど、こら、まちがいあらしまへん。こう見た横顔が、妹によう似てまんねん」

と大声をあげたのは、大空襲の日から数えてちょうど十二日目であった。

勝利は、この伯母さんをうっすらとしか憶えていなかった。伯母さんは、母親の実の姉であるが、もう五六年も逢ったことがなかったのである。それで、彼は嬉しいよりも、何だか照れくさいような、なじめないような変な気持で、なかなかうまく口がきけなかった。

伯母さんは、勝利のそんな気持を解きほぐそうとするように、リュックサックの口を開けて、

「干し芋やで、食べへんか？」

「焼きおむすびやで。うちの梅干入ってるさかい、おいしいで。看護婦さんにも一つ、上げなはれ」

「こっちは、密造のブドー酒や。警察がうるさいこと言いよるさかい、湯タンポへつめて来たんやけど、こら、勝にはあかんな」

などと、しきりに食い物をすすめはじめた。

そのうち勝利も、少しずつ空襲の晩のことをしゃべり出した。

伯母さんは、看護婦室の床へどっかり坐りこみ、手製の、密造の白ブドー酒を、湯タンポからコップについで、ちびちび飲みながら合の手のように、

「可哀そうに、ほんまにえらいこっちゃったなあ」

と何度も言った。南河内の葡萄《ぶどう》つくりの村では、空襲などは、まだ縁の遠い珍しい出来事だったのである。

「そいで、母ちゃんやみな、いったい、どこへ逃げてしもたんやろなあ」

しかし、勝利の父母がどこへ行ってしまったかは、伯母さんも口には出さず、ほんとうはもう、大概察していたにちがいない。それは、勝利も同じことであった。そうでなければ、大阪の伯母さんより先に、両親が彼をさがしに来そうな道理である。

ただ、肉親の者にとって、こういう場合、何かの事情でもしかして……という気持も、なかなか完全に捨て切れるものではなかった。

翌日、勝利は伯母さんに連れられて、もう一度竪川の一帯を、父母の生か死か、どちらかの痕跡を求めてさまよい歩いた。しかしやはり、何の手がかりもつかめなかった。

伯母さんは、勝利を大阪へ連れて帰る決心をした。伯母さんより二つ年下の伯父さんは、兵隊に取られて満州へ行っており、伯母さん一人でぼつぼつ、葡萄や芋を作って暮しているのだそうであった。

次の次の日、勝利は同愛病院の看護婦たちと別れて、大阪行の汽車に乗った。汽車はすごい混みようだったが、伯母さんはとても要領がよくて、

「下町の空襲でやけどした子供連れてまんねん。ちょっとごめんやっしゃ。えらい、すんまへんな。ちょっと入れとくなはれ」

と、どこへでも上手にもぐりこんでしまった。

大阪へ着くと、阿倍野橋という所から更に、大鉄電車——伯母さんはそう呼んでいたが、そのころの関急、今の近鉄南大阪線——に乗って、南河内郡駒ケ谷《こまがたに》の、平和な葡萄村へやっとの思いで二人はたどりついたのである。

それは、美しいのんびりした村であった。

勝利はここで、伯母さんといっしょに、新しい生活をはじめたのだが、「父さんや母さんは、何かわけがあって、もしかしたら……」という思いは、やはり彼の心の中にずっと生きていた。

それは、こんにちまでの十五年間、勝利の心中から完全には消えてしまわなかったもののようである。

しかし、今度犬塚商店の防空壕あとの工事場から出た白骨は、どうやら彼のその思いに、十五年ぶりで、はっきり終止符を打ってくれそうな模様であった。

金歯の件も合致していた。彼の両親が、勝利と同じに逃げおくれ、決死の火中突破を試みたということも、充分考えられることであった。そして途中で進めなくなって、犬塚の焼け跡の防空壕へころがりこみ、そこで蒸し焼きになったと考えれば、地理的関係も納得の行く状況になるのであった。

機熟す

和子たちの美和プロダクションのお見合いフィルムは、その後ますます人気が出て、次から次へと申込みがあり、彼女たちは今では、それを断るのに苦労していた。

先日来、同じ扶桑女子大の社会科の下級生で、写真なら何でも来いというカメラ好きの井関百合子という子に手伝いに来てもらい、アルバイトがアルバイトを雇っているような具合で、それでもなお、手が廻り切らない有様であった。

なにぶん、ほんとの見合いにまで進んでしまうと、それから断りを言うのは、あちこち何となく角《かど》が立って、わだかまりが残る。また、あんまり度々、見合いばっかりしているのは、世間態も悪い。

その点、相手の日常の姿をフィルムで見られるというのは、お互いにたいへん気が楽で、それが人気を呼ぶ原因の一つらしかった。

ちかごろでは、

「おかげさまで、めでたく話がまとまりまして、この二十七日に式を挙げて、新婚旅行に出かけましたの。ほんとのお仲人《なこうど》は、あの八ミリのフィルムさんですから……」

などと言って、カステラの箱を届けに来てくれるお母さんなんかもあるようになった。

れいの川原しず代も、これは縁談の方はまださっぱりだが、西村デザイナーの世話で、最近テレビの、新日本ウールのコマーシャルに出演してなかなかの好評である。

和子たちも、八ミリお見合い映画に、こんなブームが来るとは思っていなかったので、いくら「ピンチがすなわちチャンス」にしても、毎日々々てんてこ舞いで悲鳴をあげていた。

いずれ資金をためて、十六ミリの機械を買って、本格的交通教育映画の制作に乗り出そうというのが本来の志だが、このところしばらく、本末てんとうのかたちで、見合い八ミリの作製と出張映写の仕事ばかりが忙しい。

註文は、カラーで頼むというデラックス版も時々ある。金は、百貨店の実習アルバイトとは比較にならぬくらい、どしどし入ってくる。「美和」というハンコをこしらえて、阿佐ケ谷の丸菱銀行に美和プロの口座も作り、野村看護婦が意地悪をするから、診察室わきの電話も、自分たちのお金で、二階へ切替え装置をつけた。

和子は、竪川のまけとしクンにも、しばらく御無沙汰をしている。

学校の方は、論文もパスして、もう卒業式を待つばかりだが、「こわいこわい交通事故」の巡業映写のサービスは、井沢警視正があんなに言ってくれている手前も、ほったらかしでは済まないので、暇を見つけては出かけて行かねばならない。

とにかく、忙しい。

その忙しい最中に、ある日水野美沙子が、まる一日美和プロの事務所、つまり三津田眼科へ顔を出さないことがあった。

彼女は次の日も、無断欠勤した。

そして三日目の朝十一時ごろ、何とも言えぬ浮かぬ顔をして、和子の前へ姿をあらわした。

「どうしたのよ、美沙子？　病気かと思って、おうちへ電話かけたら、出かけていないんじゃないの。この忙しい時に専務取締役に黙って休まれたんじゃや、困っちゃうわ」

と、和子はがみがみ不平を言った。

「…………」

美沙子は、和子に何を言われても、あらぬ方を見上げて、

「一体、どこへ行ってたのよ？」

「…………」

「どうしたの？　へんねえ、そんな家出人みたいな眼つきをして」

「百合子さんは、どこにいるの？」

初めて口をひらいたと思ったら、美沙子は、手伝いの井関百合子のことを訊く。

「急ぎのフィルムを持って、ツバメ・フィルムの現像所まで行ってもらったわ。どうして？」

「それじゃ、二人っきりなのね」

美沙子は決心したように話しはじめた。

「和子、わたしあなたにはほんとのこと言っといた方があとあと都合がいいと思うから、言うわ。そのかわり、絶対にひとにしゃべらないで」

「………」

「わたし、家に嘘ついて、一と晩箱根で泊って来たの」

〈え！　誰と？〉と訊こうとして、和子は思わず口をつぐんだ。

「生理的事故が、おきちゃったのよ」

美沙子は、べそをかきそうな顔をしていた。

和子は一瞬、眼の上をハンマーでなぐられたような気持になった。

〈一体、相手は誰なのよ！〉と訊く勇気が、和子には出せなかった。

「誰だか、分るでしょ？」

美沙子が言うのに、和子は、

「分んないわ」

と、つっけんどんに答えた。

「耕平よ。L大のイカレポンチが、わたしをだましたのよ」

美沙子の話すところによると、彼女のボーイ・フレンドの山根耕平の、たっての要望によって、シトロエン2CVで箱根ドライヴに出かけたところ、結局、最も自然なる青春のマチガイがおこってしまったというのである。

なあんだ……、その言葉を聞くと同時に、和子は、背中から百貫匁《かんめ》の荷物が下りたような気分になった。

〈考えてみれば、まけとしクンが美沙子と箱根へ行くなんて、そんなことあるはずが無いんだわ。どうしてわたし、そんな風に思ったんだろう？　馬鹿ねえ、わたし〉

和子は心の中でつぶやいた。

「どうするつもりよ、それで？」

と、和子は急にほがらかになり、美沙子の人生相談の相手に変化した。

「耕平は、結婚しよう、たいへんんだ、結婚しなくちゃって、さわいでるの。美沙子ちゃんと結婚出来なきゃ、オレ死んじまうって……。わたしも何だかねえ、和子、耕平と死んじゃってもいいような気になってるの」

「馬鹿なこと言わないでよ。なぜさ？　パパかママが断然反対なの？」

「ううん。うちには内緒だって言ったでしょ。パパにそんな話するもんですか」

「それじゃ何も、まだ死ぬだの死なないだのって騒ぎじゃないじゃないか。いやねえ、美沙子。あんた、悲観したような顔して、要するにいささかウットリしてるのね」

「そうでもないけど……。でもねえ、和子。いくら精神学院の分裂科でも、男って、いざの時には、強引なものよ」

強引なものよというのは、要するに頼もしいわとというのと似たりよったりで、美沙子はほんとうにうっとりしたような眼つきをした。

耕平の話はしかし、間もなく井関百合子が使いから帰って来たので、中断されてしまった。

和子の部屋は、再び仕事場となり、フィルムの整理や見合い撮影の打合せや、一日中また忙しい忙しいで暮れて、夕方、美沙子は百合子といっしょに帰って行った。

美和プロの代表社員から三津田家の一人娘に返った和子は、食事をし、風呂に入り、しばらくテレビを見てから、花模様のネグリジェに着かえて寝床に入ったが、美沙子の告白から気持が興奮しているらしく、なかなか寝つけなかった。

彼女は二十二歳の処女だから、からだにじかに、えげつない刺戟を受けるというのではないが、「生理的事故」の神秘は如何《いか》なるものか、やはり大いに好奇心は動くのである。

色んな思いが、ディズニー・プロの動画のように、頭の中に浮かんでは消える。

親友の美沙子だけが、ことわりもなしに一人で先へ行ってしまって、取り残された自分は、急にオールド・ミスになったような気も、しないではない。

「男って、いざという時には強引なものよだって……。失礼しちゃうわ」

そう思う和子の気持には、やはり、自分も誰か男性に強引なことをされてみたいという、女の無意識の欲望がかくされているのであろう。

誰か男性に？

自分は、美沙子が誰かと箱根へ行って泊ったと聞いた時、どうしてあんなにショックを受けたんだろう？　そして、相手が山根耕平であったと知った時、どうして急にあんなに朗らかになってしまったんだろう?

どうしてと言っても、それは実はよく分ってはいるのだが……。

するとわたしは、まけとしクンと?　まけとしクンから強引に?――

「いやだ、そんなこと!」

まけとしクンは、油だらけで、よく洗わないと気持が悪い。よく洗えば――、

「いいえ、よく洗っても、やっぱりいやだわ」

和子は思った。

あの人は、それにお金もあんまり無さそうだし、大学も出ていない。風変りなボーイ・フレンドとしてより以上には、考えられないわ。

ただ、あの人、ふつう上の学校へ行かなかった若い男の人とちがって、わたしたち女子大生にちっとも無駄な神経を使わせない。平気でつき合っていられる。神経もタフなんだろうけど、自分に自信があって、コンプレックスが無いんだわ。そういうところ、なかなかえらいな――。

ここまで来ると、賢明な読者には、和子のがわに、もう、相当充分な心理的受入れ態勢がととのっていることが分るはずだが、和子自身は、そうとは自覚していなかった。

「わたし、まけとしクンを美沙子に横取りされるのはいやだったけど、彼女、耕平と事故をおこしたんなら、当分その方は大丈夫だ。要するにのんきに、まあ当分ボーイ・フレンドとしてつき合ってればいいんだ。御無沙汰してるから、あしたでも電話をかけて

みよう」

そして和子は何となく安心し、安心すると同時に睡くなって来て、枕許のスタンドを消した。

同じ晩、竪川の犬塚商店では、勝利が自分の部屋で、渋い顔をして伯母さんの手紙を読みかえしていた。

彼の部屋のまん前に、黒い倉庫が完成して、窓のながめが少しうっとうしくなっている。

この倉庫の基礎工事の時、出て来た白骨が、諸般の状況からどうやら勝利の両親のものにちがいないということになり、区役所の民生課でもそれを認めてくれて、目下骨は骨壺に入れて、近くのみろく寺にあずけてある。

勝利は、行方不明だった親に十五年ぶりに対面出来たわけで、すぐそのことを河内の伯母さんに手紙で知らせてやった。

彼が今読んでいるのは、それに対する伯母さんからの返事である。

――お前が働いているお店の地所から、父ちゃんと母ちゃんがお骨になってあらわれたというのは、これは余程の因縁事にちがいない。しかし、お骨はお前にまかせておいたのでは、きっと粗末にするに決ってる。ここは一ぺん、犬塚の旦那にようお願いして、休みをもろうて、お骨を河内のお寺におさめに帰って来なさい。そうすれば、わたしが生きているかぎりは、お彼岸にもお盆にも、お寺さんといっしょになって、充分に守りをしてあげられるから――

伯母さんはまず、そのことから書き出していた。

金釘流の草書体だから、なかなか読みにくいが、伯母さんは次に、勝利の結婚問題にふれている。

――それからお前も、もうそろそろ身を固めてもいい年ごろになって来た。嫁さんは、何と言うても関西のオナゴもろうた方が、世帯持ちがようてよろしい。駒ケ谷の、お前も知ってる政やんとこの末の妹が、今年二十一になって、達やんとこのブドー酒の酒造場で働いているが、ほんまに力持ちで働き者でしっかりしとる。伯母さんは、一年ほど前から眼つけて、お前の嫁さんにと狙うてた。今度帰って来いと言うのは、一つはその話で、ぜひ政やんの妹をもらうとええと思う。約束だけでもした方がよろしいと思う――。

勝利が渋い顔をしているのは、これなのであった。

「なんで、皆で寄ってたかって、僕に働きもんの力持ちの嫁さんばっかり持たしたがるんやろ？　政やんの末の妹言うたら、今はどうや知らんけど、子供の時は青バナばっかり垂らして、ほんまにえらい御面相やったぞ。うちの旦那といい、伯母さんといい、嫁さんちゅうもんは、働くのだけが目的みたいな、ホーケン的なことばっかり考えとるんやなあ。働くのなら、僕が自分で働くわい」

勝利は心中慨嘆した。

慨嘆するには実はわけがあって、倉庫の建て増しが完成したので、旦那がいよいよ彼に、トンビとして独立することを認めてくれそうなのだが、ついては、ぜひこの際女房を持つように、となりの中野商会の哲ちゃんはやっぱりいやか？　働き者のしっかり者で、いいじゃないか、考えてみろよと、このところまた、いつかの山掘りの時の話が、旦那から蒸しかえされているからであった。

勝利は、トラックの板で作った頑丈なぽんこつ机の上に、伯母さんの手紙をほうり上げると、腕組みをして考えこんだ。

「休暇の方はもらえるやろう」

彼は思った。

休暇を取ってお骨をおさめに帰るとすれば、大阪の河内の田舎も五年ぶりで、楽しみなことは、ちょっと楽しみなのである。伯母さんも、大分年を取って、白髪がふえたにちがいない。

しかし、なにぶん、その前にはっきりさせてやらねばならぬことがある。伯母さんの言いなりになって、政やんの妹なんかと結婚する気はないのだということを、宣言してやる必要がある。

だが、それでひっこむような伯母さんではあるまい。河内もんは、土性骨がしっかりしとるというのが、口癖の自慢なのだから、なかなかそんなことで、

「はあ、さよか」

とひっこんではくれない。

「なんでや？」

と来るに決っている。

「なんであの子がいかんのや？　それともお前、東京でええ話でもあるんのか？　旦那が世話してくれはるええ嫁さんの口でもあるんなら、そら、別やで」

勝利はひとりで、そんな風に、伯母さんの言いそうなことを空想した。

旦那のお世話して下さる口は、あれはもう一層いけない。蟹眼鏡は困る。しかし、この調子でまごまごしていると、そのうち二塁三塁間にはさまれて、本塁をのぞみながら、タッチ・アウトということになりかねない気がする。

「誰か助けてくれんかいな」

勝利が誰かと思う相手は、むろん決っていた。

「和子さん、三津田和子さん、僕の本塁さん。何とかお助け願えませんか……」

ここまで考えた時、やっと勝利は夢のような気持から、ちょっとさめた。

そして、本塁さんが、このところ竪川へ全くあらわれず、連絡もしてくれないのは一体何故だろうと、本気で思案し始めた。

いつか彼女は、

「おかげ様で、お見合い八ミリがすごく繁昌しちゃって、遊ぶひまもないのよ」

と言っていたが、考えてみると、素人作りの見合い写真が、そんなに世間に受けるも
のであろうか？　あれはきっと嘘や。
ほんとの所は、江東楽天地で、うなぎの骨をのどに立てて、僕が「エーッエーッ」と
みっともない声を出したので、愛想をつかされたんではないやろか？　それに、「百年
の恋も一時にさめるて、三津田さんが僕に百年の恋ちゅうのをしてはったみたいに聞え
るなあ」などと余計な冗談を言って、友達の前で恥をかかせた。あれもまずかった。あ
の時和子さんが赤くなったのは、言わば「オトメゴコロノハジライ」ちゅうもんで、僕
が勝手にええ心持で考えとったような意味合いとはちがうかも知れん。要するに僕は、
彼女に二重に恥をかかせて、愛想をつかされたのではないやろか？
考えれば考えるほど、勝利の気持は滅入って来た。
ここでしかし、滅入りっぱなしで、弱気になってしまったのでは仕方がないと、勝利
は思った。
「それでは一押し、二押し、三に押しの原則に反するわ」
彼はお札を信じないくらいだから、女あんまの占いなど信じるわけではないが、暮に
鴨川で聞いたあの言葉は、いつもやはり、心のどこかにひっかかっているのは事実であ
った。
「今夜はもうおそい。よっしゃ、そんなら、あした思いきって、和子さんに電話かけて、
様子をさぐってみよう。電話でも、ほんまに愛想つかされてるのかどうかぐらいは声の

調子で分るやろ」

　彼はそう思うとやっと少し安心して、船乗りのベッドのようなぽんこつベッドに、ごそごそともぐりこんだ。

　それは、三津田眼科の二階で和子が、花模様のネグリジェ姿で、勝利のことを考えながら、

「あしたでも、まけとしクンに電話してみよう」

と思っていたのと、ほぼ同時刻だったのだから、果物がうれる時のように、お互いは知らず、双方から自然に機が熟していたと言うべきであろう。

あくる朝、ブザーの音がし、その上野村看護婦に大声で、

「和子さん、お電話。上へ切り替えますよ」

と階下から呼ばれて、和子が受話器を取った時は、八時ちょっと過ぎで、彼女はまだ床の中にいた。

むろん美沙子や百合子は出勤して来てはいない。

「あら、誰かと思ったら、まけとしクン？　ずいぶん朝早いのね」

　彼女はさりげなく言ったが、きょう勝利に電話をしようと思っていた自分の心を、一歩先んじて見抜かれたような気がし、胸が少々トッキントッキンとした。

　勝利はしかし、いやに神妙なような、一生懸命なような声で、おまけに少しどもっていた。

「ご、ごぶさたしてます。いつかは、ひ、非常にどうも、失礼を、しました」

「あら、何のお話?」

和子はほんとうに、何を彼が失礼をしたのか見当がつかなかった。

「僕はもしかしたら、近いうちに一度、大阪へ行て来るかも知れませんので、そ、その前に今度はもっと上等のとこで、鰻でも御馳走をしようかと、失礼のおわびの意味で、御馳走を……」

勝利はどもりながら言った。

「ああ、鰻の骨立てて、エーッってやった話ね。そんなの構わないわよ。鰻のおわびに鰻を御馳走しようというのが、まけとしクン流だけど、いつ? きょう? きょうのおひる? またずいぶん急ね、でも、いいわ。それじゃとにかく、出かけて行くわ」

和子はそこで素早く頭を廻転させた。勝利が、「美沙子さんもいっしょに」と言わないのは、気に入ったぞ。美沙子だって、この間無断欠勤したんだから、構わない。きょうは百合子さんと二人にうんと忙しい思いをさせてやれ。二人がここへ出て来るまでに、わたしは家を抜け出しちゃおう——。

それから、電話で時間の打合せをして、その約束の時間よりずっと早くに、彼女は行先も告げず、家を出てしまった。

その日の昼休み、店を抜け出した勝利は、高橋の近くの古い「どぜう」屋で和子とデートをした。

　鰻がどじょうに格下げになったのは、和子の希望によるもので、彼女は下町名物の「どぜう」屋には今まで一度も入ったことが無かったのである。

　江戸時代からあるこの庶民的な食い物屋だけは、「どじょう」屋でなくて「どぜう」屋でないと、感じが出ないものらしい。

　その「どぜう」と染めぬいた黒い大きなのれん、白木のがっしりした薬味入れ、ぐつぐつ煮えているどじょう鍋など、どうやら百何十年来変らぬ風俗らしかった。

　二人は柳川に御飯を註文してから、何となく顔を見合わせて笑った。

　美沙子触媒の刺戟を受けた和子のきょうの笑顔には彼女自身が意識しない一種の色っぽさがあったが、勝利はそんなことの冷静に観察出来るような精神状態ではなかった。

　何を話していいか、分らないのである。

　一番手っ取り早く言えば、

「僕はあんたが好きや。この前の失礼で、愛想をつかしてるんやなかったら、僕と結婚してくれませんか」

　ということだが、いくら一押し二押しを考えている勝利でも、どじょうを食いながら、いきなりそうは切り出せない。

「馬鹿なこと言わないで！」

　と一蹴されたらそれっきりである。

もっとも彼の育った河内の田舎では、石鹼の新やんという、今は五人の子持ちだが、戦後のどさくさのころ、石鹼のヤミをやっていた男が、同じヤミ屋の女の子に、

「どや？　結婚せえへんか？」

といきなり持ちかけて、相手がそれを、

「どや？　石鹼買わへんか？」

と聞きちがえ、承知の返事をしたために夫婦になってしまったという嘘のような話もあることはある。

勝利はしかし、

「どうです、その後？　元気でしたか？」

「元気だけどね、すごく忙しいの。きょうもやっと出て来たのよ」

「何です？　やっぱり八ミリですか？」

「そう、八ミリのお見合い映画」

と、結局そんなありきたりの話しか出来なかった。

註文の柳川鍋がぐつぐつ煮え立ちながら運ばれて来たが、会話の方はどうもうまく煮え立たない。

そのうち、ちょっと話が途切れてから、和子が、

「熊田さん、大阪へ行くんですって？」

と訊いた。

「はあ、近いうちに一ぺん行って来う思うてます。実は……」

と、そこで彼は、倉庫の工事現場から父母の骨が出て来た話を、鍋をつつきながら和子にして聞かせた。

「まあ……」

和子は箸を置いて、あきれたような顔をした。〈食事の最中に、泥のついた白骨の話なんかする人があるかしら〉

その時、勝利の頭の方にはしかし不意に、彼としては大出来の、一つの知恵が浮かんでいた。

「三津田さん」

と勝利は言った。

「話はちがいますが、三津田さんたちのやってる、そのお見合い八ミリちゅうのは、お金出して頼んだら、誰でも作ってもらえるんですか？」

「むろん、誰の御註文には応じませんなんてことないわ。アルバイトとは言え、商売だもの」

和子は尋ねられるままに、美和プロダクションのお見合い八ミリについて説明した。

「ただし、これが、今すごく混んでて、順番があるのよ。でも、まけとしクンの御紹介の方なら、特別早くしてあげてもいいけど……。どういうの？　誰か竪川のぽんこつ屋さんで、お嬢さんのお見合い用の、動くフィルムを作りたいって人でも出て来たの？」

「まあ、そういうとこですがナ」

勝利はちょっとうつむいた。

　八ミリの話は、そして、それっきりでまたよそそれてしまった。

　和子は、せっかく美沙子をまいて、このゲテ物のボーイ・フレンドにあいにわざわざ江東までやって来たのに、あんまりたのしい話題も無く、――白骨掘出しの物語じゃ仕方がない――、そのあと話は途切れがちで、いささか所在なく感じていた。

これは、ダンスで言えば、相手のリードの仕方が下手糞なのだと言うべきであろう。

彼女は「柳川鍋」や「どぜう」汁の値段表を眺めながら、まけとしクンはきょうも、ここをおごってくれる気らしいが、と思い、

「そりゃそうと、熊田さん、あなたこの前から、人の顔見ればおごるおごる、いいことがあったんですって、あれ、真相は何なのよ？」

と、いくらか無理に話題を作るようなつもりで質問をした。

「競馬であてたんです」

勝利は率直に答えた。

「へえ、まけとしクン、競馬をやるの？」

「いや、それが、一ぺん行って見て来ただけです」

「それで一ぺんであてたの？　えらいわねえ。失礼だけどどのくらいもうけた？」

「ちょっと大きい」

勝利は言った。

「一万円ぐらい？」

「もうちょっと多い」

「二万円？」

「もうちょっと」

「五万円？」

「いや、もうちょっと。もっと大きい」

「いやだわ。そんなら十万円？　嘘でしょう？」

和子は疑わしげな顔をした。

「嘘やないんです。実は百十四万九千円ほど……」

勝利は言った。

「何ですって！」

和子は甲高い声を出した。

しかし「真相」を聞かされるに及んで、和子は、食事中の白骨の話どころではない、開いた口がふさがらぬほど驚いてしまった。

「ヒャクマンだって？　三万円、間違った馬券を買って、それが百十四万九千円になったんですって？　……だけどそれは、競馬であてたってものじゃないじゃないの。なんだか、ムチャクチャの、交通事故みたいな話だわね」

「そうです」

勝利は言った。

「話はでたらめとちがいますけど、まるきりでたらめみたいなもうかり方した金です。そやから、この金は……」

この金は、場合によっては全部、無条件で和子さんに献納してもええぐらいに思うてる金ですと言いかけて、勝利は、

「実はこの金で、僕からお願いして、一つ急いで作ってほしいフィルムがあるのんですが」

と、話を元へ戻した。

「驚いたわねえ。まけとしクンがそんなブルジョワになってるとは知らなかった。すごいわね。大財閥の御註文だから、何でも作りますよ。早く作ってあげるかわりに、特急料金ぐらい出すのよ。どういうフィルム？　まけとしクン自身のじゃないんでしょう？御本人は誰なの？　男？　女？」

「今から言います。まず住所は」

「住所は？」

和子は手帖を出し、百万円の驚きがさめて少し事務的な顔になった。

「杉並区阿佐ケ谷」

「杉並区阿佐ケ谷」

「六丁目」

「六丁目。六丁目なら、うちの近所じゃないの」

勝利は構わずつづけた。

「六丁目×××番地」

「……？」

「名前は」

「………」

「相手の人の名前は三津田和子」

「ちょっと、まけとしクン！」

和子はキッとなって顔を上げ、

「冗談はやめてよ」

と勝利をにらみつけた。

勝利の方は、すっかり柳川鍋の上へうつむきこんでいた。しかし彼は、

「一押し二押し三に押し」

金槌《かなづち》が川へ飛び込むような思いで、うつむいたまま懸命に、つづけて言った。

「お願いです。冗談やありません。大阪の伯母に、三津田さんの出て来る八ミリを持って行って、見せてやりたいんです。助けて下さい。何ぼでも特急料金出します」

和子には、何が助けて下さいか、よく分らなかった。しかし、勝利がおよそ何を考え

ているのかは、いやでも悟らないわけには行かなかった。

勝利をにらんでいる彼女の頰に、紅く血がのぼって来た。

そして長い間にらんでいた末に――、実際はそれは、一分か一分三十秒ぐらいの間だったにちがいないけれども――、やっと、

「いいわ」

と和子は決心したように言った。

「これもアルバイトのうちだもん。引き受けるわよ。そのかわり、契約と同時に料金の半額、前金でいただきたいわ」

葡萄の村

それから約一週間後、三月中旬のある暖かな日の朝、東海道を西に向けて快走する特急「第一こだま」号の、満員の三等車の中に、熊田勝利は坐っていた。

座席の上の棚には、古ぼけた大きな黒のボストン・バッグが一つのっかっている。その中に、

「私の横顔——三津田和子——
制作　美和プロダクション」

という五十フィートの八ミリ・フィルムが、骨壺といっしょに大切にしまってあった。スポンサーが金を奮発したし、それにこれはプロダクションの責任者御自身のフィルムだから、全編天然色（注・オールカラー）になっている。ただしトーキーにはなっていない。つまり例の、録音テープの方は添えてない。

河内の田舎へ行って、テープレコーダーまで用意するのは面倒だろうという制作者の配慮と、それからいくら和子でも、自分のことを、

「三津田和子さんは、近く扶桑女子大社会科を卒業なさる、二十二歳の美しい、明るいお嬢さんです」

などと吹きこむ勇気は出せなかったのであろう。

しかし、頼む方も頼む方なら、頼まれて、内金半額入れさせて、セルフ・タイマーを使い使い自分で自分の見合い写真を作る方も作る方である。

この一風変ったプロポーズとオーケー(?)とは、未だしかし二人の間だけのことで、二人とも家族や周囲の人々には何も話していないらしかった。極めて事務的に——事務的であるかの如くに、金のやり取りと、フィルムの受渡しとが行われただけであった。

二人とも、のっぴきならぬ関係におちいって、のっぴきならぬ気持になっているというわけではないせいもあるが、それでも、もし最終的にこの話がまとまるとすれば、やはり、おスタさん(注・清宮貴子内親王)たちのように、まわりの皆から祝福されてゴールインしたいのは、誰しも同じ人情であろう。

されればこそ勝利は、ボストン・バッグに骨壺といっしょに和子のフィルムをつめて、特急電車で大阪へ向っているわけであった。

五年ぶりの河内の田舎、初めて乗る「こだま」号、旦那からことづかって来た土産物、八〇パーセント方自分の嫁さんに近づいて来ているきれいな三津田和子さん、そして、あの百十四万九千円の貯金通帳。

何となく春めいて来た窓外の朝の景色をながめながら、勝利は幸福感にひたっていた。

幸福感は食欲を刺激する。「こだま」が横浜に着くと、一分停車の間に、彼は大いそぎで、シュウマイ弁当とシュウマイ一と折と、茶とを買って来た。

駅弁のオヘギの匂いは、なつかしいいい匂いだ。彼は折を開いて、おもむろに朝飯をぱくつきはじめた。

「こだま」は横浜を出ると、名古屋まで、もうどこにもとまらない。

大船の手前で、右手に、横浜新道のすばらしい道が見える。

「新婚旅行ちゅうことになったら、商売柄、ボロでも車一台作って、二人であすこ飛ばさなあかんぞ」

勝利はその日のことを空想した。


「第一こだま」は、一時四十分に終着の大阪駅へすべりこんだ。

勝利はその足ですぐ、城東線に乗りかえて天王寺へ出、そこから近鉄南大阪線の電車で、彼の第二の故郷である南河内駒ケ谷の葡萄の村へ帰って来た。

村といっても、数年前から市制がしかれて羽曳野《はびきの》市の一部になっているのだが、古い家並みも、狭いほこりっぽい道も、葡萄棚も、遠くに見える葛城山、金剛山のたたずまいも、少しも昔と変らない。

駅を出ると、勝利は鼻をクンクンさせて、

「五年ぶりやなあ」

と、村の空気を吸いこんだ。

「もう二た月ほどあとやったら、何ともいえん、あのええ匂いがして来よるとこやがなあ」

村をかこむ低い丘陵も、電車の線路ぞいの畑も、すべて葡萄棚である。今は実も花も無い季節だから、白っぽい山肌にただ縞模様の線を引いたように棚が見えるだけだが、五月末になると、小さな白い葡萄の花が房になって咲いて、村中どこへ行っても甘酸っぱい匂いがただよって来るのだ。

ボストン・バッグをさげて、勝利は伯母の家の方へ歩きはじめた。

と、たちまち彼は、

「ヤエ。お前、熊田の勝ちゃんやないか」

そう呼びかけられた。学校で一年上だった、加藤の政やんである。

「えらい久しぶりやなあ。ええ？　なんじゃ、そうけ。今東京から着いたんけ？　お前、東京でえろうもうけてるんやろ」

政やんは、カスミ網のような網をかついでいる。

「今葡萄がひまな時やからな。きょうは朝から裏の山へ、兎《うさぎ》獲りに行て来たんや」

政やんはにこにこと、ひどく愛想がよくて、ひとりでしゃべった。東京から帰って来た旧友を、思いがけずみつけて嬉しかったのだろうが、伯母さんの坂根ハツは、ほかならぬこの政やんの妹を彼にすすめているのだ。

勝利は少しく警戒するように、

「山でやっぱり、兎獲れるか？」

と月並みなことを訊いた。

「獲れんでかいな」

と政やんは得意そうに答えた。

「兎は山のねずみや、ほっといたら、自然にわいて来よるねん。網張って追うたったら、何ぼでも獲れるわ」

「それで何羽獲れた」

「きょうは五羽や。今夜はうちで、兎めし炊くよってんな、炊けたら持って行たるで」

政やんは、あくまで五年ぶりの勝利に親切であった。勝利は、いい加減で政やんと別れて、伯母の家へ入った。

予想通り、めっきり白髪のふえた伯母さんは、

「はあ、勝か。お帰りお帰り。けさから仏壇にお燈明《とうみよう》上げて待ってたで。お骨はどこや？　父ちゃんと母ちゃんのお骨、持って来たんやろ」

と言いながら、土間へ出て来た。

勝利の伯父、すなわち坂根ハツ伯母の連れ合いは、敗戦の時満州からシベリヤへ連れて行かれ、シベリヤの抑留所で二年暮した後日本へ帰って来たが、もともとあまり丈夫でなかったからだが、ガタガタになっていて、間もなく病気で死んだ。

仏壇にはその伯父さんの位牌がまつってある。伯母さんは、勝利がボストン・バッグ

から取り出した骨壺を、その位牌とならべて、線香を上げながら、

「ふんふん、そいで？ そいで、誰が一番先に人間の骨ちゅうことに気づいたんや？」

などと、自分の妹夫婦、つまり勝利の両親が地下からあらわれた時の状況を根掘り葉掘り何べんも彼に訊いた。

勝利は、死んだ人間の話より生きた人間の話の方がしたいのだが、しばらくは伯母さんに調子を合わせていた。

やがて、古い家の中がそろそろ暗くなって来る。その時、土間をカタカタカタと小走りに下駄で入って来る音がして、

「坂根のオバハン。勝ちゃん帰って来たんやてな。うちで、きょう、兎ごはん炊いたよってに、一と口食べてもろうてえな」

と、若い女の声が飛びこんで来た。

出てみると、政やんの妹のかな江が、ふきんを掛けた大きな鉢をかかえて土間に立っていた。

「かな江ちゃんか。おおきにおおきに、そら御馳走《ごっつぉ》さん」

伯母が言うあとから、勝利も、

「なるほど、この人ほんまに大きいなったなあ」

と顔を出した。

「大きいなったやて。いやらし、そんなら勝ちゃんかて年とったわ」

赤ブドー酒で染めたような赤い頬っぺたをして、きびきびと、如何にも働き者らしい健康そうな娘になっているが、和子に較べると、やっぱり同じ小型国民車でも、フォルクスワーゲンのカルマンギヤ・クーペと、日本製の軽自動車ぐらいちがいがあるわと、勝利は内心思った。

かな江は兎めしの鉢《はち》を置くと、すぐ帰って行った。

ふきんを取ると、ほかほかと炊き立ての兎めしのいい匂いがする。兎の肉が小さく切りきざまれて、かしわの身のようになって入っている。兎めしというのは、兎の肉とこぼうや人蔘《にんじん》を入れて、醤油で味つけをして炊き上げた色ごはんである。

「こら、上手に炊けてるわ。美味しそうや。――手紙に書いたん、あの子のことやで、お前、どうや？　ええ娘になったやろが」

伯母さんは、兎めしにかこつけて、かな江を推奨した。

「まあ、日本製の国民車ちゅうとこやろな」

勝利は言った。

「何やて？　コクミン者て何や？」

勝利は笑っていた。

「まあ何でもええわ。これのさめんうちに、そんなら御飯にしよか」

伯母さんはそう言って、自分の用意して置いた御馳走と、白ブドー酒を一本持ち出して来た。

久しぶりで伯母さんと二人、差し向いで水入らずの食事は、楽しいけど、少しわびしい気もした。

勝利は地酒の白ブドー酒を飲んで景気をつけた。

「あれはいつのことやったかなあ。河内のブドー酒、旦那に飲ませて上げたら、濁ってよったもんやから、こら、ブドー酒のどぶろくや言うて、えらい喜んではった。今度も一本持って帰ったあげよ。――どや、伯母ちゃん、今でも密造やってるか?」

「これ、アホなこと大きな声で言いな!」

と、ハツ伯母は眼をむいた。

「このごろは、監視きびしいて、密造は出けへん。達やんの酒造場から頒《わ》けてもろて来たんやないか」

もっとも、正規のルートで手に入れても、ブドー酒は二級酒より安く、この土地では、どこの家でもブドー酒ばかり飲んでいるのだ。

「畑は今何や? 伯母ちゃんも年とったよってに、昔みたいには働かれへんやろ」

勝利は言った。

この伯母さんは、連れ合いが亡くなってから、四段ほどの葡萄畑を自分で作る一方、よその家の畑の葡萄をみしる仕事などにも雇われて出たりして、勝利を育てたのであった。働きながら伯母さんが口ずさむのが、例の、

「堺の海岸カイカイづくし」

という妙な歌であった。

「今は、そうやなあ、ゴールデン・マスカットにデラウエヤだけや。何作っても、昔みたいなぼろいことはもうあらへんわ」

伯母さんは言った。

駒ケ谷の村では、戦争中は電波兵器に使う酒石酸の原料として、葡萄は一粒も勝手に食べることを許されず、全部供出させられていた。それで、戦争に負けてその禁制が解けたとなったら、大阪、京都から、この甘い果物をねらって、買出し人種が殺到して来た。村のほそい道は道頓堀みたいな賑わいで、山から家まで運んで帰る途中で、葡萄は奪い合いで売れてしまい、少し大きく作っていた家では、その頃百円札がたまってたまって、一尺の高さまでになると、みんな尺祝いというのをしたものだ。

伯父さんのシベリヤ抑留中も、伯父さんの死後も、ハツ伯母が細腕一つで、割にのんびりと豊かに勝利を育て上げることが出来たのは、当時の葡萄景気の余禄だったのである。

「美味しいやろ。たんと飲んでたんと食べなはれ。かな江ちゃんが炊いて来た兎ごはんと、かな江ちゃんが作ったブドー酒や」

伯母さんはそろそろ、話を本題にもどしはじめた。

「ほんまにあれはええ娘《こ》やなあ。あんな娘嫁はんにする男は、しあわせもんや。この頃は羽曳野でも自動車ふえたよてんなあ、嫁はんでももろたら、勝も駒ケ谷へ戻って来て、こっちでぽんこつ屋ひらいたらどうやろ言うて、すすめてくれはる人もあるで」

「伯母ちゃん、それはしかし、そうは行かんのやて。そうは行かんわけがあるねん」

勝利はあわてて言った。

「実は、伯母ちゃんに見てもらおう思うて、持って来た写真があるねん」

勝利は「それがそうは行かない」わけを説明して聞かせた。

「ふーん……」

伯母さんは、感心したような感心しないような顔をして聞いていたが、

「東京のオナゴは、ほんまに世帯持ち悪いよってに、損やがなあ」

と言っただけで、勝利が考えていたほど強力に反対する様子はなかった。

「とにかく、その写真見せてみなはれな」

「それが、きょうすぐには見せられへん」

「なんでや？　えらいもったいぶるねんな」

「もったいぶるわけやないけど、写真言うても映画やねん。活動写真やがな」

「へ！　その人、映画俳優か？」

ハツ伯母は眼を丸くした。

「アホやなあ。何言うてるのや、伯母ちゃんは。俳優やあらへん。お医者さんの娘で女子大へ行てるんやないか。お見合い写真に八ミリ映画使うのが、この頃東京ではやってるねん」

勝利は少し大げさなことを言った。

「トン高（富田林高校）の時の友達が、写真屋やってる。あした行て、うつす機械借りて来て、それから見せたげるわ」

そしてその晩は、白ブドー酒と兎めしに満腹して、伯母と甥は仲よく枕をならべて寝、次の日、勝利は電車で富田林へ出かけて、中古の映写機を一台借りて来た。

部屋を暗くして、ふすまに映してみると、何しろ制作者が自分の見合いフィルムを制作したのだから、なかなかの力作である。

花の咲いた梅の木、桃色のぼけの生垣、近代的なアパートと、背景のアクセサリーが、天然色で大いにこっている。そうかと思うと無造作に買物籠をさげて、サンダルをつっかけて、八百屋の店先で和子が買物をしている場面もある。和子も美しいが、みかんや大根やみずなや苺の色彩が美しい。伯母さんは、

「シャモの毛みたいな顔してはる」

とか、

「背の低い人やな」

とか、八百屋の場面では、

「ああ、値切らんと買うてしまいはった」

とか、妙な感想をぶつくさ述べていたが、五十フィート映し終って部屋が明るくなった時、

「そいでこの人、勝の嫁はんになってもええて、もう承知しはったんか？」

と質問した。

「そら未だ、確かなことは分らんけど……」

勝利は答えた。

「なんじゃ、頼りない」

「あのなあ、そんなら伯母ちゃん」

勝利は一生懸命な調子で言った。

「そんならこの和子さんが、もし確かにオーケーよろしい言うて承知しはったら、伯母ちゃんもこの結婚に賛成してくれるのんか？」

「そら、しようあらへんやろ。ミンシュシューギの時代やよってに、賛成せな仕方ないやないか。わてはしかし、政やんとこの妹もろた方がお前のためにええ思うだけやがな」

その晩、八ミリ映画が終って伯母さんが寝てから、勝利は和子に手紙を書いた。

何しろ生れて初めてのラヴレターだから、彼はすっかり堅くなってしまい、書き出しの文句が浮かんで来ないままに、

「拝啓」

と書いては便箋をくしゃくしゃにし、

「前略」

と書いては消し
「謹啓　毎々お引立を賜り」

と書いては、丸めて屑籠へ捨てた。

一時間近く悪戦苦闘していると、籠は紙屑の山になり、彼は白いレターペーパーがうらめしくなって来た。

「こういうローマンチックなことは、僕はどうも苦が手や。テレビ電話か何どで、簡単に行かんもんかいな」

ペンを置いて立ち上ってみると、置き薬の袋のぶら下った茶簞笥の上に、宣伝用か何かの、近鉄ビスタ・カーの絵ハガキが一枚のっかっている。

「よし。これにしたろ。手紙はやめや」

彼は最初のラヴレターを絵ハガキですますことに方針を変更してしまった。

そして、その色刷りの二階電車の絵葉書に向うと、いつかの年賀状の時と同じで、わりあいにすらすらと筆が進み出した。

「きのうこちらへ戻って来ました。葡萄畑の中を電車が走って来るなかなかええ所です。季節になると、花の時も収穫のころも、このへんは村中、甘酸っぱい、何とも言えんええ匂いがします。そのうち御一緒に遊びに来たいものと愚考しとります。おかげさまで、八ミリを伯母に見せましたら、えらい感心いたしまして、渋々ながら承知の意向を示しました。そちら様御一家の御動静は如何でしょうか。それでは近日お眼にかかりまして。さいなら」

これだけ絵ハガキに書くと、彼は義務を果したようにほっとし、寝床へもぐりこんで、すぐ、およそ恋をしている人間とは思えないような寝息を立てはじめた。

翌朝――。

勝利もぽんこつ屋の店員で、朝は早い方だ。しかし彼が眼をさましてみると、伯母さんはもうとっくに起きて、何か手仕事をしていた。

彼が眼をこすって、よく見ると、伯母さんは紙屑籠から「拝啓」「前略」「謹啓」の書きつぶしを一枚々々取り出して、丹念にこてをあててしわを伸ばしている。伯母さんは勝利をじろりと見て叱言を言った。

「このきれいな紙を、一と言何や書いては丸めて、便所紙みたいに捨ててよる。あんまり勿体ないことしなはんな。これでお前が、東京もんの、世帯持ちの悪いハイカラな嫁さんもろて、一体どういうことになるのやろなあ」

「そのへんに、和子さんに出すハガキあったやろ？」

勝利は叱言には応《こた》えず、そう訊いた。

「もう出しといたわ。そやけどなあ、勝。伯母も渋々ながら承知の意向、ちゅうのは、相手はんに対して、あんまりええ文句やあらへんで。縁談ちゅうもんは、ちょっとしたことからこわれるもんやさかい、言葉のハシバシにこれから気イつけなはれ」

伯母さんは、何だかいやにふくみのある言い方をした。

二つの婚約

勝利が駒ケ谷の葡萄村で、五日間の休暇をのんびり暮しているころ、東京杉並の三津田眼科では、和子の母親の三津田夫人が、この数日来の娘の様子に、少しく首をひねっていた。

彼女はちかごろ妙に不機嫌で、両親に接近したがらないのである。学校の方は、もうすべてが終って、卒業式を待つだけだから行かなくても構わないのだろうが、昼間は一日中部屋にこもり切りで八ミリのフィルムをいじっている。夕食の時も、ろくに口もきかずに、食べ終るとスッといなくなってしまう。それから、朝早くや夕方おそくに、ふらりと二時間ほど行先を告げずにいなくなることがある。どうも普通ではない。

「親友の美沙子さんが、年下のL大生と婚約なすったって話だけど、そのことと何か関係があるのかしら？」

三津田夫人は考えた。

L大の山根耕平は、イカレポンチだとか、上手なのはダンスと麻雀だけだとか、色々悪口を言われながら、なかなか純情でかつ当世風な、それに家柄もいい青年で、美沙子との間は、例の箱根の生理的事故以後、中に立つ人があって、急転直下結婚にまで話が進んでしまった。式はしかし、耕平がL大を出る来年四月の予定だと言う。

「だけど、それが和子の不機嫌とどういう関係があるのだろう?」

分らない気持でいるところへ、たまたま或る朝、和子のお母さんはギクリとするようなものを二つ見つけた。

その一つは、和子が朝早く出かけて行ったあと、鏡台の前に黄色い表紙の自動車教習所の教科書が一冊、置き忘れてあったのである。

「まあ!　あの子、内緒でまた自動車を習いに行っているのだわ」

長男の順一が自動車をぶっつけて死んだのは、わずか半年前のことだ。あの時、家族一同もうこりごりだと、恐ろしさを心の底から感じて、和子の教習所通いも父親から固く禁じてもらったはずである。

「何ということでしょう、あの人は」

そう思っている所へ、もう一つ、朝の郵便物が届いて、医師会報、薬屋の広告、同窓会の通知と一枚々々繰っていると、中から蛇が蛙を呑んだような恰好の二階電車の絵ハガキが一枚出て来たのである。

「大阪府羽曳野市駒ケ谷　坂根方　熊田勝利?――誰かしら?」

もっとも、三津田夫人は娘にボーイ・フレンドから絵ハガキが来たのに特別驚いたというわけではない。そういうことは今までにも何度かあった。男友達の手紙ぐらいで一々驚いていては、このごろの若い娘の母親はつとまらない。

　彼女が不審に思ったのは、相手が大阪のどこかの田舎にいるということ――三津田夫人は勝利を大阪の住人と勘ちがいをしたのだ――、それからハガキの中の、伯母さんが「渋々ながら承知の意向を示し」という文句である。

「いったい、何を渋々ながら承知したというのだろう？　和子は何か、とんでもない人にだまされかかってるんじゃないかしら？」

　母親はそう思うとにわかに心配になって、三津田博士の午前の診察がおわるのが待ち切れなくなって来た。

　午前の診察がおわってから、母親は父親の三津田博士を茶の間へ呼んで心配事の相談を持ちかけたが、

「わしの娘だもの。そうチョンボなことはせんだろう。そう安上りもせんだろう。大丈夫だよ」

　と、麻雀好きの父親は、案外けろりとしていた。

「そんなことはありませんよ。いくらドライでちゃっかりしているようでも、こればかりは経験の無いことなんですからね、いつどういうことでどうなるか……。水野さんのお嬢さん、あの美沙子ちゃんね、相手がとにかく、ちゃんとしたとこの息子さんだったからよかったけど、箱根へドライヴにさそわれて、たちまち間違いが起きたんですってよ。それで急に御婚約ということになったんだそうだけど、生理的事故っていうんですってね、あの人たちの間で。油断なんか出来ませんわ」

と母親は述べたてた。

「生理的事故か？　アハハ、うまいことを言うな。桃の香や生理的事故も遠くなりにけり。こっちは、年をとるわけだ。アハハ」

「ちょっと、やめて下さいよ」

と母親はいやな顔をした。

「しかし、そのかくれて自動車を習いに行っているというのは、その方がけしからんな」

順一が死んだころの剣幕にくらべると、三津田博士の口ぶりも大分変っていたが、ひたいを突き合わせて相談してみても、お互い、あんまりいい知恵が浮かぶわけでもない。結局、和子を呼んで、じかにおだやかに訊いてみようということになった。

「和ちゃん、ちょっと」

と、その晩和子は、夕食後茶の間へ居残りを命じられた。

「これ、和ちゃんのでしょう」

黄色い表紙の交通法規の教科書を差し出された和子は、

「あら、どこに落ちてた？　探してたのよ」

と、澄ましたものであった。

「探してたのよじゃありませんよ。和ちゃん、一体いつからまた自動車習いに行ってるの？」

「ええ？　未だ三日目だけど」

和子は仕方がないという顔をして白状した。

「だってね、美沙子がイカレポンチの耕平と急にエンゲージして、すっかりお熱で、このところ美和プロをさぼってばかりいるんですもの。百合子さんにばっかり頼るわけには行かないし、このままじゃ、わたしのプロダクション、足が無くなって、会社解散だけならいいけど、契約不履行で訴えられちゃうわ。ゆううつなのよ」

それは嘘ではなかった。ただ、彼女が運転練習を再開したもう一つの大きな理由が、自動車を扱うのを仕事としている人間のベターハーフになる準備にあるということを、彼女が言わないだけであった。

「お父さまやお母さまの心配は分るけどさ」

和子はつづけた。

「自動車で兄貴が死んだから、自動車はもういけないということになれば、水泳で溺れた人のきょうだいは一生泳げないし、飛行機で死んだ人の家族は一生飛行機に乗れないって理窟になるじゃありませんか。そんなの無いわよ」

「そりゃあ、まあそうだ」

と、三津田博士は感心したようなことを言って、母親からにらまれた。

父親が和子の言うことに、そんな風に賛成してしまっては、検事役の母親たる者は困るのである。

「そんならお父さん、和子が自動車を習いに、つづけてかよっていいのかどうか、あなた相談してやって下さいよ」

三津田夫人はちょっとすねて、それからふところから、近鉄ビスタ・カーの絵ハガキを取り出し、

「ところで和ちゃん、この方、どういうお友達」

と訊いた。

「あら」

和子はポッと赤くなり、急いで絵ハガキの文面に眼を通したが、

「このハガキいつ来たの？」

と訊きかえした。

「………………」

「けさ来たんでしょう？　読んで、今まで握っていたのね。お母さま、一体いつからわたしのゲー・ペー・ウーになったの？」

「それは、ゲー・ペー・ウーにもエフ・ビー・アイにもなりはせんけどさ」

と、父親の三津田博士が口を入れた。

「うちじゃあ、そういうことも出来るだけお前の自由にさせてやりたいとは思っているんだ。ただお母さんは、お前がいいかげんな男にだまされるようなことがあってはならんと、それを心配してるんだよ。誰だね、その人は？」

「ぽんこつ屋よ。竪川のぽんこつ屋さんよ」

和子は答えた。

「ぽんこつ屋？　それじゃ、いつかこわれた車を引取りに来た、あの、のっそりした若い衆が、その熊田勝利さんなの？」

「そうです。だましてくれってお願いしても人をだませるような男じゃないの。お断りして置きますけど、わたし美沙子みたいに生理的事故なんか、起してませんからね」

——まったくイヤんなっちゃうと、和子は思っていた。最初の恋文を、何だって誰でも読める電車の絵ハガキなんかでよこすんだろう？　それに、伯母さんも渋々承知の意向を示しとは何だ？　実際、なんてトンマな人なんだろう。

誰しも感ずるところは同じらしく、和子の母親もそれを指摘した。

「だけど、和ちゃん。この八ミリを伯母に見せましたらえらい感心いたしまして、渋々ながら承知の意向を示しって、これ、何のことなの？」

「それは、そういう人なんだから、仕方がないわよ」

和子は答えた。

「通称まけとしクンって言うんだけどね。お金出して、和子のお見合い八ミリを作らせて、それを大阪の伯母さんのところへ持って行って見せたんでしょう。そしたら伯母さんも、いやいやながら、結婚に賛成したってことなんでしょうよ」

「結婚って、あんた。ちょっと、あんたこの人と、結婚ってお話までもう出てるの？」

母親は、びっくりしたように訊いた。

「うん。出てるというわけでもないけど。わたし、二た晩よく寝ずに考えたんだけどね、今まで何でも美沙子とお揃いでやって来たんだし、商売とは言いながら、せっかく自分のお見合いフィルム作って、結果が悪いのもつまんないから、やっぱり結婚することにしようかと思うわ」

和子はけろっとして言ってのけた。

たった一人の娘が、誰か見たこともない男と結婚の決心をしているというのは、両親にとってはやはりショックであった。

三津田家の茶の間での問答は、さらにつづけられた。

母親の検事格は動かぬところで、和子が被告であることも間違いはないが、ちかごろの例で、この被告はなかなかおとなしく相手の言うことを聞いてはいず、すぐ反対に食ってかかった。

そのせいかどうか、父親の三津田博士は、検事の補佐役になったり、裁判官になったり、弁護人みたいなことを言ったり、時々豹変した。

「学校でも出たら、成るべく早く嫁に行かせた方がいいとはかねて思ってたんだが、ぽんこつ屋とはまた、えらく柄の悪い商売じゃないか」

と言い出したのは、三津田博士である。

「ほら、すぐそういう風に思う。だから旧時代は困るのよ」

と和子は忽ち反対した。

「柄がいいか悪いか、竪川の町へ行って見たこともないんでしょう？　お父さま、悪質バタ屋の親類ぐらいに思ってるんじゃないの？　死んだ順に訊いてみるといいわ。ぽんこつ屋ってみんな、実際はのんびりした中小企業なのよ。堅実なものよ。ぽんこつ屋がバタ屋の親類で柄が悪いなら、銀行員は高利貸の兄貴で、お坊さんだの牧師だのって、葬儀屋の縁つづきじゃありませんか」

「うん、そりゃまあ、そうかも知れん」

父親は簡単に豹変した。

「ただね、このまけとしクンという人は、あまり堅実とは言えないと思うの。将来もぽんこつ屋で手堅くやって行きたいって言うんじゃなくって、電子工学と自動車工業とを結びつけるんだとか何とか……何だか聞いてもよく分んないけど、へんちくりんな夢ばっかりふくらませてて、その話になると一人でしゃべってって、ガール・フレンドに全然サービス精神が無くなるんだ」

「それもそうだけど、和ちゃんの御亭主様になる人が、大学を出てないというのが、やっぱり少し困りゃしないこと？」

母親は言った。

「それはわたしも考えたわ」

和子は答えた。

「でも、大学を出て、おとなしいだけが取柄のようなサラリーマンを養子にもらって、危険も無いかわりにスリルも無いような一生を送るのが幸福だとも、和子やっぱり思えないもの」

「ふむ」

と、三津田博士は、また一歩被告側に近よったような声を出した。

「ねえ、お父さまやお母さまが、少し喜びそうなこと、教えてあげましょうか。まけとしクン目下ちょっと金持ちなのよ」

「まあ。誰がお金持ちを喜ぶって言いました？」

と母親はきつい顔をした。

「あら、お金があるのを喜ばない人がいるかしら？　でもそれが、ちがうのよ。彼のは百十四万九千円、競馬であてたの。それも間違った馬券を三万円買って、偶然でそれだけあてたんですって、まったく少し珍なのよ」

和子は言った。

麻雀で百十四万九千円あてるのは大変だ。三津田博士は興味を感じた様子で、

「とにかくそれじゃあ、その青年を一度うちへ連れて来たらどうだい」

と言ってしまった。

三津田家で、和子の結婚問題が論議されているころ、熊田勝利の方は河内の葡萄村で

の楽しかった五日間の休暇を終って、夜行列車で東京への帰途についていた。

列車は大阪を夜の八時四十五分に出る宇野始発の急行「瀬戸」号である。来る時は特急をふんぱつしたから、帰りは三等寝台のおごりであった。彼のからだはタフに出来ていて、ほんとうは寝台の必要など感じないのだが、「こだま」に乗ってみたかったと同様、寝台車というものにも、彼は一度乗ってみたかったのである。

むろん彼の頭のどこかに、百十四万九千円の貯金がちらついていたのは事実で、三等寝台券上段一枚七百二十円——安いもんやないかという気持は働いていた。

一昔前の、カストリ焼酎の闇屋みたいに、彼はレッテルの無い一升瓶を何本もさげていた。達やんの酒造場でわけてもらって来た白ブドー酒のお土産である。

彼は寝台車のボーイにその荷物を片づけてもらい、おうようにチップを百円はずんでから、食堂車へ出かけて行った。

急行列車は京都を発車し、長いトンネルを抜けて、山科から大津へ向って走っているらしい。

食堂の中は混んでいた。

彼がビーフ・カツレツにビールを註文し、一人前の顔をしていい気分でぐびぐびやっていると、うしろのテーブルから、

「おいおい、君は犬塚さんとこの熊田君じゃないかネ」

と声を掛ける人があった。

「近藤だよ、連合会の近藤だ」

「へ？　や！　これはどうも」

勝利はびっくりして、腰をうかした。

いつか、犬塚旦那から錦糸町の場外馬券を買いにやらされた時、つまり彼が間違って三万五千円の馬券を買った日、店の奥の座敷へ用事で来て、うなぎのお重《じゅう》を食っていた、全国中古自動車連合会の近藤さんである。

「ちょうどこちらの方が、今立たれるようだ。どうだね、こっちへ来なさい」

近藤さんはチーズをさかなに、日本酒で鼻の頭を少し赤くしながら、となりの席をさして言った。

「へ、いや」

連合会の役員の近藤さんは、いわば犬塚旦那のそのまた旦那みたいな役割の人だから、同席するのはけむったいのだが、勝利はやむをえず、ビールのコップをさげて立ち上った。

「何か買い物で旅行かい？」

「いや、そうやないんでして、実は……」

勝利は自分の南河内行の用件を、和子に関する部分だけ省いて、話した。近藤さんは商用で岡山へ行った帰りだと言い、

「そりゃ結構だったね。そりゃ、田舎の伯母さんも喜んだろう」と言った。

るのかい？」

「ところで熊田君、君いま、二等車の入口の方から入って来たようだが、二等に乗って

「へえ、おかげ様で」

「いいえ、まさか。このすぐうしろの三等寝台ですわ」

「なるほどそうか。三等の寝台車か、なるほどね。しかし、あれだな、時世も変ると、ぽんこつ屋の若い者が、寝台で旅行するようになるかね。君、一体年はいくつだったたっけ？」

微醺《びくん》のせいか、近藤さんの口調が少し苦言めいてきた。急行「瀬戸」号は大津駅を出た。十一時が近い。食堂車の中は明るく、調理場の匂いがし、列車は酔のまわりそうな快いゆれ方をしながら、近江路を東へ走っている。

ビールとビーフ・カツでいい気持になりかけていた勝利はしかし、何ともどうも堅苦しい気分になって来た。

近藤さんはつづける。

「熊田君、聞くところによると、君競馬であてて、このところ竪川で人の顔さえ見れば、おごってやるおごってやるって、馬鹿に気前がいいそうじゃないか。自分の金で展望車に乗ろうが、人に何をおごってやろうが、そりゃ自由だよ。しかし君は、近く犬塚の店を出て、トンビになるんだろう？　トンビで基礎を作って、昔の熊田のお父さんの店を再興する気なんだろう？　それなら、もう少し気持を締めて掛らなくちゃいけないんじ

ゃないかね。安易にもうけた金を元にして、ぽんこつ屋を始めて成功した人間は、竪川には一人もいないよ。英語で、イージー・カム・イージー・ゴーと言ってね、夢みたいにして手に入った金は、また夢みたいに消えて無くなるもんだ。そして、無くなるだけならいいが、無くなる時に、ついでにその持主の人間まで押し流してしまう。一番安易な金と言や、そりゃ盗んだ金だがね、まさか盗みをしないまでも、盗品の自動車部品などに、つい手が出るようなことになって、ふらふらと押し流されちまうんだ。長年の間には、そういうことで竪川の町から消えて行ったぽんこつ屋が、何人もいるんだよ」

近藤さんは、業界で、堅い中でも堅い旦那として名が通っている。賭け事なんかは大きらいらしい。だからこそ連合会の役員などさせられているのだろう。

これが犬塚の旦那あたりになると、競馬が好きなだけあって、

「同じぽんこつ屋でも、勝負事をやる奴は、買い方がちがうね。パッと威勢よく、思い切って買うところがある」

と、考え方のニュアンスに少々ちがいがあるし、新時代の勝利ともなればまた一層ちがっているのは当然で、あれきり競馬にも手を出していない彼は内心、

「夢みたいにして手に入れた金かて、それを元にして堅実にやったら、それでええんやないやろか？」

と思っていたが、何しろぽんこつ業界の大先輩のお説教だから、教育勅語を聞くように、ビールのコップの上へ眼を落して、聞いていた。

　近藤さんはさらに、いま竪川で一人前にやっている誰それは、資本金二万円のトンビから始めたのだとか、某々は冬山形に買出しに行って、めしを食う金が無く、まつげを凍らせながらリンゴをかじって頑張ったものだとか、教育勅語を色々に展開して見せた。

「瀬戸」号が米原を過ぎるころ、やっと二人は食堂車を引き上げることになった。近藤さんは前部の普通三等車へ、勝利は二等車寄りの三等寝台へ、挨拶をして別れた。

　大先輩が普通三等で、独立前の勝利が寝台車なのは、ちと具合が悪かったが、最上段のベッドへ這い上ると、勝利は、

「よし、分った。僕はあの百十四万九千円、そうふらふらと無くしてしもたりはせんぞ。これから、人におごるのも原則としてヤメや」

　そう思い、そしてすぐ健康な寝息を立てはじめた。

「瀬戸」号は、翌朝七時九分に終着東京駅へすべりこんだ。荷物をさげて竪川へ帰って来た勝利は、適当な時を見はからって、和子に電話をかけた。

「御無沙汰してます。けさ帰って来ました」

「あら、お帰んなさい。だけどまけとしクン。あなたの八ミリの御註文以来、何だかケチがついたみたいで、美和プロはへんにごたごたしちゃって、美沙子と百合子さんは休んでばかりいるし、会社、つぶれそうよ。どうしてくれるの？」

「へ？　何ですか？」

「何ですかじゃないわよ。社運を賭けたフィルムを作ってあげたのに、電車の絵ハガキ

一枚よこしたきりで、どういうつもりなのよ、一体？」

「いや、あれの評判は上々でした。ええかげんな軽自動車みたいなもんと、フォルクスワーゲンのカルマンギヤ・クーペみたいなもんとくらべたら、そら、誰かてそう思うでしょう」

「何ですって？　――何だか知らないけど、うちのおやじが、一度まけとしクンをうちへ連れて来いって言ってるのよ。競馬の話がしたいんじゃないかしら。来ない？」

和子は言った。

「へ？」

勝利は少々面食らったような声を出した。

しかし、それから四日後の土曜日の晩、結局勝利は初めて三津田家をおもてからおとずれて、和子やその両親たちといっしょに食事をする約束になったのである。

彼は生来、あんまり物事に深くこだわれない性《たち》で、その日は風呂で仕事の油っ気だけ流すと、白ブドー酒の一升瓶をさげて、お目見えとか見合いとかいうような意識を少しも持たずに、のんきに阿佐ケ谷へ出かけて行った。

それがかえってよかったのかも知れないが、その夜初めての晩飯の席で、この機械好きの青年は、初対面の三津田博士にすっかりいい印象を与えてしまった。

和子の父親はビールを勝利のコップにつぎながら、

「ふむ。なるほど、それで？」

などと、勝利が虎の子の三万円をエイッと間違った四三に張りこんでから、短波放送で、トキノプライド、スーパーオーゴンが一二着に入ったことを知るところ、合計百十四万九千円あたったとわかって、あごがガクガクし出す時までの話を、面白そうに聞いていた。

「それでその百万円、君いまどうしてるんですか?」

三津田博士が訊くと、

「さあ、どうしたらええですやろか?」

勝利は真顔で、逆に質問した。

「ああいう、夢みたいなことでもうけた金は、英語でイージー・カム・イージー・ゴーちゅうんですか、また夢みたいに消えて無うなるそうですから、そうなってしまわんように、僕は独立前のからだやし、きちんと残しといて、何かいざという時、ぴたりと使いたいんです。何に預けたらええか分らんけど、これから、あんまりもうおごらんかも知れませんから、和子さんもそう思うてて下さい」

彼は和子の方を向いて笑った。近藤さんの受売りではあるが、彼は実際まじめにそう思い始めていたのであった。

和子の父親が初対面の勝利に好感を持ち心をひらいたのは、勝利自身が誰にでも心をひらいたままのような性質だったからでもあるが、また、博士が彼についてあらかじめ、かなりの情報をつかんでいたためでもあった。

和子の両親は、その数日前、墨田区で開業している同業のC眼科医に依頼して、竪川のぽんこつ業界の現況と、熊田勝利青年の身辺に関し、内緒で大分調べたのである。

その報告の勝利に関する部分が、彼にとっても意想外に点数のいいもので、戦災で亡くなった父親の昔の店を再建するために、元気にのびのび働いていて、業界の各方面の人から愛されていること、日常のことには大不器用の方だが、機械いじりには才能があって、沈滞気味の業界に、将来は何らかの新風を吹きこむ若者として期待されていることなどが記してあったのは、勝利のしあわせであった。

その晩、愉快な食事が終って、彼はアルバムなどしばらく見せてもらってから、三津田家を辞去することになったが、

「ちょっとそこまで一緒に行って来るわ」

と、和子は勝利の小型トラックに乗りこんで来た。そして車の中でしゃべっているうちに、「ちょっとそこまで」が、歩く散歩とちがってずんずん遠くなった。

このままでは、たちまち竪川に着いてしまって、また送りかえしてもらわなくてはならない。

神宮の外苑まで来た時、何となくもう少し一緒にいたくなった二人は、車を駐めて歩く散歩に切りかえることにした。

あちこちに、若い二人づれの男女が三月の夜風に吹かれながらひそやかに歩いている。

「お父さんとお母さんは、僕のことどう思わはったでしょうか？」

勝利はためらいながら質問した。

「さあ分んないけど、とにかく噂に聞くまけとしクンらしいと思ったでしょうよ。面白がってたことだけは確かだな」

和子は答えた。

「和子さん」

「なあに？」

「それでは僕が、僕がかりに、和子さんを僕のお嫁さんにしたいと申し出たら、一体、ど、どういうことになるでしょうか？」

「さあ、どういうことになるかな？……案外成功するんじゃないの」

和子はひとりごとのような口をきいたが、さすがに胸はドキドキしていたのである。

「カ、和子さん！」

それを聞いた勝利は、暗がりの中で彼女の手をさぐった。和子はそれを振り切らなかった。

「僕は、僕はどうしたらええか、分らへん。こういう時は、ど、どうしたらええか、ひ、ひとつキ、キッスでもしましょうか」

勝利は感極まりそうになっていたのだが、

「いやよ！」

と、この方は忽ち和子にはねつけられてしまった。

〈キッスでもしましょうかと言う男があるかしら〉和子はあきれていたのだ。〈でも、これがまた彼のいいとこなんだから、仕方がないわ〉

結局二人は、ラヴ・シーンみたいなことは何も演じないままで、再び小型トラックに乗った。

美沙子の婚約についで、和子の勝利との婚約が正式に成立したのは、それから間もなくのことであった。

卒業

あたたかな日本晴の朝である。

扶桑女子大学の正門には、大きなま新しい日の丸の旗が二本、そよ風にゆっくりなびいている。

「昭和三十×年度扶桑女子大学卒業式々場」

紅白の幔幕《まんまく》をはったテント張りの中に、各科の父兄受付、来賓受付が出来て、かたわらの守衛の小父さんも、きょうは制服白手袋の姿だ。

父兄たちは、受付で案内状を出し「卒業式次第」をもらっては、続々と式場にあてられた古い大講堂へ入って行く。

水野尚志画伯が社会科の受付に寄って、ベレー帽をちょっとぬいで挨拶をしてから、講堂へ向う。

しばらくして同じく社会科の受付に、三津田夫人の紋付姿があらわれる。

卒業生たちが列を作って、各科別に講堂へ入りはじめた。百人中九十九人まで、きょうは黒のスーツに黒のハイヒール、白いレースのブラウス、そして胸にお祝いのスイートピーの花をつけている。

黒ずくめの若い娘の大集団が、黒潮の満ちるように、次第々々にぎっしり講堂を埋めて行くその光景は、なかなかの壮観であった。

二階の方は、卒業生の父母兄姉、一般の先生方で埋められている。錆《さ》びチャック先生も、湯好きの式部も、あかつきの朝臣《あそん》も、ジャンソレ先生もみんないる。今となってみれば、卒業生たちにはどれもこれも、なつかしい顔だ。

一階の卒業生席が、咲き匂う梅の花で、二階席が熟した梅の実だとすれば、正面の壇上は、正に梅干の展覧会であった。

神林ひさ乃学長をはじめ、学監、前学長、前々学長など、半数以上がしわくちゃのお婆さん連である。中に、東都大学総長の萩健九郎理学博士が、来賓として坐っているのが眼につく。

梅の花の群の中、社会科の列のうしろの方に、和子と美沙子の二人が、神妙な顔をして坐っている。

やがて定刻になると、こういう式の時にはいつでも進行係にかり出される法律学の君が代先生が、モーニング姿でマイクの前へ進み出て来て、とびきり気取った声で、

「これより昭和三十×年度扶桑女子大学卒業式を行います」

と宣した。

四百三十二人の黒スーツが一せいに立ち上って、

「われら至醇の乙女子の

「学びの庭に射すひかり」

という校歌の合唱がおこる。

二階席のお母さん連の中には、もうハンカチで眼をおさえ出した人があるが、娘たちの方はどうやら一般に極めてドライらしく、校歌を唱いながら涙を出している顔などは、見あたらないようだ。梅干席の方は、これは遠くてよく分らない。

校歌の合唱が終って神林学長から卒業証書の授与が行われる。

「国文学科六十三名。総代石崎よし子」

君が代先生がそう言うと、総代が立って、正面へ出て行く。やがて、

「社会学科五十七名。総代――」

と君が代先生が言う。

残念ながら、美沙子も和子も総代になるほどの成績ではないから、列の中で黙って起立していればいい。

卒業式は、各科別の卒業証書授与から、学長の告辞へと、長ったらしくつづいて行った。

和子が段々退屈して来、うらうらとした春の陽ざしに少し眠くなりはじめたころ、今度は「来賓祝辞」となって、梅干の列の中から東都大学総長の萩健九郎理学博士が立ち上った。

「みなさん、きょうはおめでとうございます。私はきょう、何をみなさんにはなむけの

言葉としようかと、散々考えてまいりましたが、結局平凡なことですが、こころの問題、お互いのこころを、言いかえれば人間性というものを、何よりの大切なものとして、これからの人生を生きて行っていただきたいと、そう私は願うのであります」

　また長い退屈なお説教かなと、ぼんやり聞いていた和子は、そのあと萩総長の祝辞がすすむにつれて、

「オヤ」

　というような思いで、少しずつ耳をそばだてはじめた。なぜかというと、萩理学博士の話の内容に、おいおい勝利の話と似たところがあらわれ、またこの日ごろ、彼女自身が考えていたことにふれるような部分が出て来たからである。

「実にたいへんな時代が近づいて来ております」

　と、萩博士は話しつづけた。

「太陽系外の宇宙に住む高等生物と、人間が電波で話し合おうというような計画が、夢物語では無くなりかけておりますし、原子力の開発で、世界中のエネルギーの問題は、遠からず半永久的に解決されてしまうにちがいありません。地球上でのやっかいな仕事、力のいる仕事は、みんな機械にやらせて、人間はダンスでもして遊んでいればいい、電子工学の進歩で、考える仕事さえ、今に機械がほとんど全部受け持ってくれるようになるかと思われる時代なのであります」

「東京にも、電子頭脳センターというのがございまして、大きな電子計算機が動いてお

りますが」

と、萩博士は話しつづける。

「この機械に、旅行のことを全部記憶させておいて、それから、たとえば、『千八百円で一泊の温泉旅行に行くには、どこがいいか？』と質問しますと、二分ほどして、機械は、『箱根と那須とどことどこ。汽車賃とバス代がいくらいくらで、チップはいくら』とあざやかに答えてくれるのであります。これを見て、あまりに小憎らしく感じたある人が、『タダで行くには？』と機械に訊いてみたところ、電子頭脳が即座に答えて言ったのが、『ワガ家ノフロデガマンセヨ』」

講堂の中にどッと笑い声が湧いた。

「まけとしクンのエレクトロニクスの話に似てるじゃない」

と、となりの席の美沙子が、小声で和子をからかった。

「シッシッ！」

その時である。萩東都大学総長は、

「ところで、みなさん、今年の卒業生の中にも、社会科の方で、交通問題を卒業論文に採り上げられた方が二人ばかりあったと聞いておりますが」

と、不意にこんなことを言い出した。

和子と美沙子はびっくりし、一時に血がのぼって来る思いで、顔を見合わせて赤くなった。

萩総長はしかし、卒業論文の内容にも、それを作った学生の名前にもふれはしなかった。多分和子や美沙子の名前は御存じなかったのだろうし、あの八ミリ論文も見たわけではなかったにちがいない。

この高名な学者は、ただこんな風に話しつづけた。

「交通問題とは何でしょうか？　それは、この新しい時代の新しい脅威の一つなのです。考えてみると、人間はこの一世紀あまりの間に、ずいぶん色んな、恐ろしい物を克服して来ました。天然痘もペストもコレラも、そして肺病も、――自然があたえる脅威は、一つ一つつぶされて行っています。未だ癌や脳溢血や台風が残っているじゃないかと言われるでしょうが、それらもやがては克服されるにちがいない」

「ところが、世の中が進むにつれて、妙なことが起って来た。自然のあたえる脅威は、一つ一つ取り除かれて行くが、かわって、人間が作ったものに人間がおびやかされるという事態が、次第に深刻になって来るということです」

萩理学博士は、そこで一息ついた。そしてまたつづけた。

「たとえば、旅客機に乗っていい気持で飛行場へ着陸して、ぼんやり楽しいことを考えているところへ突然別のジェット機がぶつかって来て、何が何だか分らずに殺されてしまう。恋人と歩道の上をうっとりしながら腕を組んで歩いていると、突然砂利トラックが乗り上げて来て、轢《ひ》き殺されてしまう。これがわれわれの時代の新しい恐怖なのです。人間の作ったもので、人間が殺されるのです。それがもっと甚《はなはだ》しくなったら、ミサイルの弾頭に水素爆弾をつけて、お互いに皆殺しをし合うという核戦争になって来るのであります」

「科学と技術とは現代において、まことにダイナミックな進歩をとげたけれども、哲学と宗教――いいかえれば人間の心の問題はスタティック（静的）にしか進歩しなかった。小は自動車事故を防ぐことから、大は核戦争防止まで、根本的には人間のこころの問題を解決しなくては、解決にならないと私は思います。みなさん、人間の作ったものに人間が使われる、使われるだけでなく、殺される、そういう人間性喪失の悲しむべき時代を、あなた方の未来に展開させないために、みなさんの一人々々が、どうか、こころの問題を大切にあつかっていただきたいと思うのでございます」

萩健九郎博士の話がすむと、さかんな拍手が起った。

和子と美沙子とは、自分たちの卒業論文のことを言われたからでもあるまいが、ちょっと感動したような顔をしていた。

やがて式は、父兄代表の挨拶、卒業生代表の答辞、卒業の歌の合唱と進んで、幕を閉じ、それからみんながぞろぞろおもてへ出て行くと、扶桑女子コーラス部の在校生たちが輪になって、

「ほたるの光窓の雪

文読む月日かさねつつ」

と、別れの歌を歌いながら巣立つ彼女らを迎えていてくれた。全国コンクールで一位

を取っただけあって、なかなかきれいなその歌声を聞きながら、和子は、

「ねえ、美沙子。この間の話、やっぱりあれに決めちまわない？」

と、美沙子に相談を持ちかけた。

それは、実は美和プロダクションのあと始末のことなのであった。

何ブームによらず、ブームというものは、ワッと来てまたサアーッと消えてしまうものらしい。和子と美沙子のはじめたお見合い八ミリの内職は、年ごろの娘や息子を持つ東京の中流家庭の一部に、非常な反響があって、一時はどんなすごいお見合い八ミリのブームが来るかと思われたが、まず美沙子がイカレポンチの耕平と婚約して戦線から半ば脱落してしまい、ついで和子と勝利との話も具体化して来ると、段々尻すぼまりにブームの火は消えはじめた。

何しろ、いくら註文したって、制作担当者が二人とも夢多き婚約時代とあって、さっぱりいて、品物は一向に出来上って来ないのだから、自然に頼む人も減って来るわけである。

開店休業状態の美和プロダクションは、ブーム時にかせいだ金が、二人のランチやケーキを食べ歩いた分を差し引いても、約六万円ほど残っていた。

それは本来、彼女たちの八ミリ・カメラを十六ミリに切りかえて、もっと本格的な「こわいこわい交通事故」のような映画を作って、それを都内の団地や学校で上映して歩くための準備資金に繰り入れられるはずの金であった。

そのことは、いつか、警視庁交通部の井沢課長とも約束をしてある。卒業と同時に、美和プロを解散して、二人で山わけをして使ってしまえばいいという金ではない。

「このお金、いっそ全部、学校に寄付して、交通事故防止のムービー・キャンペーンをやってくれる、わたしたちのあとつぎの子をさがしてもらおうじゃないの」

二人はそう話し合ったのだ。それが「この間の話」と和子が言う話の内容であった。

「兎追いしかの山
小鮒釣りしかの川」

コーラス部在校生のコーラスを聞きながら、和子と美沙子とは、あらためて何かひそひそと相談をしていたが、やがてモーニング姿の宮坂先生、すなわち社会科の錆びチャックを見つけると、

「せんせい!」

と、小走りに走って寄って行った。

「やあ、三津田君、水野君、おめでとう。きょうは気のせいか、君たちでも、いやに大人っぽく見えるね」

「ねえ、先生。その大人っぽいところで、ひとつ御相談があるんですけど……」

美沙子が言った。

「ふむふむ。何です?」

錆びチャック先生はモーニングのポケットに両手を突っこみ、親指だけ出した恰好で

訊いた。

「あのね」

と、和子が指先で軽く髪のかたちをなおしながら言う。

その間にも、ほかの科の黒スーツの卒業生たちが、

「先生、それじゃごめん遊ばせ。のちほど謝恩会で……」

と挨拶をして別れて行く。何しろきょうは、先生たちも卒業生たちも、みんな少しずつ気取っているらしい。和子はつづけた。

「先生は、わたしたち二人で、例の卒論のフィルムをたねにして、交通事故防止の八ミリ教育映画を作って、東京中あちこち上映して歩いてたこと、御存じ？」

「ああ、知ってるよ」

と宮坂先生は答えた。

「その八ミリにコマーシャルを入れて、二人でずいぶん荒かせぎをしたんだろう？　教師は何でも知っている、さ」

「ちょっと先生、荒かせぎなんてひどいわ。よく聞いてよ。かせいだはかせいだけど、実はそれの後始末のことなんです」

「ふむ、どういう？」

「東都大学の総長の萩さんて、わりかしナイスな小父さまね。あの小父さまのきょうのお話に、美沙子とわたしと、少しイカれちゃったんです。人間が人間の作った物に殺さ

れるようなことを防ぐのは、結局みんなの心の問題だって、萩総長言ったでしょ。ただ、だけど、心の問題の解決を推進するにも、やっぱりお金が要ると思うの」

「これが和子の持論です」

と、美沙子がまぜっかえした。

「ちょっと、黙ってらっしゃい。――ねえ、先生。だからさ、わたしたちがかせいで、使って残ったプロダクション名義のお金、卒業の記念に、心の問題を推進する基金として先生に信託して行こうかと思うのよ。……美沙子、もう、そう決めていいんでしょう?」

「いいわよ」

美沙子はうなずいた。

「それじゃね、先生。社会科の在校生の中から、交通事故防止のムービー・キャンペーンをグループ・ワークに選んでくれそうな、わたしたちの後継者をみつけて下さいよ。そして、わたしたちが先生に信託して行くお金を元にして、八ミリを十六ミリに切りかえて、これから年々、段々本格的に、それを扶桑女子大社会科の伝統の仕事に発展させていただけたら、とてもナイスだと思うんだけど、生意気かしら? 記念植樹なんかするより、卒業の置土産として気がきいてると考えたんです」

「生意気なもんか。お金はそれで、幾らあるの?」

錆びチャック先生は、ちょっとまじめな顔になって訊いた。

「六万二千円ほど……。まだ十六ミリの撮影機を買うには、とても足りないらしいけど」

　と、美沙子が答えた。

　こういう日には、誰しも、ちょっとしたことに感動しやすくなっている。萩東都大学総長の話に和子と美沙子が感動したと同様、錆びチャックの宮坂先生も、愛校精神だのヒューマニズムだのと、正面から言ったらたちまちケラケラ笑い出しそうな、この二人のちゃっかり娘が、えらく殊勝な善意の申し出をして来たことに、少々感動していた。

「なるほど、結構な志だ。それは、非常に結構な志だ。非常に結構な志だが」

　と、先生は「結構な志」を何度もくり返して言った。

「君たちとしては、卒業後はもうその運動も内職も、つづける気が無いの？」

　錆びチャック先生がそう質問すると、

「それが、さあ……、それがどうかしら？」

　と、美沙子と和子は互いに顔を見合わせた。

「ああ、そうか。僕は忘れてたよ。二人とも結婚するんだったたね」

「まあ！」

「まあ、先生、それまで知ってらっしゃるの？」

と二人は嬌声をあげた。

「教師は何でも知っている。我に五十五人のスパイあり」

と、宮坂先生は笑った。

社会科の卒業生は五十七人だから、それから美沙子と和子を引けば、あとは、五十五人のスパイになるというわけらしい。

「ほんとはね、わたしの方はそれ、来年のことだから、まだいいんです」

と美沙子は言った。

「ところが、和子の方が急に決っちゃって、向うの人の都合で、早くお式を挙げることになって、もういくらも間が無いもんだから、彼女バタバタしてて、目下アルバイトどころじゃないんです」

「まあ、ひどい」

和子は眉を逆立てた。

「なにさ。耕平とムニャムニャムニャで、それから全然サボり出しちゃって、美和プロを斜陽化さした責任者は、あなたなのよ」

「まあまあ、卒業式の日に二人でけんかをしないでもいいだろう」

宮坂先生は中に入った。

「その件は、それではお志ありがたく、社会科の主任教授にも申し上げて、職員会議ではかって、善処しようじゃないですか。後継者ぐらい、必ず見つかりますよ」

そこへちょうど、五十五人のスパイたちが、

「あら、何のお話」

「和子」

「美沙子いるわよ」

と、わあわあ寄って来て、その話は一応けりがついたことになってしまった。

中にはもう、黒のスーツをはでな訪問着に着更えてあらわれた子もいた。このあと珍海荘での謝恩パーティに出る支度である。

「まあスゴイ。早業ね」

「だって彼女、東洋航空のスチュワーデスに決ったんですもの。国際線のスチュワーデスはワセダ・クラブ（WC）の中で着物に着かえるのよ。早業の練習をしてるんでしょよ」

そして彼女たちは、みんな幸福そうにわいわいはしゃぎながら、コーラス部の歌声に送られて、揃って校門を出て行った。

カスタム・カー

犬塚商店のとなりの中野商会で、働き者の哲子が店番をしている。

「さっきのオースチンのアンテナね、あの値段でいいから、やっぱり頒《わ》けてもらおうかね」

と、先程来た中年の客がまた入って来た。どうやら、もっと安いのがあるかと思って竪川を一回りして来たものらしい。

「あれはもう売れました」

と、哲子はニベもなく答えた。

「売れた? 君、だけど、今のさっき訊いた、あのアンテナだぜ」

「ぽんこつ屋ってえのは、何でも気が早いんだから、値切ったりしてると、すぐよそへ売れちゃうんです」

「そんなこと言って、ほら、これだよ。このアンテナだよ。売れてやしないじゃないか」

と、客の方が懇願的な声を出した。

「それは別口です」

「別口でもいいよ」

「非売品です」

蟹眼鏡の哲子は、きょうはおそろしく機嫌が悪い。

アンテナを買いに来た客は、何となく圧倒されて、妙な顔をして出て行ってしまった。

〈ああ、いやだいやだ。全く、くさくさする〉

哲子は思っていた。何がいやだいやだか、分ったような分らないような気分である。

そこへ、

「哲ちゃん、いる？　ひま？」

と、となりの犬塚の花江が大きな人形を抱いて入って来た。

「ひまだけどさ。何よ、その恰好は？　幼稚園だね、まるで」

と、哲子がツケツケ言うと、まわりに誰もいないことを確かめた上で、高校生の花江はほんとうに幼稚園みたいに、

「ワーッ」

と泣き出した。

「どうしたのよ、一体？」

さすがに哲子は驚いた様子だ。

「ウワーッ」

「どうしたのさったら」

「マケ公が行っちゃったア」

花江はそれだけ言って、また堰《せき》が切れたみたいに泣きつづけた。

実は、いよいよトンビとして独立することになった勝利が、今しがた、最後の荷物を小型トラックに積んで、隅田川に近いアパートへ引っ越して行ってしまったところなのである。

花江にとっては、勝利はこの七八年来、兄貴のような、友達のような、恋人のような存在であった。彼女はその、兄貴プラス友達プラス恋人が、きょう限り店からいなくなったことが、何ともわけが分らず悲しくなって来たらしい。

いつか勝利からもらった人形を、哲子の机の上へほうり出したまま、花江は我慢しかねるものの如く、泣き立てた。

「そんなこと言って泣いたって、仕方がないよ。だけどあいつ、わたしには、引越しの挨拶もせずに行っちゃったね」

哲子は花江をなだめながら言った。どうやら哲子の不機嫌も、勝利と関係があるらしい。

「ときに、マケ公は女子大出のすごいお嫁さんもらうんだってね」

哲子は言った。

「花江ちゃん、あんた、マケ公が行っちゃったも行っちゃっただけど、それよか、彼が結婚するのが悲しいんだろ？　つまり失恋のイタミで涙が出るんじゃないの？」

露骨に言われて、花江はお下げを振りたてキッと顔を上げたが、

「ワーッ」

とまた泣き出してしまった。

「あたいは、あたいは来年になったら学校出て、そしたら……そしたら、お下げも切ってセシール・カットか何かにして、お料理や、お料理やお花や、ぽんこつの仕事も習って、マケ公の奥さんになって上げようと思ってたのに、マケ公、待たずに行っちゃったア」

花江は泣きじゃくりながら、高校の先輩である哲子に訴えた。

「待たずにって、花江ちゃん、そいじゃマケ公が何か、あんたに約束するようなことでも言ったことがあるのかい？　それだったら、わたし承知しないけど」

「そんなことしなかったア。約束は、そのうちまたアイスクリーム買ってくれるって、それだけだったわよウ」

「なんだ、つまんない。それじゃ要するにあんた、子供あつかいされてただけじゃないの。それも仕方がないよ。そんなに馬鹿みたいに泣きなさんな。何もマケ公と結婚しそこなったのは、あんただけじゃないんだから」

「？　……」

それを聞いた花江は、ふと泣きやんだ。そして不思議そうに顔を上げた。

「そんな顔しなくたっていいよ」

哲子は姉さんぶった口調で言った。

「実はね、花江ちゃんとこのお父さんから、うちのお父さんに、わたしのことでそれとなくそんな話があったことがあるんだよ。だからあたしだって、多少はその気になって、マケ公といっしょにうんと働いて、熊田商会を盛大におこして、竪川一の働き者の奥さんになってやろうかなんて、少しは考えたこともあるのさ」

「まあ、哲ちゃん……それじゃ哲ちゃんも、マケ公に失恋したのね。あたいも哲ちゃんも、ほんとに可哀そうな可哀そうな女性なんだねえ」

「何言ってんのさ。何もわたしは、マケ公に失恋したわけじゃないわよ」

と、哲子は気の強いところを見せ、

「ただ、そう思ったこともあるっていうだけの話ですよ。だけど花江ちゃん、マケ公もあんな風にめでたく決ったんだから、ここはグッと我慢して、お互い古いつき合いだし、何か気の利いた祝い物でも届けてやるのが、東京下町の心意気ってもんじゃないかねえ」

と、しゃれたようなことを言った。

下町の心意気かどうかは知らないが、泣くのにもいい加減くたびれて来ると、花江もそれには賛成で、案外けろりと、無邪気にお祝いの品物の相談など始めてしまった。恋という字に恋をするという年ごろで、失恋といっても、要するにあんまり大したことではないらしい。

「一体何がいいだろう？」

泣きやめた花江と、蟹眼鏡の哲子とはお祝いの相談をはじめたが、電気スタンド、万年筆、皿小鉢、めおと座ぶとん、マフラー、安全カミソリ、電気釜と、デパートにありそうな品物を片っぱしから思いうかべてみても、さてなかなかピタリこれをという物も思いつかない。

「哲ちゃん、浅草の松島屋へ行って、食堂で何か食べながら考えようか？」

と、今泣いた烏の花江がたのしそうな顔をした時、

「ちょっと待ちなさい」

と、哲子の方は何か思いついた様子であった。

「マケ公は、警視庁から三万円かえしてもらって、十七になるお嬢さんのあんたにその赤ん坊用の人形を買って来てくれた男だろう？　それを大事に抱いて歩いてる方も抱いて歩いてる方だけど、あんなトンチンカンな男には、ふつうの品物じゃ面白くないわよ」

「…………」

「マケ公、こないだうちから、部品集めてこっそり、自分の自動車組み立ててるって、ほんとの話？」

「ああ、それはほんと」

と、花江は答えた。

「トンビって言ったって、この節トンビが自転車で走り廻ってたんでは、能率が悪いからって、もう大分前から、うちの置場でごそごそ部品合わせて何かやってたわ。そうそう、あの出来かけのぽんこつ車は、マケ公持って行かなかったのかしら？」

すでに何週間か前から、勝利は競馬でもうけた百十四万九千円の一部を、自分の車を作るのに費す決心をして、それ以来、内緒で部品あつめにかかっていたのは事実であった。

解体部品をあつかうのは彼らの商売だから、ぽんこつ部品の中から、あちこちしっかりした物ばかり寄せ集めて来て、我流のデザインで組み立てれば、びっくりする程安い値段で、一台の自動車が出来上るのだ。

勝利は、結婚式までにそれを完成して、そのぽんこつ車で新婚旅行に出かけよう、そして帰って来たらその車を使って、仕事の能率を上げようと考えていたのである。

百十四万九千円の、大部分の残金の方は、犬塚旦那のすすめで、彼は割引債券を買って、後日熊田の土地に、一軒のぽんこつ屋の店を建てる時にそなえることにしていた。

「マケ公がそんな車を組み立ててるんなら、かえってこんな物どうかしらと思うのよ」

哲子は自分の店の、土間のすみからほこりまみれの、へんな恰好をした部品らしき物を一つかつぎ出して来た。

「なあに、これ？」

「ホーン（警笛）よ」

見れば、その部品には、「The Bellow of the Bull, MADE IN U. S. A.」と英語で書いた金属の商標がついている。アメリカ製の、牡牛の鳴声を出す特殊な警音器らしい。

「うちのお父さん、こりゃ、一万円でも売れないって言ってるんだけど……。ちょっとやってみようか」

と、哲子はそのホーンをバッテリーにつないで、レバーを引いた。するとアメリカ製のそのホーンは、

「モオーッ！」

と、何とも言えぬ、牛そっくりの音を出したのである。


勝利の方では、花江と中野の蟹眼鏡とが何を噂し、どんな計画をめぐらしているかなど、全く念頭になかった。

彼はトンビとして、人生独立の第一歩をふみ出すことと、和子と結婚して家庭を持つこととで頭がいっぱいになっていたのである。

隅田川に近い町なかの、六畳四畳半二間のアパートに、ぽんこつ部品再生の家具調度類を整理しおわると、翌日の朝から早速、彼は一羽のトンビとして、古巣の竪川から東京の西郊外へ、あぶらあげならぬスクラップ部品をあさりに飛び立って行った。

八王子、府中、川越あたりは、誰でも眼をつける近まわりの土地で、朝の一番電車で張り切って出かけては行ったものの、大して目ぼしい収穫もなかったが、それでも小さ

な田舎町の一軒のスクラップ屋の店頭に、ベアリング、シャフトなどが一貫匁《かんめ》いくらの鉄屑値段で捨ててあるのにすぐ気がついて、買いの相談に掛ったのは、犬塚商店で彼が長年きたえられた勘のせいにちがいなかった。

四百三十円ほど投じてそれを全部買い、菰《こも》と縄とをわけてもらって、近くの定期便のトラック運送店まで持って行き、竪川への配送を依頼したが、鉄屑の値段に較べれば運賃は案外高かった。

また五日市の町では、昔ながらの荷馬車部品と、中古自動車部品とを併せて扱っているぽんこつ業者が一軒あって、店内に大きく、

一、私は値切る人とゲジゲジは大きらい

一、私は馬の尻と保証人には絶対に立たない

などと、五カ条の店訓がかかげてあった。

その店でダッジのトランスミッションの手ごろなのを一つ見つけて、勝利が店訓にお構いなしに値切ると、たちまち天井の方で、

「パッタンコ、パッタンコ」

という音がし出した。

仰向いて見ると、

「まからんまからん、帰れ帰れ」

と書いた方向指示器が、赤い豆ランプをともしたり消したりして、戸口の方をさしな

がら、パッタンコパッタンコと上り下りしている。

勝利は笑い出し、そしてもう一層値切った。荷馬車ぽんこつ屋は、それでも結局二百円ほどまけてくれ、それから二人でミッションを荷造りして、国鉄の五日市駅まで出しに行った。

勝利のトンビの第一日はこんな風にして暮れ、あれこれ買い集めて来た部品は、主として犬塚旦那のところへ持ちこんで買い取ってもらい、三千六百円ほどが、差引き初日の戦果として、彼の帳簿に記入された。

「それにしても、トンビは羽がようなかったら駄目や。今はもう、自転車や電車で飛びまわってる時代やない。きょうみたいなことでは、荷造代と運賃ばっかりかさんで、からだはへとへとになって、能率悪い。早うあれを作り上げなあかんぞ」

彼はそう思うと、むしょうに作りかけのあれが見たくなって、疲れたからだを起し、画家が制作中の絵を見に行くような心持で、まっくらな犬塚商店の部品置場へ、歩いて七分程の道を一人出かけて行った。

外国には、カスタム・カーの趣味を持った人が相当たくさんいるらしい。

自動車会社が大量生産で作る、レディ・メイドの、同じスタイルの車ではあきたらず、自分の好みに応じて、色々註文をつけて自分流に作らせた――或いは作った車が、すなわちカスタム・カーである。

いわば、つるしの洋服に対するおあつらえの洋服というわけだが、カスタム・カーにもぴんからきりまであって、塗り色から足まわりから内部装飾まで、ぜいたくの限りをつくして組み立てた豪華そのものの註文車もあれば、機械好きの学生などが、捨ててあった部品をつなぎ合わせて、とにかく走るようにしたという程度のカスタム・カーもある。

犬塚の置場に勝利が内緒で組み立てているのは、まずうんと「きり」の方の、日本流のカスタム・カーというわけであった。

日本流といっても、彼は、エンジンは馬力の強いアメリカのフォードの六気筒のエンジンを使うことにしていた。

それから、ホイール、つまり車輪も、あれこれ五つぞろい（予備タイヤの分とも）をさがしているうちに、サーブというスエーデンの車の部品がみつかって、これはちょっと風変りな、ポツポツまるい穴のあいたホイールが使われることになった。

シャーシーは、これも欧州車のオースチン・ヒーレーのシャーシー。計器類はトヨペット・クラウンの計器が主で、ただしベンツの廻転計などというしゃれた物も一つ加わっていた。

要するに極めて国際的色彩に富んだぽんこつ自動車——いや、カスタム・カーで、世界各国のオンボロ部品の寄せ集めの観がある。

全体のかたちとしては、彼は長い間、洋服の型紙みたいに、ボール紙を切って、ああかこうかと工夫していたが、新婚旅行用と商売用とを兼ねあわせるのがむずかしいところで、次第に形を成して来るにつれて、このカスタム・カーは、小型トラックみたいな、スポーツ・カーみたいな、何ともとぼけた恰好に成長して来、どうやら御主人の勝利自身の印象に似て来はじめた。

勝利は、トンビとして自分の仕事に精出すと同時に、文字通り、夜を日についで自分のこのカスタム・カーの完成を急いでいた。何しろもうあんまり日数が無いのだ。一日働いて来てから、夜ふけに置場で、一人コツコツやっていると、さすがにたまらない睡気がおそって来ることもあるが、自分の車を作るともなれば、苦労もまた楽しである。

それは、季節が来て、小鳥どもが巣を作る姿にも多少似ていた。いささか油じみた、へんな恰好の、走る愛の巣というところであろう。

和子にあう暇もなかなか見つけにくいが、あえば二人は、極めて着実に、結婚式から新家庭へのプランを相談し合った。

それは、一言で言えば、余計な儀式ばったことや、無意味な慣習は全部はぶいて、すべて合理的に実用的にやりましょうということであった。その点では、二人の意見はほぼ完全に一致していた。

勝利の結納と結婚指輪は、今彼が組立て中のこのぽんこつ車ということになっているのだ。

或る日、あらかじめ電話で打ち合わせておいたので、トンビの巣、すなわち勝利の新しいアパートを見に、和子が夕方から江東へやって来た。

その日は勝利も、朝から平塚、大磯、国府津《こうづ》方面をまわっていたのを、早目に切り上げて帰って来、町の風呂屋へ行ってみがきをかけてから、彼女を待っていた。

和子は入ってくるなり、すでに一家の内政の主権者みたいな顔をして色々発言した。

「あら、わりかしよく整頓出来たわね。わたしの鏡台はここに置くことにしよう。それから、こっちの窓には何か、カーテンが要るんじゃない？」

「ぽんこつバスのカーテンのよさそうなん、そのうち見つけときます」

「何も、カーテンまでぽんこつカーテンでなくったっていいわよ。新世帯ですもの、カーテンぐらい百貨店で新しいのを買おうよ。あんた、わりかしケチね」

「いや……はあ、どうも」

近く自分の妻になる若く美しい娘と、狭いアパートの中でこうして二人きりで坐って話していれば、勝利たるもの、やはり相当モヤモヤして来る次第だが、いつか、

「キッスでもしましょうか」

と言って叱られて、こりているので、彼は極力神妙にかまえていた。

しかし、段々息苦しい気持になって来る。彼は、適当なところで、

「さてそれでは新婚旅行用の自動車でも見に行きましょうか」

と、さりげなく外へ出ることを提案した。

そして二人がほど近い犬塚の置場まで歩いて、大分かたちの出来上ったカスタム・カーを、なでたりさすったり、

「これ、何と名前をつけようか？　マケトシ号も変かな？」

などと言い合っているると、そろそろあたりが暗くなりかけたころ、何か重そうな包みをかかえた犬塚の花江と中野の哲子が、いやにツンと澄ましてそこへあらわれた。

「マケ公、いいなずけの女の人とこっちへ来たと聞いたもんだから」

花江が言う。

「ちょっと、もうマケ公じゃないでしょ、あんた。——勝利さん、熊田の勝利さん。こんたびはほんとにおめでとうございます。わたしたち二人の、これ、ほんのお祝いの志で、へんな品物なんですけど、オッホホ」

と、蟹眼鏡の哲子が大いに様子ぶって挨拶をし、重い包みを差し出した。

勝利は、哲子と花江がなぜツンとして様子ぶっているのか、とても簡単に分るような男ではない。あらためて和子を二人に引き合わせ、

「ほう、ありがたいなあ。何やろな？」

と、ほくほくしてすぐ包みを開けにかかったが、中に銹の出た警音器が一つ入っているのを見ると、

「何や、またぽんこつ部品か。ぽんこつだらけやないか」

と、和子の気をかねたのか、せっかくの彼女たちの志に露骨な顔をした。

しかし、そこにあるバッテリーにコードをつないで、

「モオーッ」

を試聴するに及んで、これは、和子の方がすっかり喜び出してしまったのである。

「こりゃ、マケトシ号に如何にもふさわしいわよ。ほんとうにこれはしゃれた贈り物だわ。嬉しいわ。ありがとう」

その晩、勝利と和子は思い出のある江東楽天地へ行って二人きりで食事をした。思い出といっても、鰻の蒲焼はあんまりいい思い出とは言いがたいので、勝利は今度は豚の蒲焼を食べることを提案した。

「へえ。豚の蒲焼なんてあるの？」

「何たらポークちゅうて、鰻のかわりに豚肉のせたお重のごはんですわ。これやったら骨は無いし、百二十円で安い」

「まけとしクン、安い安いって、前にはおごってやるおごってやるってうるさかったのに、何だかこのごろ変ね」

と、和子は少し心配そうな顔をした。

結婚が決ったので、相手が急にケチの本性を発揮し出したのではないかと、少し疑っているらしい。

それでも二人は、豚のお重にビールを一本とり、楽しく食事をし、それから映画を一つ見、そして楽天地を出た。

六十円の小型がたくさん並んだ錦糸町の駅前を通り過ぎ、二人は国電の駅にもはいらず、タクシーにも都電にも乗らず、ぶらぶらと東両国緑町の方へ並んで歩いて行った。

道すじが少し暗くなって来たところで、勝利はその頑丈な手で、こっそり和子の手を取った。すると和子の方も、そっとそのやわらかな指先に力を入れた。そして二人はまたゆっくりと、西の方角へ歩いて行った。

そのあと、勝利がどこまで和子を送って行って、その晩どこで何時ごろ、どうして別れたかなどということは、何も分らない。

ただ、和子はしきりに、

「ロウ、セカンド
ハイ、クラッチをゆっくりはなして。

言われなくてもすぐトップに切りかえる」

と、自動車教習所の指導員の口まねをしながら、足ぶみをするような恰好で、嬉しそうに運転練習の話などしていたようである。

勝利の結納がぽんこつカスタム・カーとすれば、和子の持参金は、新しい運転免許証というわけなのであった。

「仮免許をとって、路上へ出てからもう五日目なのよ。あと十日以内に、絶対免許証取って来るわね」

と、和子は言った。

そういう二人の周囲には、その後中野の哲子と犬塚の花江の「The Bellow of the Bull」の風変りなホーンを皮切りに、さすがはぽんこつの町だけあって、あちこちから次々に、へんてこなぽんこつ部品が、結婚祝いとして届けられて来た。イタリア製のサイド・ミラー、アメリカ製の戦車の室内ランプ、ラジオは高いからやれないけどロック・アンテナだけやろうという男、中古のなかなか程度のいいタイヤを二本くれる人、ドイツ製のフォグ・ランプなど、すべて一風変っていて、そのたびに勝利のカスタム・カーは化粧の具合が少しずつ変って行くのであった。

そしてその度に勝利は、和子に電話をかけ、新着（？）部品について報告をおこなった。お互い、せい一杯忙しくてなかなか逢うひまはないからである。

東京の町にちらほら桜が咲き出したころ、阿佐ケ谷六丁目から北へ、鷺ノ宮、中村橋、練馬の十三間道路あたりへかけて、和子がハンドルを握った東京ドライビング・スクールのダットサンを見かけた人は、きっと大勢いたにちがいない。

兄の順一が事故で死んで、それっきり中絶していた運転練習を、結婚の前になって再開し、今彼女はラスト・ヘビーをかけて、それの仕上げの最中であった。

きょうも、このあたりの広い道、せまい道を出たり入ったり、

「仮免許練習中」

の札をぶら下げた青いダットサンがちょろちょろ走っている。

路上練習六回目。和子は真剣な赤い顔をして、あごを突き出してハンドルを切ってい

た。

指導員は毎日のようにちがう人で、きょうのはなかなか口やかましい。

「左折のサインが出っぱなしですよ。カチャカチャいう音が聞えないんですか？　眼だけでなく、耳もはたらかせて！」

と叱言《こごと》をいう。

和子はあわてて左折のサインを消しながら、

「前に自転車が二台いるんですもの。気が散るから、忘れるわよ」

と反撃をこころみる。

「興奮しないで興奮しないで。落ちついてやらないとぶっつける」

——でも、お父さまもとうとうわたしの教習所がよいに文句を言わなくなったわ。ぽんこつ屋の奥さんになるんだし、それに今の若い女性たるもの、車ぐらい運転出来るのはあたり前だからなあ。それにしても、わたしも早くすっきりと上手にならなくちゃ……。

——美沙子はどうしてるだろう？　卒業式以来ちっとも逢っていないわ。彼女、耕平とやっぱり生理的事故の方はくり返しているのかしら？　……。

和子は想像して、ちょっと眼をつぶった。

「もしもし。あんた今眼をつぶったね。運転中は、絶対に眼をつぶったりしちゃいけませんよ」

と、たちまち指導員が文句を言う。

やがて車は、どこかの電車の踏切にかかる。夢中だから、どこの踏切だかよく分らない。

「踏切警報器に注意して、一時停止。それから少し上りだから、ハンドブレーキは使わなくていいですが、エンストをしないように注意して……」

と、指導員が教える。

和子は踏切を越す時、エンストこそしなかったが、

「ヴォオオー」

と、ジェット機のようにアクセルをふかして、

「駄目々々。そんなに無茶苦茶にふかすんじゃない」

と、また叱られた。

間もなく指導員は腕時計を見る。

「さあ、きょうはこのへんで帰りましょう。全体にもう少し、落ちついてやるように」

そして、

「桜が咲いてます。すっかり春になりましたね」

と、ホッとしたように言った。

和子もホッとし、車を新宿の方へ向けながら、でも何しろ頑張らなくては、あの、勝利のぽんこつ車は、すごく運転しにくそうだから、と思うのであった。

仏滅の日

和子は教習所がよいに精出して、せっせと運転練習をつづけながら、一方ではやはり、あれこれ嫁入り支度もととのえなくてはならなかった。

簞笥《たんす》、鏡台、下駄箱、アイロン、ミシン、食器類、衣類――。

「おニューの免許証だけが持参金よってことわってあるんだから、何にも要らないのよ」

とは言うものの、親の志で、小型の電気冷蔵庫まで買ってもらえば、さすがにやっぱり嬉しいのである。

洋服屋が来る、デパートの配達係が来る、またデパートへ出かけて行く――。何といっても、三津田眼科のたった一人の娘が、養子をもらうのでなくて、よそへ嫁に出るのだから、本人よりもむしろ母親が気が気でないらしかった。

父親の三津田博士の方は、一日の診察が終って、疲れてぼんやりした時など、和子の荷物を眺めて、

「あいつは、ほんとにもうすぐ行ってしまうのかね？　え？　小糠《こぬか》三合持ちなば、なんて言うが、どうもやっぱり養子をもらった方がよかったような気がするね。この家に、

お母さんと二人きりになってしまうのかと思うと、どうも感心せんな」

などと、いやに老いこんだような、愚痴っぽいようなことを言って、さみしそうな顔をすることがあった。

「お前、おぼえてるかな? 戦争中、五年もうちにいたペスを、斎藤君のとこへ上げてしまった時、俺は年甲斐もなく、こんな気持になったことがある。似てるね」

「いやですよ、今さら未練たらしい。それに、お父さんのは話が逆じゃありませんか。娘を片づける時に昔の犬を思い出して、ペスと同じ気がするなんて、和子に失礼ですよ」

と、母親の三津田夫人の方は、気が立っていて、まださみしさをしみじみ味わえるような心境ではないらしい。

「あなた、勝利さんはお手のもので、目下自家用車を組み立ててるそうですからね。和子も、運転はずいぶん上手になったって言ってるし、順一のようなことはもう無いでしょう。二人で、一週に二度くらいずつ、スーッとお里がえりして来りゃいいじゃありませんか」

「それにしても、墨田区東両国はちと遠い」

と、三津田博士はそれが中国新疆《しんきよう》省かどこかみたいなことを言って、何となく少し悲観的である。

東両国というのは、勝利のアパートのある町のことで、竪川からはすぐ近くだ。ここは、今から三十年ばかり前までは、松坂町と呼ばれていた。本所松坂町——つまり、吉良上野介義央《よしなか》の邸のあった町である。

明治になってから売りに出た時、

「上野介のマキで風呂がたけるかい」

といって、吉良の屋敷はつぶしでも買手がつかず、地所の方もなかなか売れなかったという話がある。

それは余談だが、勝利の方は結婚までの短い日数のうちに、トンビとして一応のしっかりした基礎を作るべく、この東両国のアパートを根城に、毎日々々懸命に飛びまわっていた。エレクトロニクスの勉強の方こそ少々ほったらかしだが、商売のカンを会得するのは彼は案外早く、トンビの飛びまわる然るべきツボも段々分って来るようであった。

阿佐ケ谷でも東両国でも、日はばたばたとたって行った。

勝利と和子が、楽天地で豚の蒲焼を食べたあと、初めて二人で手をつないで江東の町を歩いた時から、三週間ちかい日が、たちまちのうちに過ぎ去った。

東京の町の桜はすっかり散って、若葉が美しくもえ出して来た。

二人の式の仲人は、和子を子供の時から知っている斎藤医学博士夫婦に決った。例の、「あらまちょいちょいゆで小豆」の、麻雀好きの産婦人科の先生である。

仲人は、扶桑女子大関係の人では、新郎側に縁が無いし、竪川の業界の人だと、新婦の側に縁がうすい。その点、今のところ三津田家だけの知り合いではあるが、産婦人科の医者なら――特にさばけた斎藤先生なら、近い将来たちまちお産の世話にもなるかも知れないし、よかろうということになったのである。

もっとも和子は、

「お産だって何だって、あんな麻雀ドクターに見てもらうの、わたしゾーよ。そういう時は、大きなちゃんとした病院でなくちゃいや」

と異議をとなえていた。

式は、竪川や東両国からほど近い、下町の由緒のある天神さまで挙げることになった。

本人同士は、牧師にも神主にも全く興味が無い。出来ることならどこかのホテルか、洋食屋の二階か何かで、愉快に賑やかにドライにやって、あとはさっさと二人だけで逃げ出したいのだが、犬塚旦那が、

「やっぱりお前、そりゃ、ノリトの一つもあげてもらわなくっちゃ、恰好がつくまいぜ」

と言うし、それに河内の駒ケ谷から出て来る坂根ハツ伯母が、神様抜きの結婚式なんか絶対反対で、やむを得ず天神さまを、少しかせがせてあげることになったのであった。

和子の方は、勝利が小学校のころ、悪い成績をもらって来ると、いつも罰にその天神さん――つまり学問の神様に、おまいりに行かされたものだと聞いて、

「へえ、面白いじゃないの。どんな頭のよさそうな神さんだか見て上げようよ。いいわよ」

と、これは全くの野次馬根性であった。

ところで、時あたかも春の結婚シーズンである。東京都内の結婚式場は、明治神宮の御威光をバックにした有名な場所から、下町の天神さんや八幡さんや住吉神社にいたるまで、連日大いに混み合っている。

和子と勝利の話は、正式に決ってから日数が少いため、少くとも大安吉日に割りこむことなどは、とてももう出来そうもないらしかった。

天神さまでは、四月下旬の仏滅の日が一日だけ空いていて、この日でよろしければ、どんな時間にでもゆっくり式を挙げて頂けるが、という返事であった。

「僕らは仏滅で結構やけど、旦那やら伯母ちゃんが、またグズグズ言い出せへんかいな」

と、勝利が心配した通り、果してこの、仏滅の日に式をすべきか否か、二人の周囲では議論が百出することになった。

犬塚の旦那は別に信心深いという方ではないが、店にお酉《とり》さまの熊手をかざっているくらいで、こういうことは、やっぱり少しかつぐ。

「何もそんなにあわてて式を挙げることはないじゃないか。迷信だなんて言ったって、二人の一生のことなんだから、四月が駄目なら、五月でも六月でも、そりゃあ、めでたい日をえらんでやるべきだろうぜ」

という意見で、おかみさんも無論それに同調している。

「なあに、仏滅の日にやれやれ。そして罰があたってどうかなっちゃえ」

と、心の隅っこで少しばかり思っているのは、花江だけであった。犬塚夫婦は、この娘のことはまるきりネンネ扱いをしているので、彼女の気持などには、全く気づくところがない。

三津田家の両親の方は、さすがに医者だから大してかつぎはしないが、

「しかし、何も無理にそういう日にやることもないと思うね」

と、ごく常識的である。

ごたごたもめているところへ、和子がどこからか新しい情報(?)を仕入れて来た。彼女はそれをみんなに披露してまわった。

「箱根のチェリー・ヒル・ホテルの若奥さんが、扶桑女子大の二十八回の卒業生なんですって。その人、きょうはどうしてこんなに新婚さんが多いんだろうと思って、ふと気がついて暦をくって見ると、必ずそれが大安の日なんだそうよ。お部屋の予約は取りにくいし、乗り物はこむし、サービスは行きとどかなくなるし、大安の日に新婚旅行においでになるなんて、およそ愚の骨頂ですって言ってるって……。湘南電車の車掌さんだって、やっぱり、大安の日は午後から、熱海伊東行の二等車すごい満員で、新郎新婦が立って行っても迷信を守りたいとおっしゃるなら別ですけど、馬鹿げてますねえって言っ

てるそうよ。そりゃ三隣亡《さんりんぼう》とか仏滅の日に式を挙げれば、新婚列車はすいてるし、ホテルはサービスが行きとどくし、断然とくだって。鋏《はさみ》も暦も使いようよ。ぜひそれは、その仏滅の日に決めましょうよ」

「でもやっぱり、それでは何だか……」

などと言う人には、彼女は、

「そう言う人がいるから、わたしたち信じてもいない天神さんを式場にすることに、譲歩して上げたんじゃない。大体、仏滅って、オシャカさんだか仏さまだかが死んだ日なんでしょ？　天神さんは神さまなんでしょ？　何も関係ないじゃないの」

と、理窟の通ったような通らないようなことを言って頑張った。

「そら僕もそう思いますなあ。原子力やエレクトロニクスや人工衛星の時代やからな。人工衛星打ち上げるのに、きょうは大安の日やろか、うまいこと上るやろかなんちゅうことは調べんと思います。その仏滅の日がええでしょう」

と、和子の応援をした。

もはや完全に婦唱夫随の体制が出来上っているらしい。とにかくしかし、当の御本人二人が、仏滅の日がいいいいと主張するのだから、どうも仕方がない。式は四月末のその凶日《きようじつ》に挙げられることに決定した。

やがてその仏滅の日がやって来た。つまり、勝利と和子の結婚式の日がやって来た。

最後までブツブツ、

「こんなアホな日に大切な式挙げること、わてにも相談せんと決めくさって、仏滅ちゅうたら、何をやったかてまがごとになるという悪い日やのに、その上、けったいなボロ自動車に乗って新婚旅行に行くや言うて、これで箱根の山で衝突事故でもおこしたら、そら見たことかちゅうことになるわ」

と不平満々だったのは、河内から出て来たハツ伯母であるが、天神さまの境内に、双方の親戚友人たちの顔があらかた揃うころには、その伯母さんも、とうとうあきらめて何も言わなくなってしまった。

服装はみんなまちまちで、連合会の近藤さんのようにモーニング姿の人もあるが、新郎の勝利は、モーニングではなく、新しい濃紺の背広姿であった。彼も、さすがにきょうは神妙な顔をしている。

その、おむこさんの背広姿を、少しはなれたところから眺めながら、裾模様の三津田夫人は、黒背広の三津田博士に、

「勝利さんは上《う》わ背《ぜい》があるから、よく似合うわ。賢そうな顔をしてるじゃありませんか。きょうからは、うちの大事なおむこさんですからね。あの人はきっと、いつまでも中古自動車屋さんじゃなくて、トミー電機のエナミ・ダイオードとかいうのを発明した人みたいに、そのうち何か大発見でもやりそうな感じね。それとも、いつかの競馬のお話みたいに、とんでもないことで大金持になりそうな気がしますよ。それに、あっちをごらんなさい。和子がまた、きょうは、なんてすがすがしくて、きれいなんでしょう」

と、甚だ感傷的かつ希望観測的言辞を弄《ろう》していた。

三津田博士は、

「うむ、うむ」

と言って聞いている。

和子は、すがすがしいかどうかは別として、花嫁姿としては極めてあっさりした恰好をしていた。黒のスーツに黒のパンプス、胸に大きな花をつけているだけである。黒のスーツは、女子大の卒業式の時にも着ていたやつだ。

これは、実は、八分通り和子自身の意向によるもので、ぽんこつ屋の奥さんになるのだぞという、彼女の決意の程を示しているようでもあるが、それよりもむしろ、たった一度しか着ない結婚衣裳に使うお金があったら、結婚後の生活を便利にすることに費した方がとくだという考えかららしかった。

すでに一部を読者に紹介した通り、彼女の持って行く物は、運転免許証や小型の電気冷蔵庫をはじめとして、実質的になかなか充実しているのである。

「貸し衣裳屋のモーニングの借り着で式をするなんて、田舎ッペのやることよ。第一、あの、ぽんこつ車運転するのに困るじゃないの。そんなお金があったら、シャツでもパンツでもたくさん買っといてよ」

と言われて、婦唱夫随の傾向すでに顕著なる勝利の方は、これはあっさり紺の背広に決めてしまったというわけであった。

天神さまの鳥居のそとには、見事に（？）完成した勝利のカスタム・カー――、伯母さんの言う「けったいな自動車」がとめてあった。ジュラルミン色とライト・グリーンのツー・トーンの車体は、表面がなめらかでないために、四月の太陽を乱反射している。

鳥居のうちがわには、戦災で焼け落ちなかった太鼓橋が、にごった池にかかっていた。池には、

「泳ぐなよ。ここは地獄の一丁目」

と、仏滅の日にふさわしいような制札が立ててあって、立て札のまわりから、亀と鯉が、何かもらえるかと、かわりばんこに顔を出している。

バラックの仮社殿と太鼓橋の間を、仲人の斎藤産婦人科が、祝辞の文句でも考えているらしく、亀のように首をつき出して、行ったり来たり歩いている。

控え室があるのだが、狭くて陰気なので、坂根伯母や犬塚旦那たち数人が残って煙草を吸っているだけで、新郎新婦をはじめ大部分の人は、太鼓橋のほとりに集っていた。

そのうち、緋のはかまをはいて牛若丸の着るような打ちかけみたいな物を着た可愛い巫女が、

「お時間でございますから、それでは皆さま、どうぞ御社殿の方へ」

と案内に来た。

神前の所定の席へ、みんながぞろぞろ入って行く。

「ねえ、お母さま。天神さまの御神体て何だろう？　やっぱり梅干のタネか何かだろうか？」

と和子は不敬の質問をして、三津田夫人から、

「和ちゃん！　おやめなさい」

とにらまれた。

一同起立。お祓《はら》いがあって、それから奏楽がはじまる。つまりお神楽だが、この頃は神様も近代化していて、人件費を食わないようにレコードでやっている。レコードは大分酷使されているらしく、ところどころ怪しげな雑音が入る。

そのへんまではまだよかったが、そのうち神主の祝詞《のりと》がはじまった。烏帽子《えぼし》姿の神主が、うやうやしく神前に進み出、祝詞をひろげて、

「墨田区東両国ニ住メル熊田ノ勝利ハコノタビ斎藤の徳三郎メオト二人の仲立チニヨリテ杉並区阿佐ケ谷ニ住メル三津田ノ和子ヲムカエメトエラミ定メテキョウノ吉《よ》キ日ノ吉キ時ニ」

と節をつけて読み出した時、とうとう和子はガマンが出来なくなった。

「神主さん、神主さん、吉き日の吉き時って、きょうは仏滅の日だわよ」

そう思ったとたん、和子は急性盲腸炎をおこした人間みたいに、急にその場に深くかがみこみ、片手で口を、片手でおなかをおさえて、ククククと笑い出してしまった。

彼女は真っ赤な顔をして、吹き出すのだけは一生懸命おさえて、音なしの構えで笑い

ながら、ちらりと横の新郎の席に眼をやった。

すると勝利は泣いていた。——いや、泣いているのかと思うような恰好をしていた。最愛の妻を亡くした男が葬式に来たみたいに、肩をぐっといからせ、ハラハラと涙をこぼしそうに下を見つめて、これ以上苦しいことはないような苦しそうな顔をして、彼もやっぱり、すすり泣くかの如くにクックックツクククッ笑っていたのである。

新郎と新婦のクツクツ笑いは、三津田夫人や坂根伯母がにらんだぐらいではとてもとまりそうもなかった。第一、二人とも苦しさに赤くなって、下を向いて笑っているのだから、誰がどんな顔をしてにらんでいるのか知りはしない。

しかし、神主はこんなことには馴れているらしかった。しいんとした式場に、自分の背後でさっきから若い寝息のような怪しげな声がおこっているのも、一向に平気で、一段と声を張り上げ、

「勝利ハ身ニ負イ持テルツトメノ道ノ一トスジニタユム事ナク怠ル事ナククニタミノ道マススミニ進ミテ」

と、高く低く節をつけながら、おごそかに祝詞を読みつづけた。

とにかく、いけないのはこのノリトで、ノリトを聞くから笑えて来る。和子は、つとめてそのおごそかな文句を耳に入れないように、ベネズエラの首府はどこだったかというようなことを、無理矢理考えて気を散らしていた。

その時——。

和子たちの斜めうしろの方で、突然、

「ブォッ！」

と、象がおならをしたような音がした。

新婦側の参列者席の、一番うしろに、和子のたった一人の友人代表として坐っていた水野美沙子が、新郎新婦はせっかく声を押し殺して我慢しているのに、遂に爆発して吹き出してしまったのであった。

犬塚の旦那は、

「エヘン、オホン」

と不愉快そうにせきばらいをし、双方の何人かの親類はじろりと美沙子の方を振りかえり、さすがの美沙子も、まっ赤になってうつむいてしまった。もっとも、恥じてうつむいているのか、うつむいて更に笑いつづけているのか、それはよく分らなかった。

やがてしかし、おかしくも苦しき祝詞はどうやらすんで、仲人の斎藤産婦人科が誓詞というものを読み、そのあとがめでたい三々九度の盃になる。

再びレコードの伴奏音楽が入る。こうして約三十分間で、神前結婚は終り、熊田勝利と三津田和子とは、形式的に夫婦になった。

二人はまだ生理的事故をおこしていないはずだから、これからぽんこつ車で披露宴にのぞみ、それから再びぽんこつ車で、西へ向って新婚旅行に旅立ち、箱根で実質的に夫婦になるまで、あと七、八時間はある。

社殿からみんなが出て来ると、井関百合子が、本職のカメラマンみたいに、日本製35ミリのジュコン、ドイツ製のロードフレックスと、二台のカメラをぶらさげて待っていた。記念撮影のために頼んであったのである。

美和プロダクションの和子さんが、町の写真屋に結婚写真を頼む手はない。美和プロにしばらくいた百合子は、扶桑女子大の写真部でもポートレートでは、玄人はだしのい い腕で評判の子なのだ。

「三津田さん、おめでとう。それじゃ、初めに二人だけね。どうする？　やっぱり天神の神公を背景にする？」

と、百合子は新夫婦にレンズを向けた。

大団円

披露は浅草の隅田川クラブで行われた。

式がすむと、新郎新婦は彼らのカスタム・カーに、その他大勢は、美沙子のシトロエンや、犬塚商店の小型トラックや、近藤会長の四十九年ダッジや、それぞれ色んな車に分乗して、天神さまから隅田川クラブへ向った。

クラブの二階大広間が会場で、すみの方に椅子が少し並べてあるが、大体みんな立ったままの披露宴らしい。

日本橋とか向島あたりの料亭で坐ってやるということになれば、どうしても一人々々膳を出す必要がある。隅田川クラブのホールで、サンドイッチとビールの立食《りっしょく》パーティなら、その点大いに安上りなのだ。

第一、新郎はこれから箱根の山まで運転をして行くのだから、坐って日本酒をちびちび飲んで酔っぱらっているわけには行かないのである。

勝利は新婚旅行の休暇だけは、たっぷり取っていた。いくらかけ出しのトンビでも、そこは一国一城のあるじで、そういう点は自由がきく。

「もう、葡萄の花きっと咲いてるわ。葡萄の畑の中を、電車走って来よんねん」

彼はぽんこつ車で、二人で河内の駒ケ谷まで行くつもりであった。和子に自分の育った葡萄の村を見せて、あの甘酸っぱい葡萄の花の匂いをかがしてやりたいのであった。

第一夜は、箱根強羅《ごうら》のチェリー・ヒル・ホテル泊り。れいの和子の先輩で、仏滅の新婚さん大歓迎の若奥さんがいるホテルである。

二日目は名古屋まで。そこで金のシャチホコを見て、キシメンと納屋橋饅頭《まんじゆう》を買って、三日目に南河内駒ケ谷へ入る予定である。

ハツ伯母さんは、いっしょに行くわけには行かないから、先に列車で帰って、二人を迎える準備をすることになっていた。

ところで隅田川クラブの二階大広間には、一同より先に、扶桑女子大コーラス部の中の、社会科の後輩にあたる有志七八人が到着して、みんなが入って来はじめると、「夕空はれて」という訳で知られているスコットランドの民謡を、ハミングの二部合唱で歌い出した。

卒業式の時に、女子大の校庭で卒業生のために歌っていた連中を美沙子が頼んで連れて来たので、歌声はとてもきれいだったが、犬塚の旦那やハツ伯母さんなどは、どうもこういう舞台装置は苦が手らしい。やっぱり、謡曲で高砂でもやってもらった方がいいらしい。

「お嫁さんもハイカラやけど、こら、何もかもハイカラ過ぎて坐るとこもあれへんがな」

と、坂根ハツ伯母はまたブツクサ言い出していた。勝利が政やんとこの、あの兎めしのかな江を貰ってくれなかったのが、今になってもまだ少し不服らしいのである。

「えらい、あひるのしめ殺されるような黄色い声出してウタうとうてはりまんなあ」

と、彼女は犬塚のおかみさんの方を向いて、コーラス部員の悪口を言った。

その時ようやく、マイクロフォンの前へ、仲人の斎藤産婦人科夫婦が進み出て来た。

「こういう席では、仲人というものは新郎新婦のことを、何が何でもほめ上げればよろしいということになっておるようであります」

と、斎藤産婦人科はあいさつを始めた。

「新郎は実に頭のよい、前途有為の立派な青年であって、新婦はこれまた世間にめったにないような、やさしく美しく、学校でも優秀の成績をおさめられた才媛である。お二人には洋々たる祝福されたバラ色の未来が待っておると、こういう風に言えば、大体間違いないらしいのでありますが、私実は、新婦の和子さんとは、二十数年前、おやじのかたみの仙台平《せんだいひら》のはかまにオシッコをかけられたころからのおつき合いでございまして、こんにち、あまりありきたりの讃《ほ》め言葉は申し上げたくないのでございます」

犬塚旦那がビールを飲みながら、愉快そうに笑っている。斎藤博士はつづける。

「聞くところによりますと、新婦は今春扶桑女子大学卒業にあたりまして、平素怠けて遊び過ぎた罰で、卒業論文がなかなか出来上らず、苦しまぎれに八ミリ映画で論文の代用をさせるという、前代未聞の窮策を発明いたしまして、おまけにチャッカリと、その論文用の八ミリでアルバイトまでやりまして、これが相当の成功をおさめたということでございます」

「あら、少しちがうわよ」

と正面の席で花嫁が小声で不服を言った。

「また新郎の勝利君は、こんにちまで技術と商売のカンとを長い間にわたって仕込んでいただいた犬塚商店の御主人から、競馬の馬券を買う使いを頼まれて、ついでに自分もふらふらと手を出したのはよろしいが、不注意から間違った番号の馬券を買いまして、ところがそれが大穴の大当りで、その金は目下、独立の資金として大事に残しておるということであります」

「しかしながら、これらは」

と斎藤博士はつづけた。

「どう考えて見ても、偶然の成功に過ぎません。お二人の将来が洋々たるバラ色の道であるかどうかは、まだ実は何も分らない。結婚前のお二人の、こういう偶然の成功から、人生のことがいつもこんな風に具合よく行くものだと考えたら、それは大きな間違いでありましょう」

挨拶は少しずつ説教めいて来た。連合会の近藤さんや、犬塚旦那や、坂根伯母や、年より連中は、話が説教めいて来るにつれて、我が意を得たような顔で頷《うなず》いているが、若い連中の方は段々我が意を得ず退屈したような顔をし出した。

斎藤産婦人科も、もともと麻雀が大好きなぐらいだから、そのへんの空気は要領よく察して、しばらくお説教じみたことを言ったあと、適当なところで、

「さて、このおめでたい席であまり固苦しいことばかり申し上げるのも、若い方たちに嫌われるもとでございまして、若い夫婦にあまり嫌われては、私どもは商売に差しさわりがありますので、このへんでやめにいたしますが」

と緊張を解きほぐし、

「それではここで、二人のためにどうか皆さん、乾盃をお願いします」

と、ビールのコップを上げた。

女子大コーラス部有志の娘たちは、ホールの片すみに半円をつくって、会場の空気をこわさない程度に、適宜何かの歌を合唱していた。

挨拶に立つ人があると歌いやめるが、挨拶は、これも簡単にということで、そうたくさんの人には頼んでなかった。

コーラスはもっぱら美沙子の演出によるものらしく、美沙子はそのほかにも何か、彼女流の趣向を考えている様子で、

「和子、おめでとう。ところでわたし、一足先に出るからね」

と、サンドイッチで口をもぐもぐさせながら寄って来た。

「わたしと耕平とで、先に横浜まで行ってあなたたちの車が来るのを待ってるわ。箱根へ立つのを、横浜バイパスまで見送ってあげるから、行政協定道路へ入ってすぐの、左

側のガソリン・スタンドのとこ、気をつけててね」

「オーケー。ありがとう。——だけど、美沙子、あんた、さっきはすごかったわよ」

と、和子は式場での美沙子の吹き出しぶりに感心してみせた。

「ああ、あれ？ そう。こりたわよ。わたしたちの時には、神前結婚なんて絶対おことわりにするわ」

美沙子はけろりとしていた。

「だけど、わたしたちのジェネレーションは、笑ってはいけないという風に、心理的に抑圧されると、無理にでも吹き出したいような気持になる。そういう、ジェネレーションなのね」

と、美沙子が分ったようなことを言っているところへ、うしろから和子の肩を叩く人があった。斎藤博士だった。

「それは昔流に表現すると、箸がころんでもおかしい年ごろというのじゃが、ところで和子さん、今夜はお宅のお父さんとお母さんは、さみしいだろうな。わしは、今夜二人をこれでうんと慰めて上げるからな。まあ、あとのことは心配せずに、愉快に旅行に行って来たまえ。ワッハハハ」

と、麻雀の牌をツモる手つきをして見せながら、仲人の斎藤産婦人科は、れいの胴間《どうま》声《ごえ》を出して笑った。

「ねえ、先生。ちょっと伺いますけど、さっきの仲人の御挨拶、少し尻切れトンボじゃなかった？」

　と、美沙子はすこぶる遠慮がない。

「そりゃ、あんたたちが、つまらなそうな顔をするから、ハシ折《よ》らざるを得んじゃないか。ワッハハハハ」

　と、斎藤先生は何だか愉快そうである。

　そして間もなく、美沙子は会場から姿を消して行った。

　やがて、勝利と和子とは、

「ありがとうございました。どうも、ありがとうございました」

　と、連れ立って、あの人この人にお辞儀をしてまわり始めた。

「それではみなさん、新婚旅行に出かけられるお二人を拍手で送っていただきます」

　と、世話役がスピーカーで言う。

　拍手がおこった。合唱団が、

「今は山中、今は浜」という唱歌を歌い出した。三津田夫人が泣いている。三津田博士も少々眼をショボショボさせている。新夫婦はそのさわぎの中を、二人並んで、手をとり合って、うしろをふりかえりながらトントントンと、ぽんこつ車の待っている玄関の方へかけて下りて行った。

　隅田川クラブは、結婚披露やファッション・ショウや、各方面の各種の催物に利用される場所だから、クラブの玄関わきの石だたみは、これまでロールス・ロイス、キャデラック、スバルからミゼットにいたるまで、世界中の大ていの自動車を、一度ぐらいは駐車させたことがあるにちがいない。

しかし、きょうの車ばかりは珍しかった。大型のようで小型のような、乗用車のようでトラックのような、ツギハギだらけのその自動車は、何しろ世界で一種類たった一台しかない車であった。

おまけにそのへんてこな車が、走り出す時、牛とそっくりの、

「モオーッ」

という鳴き声をたてたのだから、隅田川クラブの石だたみ、もし心ありせば、大いに驚いたにちがいない。

特殊ホーンのレバーを引っぱったのは、和子であった。

「行って参りまアす」

というつもりである。勝利の方はしかし狼狽していた。

「そら、いかん。やめとき。そら、人混みの中では恥かしい」

「どうして? 平気よ。面白いわよ」

と、花嫁は恥かしさの感覚に少し欠くるところがあるらしい。

とにかくしかし、二人のカスタム・カー「エレクトロニクス・K」号は、いきおいよく走り出した。

エンジンの調子は上々である。「３せ６４２×」と、ちゃんと白ナンバーのプレートもついている。

このぽんこつ車に、人工衛星みたいな「エレクトロニクス・K」などという名前をつけたのは和子で、勝利も和子もイニシアルはKだし「まけとし号」より、勝利のあこがれ（？）ている電子工学を名称に持って来た方がしゃれているからというのであった。

しかし、苦心してナンバーを取って来たのは、花聟《はなむこ》の方であった。鮫洲《さめず》の検査場でも大分ゴチャゴチャ言われたが、結局、普通乗用車として、正式に認めてもらったのである。

車は心地よく走って行く。

式場でもクラブでも、すっかり神妙に口数の少かった勝利も、やっと和子と二人きりになり、お嫁さんと同じくらい可愛いこの「エレクトロニクス・K」号のアクセルを踏んでいると、やっとのびのび、解放された嬉しい気持が湧いて来るのを感じた。

駒形二丁目から菊屋橋を通って上野の駅前へ。それから昭和通りをまっすぐ新橋へ出、第二京浜国道めざして、ぽんこつ車は走って行く。

「今や、となりに坐ってるのは、ほんまに僕の女房やぞ」

という実感が、勝利は段々強くなって来た。

そのせいかどうか知らないが、大門のところのゴーストップで停止し、

「ねえ、このへんから少しわたしに運転させてくれない？」

と、免許証取りたての女房から相談を持ちかけられた勝利は、

「あかんあかん。お前にこんな混んでるとこで、まだ運転まかせられますかいな」

と、不用意なる言葉づかいをしたのである。

するると、和子の眼つきがたちまち、交通違反を発見した警官のような眼つきになった。

「ちょっと！　お前とは何よ、お前とは！」

「へ？」

と、勝利はとぼけて見せたが、駟《し》も舌に及ばず、もうおそい。

「お前とは何なの？　誰のことをお前と呼んでるのかって、訊いてるのよ」

和子に詰問された彼は、信号が青になったので、トラックとタクシーにはさまれて走り出しながら、

「別に悪気やあらへんが。そないゴテゴテ怒らんでもええやないか。運転危いがな。カンニンしてくれ」

と哀訴をこころみたが、とても許してもらえそうもなかった。

「危なければ、左へ寄せてちょっと止まんなさい」

と、和子はますます交通巡査みたいな口調になって来たのである。

「結婚式の日から悪気を持たれてたまるもんですか。あんた、そういうつもりなの？　何でも初めが大事なのよ。わたし、ホーケン的な夫婦関係なんて、絶対いやなんですからね。お前なんて、やめてちょうだい。あなた――あなたでなくてもいいけど、君と言

いなさい、君と」

「君」

「同じ言い方でも、ここは混んでいるから、君に運転をまかすのは、まだ心配だ、という風に」

「ここは混んでいますから、君に運転をまかすのは、まだ心配だ」

「そう。それならいいわよ」

和子はそう言ってから、さすがに自分でもおかしくなったらしく、笑い出した。やっとお許しが出たので、ハンドルの上で勝利もにやにやし出した。

「まあ、竪川のぽんこつ屋は軒並み、恐妻やから、しようあらへん」

「何言ってるのよ。お尻にしいて恐妻にさせようなんて、わたし考えてないわよ。ただ、夫婦は鰯だからね」

「？　――君、その、夫婦はイワシて何や？」

勝利は訊いた。

「それはねえ」

と、和子は笑いながら説明した。

「戦争に負ける年に、わたしたち小学校で、よく教育勅語を聞かされたじゃない。何べん聞かされても、小さい子供にあんなもの、分りっこないわよ。それで『夫婦相和シ朋友相信ジ』っていうのを、わたし夫婦はイワシだと思ってたの」

「アハハ。そら、ケッサクや」

二人はなぜともなく不意に、こぼれるような愛情を感じ合った。

「だから、夫婦はイワシなんだから、お前なんて、もういやよ」

「わかったわかった」

しかし、いくら愛情を感じあっても、車の中でキスをするほどの勇気は、二人とも持ち合わせていない。

新婚のイワシだとは知らないだろうが、何しろ一風変ったぽんこつ車に、盛装の若い男女が二人並んで乗っているので、追い越す車、追い越される車、みんな一応はチラチラと眺めて行く。

「エレクトロニクス・K」号は、いつか五反田から京浜第二国道へ入っていた。

夕方のラッシュにはまだ間があるのに、第二京浜国道は、すごい混雑で、あとからあとから車、車、車のじゅずつなぎである。

多摩川大橋を越して神奈川県に入っても、車の混みようは大して変らない。

しかし東京都を出はなれると、勝利は気持がよほどくつろいで来た。

白と赤とのハデなとっくりジャケツを着た若い男の運転する車が、何を急いでいるのか、

「そこのけそこのけ」

と言わんばかりに、肩で風を切るような調子で、警笛を鳴らして追い越して行く。と

っくりジャケツの眼つきは、つり上って、殺気立っていた。

「何や、あいつ。いっちょ、やったろか！」

勝利は何を思いついたか、そう言うなり、「エレクトロニクス・K」号のアクセルを、ぐいと踏みこんだ。

何しろ、車体は軽いのにフォードの六気筒のエンジンをつけているのだから、出足は馬鹿にいいのである。とっくりジャケツの小型などに負けはしない。

加速したぽんこつ車は、たちまち抜いた車を抜きかえし、そのとたんに勝利は「牡牛の鳴き声」のレバーを引いた。

つぎはぎだらけのへんてこな車が、猛然と抜きかえして来たと思ったら、追い抜きざま、

「モオーッ」

と牛の鳴き声を立てたのだから、驚いたのはとっくりジャケツの方で、あっけにとられて「エレクトロニクス・K」号の方を見送っている。

勝利がバックミラーで眺めていると、その若い男の眼つきが尋常になり、それから笑い出した。そして、毒気を抜かれたみたいに、何となくスピードを落してしまった。

「こら、花江ちゃんととなりの蟹と、ええもんお祝いにくれた。なかなかおもろいわ」

勝利は、やっとこのぽんこつ変りホーンの価値と効用とを認めたようなことを言った。

ただし、彼はまた和子に叱られてしまった。

「よしなさいよ。抜きたい車には抜かしてやればいいじゃないの。オート・レースに出て来たんじゃないわよ。わたしたち、どんなことから最初に知り合ったのか、それをよく考えてみなさい」

「わかりましたわかりました。無理はせえへん」

と、勝利は簡単にあやまった。

やがて、横浜の駅がそろそろ向うに見えて来そうなところまで来た時、道の左わきに、

「横浜新道へ　四・六キロ」

と書いた大きな看板があらわれた。

ここから右へ曲って、四・六キロ走れば、いつか勝利が「こだま」の車中から眺めたあのすばらしい有料道路が始まる。

信号を待って右折し、行政協定道路と呼ばれる道へ入って、

「そろそろ美沙子の車が待っているはずなんだけど」

と和子が思い出した時、「エレクトロニクス・K」号をめがけて、突然、左側から赤と緑のテープが二本スルスルと飛んで来た。

テープを投げて来たのは、むろん美沙子と耕平とであった。

「わあッ、ここにいたの」

「エレクトロニクス・K」号は左へ寄って、シトロエン2CVの前にパークした。

「あなた、ガソリン・スタンドのとこだなんて言うから、キョロキョロさがしてたの

よ」

「ずいぶんおそかったわねえ。事故でも起したんじゃないかと思って、心配してたのよ」

「まさか。――耕平さん、きょうはどうもありがとう。ねえ、うちの彼、耕平さんにはあったことあるわねえ」

「あります」

耕平はいつかの神宮外苑を思い出したらしく、いささかむっつりとして答えた。

「それよかね、和子。耕平のパパがさ、来年、もしかしたら、結婚のお祝いに、ニュー・コロナを買ってくれそうなんだって。そうしたらこのテント・カーにもさよならよ。わたしたち目下その話で、最高にゴキゲンなんだ」

「わあ、すごいわねえ」

と、女同士はからだを自動車の中から乗り出してしゃべり合っている。

「ところで和子、わたしお見送りのためにこれ、こんなに持って来たんだけど」

美沙子は言って、さっき投げてよこしたのと同じ五色のテープをたくさん車から取り出して見せた。

これから箱根、静岡、浜松、名古屋、大阪と、長道中のぽんこつ新婚旅行だから、船の出る時みたいに五色のテープで送ってあげるというつもりらしい。

「へえ。これを引っぱって走るの？　何だか少し悪趣味みたい」

和子は言ったが、

「何言ってんのよ。爺さま婆さまは、もう一人もいなくなったんだから、うんとハデにやりなさいよ。アメリカなんか、車に空き缶ぶら下げて、カランカラン鳴らしてわああ言いながら新婚旅行に出て行くんだってよ」

と、美沙子は車から下りて来て、どうやったらうまく、テープを引き合って二台の車が前後して走れるか、工夫している。

「どうせ、お宅のぽんこつ車の方が、馬力は強いわね。和子がここで、こういう風にテープのはしを握ってて、横浜バイパスのいいところへ来たら、スピードを上げて、一挙にさあッと全部のテープをもどし切って、天人の裳裾《もすそ》みたいになびかせて消えて行きなさいよ。ロマンチックでいいじゃないの」

「何だかその説明よく分ンないけど、それで、あなたたちはこれからどうするのよ？遅れて箱根へやって来るつもり？」

和子が訊くと、

「ううん」

と、美沙子は急に口ごもり、どういうものか少し赤くなった。

何しろ箱根は、美沙子たちにとって、最初の生理的事故の発生地である。これからどういうコンタンがあるのかは別として、彼女が箱根と聞いて少しぐらい赤くなっても、それは仕方ない。

とにかくしかし、テープを引くのは、ここでは少し目立ちすぎるから、横浜新道へ入ってからということに、相談がまとまった。

「エレクトロニクス・Ｋ」号とシトロエンの２ＣＶとは並んで走り出した。約四キロで、左手にすばらしく立派なトンネルが見えて来る。そこから横浜新道がはじまる。

トンネルを向うへ出抜けた所で二台の車はもう一度とまった。すると、次々にトンネルを高速で突き抜けて行く自動車のひびきが、

「ゴオーッ、ゴオーッ」

と高潮の音のように四人の耳に聞えて来る。

がっしりしたコンクリートの舗装が、白くまぶしく四月の太陽を照りかえしていた。

美沙子はサングラスをかけ、道の上へ下り立ち、

「さあ、耕平はここから少し乗り出して、こういう風に」

と、テープの世話をやいた。ほそい棒に幾つもテープの輪を通した奴を、耕平は神妙に握らされる。一方、解いた五色のテープのはしは、和子が握った。美沙子と勝利は運転係である。しかし、何しろ男二人は半分無視されて、従者と雇いの運転手みたいに扱われていた。

「それじゃオーケーね」

「オーケーよ」

二台の車は、高速道路の上をそろそろと、時速十二キロぐらいで走り出した。だが、いくらそろりそろりとやっても、何しろテープの引き方に無理があり、おまけに風が強く、そして車の出足にも差がある。

せっかくの五色のテープは、天人の裳裾どころか、たちまち全部千切れて、トイレット・ペーパーを垂らしたみたいにきたならしく、車のまわりにまつわりついてしまった。もう仕方がない。

美沙子はあきらめたらしく、

「ピイーッ」

と、後押しの電気機関車を切りはなすときのような、シトロエンの金属的なクラクションを鳴らして、別れの合図をした。

和子がふりかえってみると、シトロエンの中から、耕平と美沙子が手を振っていた。

「モオーッ」

と、「エレクトロニクス・K」号はシトロエン2CVの挨拶に答礼をした。

「もう、テープ切れたんやよってに、スピード出して行ってしもてもええやろ？　僕にはやっぱり、ああいうローマンチックなことは、あんまり向かんらしいわ」

これまでいやに無口になっていた勝利が和子に向って言った。

「ええ。行きましょう」

和子も答えた。

それで「エレクトロニクス・K」号は、もう一と声、

「モオーッ」

と、鳴いて美沙子たちに別れを告げ、ぐいとスピードを上げると、うしろのシトロエンを見る見る引きはなし、この明るく坦々としたすばらしい道を、箱根へ向ってまっしぐらに走り出した。

解説　「ぽんこつ」の頃

阿川佐和子

娘が父親の小説の解説を書くなんてみっともない真似はやめなさい。と、草葉の陰から苦虫をかみつぶしたような顔で呟《つぶや》く父の声が今にも聞こえてきそうである。昨年の夏の盛りに九十四歳にして亡くなって、あれから一年あまり経ったにもかかわらず、父の不機嫌な顔がちょくちょく私の脳裏に蘇るのは、懐かしいからではない。脅威の余韻がまだ続いているせいだ。夢の中で父の怒声を浴びないためにも本当は解説なんて書きたくないのだが、このたび筑摩書房より、もはや絶版となって久しい本書「ぽんこつ」を書庫の奥から掘り起こし、改めて文庫として復刻してくださるという世にもありがたーいお話なのである。遺族が我《わ》が儘《まま》を言っている場合ではない。が、それにしても気が重い。

「何を書いてよいのやら……」

ちくま文庫担当の方に率直な気持を申し上げたところ、

「わかってます、わかってます。解説などと堅苦しいことは考えず、父上の車好きのお話でも書いてくだされば けっこうです」

というわけで、ここでは娘から見た父と車の関わりについて綴ることにいたします。

本小説は昭和三十四年、読売新聞にて連載を開始したのち、中央公論社より単行本として刊行され、その後、潮文庫の棚に長らく並んでいたらしい。この物語がそんな変遷を辿《たど》っていたとは、情けないかな、このたびの解説依頼を受けるまでろくに知らなかった。基本的に父が現在どういう仕事をしているか、著作にも小説家にもとんと関心のなかった私はきちんと把握していないことのほうが圧倒的に多かった。ただ、書斎で何を書いているかは知らねども、家族が揃う食卓に父が現れて、食事をしながら海軍の話題を持ち出すときは、「ああ、今、海軍ものを書いているんだな」とか、はたまた警察へ取材に行ったときのこぼれ話を始めたら、「事件ものでも書き始めたのかしら」と勝手に想像することはままあった。

さて本書「ぽんこつ」を書き始めた当初はどうだったか。父がこの小説の新聞連載を始めた年、私は六歳であり、たしかその頃、我が家に初めてマイカーが到着したことを思い出す。我が家族は当時、東京都中野区の片隅に新しく建ったメゾネット式公団住宅に住み始めて間もなかった。全部で二十戸ほどの二階建て住宅が並ぶ敷地内の、いちばん奥の一角に我が家は陣取っていて、そのこぢんまりとしたコンクリート建ての四角い建物に沿って伸びる砂利道に、突如として深いグリーン色の虫のようなかたちをした日野ルノーがやってきた日のことを、私はおぼろげに記憶している。あるいは到着した翌日だったかもしれない。父は長靴姿でシャツの腕をまくり、雑巾《ぞうきん》を手に、いとおしそうに車を洗っていた。父が目尻に皺《しわ》を寄せ、満面に笑みを浮かべて身体を動かしている姿を見ることは、めったにないことだ。幼い私の目に父は、いつも口を尖らせて、ちょっとこちらが油断をするとすぐさま怒られるとてつもなく怖い存在だった。そんな気難しい父が珍しく天真爛漫に笑っている。よほど車が好きなんだ。私はそう理解した。本書冒頭の、順一と和子が中古自動車を洗っているシーンを読むと、あの頃の光景が懐かしく蘇る。

父が最初に運転免許を獲得したのはアメリカでのことだったと聞いている。昭和三十年から丸一年、父は母を連れ立って、ロックフェラー財団の招きによりアメリカへ渡った。兄が四歳、私が二歳の年である。二人の子供は広島の親戚のウチに預けられ、夫婦だけでの留学だった。その間に、自動車大国のアメリカで車の魅力に取り憑かれたのであろう。帰国後、念願叶って自分の車を手に入れた。それは嬉しいに違いない。父は小さな日野ルノーに母と二人の子供を乗せて、あちこちへ出かけた。だからといって決して家族サービスをしている意識はなかっただろう。こちらも父にせがんでドライブをしたいとねだったことは一度もない。それどころか突然、父が言い出す。

「おい、出かけるぞ」

母は幼い私たち兄妹を急かして支度をさせ、バタバタと戸締まりをして、すでに運転席に乗って「まだか、早くしろ！」と怒鳴る父に「はい、はい」と返事をしながら小走りで助手席に乗り込むのが常だった。

あるときは真夜中にたたき起こされた。何事かと思えば、

「おい、軽井沢へ行くぞ」

なんでまたこんな夜中にと、こちらがいぶかるまもなく、

「今なら道路が空いている。渋滞は嫌いだ」

それが父の言い分であり、その意志に逆らうことのできる者はいない。

たしかくねくね曲がる碓氷峠《うすいとうげ》を登っているときだったと記憶する。運転席の父と助手席に座る母が言葉を交わしている。こちらは後部座席で車酔いをしないようなるべく窓の外の遠い山の景色を眺めるか、あるいは兄の膝に頭を乗せて寝るか、そんなことを繰り返しているとき、父の声が耳に入ってきた。

「そうだな、メイビー、そうかもしれないな」

父はときおり、この「メイビー」という言葉を使うのだが、それがどういう意味か私は理解していなかった。が、文脈から想像するに、「かもしれない」と同じような意味なのだろうと思った。一年間をアメリカで過ごした父は、ときどき変な英語を交ぜて話をした。「メイビー」が英語であると知ったのは、だいぶ経ってからのことだが、私の

頭には、碓氷峠の木々に覆われた真っ暗な景色と「メイビー」という父の声が同じ抽斗に保存されている。

　アメリカかぶれの用語について触れるなら、すでにこの話はあちこちに書いたので重複することをお許しいただきたいのだが、「レフチェ」「ライチェ」問題である。運転中、交差点で一旦停止すると、まず「レフチェ！」と父が叫ぶ。たちまち母と兄と私は左に顔を向け、車が来ていないことを確認した上で、

「クリア！」

　と答える。続いて父が、

「ライチェ！」と叫ぶや、今度は我々三人、右に首を回し、車がいないことを確認して、

「クリア！」

　いつからこんな習慣が定着したのか知らないが、父の運転で出かけるたび、家族は一丸となってその行事をまっとうした。これもまた、英語の「レフトチェック（左を見ろ）」と「ライトチェック（右を見ろ）」のことであり、その返答が「クリア（車はいません）」であることは、ずいぶんあとになってから理解したのである。

　父は決して安全運転タイプではなかった。むしろスピードを出すことを好んでいた。しかし、好きこそ物の上手なれというか、大きな事故を起こしたことはなく、駐車場に入れるときにときどき車の端を擦ったりすることはあっても、下手ではなかったと思わ

れる。元来、運動神経があるほうではなく、ゴルフを始めれば途中でやめてしまうし、一時期ボウリングに凝ったこともあったが、それもさして上達する間もなくさっさと諦めた。子供の頃から体育の授業は苦手だったと見え、「運動は苦手だ」が父の口癖の一つだった。その父が、運転に関しては自信があったのか、「運動神経はあんまりないのにね」と家族が揶揄《やゆ》するたび、

「運転は運動神経とは関係ない。あれは反射神経だ、覚えておけ」

そしてついでに、

「女は反射神経に欠けている。だから女の運転はダメなんだ」

と、よく言っていた。そのくせ、母にも運転免許を取らせ、娘の私にも自動車教習所へ通えと勧めたのはどういうことか。

「それは俺が銀座で飲んで酔っ払ったときに迎えに来させるためだ」

はっきり言われ、私が大学時代に運転免許を取るや、試験期間中であろうと先約があろうと、銀座から、「迎えにこい!」と電話がかかってくれば従わざるを得なかった。

晩年になっても父はなかなか運転をやめようとしなかった。あるとき弟が心配し、

「ねえ、お父ちゃん。お父ちゃんだって、タクシーに乗ってみたら運転手さんが八十歳だってわかったら、怖くて降りるでしょ」

「そりゃ、降りるな」

「だったらお父ちゃんももう八十歳過ぎたんだからね」

するとと父は、

「それはたしかに道理だ。こりゃ面白い」

と、さんざん笑った末、運転をやめようとはしなかった。

さらに私が夕食どき、さりげなく申し出た。

「お父ちゃんもその歳で小学生を轢《ひ》いたりして牢屋に入るのは嫌でしょ?」

すると父がムキになって反論した。

「そんなのは、お前だって同じだ。お前が小学生を轢いたら牢屋に入るんだぞ」

ちょっと意味が違うと思ったが、

「まあ、そうですけどね。でも事故の確率は高くなってるんだから……」

すると父は即座にテーブルの下から両足を出し、椅子に座ったままの状態で足を交互に動かし始めたのである。右、左、右、左と足を突き出しながら、

「アクセル、ブレーキ、アクセル、ブレーキ。どうだ、ちゃんとできているんだ。文句があるか」

それから数年後、父は自らディーラーに電話をし、車を引き取ってほしいと願い出たという。あれだけ運転が好きだった父の内心を察すると、ちょっとばかり切なくなる。

本書は一九五九年九月から翌年十月まで「読売新聞」に連載したのち、一九六〇年に中央公論社より刊行され、一九七二年に潮文庫に収録されました。

ちくま文庫

ぽんこつ

二〇一六年十月十日　第一刷発行

著　者　阿川弘之（あがわ・ひろゆき）
発行者　山野浩一
発行所　株式会社　筑摩書房
東京都台東区蔵前二―五―三　〒一一一―八七五五
振替〇〇一六〇―八―四一二三
装幀者　安野光雅
印刷所　星野精版印刷株式会社
製本所　株式会社積信堂

乱丁・落丁本の場合は、左記宛にご送付下さい。
送料小社負担でお取り替えいたします。
ご注文・お問い合わせも左記へお願いします。
筑摩書房サービスセンター
埼玉県さいたま市北区櫛引町二―六〇四　〒三三一―八五〇七
電話番号　〇四八―六五一―〇〇五三

ISBN978-4-480-43389-3 C0193